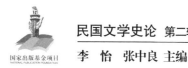

民国文学史论 第二辑

李　怡　张中良 主编

国家出版基金项目
NATIONAL PUBLICATION FOUNDATION

绅士阶层
与中国现代文学

罗维斯　著

南方出版传媒

花城出版社

中国·广州

图书在版编目（CIP）数据

绅士阶层与中国现代文学 / 罗维斯著. -- 广州：
花城出版社，2019.6
（民国文学史论 / 李怡，张中良主编. 第二辑）
ISBN 978-7-5360-8831-3

Ⅰ．①绅… Ⅱ．①罗… Ⅲ．①中国文学－现代文学－
文学研究 Ⅳ．①I206.6

中国版本图书馆CIP数据核字（2019）第001029号

出 版 人：肖延兵
专业审读：罗执廷
特邀编辑：张灵舒
策划编辑：张 瑛
责任编辑：张 瑛
技术编辑：凌春梅
装帧设计：杨亚丽 贡日亮

书　　名 绅士阶层与中国现代文学
SHENSHI JIECENG YU ZHONGGUO XIANDAI WENXUE
出版发行 花城出版社
（广州市环市东路水荫路 11 号）
经　　销 全国新华书店
印　　刷 佛山市浩文彩色印刷有限公司
（广东省佛山市南海区狮山科技工业园 A 区）
开　　本 787 毫米×1092 毫米　16 开
印　　张 15.25　1 插页
字　　数 274,000 字
版　　次 2019 年 6 月第 1 版　2019 年 6 月第 1 次印刷
定　　价 60.00 元

如发现印装质量问题，请直接与印刷厂联系调换。
购书热线：020－37604658　37602954
花城出版社网站：http://www.fcph.com.cn

总序一：文学研究与历史意识

李怡

在相对平静的中国现代文学研究领域，最近几年出现的"民国文学"研究的设想似乎是值得注意的动向，面对这样一种动向，有人认为是打破某种学术停滞的契机，但也有人提出了自己的质疑，表达了自己的担忧，但无论如何，有关民国的话题已经成为我们无法绕开的存在，即使质疑，也有必要理解它生成的理由。

在我看来，借助"民国社会历史"这一视角研究中国现代文学，最重要的其实并不是提出了"民国"这一概念，更大的价值是它提示我们，文学的研究必须回到历史的语境之中。既然中国史已经可以清晰地划分为古代史与近现代史，又有什么必要独立出一个"民国史"呢？这当然是为了进一步关注和描述民国特有的社会、政治与文化情态。一般说来，古代、近现代，这都是世界通行的普泛性概念，这些概念的意义在于昭示了一种共同的人类历史进程，其意义自不待言。但是普泛性的概括并不能代替各个国家和民族的具体遭遇和问题，共同的历史进程之中，依然掺杂千差万别的"民族史""区域史"，特别是像中国这样的独特的东方"现代"国家，许多历史的细节都不是西方话语体系的"近现代"所能够涵盖的，中国的"现代"就集中发展于"民国"，所以研讨"民国"也就是真正落实中国的"现代"历史是什么。近些年来，民国史研究是中国史学界取得显著成果的一个领域，可以说，在尊重、回到历史的取向上，历史学家已经走在了学术的前列。中国现代文学研究开始重视"民国"历史种种，从根本上讲就是得益于历史学界的启示。

因为这样的启示，我们的文学研究也才开始摆脱了"理论的焦虑"，在新的领域找到了自我充实的可能。中国现代文学研究其实一直存在着某种理论的焦虑症。先是有中国式的马克思主义理论"武装头脑"，继而又用西方的各种文学理论来框架我们的现象，到头来发现它们都难以准确描述现象的丰富和复杂，这才出现了几乎是众口一词的"回到历史现场"、体察具体历史情境之类的倡议。

当然，所谓"回到历史现场"也并不是一件那么容易的事情，它关乎我们对待历史的态度，也牵涉我们自己的思维能力，并且在某种意义上也不应当成为"非理论""去理论"的简单借口，在更深的地方，"理论"依然有其不可替代的价值，并且将可能恰到好处地推进我们的认知。"回到现场"不是绝圣弃智，不是排斥理论思维能力，而是让我们的理性的能力更妥当地敞开事实呈现的广阔空间，或者说理性思辨的节奏和方向与丰富的历史事实两厢贴合。自然，这样的历史考察就不是那么容易的，至少不是我们表述学术态度时那么容易。文学研究最终依靠的不是一种"表态"而更为深邃的能够破解精神秘密的"意识"，这就是我们所谓的"历史意识"。历史意识是在尊重历史现象中产生的，但又不是对历史现象的乱七八糟的堆砌，其中深含着我们自身思维能力的发展和成熟，所以，"回到历史现场"不会是一次性完成的，也不会只有哪一家的"现场"，它同样值得讨论、辨别、清理和驳诘。

这样，我们的"民国文学史论"就有了第二辑，也许还会有第三辑。连续性的发展表达的是不同认知的结果，重要的在于，随着我们对"民国"特定历史的逐步"返回"，我们对于文学的理解也逐步加深了，观点也日益丰富了。

感谢那些多年来一直关心我们研究的同行、朋友和广大的读者，我们都在不断充实着自己，在越来越深入的历史考察中解读现代的中国，在越来越广阔的视野中丰富我们的思想意识。当然，也要感谢花城出版社，这些有理想有坚守的优秀编辑，没有你们的策划、督促和鞭策，也绝不会有这连续数年的学术工程。

2018 年 8 月于成都江安花园

总序二：还原民国文学史

张中良

　　不止一次听到质疑：既然中国现代文学史的概念早已获得公认，20 世纪中国文学史的概念也逐渐为人们所接受，为什么还要另起炉灶提出民国文学史？

　　尽管存在着质疑，而且对民国文学史的理解也不尽相同，但这个概念总算引起了人们的注意，这就扩大了探讨的空间。

　　民国文学史的概念，1994 年见之于一套"中国全史"时，只是参照历代文学史的分法，标志着一个时段，并没有涉及多少民国赋予文学的意义。现在，仍有学者持同样的理解。2006 年，秦弓提出"从民国史视角看现代文学"，意在把现代文学还原到民国史的历史语境中去重新审视。2009 年，李怡阐述现代文学的"民国机制"，将问题的讨论向前推进了一步。几年来，民国文学乃至民国文学史的概念逐渐凸显出来，中国现代文学研究会、北京师范大学文学院等举办的学术会议都曾就民国文学问题展开过讨论，《文学评论》《中国现代文学研究丛刊》《学术月刊》《文艺争鸣》《广东社会科学》《湖南社会科学》《厦门大学学报》《湖南大学学报》《郑州大学学报》《重庆师范大学学报》《衡阳师范学院学报》《金陵科技学院学报》《兰州学刊》《当代文坛》《江汉学术》等刊物发表相关论文。从讨论来看，民国文学史确有新民主主义文学史、现代文学史、20 世纪文学史所不能表征的独特而丰富的意涵，既然如此，"民国文学史"的梳理、叙述与阐释又有何不可？

在相当长的时期，民国是一个禁忌。人们每每把民国简化为一个败亡的政府，如果作为一个历史时期来表述的话，通常是"解放前""旧社会"。一个简单的逻辑就是：政府如果不腐败，怎么会被推翻？旧社会如果不黑暗，怎么会结束？在这样的背景下，有谁还敢"冒天下之大不韪"去探讨民国问题呢？

然而，问题在于：民国在推翻了清朝政权、结束了两千余年的封建帝制的基础上建成，是辛亥革命的胜利成果，而非历史的耻辱；民国作为亚洲第一个共和国，曾经寄托了中华民族走向现代化的希望；民国是一个国家实体，而国家从来就不等同于政府，民国有多种势力对峙、冲突、交错、并存的政治，有虽然地区之间并不平衡，但毕竟曾经几度繁荣的经济，有由弱到强的外交，有终于赶走侵略者的抗日战争胜利，有大踏步发展的新式教育，有束缚与自由交织的新闻出版，有丰富多彩的文学艺术，等等，怎么能够因为民国政府的最后败亡而抹杀民国的一切？民国是一个历史过程，从诞生到成长再到衰败，怎么可以由其结局否定此前的所有历史？

即使为了总结历史经验教训，也不能无视民国的存在。中国向来有后世修史的传统，1956 年，国家制定十二年科学发展规划时，中华民国史研究被列入其中，然而，1957 年的"反右"使规划搁浅，在接下来阶级斗争之弦越绷越紧的政治形势下，民国史研究没有人敢于问津。关于民国时期政治史、经济史、口述史等资料经过整理面世一批，但没有一种以"民国"冠名。1971 年 9 月 13 日三叉戟折戟温都尔汗之后，"文革"狂潮呈现衰势。1972 年，周恩来总理再次号召编写中华民国史，中国科学院近代史研究所成立了中华民国史研究室，开始启动研究与编写工作。但在"文革"后期，学术研究步履维艰。直到改革开放以来，才恢复了实事求是的优良传统，民国史研究逐渐步入正轨。① 史料的发

---

① 参照张宪文等：《中华民国史》第 1 卷，南京：南京大学出版社，2005 年，"导论"，第 2—5 页。

掘、整理与出版，敏感问题的探索，均有可喜的成绩。在此基础上，张宪文等著《中华民国史》（4 卷本）、李新担任总编的《中华民国史》（12 卷本）① 等代表性成果先后问世，引领读者走近民国史的真实。

比较而言，中国现代文学研究在民国文学的历史还原方面要落伍很远。人们已经习惯于在原来的思维框架中思考问题，怯于拓展新的学术视野。直到今天，还有人担心研究民国文学会不会有什么风险？历史已经走到 21 世纪，多少惨痛的教训才换来了新时期以来的改革开放，走回头路的可能固然并没有完全杜绝，但我们应该相信社会的进步、民族的良知、人民的觉醒，如果有谁再敢倒行逆施，很难得逞。民国文学史研究的指归，小则是要呈现真实的民国文学史风貌，丰富人们的历史认知，大则是要普及实事求是的历史主义精神，保障社会稳步前进。

以新民主主义观点、现代性或 20 世纪眼光来梳理与阐释文学史，自然各有所长，但是民国文学在民国的背景下诞生、成长，打上了深刻的民国烙印，表现了独特的民国风貌，而从 20 世纪 50 年代以来的学术史来看，从迄今出版的近 600 种现代文学史著作来看，回避民国文学概念，便无法揭示文学的民国基因，因而，很难准确地画出这一历史时期的中国文学全图，无法解释文学发展的复杂动因，也无法理解民国文学的多元内涵与艺术个性。

民国政治自始至终是一种多元化的政治。北洋政府时期，南北对峙自不必说，北洋政府内部派系林立，你方唱罢我登场，客观上给新文学提供了一个相当宽松的发展空间。1927 年 4 月 18 日南京国民政府成立，到 1937 年卢沟桥事变，这期间不仅存在着尖锐的国共冲突，而且两党之外还有活跃的自由主义阵营、根基深广的民主主

---

① 李新总编：《中华民国史》（12 卷 16 册），北京：中华书局，2011 年。

义力量，国民党内部也有各种错综复杂的派系。全面抗战爆发之后，各派政治力量团结在民族统一战线的旗帜下共同抗日，但又各自保留着相对独立的空间，不仅有陕甘宁边区、新辟的敌后根据地与广义的国统区之别，而且在国统区内部，也有桂、粤、滇、晋等具有一定独立性的区域。这种多元化的政治是民国文学形成多样形态的重要原因。民国的法律，有其自身的缺陷，也存在着法律层面与实践层面的巨大反差，但作家的生活与创作还是有一定的法律保障。若不然，鲁迅怎么能够在对教育总长的诉讼中胜诉、恢复了被免去的教育部佥事职务？在他成为左翼作家之后，怎么能够躲得了牢狱之灾，继续他的著译事业？在"白色恐怖"之外，还有广阔的空间，于是，才会有色彩斑斓的民国文学。民国时期，尽管确有政治压迫与文化管制，但民国文学却能在错杂的空间中得以发展，不仅内蕴丰盈复杂，而且审美风格也是千姿百态。

民国文学应是民国时期文学的总称，就文体而言，不仅有五四文学革命开创的新文学，也有传统形式的旧体诗词、戏曲、文言小说、文言散文，还有介乎二者之间的改良体；就政治倾向而言，不仅有官方属意甚深而命途塞涩的三民主义文学，官方倡导且得到广泛呼应的民族主义文学，也有左翼倡导的革命文学、左翼文学，还有"五四"以来脉息不绝的自由主义文学、民主主义文学；就创作方法而言，不仅有现实主义，也有浪漫主义、古典主义，还有形形色色的现代主义，以及各种方法的杂糅重构；就审美格调而言，有《凤凰涅槃》式的豪迈弘放，也有《义勇军进行曲》式的慷慨悲壮，还有《再别康桥》式的缠绵悱恻；从喜剧风格来看，有鲁迅浙东式的冷隽幽默，也有李劼人式的麻辣川味，有老舍杂糅着京味儿与英国风的月色幽默，还有张天翼式的湖南辛辣讽刺；就城乡文明倾向来看，有新感觉派式的斑驳陆离的都市色彩，也有沈从文式粗犷与清新交织的湘西风光，还有赵树理最为典型、叙事偏于传统的乡土通俗，等等。气象万千的文学风景，无论是其内蕴，还是其形式，都在民国的历史进程中形成，都与民国的机制息息相关，因而民国文学研究不是单纯的外部研究，而且含有审美机理的内部研究。

民国文学史研究还是刚刚起步，要做的工作有许多。我与李怡教授曾经交流过，我们都认为，一部成熟的文学史著作应该有扎实的研究作基础，与其现在匆匆忙忙地"凑"一部民国文学史，毋宁脚踏实地地考察民国文学与民国政治、经济、法律、战争、外交、民族、宗教、文化、教育、艺术、新闻出版、自然环境及灾变诸多方面的关联，考察文学所表现的民国风貌，考察民国文化生态对文学风格的影响（或曰民国文学审美建构不同于前后时代的特色），然后再进行民国文学史的整合性的叙述与分析。我们不去奢望将来关于 20 世纪上半叶的文学史叙述仅由民国文学史来承担，那样既无必要，也不可能，大一统式的构想本来就是与学术自由相背离的。但我们相信，民国文学史的叙述必定会在中国文学史的总体框架中占有不可或缺的一席之地。

我们的构想与努力有幸得到花城出版社乃至上级管理部门的认同与支持，"民国文学史论"第一辑六卷列入"'十二五'国家重点图书出版规划项目"与"国家出版基金项目"，于 2014 年出版，并在"国家出版基金项目"2015 年绩效考评中获得"优秀项目"。丛书问世以来，有学者在海内外发表评论，予以积极的肯定。这对我们来说，无疑是巨大的鼓舞。民国文学话题也遇到一些质疑，但探索并未中止，视野与深度反而不断拓展，曾经一度持有尖锐意见的学者也加入了推进民国文学研究的队伍，这正是我们所希冀的良性学术生态。花城出版社张瑛副编审在成功策划了"民国文学史论"丛书第一辑之后，又积极策划第二辑、第三辑。如果说第一辑主要是在观念与宏观方面打下基础的话，那么，第二辑则较多在语言、审美品格、文学教育、经典作家、形象和刊物等典型个案等方面做出新的拓展，第二辑的问世将会进一步丰富读者对民国文学的认识。
第二辑 11 卷同样被列入国家出版基金项目，感激自在不言之中！这
无疑也增强了我们将民国文学研究不断引向深入的信心。

2018 年 8 月 19 日修订于上海

| 目　录 |

第三编　知识精英的身份抉择与思想转变

绪 论

中国现代文学曾一度被认为是"中国新民主主义革命 30 年来在文学领域中的斗争和表现，是用艺术的武器来展开了反帝反封建的斗争，教育了广大的人民；因此它必然是中国新民主主义革命史的一部分，是和政治斗争密切结合着的"①。中国现代文学史被视为中国新民主主义革命史的一部分，并具有了反帝反封建的基本属性。②

新时期以后，中国现代文学研究逐渐摆脱了对新民主主义革命史的附庸。虽然"阶级论"的方法已经很少被使用，但是它却依旧大量存在于我们的研究思维和话语体系当中。诸如封建地主阶级、封建官僚、封建大家庭、买办资产阶级、民族资产阶级、小资产阶级等概念依旧被大量使用。但是，这些概念在民国社会历史情境中的具体内涵及意义流变却并没有得到充分的考察。

事实上，"阶级论"早已不是历史学和社会学研究中国社会的唯一阐释模式。20 世纪 80 年代以后，国内史学界和社会学界逐渐摒弃"封建地主阶级"的概念，开始承继始于 20 世纪 40 年代的"绅士"研究，以中国社会固有的"绅士"这一概念来考察清季民国时期的中国社会，并深入剖析了绅士阶层的演变分化及其对中国社会现代化进程的深刻影响。

早在 20 世纪 40 年代，费孝通先生就在绅士研究方面做了大量工作。1943年，他在与张之毅先生合著的《乡土中国》一书中，讨论了有关中国绅士的问题。1947 年，他与潘光旦先生合作，在当时的《社会科学》1947 年第 1 期发

---

① 王瑶：《中国新文学史稿》上册，上海：上海文艺出版社，1982 年，第 1 页。
② 同上，第 6 页。

表的《科举与社会流动》一文也谈及绅士。① 同年，费孝通先生在《观察》杂志上发表了《论绅士》② 一文，阐释了对绅士身份定性及其与官僚之间关系的初步看法。费孝通先生于 1947 年出版的《乡土重建》一书中，详细论述了绅士在基层行政中的作用。此外，费孝通先生曾组织关于中国社会结构的讨论班，并应储安平先生之约，于 1948 年将讨论班中宣读的论文结集出版，书名为《皇权与绅权》。书中集合了费孝通先生、吴晗先生等人关于绅士阶层的构成及绅士与中国社会结构等问题的讨论。1953 年，费孝通先生将自己民国时期关于绅士研究的论文交由芝加哥大学结集出版，取名为《中国的绅士》。③

同一时期，周荣德先生的《中国社会的阶层与流动》一书以云南省昆阳县为例，通过详实的资料搜集和实证分析，对绅士阶层进行了较为系统的研究。这本书的原始资料是由作者于 1943—1946 年间搜集的 47 个昆阳县士绅家庭的生活史，以及他的助手持续至 1948 年底搜集的相关信息组成。这些资料包括学者、在职和退职官吏、富商、地主和其他的人。资料中同时包括总计 1200 多人的生活史。由于昆阳县当时进行过人口普查，所以书中士绅家庭的统计资料与总人口的资料进行了对照比较，并由此看出士绅家庭在教育程度，职业，田产和寿命等方面的特点。④

20 世纪 50 年代，在美华裔学者张仲礼先生对中国绅士阶层进行系统研究并且撰写了学术著作。华盛顿大学出版社征询多位专家意见后，正式出版了张仲礼先生的《中国绅士——关于其在 19 世纪中国社会中作用的研究》一书。书中具体考察了 19 世纪中国绅士之构成和特征。除定性分析外，该书还通过深入考察中国各省 5000 多名绅士的生平，对 19 世纪中国绅士传记进行了数量化分析。继《中国绅士》之后，张仲礼先生在 20 世纪 60 年代出版了《中国绅士的收入——〈中国绅士〉续篇》。该书考察了中国绅士各种收入的性质，分析了各种收入对中国绅士的重要程度，讨论了中国绅士收入在国民收入中的地位。

---

① 周荣德：《中国社会的阶层与流动——一个社区中士绅身份的研究》，上海：学林出版社，2000 年，第 52 页。

② 费孝通：《论绅士》，《观察》1947 年第 2 期。

③ 张仲礼：《中国绅士——关于其在 19 世纪中国社会中作用的研究》，李荣昌译，北京：社会科学院出版社，1991 年，第 7 页。

④ 周荣德：《中国社会的阶层与流动——一个社区中士绅身份的研究》，第 19—21 页。

20 世纪 60 年代，在美华裔学者何炳棣先生的 *The Ladder of Success in Imperial China*，（Columbia University Press，1964.）从社会阶层晋升的角度考察了明清两代绅士阶层的成员构成、晋升途径及影响社会阶层流动的因素等内容。在美华裔学者瞿同祖 1961 年出版的《清代地方政府》一书考察了绅士在清代司法体系中的作用以及清代法律制度对绅士特权地位的保护和约束。书中指出了绅士阶层在地方公益、保甲、地方武装、教育等领域扮演的重要角色，以及在地方行政中官绅之间合作与冲突并存的社会局面。在美华裔学者萧公权在 20 世纪 60 年代末出版了一部 40 万字的专著《中国乡村：论 19 世纪的帝国控制》。书中研究了绅士在基层社会组织、饥荒救济、乡村社会思想控制、宗族活动、抵抗外国入侵方面所扮演的角色和作用。20 世纪 70 年代，在加拿大执教的华裔学者陈志让出版了专著《军绅政治：近代中国的军阀时期》。此书研究了辛亥以后，绅士与军人相结合的政权形态，以及绅士身份和文化与军阀之间的联系与影响。

以上诸位学者的研究史料详尽，观点具有开创性，在学界相关领域研究中享有极高的声誉。此外，台湾学者张朋园先生的《立宪派与辛亥革命》一书，考察了清末新政和辛亥革命前后立宪派的活动及影响。书中指出了清末谘议局议员大部分来自于传统绅士阶层。因此，该书也可视为对绅士与辛亥革命前后重要历史事件之关系的考察。日本学者夫马进先生的《中国善会善堂史研究》一书也论述了绅士在地方慈善公益事业方面发挥的作用以及在地方慈善公益事业中的官绅关系。

1949 年以后，绅士问题的研究经历了长久的沉寂。至 20 世纪 80 年代末，国内的历史学研究者才开始对绅士阶层展开研究。贺跃夫先生在 1986 年第 4 期的《近代史研究》发表《广东士绅在清末宪政中的政治动向》一文，探讨了广东地区在清末立宪运动中绅士阶层的活动和作用。王先明先生在 1987 年第 3 期的《社会科学战线》上发表了《近代中国绅士阶层的分化》一文，探讨了清末民初绅士阶层分化的现状和影响。王先明和贺跃夫这两位国内士绅研究领域的开拓者之后对绅士阶层有更为深入系统的研究。贺跃夫先生出版了学术专著《晚清士绅与近代社会变迁兼与日本士族比较》一书，以明治时期日本武士身份的变化为参照对象，分析了晚清士绅与日本士族近代化变迁的异同以及他们在各自国家近代化过程中的扮演不同角色。王先明先生则在《近代绅士——一个封建阶层的历史命运》一书中系统分析了中国传统社会中绅士阶层的性质、内部构成、作用以及在近代社会变革中的逐步分化演变直至消亡的历程和原因。

20世纪90年代以后，国内的绅士研究日渐增多，至今已涌现出大批成果。国内史学界关于绅士的研究承继了早期绅士研究对于绅士阶层构成及作用的分析，并逐步细化。章开沅、马敏、朱英三人合著的《辛亥革命前后的官绅商学》一书，考察了辛亥前后，绅士阶层在政界、商界、学界的活动及自身身份的演变分化。书中论述了在清季民国初年的社会政治变革中，绅士与清政府官员的关系及向民国官员的转化，绅士与商人之间的身份融合以及绅士在接受现代教育，兴办新式学堂方面的情况。王奇生的《革命与反革命：社会文化视野下的民国政治》一书，注意到了民国时期传统绅士的劣质化倾向及在国民革命中的影响。郭剑鸣的《晚清绅士与公共危机治理——以知识权力化治理机制为路径》一书，则重点考察了传统绅士阶层以其知识精英身份在晚清社会危机中发挥的作用。

在清季民初的社会转型过程中，传统绅士阶层向现代知识分子的转换过程也引起了一些研究者的重视。杨小辉的《近代中国知识阶层的转型》从教育制度和知识群体变迁的维度，考察了中国知识阶级从传统乡土型"绅士"到现代都市型"知识分子"转型的具体过程、机制及历史影响。罗志田先生的《裂变中的传承：20世纪前期的中国学术与文化》《权势的转移：近代中国的思想与社会》等著作中也探究了近代传统绅士阶层向现代知识分子的转型的过程，及由此对中国学术文化发展和知识分子心态产生的影响。

此外，近年还出现了许多特定地域的绅士研究成果和关于绅士阶层的个案分析。例如徐茂明先生的《江南士绅与江南社会：1368—1911年》、邱捷先生的《晚清民国初年广东的士绅与商人》、李巨澜先生的《失范与重构—— 一九二七年至一九三七年苏北地方政权秩序化研究》、陈海忠和黄挺先生的《地方绅商、国家政权与近代潮汕社会》、李新国先生的博士论文《清末民初京津地区中下层士绅的心路历程（1860—1920）——以梁济为中心》等。

绅士研究方面的期刊论文更是不胜枚举。这些学术成果涉及了绅士的身份构成，绅士阶层在清季民国时期的演变分化，绅士在清末新政、辛亥革命、国民革命等重大历史事件中的地位和影响，绅士与新式教育及民族资产阶级的兴起等中国现代化进程的方方面面。"绅士论"也成了继"阶级论"之后，又一种阐释中国社会政治文化的重要视角和研究范式。

与史学界关于绅士研究的大量成果相比，目前，以"绅士"为切入点的中国现代文学研究成果还十分稀少。从笔者掌握的材料来看，对中国现代文学作品中绅士问题的考察始于对鲁迅小说创作的探讨。

毕绪龙先生的《鲁迅小说中"士绅"形象的隐喻意义和结构功能》① 一文考察了晚清民初的士绅在鲁迅小说中的形象内涵。他指出，"士绅"形象在鲁迅小说中实际担负着隐喻传统文化"规训"力量、文化控制意义的同时，作为"他者"，士绅也在鲁迅小说中起着形成"平民"形象内涵的对照物、结构小说模式的独特功能。小说中的"士绅"形象体现了鲁迅作为"平民文学"的主创者之一对传统意识形态的批判精神和洞察力度。作者认为士绅是由儒学教义确定的纲常伦纪的卫道士、推行者和代表人。在他看来，鲁迅小说中的绅士形象并不具备历史学研究中的重要社会政治地位和对乡土社会积极作用，但鲁迅也并未将士绅视为"封建礼教""封建文化"的等价物，而是突出表现了士绅对民间社会文化潜移默化而又强大深广的控制力。②

李莉先生的《鲁迅小说中的绅士形象》③ 也指出鲁迅的鲁镇系列小说通过"绅——民"关系的描写生动地揭示了以绅权为代表的封建专制主义思想对普通民众的精神桎梏，指出了国民劣性的根源所在，将封建专制主义批判引向深入。在作者看来，"绅权"是封建专制的重要代表之一。在"五四"反封建的时代话语中，绅士是封建专制主义文化的代表，因此遭到以鲁迅为代表的"五四"作家的强烈批判。而中国现代文学中绅士形象的出现，也在某种程度上将反封建的阵营从家庭拓展到广大基层社会。④ 李莉先生的另一篇论文《中国现代小城镇小说中的士绅形象》⑤ 将绅士形象的考察继续扩大。文中除了谈及鲁迅小说中绅士形象的反封建意义外，还分析了蒋士镰（叶圣陶《倪焕之》）、胡国光（茅盾《动摇》）、赵守义（茅盾《霜叶红似二月花》）、龙成恩（艾芜

① 毕绪龙：《鲁迅小说中"士绅"形象的隐喻意义和结构功能》，《山东理工大学学报》2004 年第 6 期。
② 同上。
③ 李莉：《鲁迅小说中的绅士形象》，《理论月刊》2007 年第 9 期。
④ 同上。
⑤ 李莉：《中国现代小城镇小说中的士绅形象》，《湖北社会科学》2008 年第 3 期。

《故乡》)、罗二爷（张天翼《清明时节》）等劣绅形象，以及朱行健（茅盾《霜叶红似二月花》)、伍老先生（端木蕻良《江南风景》）等相对积极的入世型儒绅形象。在作者看来，现代小城镇小说出现的几类绅士形象从一个特定的角度批判封建专制主义，客观地揭示了士绅在封建社会解体中的分化与没落。①

袁红涛先生的《绅权与中国乡土社会：鲁迅〈离婚〉的一种解读》一文中指出鲁迅的小说《离婚》在中国乡土社会的绅——民关系格局下，围绕爱姑的婚姻纠纷调解事件，生动地展现了中国传统社会重要权力形态"绅权"的基础、特征与运作的过程。② 文章最后还指出"在人物的阶级地位、阶级特征之外，借鉴社会史研究视野，辨识这些地主阶级人物当时的社会身份、所处的社会环境，把握其行为特征，有助于更全面、准确、充分地阐释鲁迅小说的丰富意蕴"③。袁红涛先生在另一篇论文《士绅阶层的近代蜕变——试论〈呐喊〉〈彷徨〉的一个重要主题》中，对鲁迅小说中的绅士形象做了更全面的分析。文中指出的鲁迅小说《呐喊》《彷徨》中赵太爷、钱太爷、赵七爷、丁举人、鲁四老爷等人物形象并不全然是既有研究中所指称的封建地主阶级，而是传统社会中具有科举功名的特权阶层绅士。④《呐喊》《彷徨》一方面生动而深刻地展现了士绅阶层在近现代社会剧变中分化蜕变的复杂历程，已经构成了一个相对完整的人物谱系，另一方面也表现了从传统士绅人物向现代知识分子的转型历程。⑤

在学位论文方面，魏欢的硕士学位论文《论中国现代小说中的"乡绅"形象》以文化启蒙、政治启蒙和文化重建三个维度对现代小说中的各类绅士形象做了分析。作者认为鲁迅、柔石小说以文化启蒙叙事的方式展现"乡绅"在乡土社会的消极影响，表达出对传统"乡绅"形象的否定与批判，和对思想文化启蒙事业的忧心。茅盾、沙汀、吴组缃等左翼则以政治启蒙的立场依托社会

---

① 李莉：《中国现代小城镇小说中的士绅形象》，《湖北社会科学》2008 年第 3 期。

② 袁红涛：《绅权与中国乡土社会：鲁迅〈离婚〉的一种解读》，《浙江社会科学》2011 年第 5 期。

③ 同上。

④ 袁红涛：《士绅阶层的近代蜕变——试论〈呐喊〉〈彷徨〉的一个重要主题》，《宁夏大学学报》（人文社会科学版）2012 年第 34 卷第 1 期。

⑤ 同上。

科学理论将乡绅这类人物放置于激烈的政治经济斗争之中进行描写，表现出了鲜明的革命叙事特点。沈从文对"乡绅"形象的刻画走上了与五四反传统道路相异的方向，以传统的艺术手法表现出"乡绅"身上的传统民族美德，体现了作家重建民族文化的文学理想。此文对于绅士身份的认定十分模糊宽泛，文中也没有注意到进入民国以后传统绅士的内部变化。①

袁少冲先生的博士论文《抗战时期"军绅"社会与大后方文学》考察了抗战时期，大后方特殊的"军绅"社会形态与大后方文学的关系。文中探讨了知识分子阶层从传统的"士大夫"（绅士）形态过渡到现代知识分子的形态转变。并指出"军绅"政权的特性以及地方"军绅"政权建设为抗战时期的文学活动提供了一定的物质基础。"军绅"社会中多种权力制衡也为抗战时期的文艺活动提供了可利用空间。同时，"军绅"社会既构成了对国家现代化的阻碍，又与中国现代文学之间存在奇特的悖谬共生关系。

另外，王晓明先生的《"乡下人"的文体与"土绅士"的思想——论沈从文的小说文体》中提及了沈从文的绅士思想，但文中"绅士"含义十分模糊，大致只是指向城市的有钱有闲阶层。② 还有一些中国现代文学研究虽也冠以绅士之名，但其中"绅士"的内涵却与历史学研究中的绅士阶层相去甚远。朱寿桐先生的《新月派的绅士风情》一书中探讨了绅士文化取向与新月派的形成发展及其文学风格的关系。作者将绅士视为具有自由、宽容的心态和谦和理性的精神，彬彬有礼、正直勇敢、优雅幽默的精英阶层。书中涉及的绅士风度指的是一种与传统绅士阶层无关的西式精神态度和志趣。这种以类似西方绅士文化视角探讨中国现代文学的研究还有岳凯华先生的《五四激进文人的绅士气质》③ 和陈旋波的《绅士文化与林语堂的文学品格》④。前者将绅士气质视为一种源自欧洲精英阶层的风度修养，认为这是五四文人中留学英美人士的特

① 魏欢：《论中国现代小说中的"乡绅"形象》，天津：天津师范大学，2012 年。

② 王晓明：《"乡下人"的文体与"土绅士"的思想——论沈从文的小说文体》，见刘洪涛、杨瑞仁编：《沈从文研究资料》（上），天津：天津人民出版社，2006 年，第 582—605 页。

③ 岳凯华：《五四激进文人的绅士气质》《湖南大学学报》（社会科学版）2006 年第 20 卷第 6 期。

④ 陈旋波：《绅士文化与林语堂的文学品格》，《华侨大学学报》（人文社科版）2001 年第 1 期。

征。后者则认为西方绅士文化的"性灵""幽默""闲适"等特质极大地影响了林语堂的文学创作。但这些研究成果并没有对"绅士"这个概念做基本的考察阐释。

从这些研究成果来看，绝大部分研究者仍旧将"绅士"作为封建地主阶级的一个补充和细化，而仅仅沦为了对既有研究结论的另一种佐证方式。虽然毕绪龙先生的论文意识到了"绅士"与封建地主阶级的本质差异。但是由于对史学研究的参考不足，文中忽略了绅士本身的知识精英身份以及绅士在地方控制方面的基本常识，以至于简单地将绅士阶层视为了传统文化的卫道士形象。而另一部分以英美的"绅士"概念来研究中国现代文学的研究成果，并没有对"绅士"这一概念的内涵和外延做基本的界定和考察。这些文章将现代作家的绅士气质简单地理解为对西方绅士文化的接受。而且这些研究也忽视了民国时期东、西方文化交融的社会背景以及传统绅士在民国时期的身份转化。

受限于对历史学、社会学研究成果的了解不足以及与清季民国时期社会历史情境的疏离，我们对中国现代文学作品中大量存在的绅士形象的认识还存在很大的疏漏和偏差。从历史学和社会学的研究成果来看，"绅士论"与"地主论"是两种截然不同的分析方法和研究视角。我们所熟悉的"地主论"主要是基于经济基础和生产方式对社会阶层和社会关系的划分。而"绅士论"则着眼于社会功能层面对阶层的区分。尽管绅士有时也具备地主的身份，但是绅士与地主却有着本质上的区别。所以，如果我们仅仅将绅士作为封建地主阶级的一种补充或代名词，则背离了绅士这一概念本身的内涵。另一方面，绅士在中国的现代化进程中，扮演着重要角色。因此，我们也不能片面地将绅士阶层视为儒家礼教的卫道士。

那么，究竟何为"绅士"呢？在"绅士"的概念界定上，许多研究者都有类似的看法。费孝通先生认为："绅士是退任的官僚或是官僚的亲亲戚戚。他们在野，可是朝廷内有人。他们没有政权，可是有势力，势力就是政治免疫性。"[1] 吴晗先生认为，绅士阶层与官僚、士大夫、知识分子是四位一体的。[2] 周荣德先生指出，"士绅的成员可能是学者，也可能是在职或退休的大官。传统士绅的资格是有明确规定的，至少必须是低级科举及第的人才能有进县和省

---

[1] 费孝通、吴晗等：《皇权与绅权》，长沙：岳麓书院，2012 年，第 7 页。
[2] 同上，第 60 页。

官衙去见官的特权，这就赋予他作为官府与平民中间人的地位和权利"①。绅士阶层有着特殊的规范系统和生活方式，并具有特定的文化抱负和才学，对子女的教育问题也格外重视。绅士阶层精通和遵守儒家的伦理道德，且非常注意炫耀权威而证明其特殊身份。②

张仲礼先生认为："绅士的地位是通过取得功名、学品、学衔和官职获得的，凡属上述身份即自然成为绅士集团成员。功名、学品和学衔都用以表明持该身份者的受教育背景。官职一般只授给那些其教育背景业经考试证明的人。"③ 下层的绅士是由以"正途"的科举考试或者"异途"的捐纳获得功名者组成。上层的绅士阶层则由在科举正途中递升至较高功名，或者是有仕宦生涯者充任。"由考试而成为'正途'绅士所享有的威望也高于由捐功名而成为'异途'的绅士。"④"取得绅士地位的入门考试称为'童试'意即初等学生的考试，这些学生称为'童生'。通过了童试就是生员，即受过教育的下层绅士，在日常口语中被称为秀才。"⑤

瞿同祖则指出中国社会不同历史时期绅士的构成也存在差异。"缙绅"一词可追溯至秦汉以前，其本意是指官员。"'绅士'或'绅衿'名词在明清时期广泛使用，预示着一个新的社会集团——功名持有者（'士'或'衿'）的出现。"⑥ 瞿同祖将有为官经历的绅士称为"官绅"，仅有功名学衔而尚未出仕者，称为"学绅"。⑦ 并且，还指出所谓乡绅，乃是卸任官员身份之后，再回到自己家乡的有功名在身的士子。⑧

大部分研究者关于绅士的定义都是在这些早期研究成果的基础上进一步细化。总体来看，绅士指的是具有科举功名（包括文科举和武科举）而又尚未出

---

① 参见周荣德：《中国社会的阶层与流动——一个社区中士绅身份的研究》，第5—6页。
② 同上，第118—149页。
③ 张仲礼：《中国绅士——关于其在19世纪中国社会中作用的研究》，李荣昌译，第1页。
④ 同上，第18页。
⑤ 同上，第7页。
⑥ 瞿同祖：《清代地方政府》，范忠信、晏锋译，北京：法律出版社，2003年，第267页。
⑦ 同上，第273、274页。
⑧ 同上，第275页。

仕者，卸任（丁忧、退休或被罢黜等情况）的官员，依靠军功或蒙阴取得功名的一类人；此外，也包括清季接受新式教育或出国留学的人群中被朝廷赐予功名者。另一方面，无论是客观实际还是法律规定，"绅士的声望与特权都是能与家人分享的"① 因此，本文也会涉及对绅士阶层和绅士家庭的整体考察。此外，新时期以来，关于绅士的研究中，许多学者都注意到民国时期"绅"的身份界定变得不再严格，这一阶层的来源和出身更是日趋于多元化，并与清代有了根本差异。对于帝制时代获得绅士资格者，本文称之为"传统绅士"或"帝制时代绅士"，对民国时期获得绅士身份者称"民国绅士"。"传统绅士"和"民国绅士"有时会存在身份的混合，届时将在具体分析中加以说明。

另外，历史学、社会学方面的论著中存在着绅士、士绅、乡绅等不同的称谓，有的论著出现了多个称谓混用的情况。早期学者著作，除近年来大陆翻译的版本外，大多使用的是"绅士"。近年来，也有研究者注意到了"绅士"容易与英语汉译"绅士"之间发生混淆，且存在定义不明等问题而采用"士绅"这一称呼。从笔者对中国现代文学作品和民国文献的阅读情况来看，"绅士""士绅""乡绅""绅缙"等不同称谓都有出现，相对而言"绅士"较之"士绅"出现得更频繁；而使用"士绅"的文本中，很多时候指的是士子（无功名的读书人）和绅士两类人。出于对历史经验的看重，除史料和文学文本的引文之外，笔者将在论述中统一使用"绅士"这一称谓。

当我们理清了"绅士"这个中国传统社会的原生概念之后，就不难发现中国现代文学中存在着大量被我们忽视或误解的绅士形象。当我们对清季民初绅士阶层的社会政治文化活动有所了解以后，就有可能在这一全新的视角的指引下，发现中国现代文学的发展轨迹背后的不为人知的内在动因以及各种纷繁复杂的文学书写所呈现出的深邃社会历史背景。

在漫长的帝制时代中，中国社会逐渐形成了独特的社会结构和运行模式。绅士阶层正是这种社会结构和社会运行方式的重要组成部分。在此，笔者希望通过对历史学、社会学方面研究成果的大量阅读，以文史互证的方式全面梳理中国现代文学中的绅士形象谱系。帝制时代，绅士是一个拥有较高社会地位、政治地位和经济地位的特权阶层。也正因如此，绅士阶层也广泛而深入地参与

---

① 瞿同祖：《清代地方政府》，范忠信、晏锋译，第301页。

了清季民初的社会政治变革。中国现代文学中有不少作品正是对辛亥革命前后社会历史变迁的反映。那么，在这类作品中出现了哪些绅士形象，作者又是如何表现绅士在时代变革中的思想状态和行为模式呢？作为特权阶层的绅士在帝制时代是乡土社会的实际控制者。在中国现代文学中的乡土题材作品中又塑造了怎样的绅士形象呢？而我们现在一谈到绅士，第一印象便是"土豪劣绅"。那究竟什么是土豪劣绅？土豪劣绅是一个政治概念还是一种客观存在？土豪劣绅又是怎样进入中国现代文学的？中国现代文学中的土豪劣绅形象又是怎样演变的呢？此外，在清季民国的社会政治转型中，传统绅士发生了复杂的演变分化，中国现代文学是如何展现绅士阶层的嬗变？在接下来的研究中，笔者将对以上几方面问题进行详尽的考察和探讨。

此外，传统绅士是科举考试所选拔出的知识精英阶层。在清季民国时期西学东渐的过程中，绅士是最早一批开眼看世界的人，并对各种社会思潮的产生和传播发挥了重要影响。绅士不仅在物质层面对社会进程产生了"短时段"影响，更构成了某些文化心态和社会意识的"长时段"因素。① 作为知识精英的传统绅士与新文化运动中的智识阶层又有着怎样的联系或对抗？传统绅士的思想文化观念又对中国现代文学的发生和发展产生了怎样的影响？传统绅士意识又是否影响了现代作家的精神世界和实际创作？在接下来的研究中，笔者也将尝试对这些问题做出解答。

当然，在此也必须强调的是，笔者使用"绅士"这一研究视角，并不仅仅是一个新的称谓，一个新的概念这么简单。"绅士"视角所要观照的是清季民国时期社会政治文化的聚变在中国现代文学中所呈现的不同样态，以及在此过程中新旧知识精英阶层复杂而幽微的精神世界。在这个考察过程中，我们惯用的"地主阶级""封建文人"或是"现代性""民族国家"等概念以及许多文学史常识可能都将难以适用。这就需要我们对既有的研究范式及研究方法做出一定的调整。我们需要改变那种通过一些外来的或先入为主的概念来认识现代

---

① 布罗代尔从地理时间、社会时间和个人时间三个层面将历史划分为：长时段，中时段，短时段。简而言之，长时段指变化极慢的结构，含地理生态、文化心态等因素；中时段指变化较慢的态势或周期，如经济和人口等变化；短时段是指变化甚快的军政事件及人物活动。参见［法］费尔南·布罗代尔：《论历史》，刘北成、周立红译，北京：北京大学出版社，2008年。

中国文学与文化的思维习惯。我们需要以扎实的历史材料为基础，回到清季民国时期具体的社会历史场景。我们需要真切地去体味一个老旧帝国于内忧外患之下破茧重生的道道纹理和丝丝痛楚，感受一个新生的民主共和国在社会政治文化的现代化进程中急紧缓滞、勃勃不定的脉息……

第一编
精英阶层的历史际遇
与清季民初的社会变革

鸦片战争中，西方列强以坚船利炮打开了古老中华帝国的大门。为了强国御侮，在朝官员与在野绅士不断发起各种改良自救运动。中国"三千年未有之大变局"就在内外环境的骤变中展开。八股经学与社会生活及内政外交的脱节，敦促着官员与绅士调整自身的知识结构和国家的人才选拔模式。绅士自身的思想意识和生存境遇也在这些改良活动中逐渐转变。各地绅士在国家鼓励下兴办的新式学堂为士子开辟了新的阶层晋升渠道。而绅士主导下的办报结社等倡新学活动，又在有意无意中鼓动了民众意识的高涨。清季新政中，绅权大伸，民气正旺，绅士阶层的改良活动逐渐脱离了在朝官员所预设的范围。改革观念和尺度上的差异，使原本属于同一政治集团的官员与绅士裂隙丛生。在官绅的貌神失和与时代进步潮流的推动下，中国社会迎来了由帝制向民主共和的转变。民国建立以后，绅士获得了更大的权力空间，而绅士的地位、观念、经济收入等各个方面也不断受到新时代的侵蚀和冲击。许多现代作家本人及他们的亲族正是中国社会现代转型的亲历者。作为传统社会精英阶层的绅士在清季民初社会变革中的历史遭际也引起了不少现代作家的密切关注。

第一章　科举进仕到新式学堂

——社会晋升之阶的转变

　　由是不及数年，而八股遂变为策论，诏天下遍立学堂；虽然学堂立矣，办之数年，又未见其效也，则哗然谓科举犹在，以此为梗。故策论之用不及五年，而自唐末以来之制科又废，意欲上之取人，下之进身，一切皆由学堂。不佞尝谓此事乃吾国数千年中莫大之举动，言其重要，直无异古者之废封建、开阡陌。①

——严复

　　科举考试是明清时代阶层晋升的最重要渠道，也是绅士阶层产生的最主要机制。科举制度始于隋，而相应的制度定于唐。宋又在唐的基础上采取了糊名、誊录的办法加强考试的公平性，并扩大了进士科的录取名额，基本实现了"取士不问家世"的原则。宋以后，中国基本上是一个科举社会，政权、士子和学术文化通过科举制度而紧密结合。② 明代在借鉴前代的基础上形成了更为完备的科举程式，并将学校纳入科举体系。清代的科举制度沿袭明制，并进一步严格、细密。③ 明清两代的科举制度，为士子铺开了一条亦步亦趋的社会阶层晋升之路。"朝为田舍郎，暮登天子堂。"不限定年龄的科举考试为天下士子提供了由边缘的乡土社会，进入政治权力中心的机遇。

---

　　①　1906 年严复在环球中国学生会的演说，见严复：《教育：论教育与国家之关系》，《东方杂志》1906 年第 3 期。
　　②　参见杨小辉：《近代中国知识阶层的转型》，上海：上海社会科学出版社，2011 年，第 25、26 页。
　　③　同上，第 26 页。

相对于西欧封建社会以世袭建立起来的相对板结的社会结构，中国帝制时代的科举制度为平民提供了稳定可行的社会阶层上升通道。海外汉学研究的"绅士热"，也正是与绅士阶层的产生机制——科举考试——所带来的特权阶层的社会流动有关。对于许多在晚清度过童年或少年时代的现代作家而言，接受多年的"举业"教育或参加科举考试是他们重要的人生经历。科举进仕也构成了中国传统社会的基本思想文化氛围。对生于清末，长于清末的现代作家而言，这个看似公平的社会阶层晋升渠道给他们带来了截然不同的生命体验，也在中国现代文学中呈现出了不同的样态。

一、逼仄的科考之路与困顿的士子

清代后期，人口持续增加，各地官学的学额却长期不变。在镇压太平天国运动的过程中，又有大批人以军功、捐纳获得功名。在诸多因素的综合作用下，曾经为中华帝国源源不断地选拔和输送人才的科举制度，在清朝末年却日渐运转不灵了。科举功名的学额有限，考试人多拥挤，士子要想取得功名十分不易；即便能考取功名，任官的出路也已经十分艰难。19 世纪中叶，只有不到 3% 的绅士能够获得政府职位；太平天国以后，绅士数量增加了 32%，进入仕途愈发困难。[①] 时人曾记叙："光绪以来，其拥挤更不可问，即如进士分发知县。名曰'即用'，亦非一二十年，不能不缺，故时人有以'即用'改为'积用'之谑，因县缺只有一千九百，而历科所积之人什（十）倍于此，其势故不能不穷也。"[②] 然而，即便如此，科举依然是帝制时代最重要的社会阶层晋升途径。虽然，获得科举功名以后并不一定能够走上仕宦生涯，但士子能由此获得的绅士身份也会带来较高的社会地位和一定的财富。饱受西潮冲撞、内忧外患不断的清王朝已逐渐走向末路，而举国士子仍旧在科举取士的道路上前赴后继。

李劼人的《儿时影》中写到，"我"上学前去买汤圆时，在大公馆前买汤圆的张幺哥看到我来就笑道："小学生好勤学，恁早就上学了！明年科场，怕

---

① 贺跃夫：《晚清士绅与近代社会变迁——兼与日本士族比较》，广州：广东人民出版社，1994 年，第 5 页。

② 何刚德：《客座偶谈》卷二，上海：上海古籍出版社，1983 年。转引自杨小辉：《近代中国知识阶层的转型》，第 38 页。

抢不到个大顶子戴到头上?"① 而惧怕私塾经学教育的同学哭生却对"我"说自己不想上学，想去学手艺。我道:"何必哩! 你读了书，以后入学中举，岂不好吗? 却甘愿去学手艺!"② 小说中，读书应考构成的社会氛围，对年幼的孩童造成了巨大的压力。孩童在天真无邪的年龄就已经在为今后的科考仕途埋首苦读自己难以理解的儒家典籍。对孩童尚且如此，成年人的科场压力就可想而知了。

与大部分江南人家相似，鲁迅的亲族中也不乏参加科考之人。鲁迅的祖父、父亲等先辈都热心科举，鲁迅本人也禁不住母亲的劝说，去应过试。③ 与鲁迅同去应试的周作人曾在散文中细细谈及科考的种种，而鲁迅却鲜有提及自己的科考经历。鲁迅对科举进仕本身并没有太大的兴趣，甚至是反感。不过，鲁迅依旧对科举进仕的阶层上升路径有所关注。与许多现代作家对绅士阶层的书写不同，鲁迅更关注没有获得绅士资格的科场失败者。

鲁迅的小说《白光》中的陈士成就是大半生投入科举，屡败屡战的失意者。陈士成的原型是鲁迅本家叔祖辈的亲戚周子京。周子京原本靠着祖上的军功蒙阴有了秀才的功名，却偏执地依旧去应县考，而不直接赴乡试。④ 而《白光》中的陈士成却并不似周子京这般苛求科场正途出身。小说的叙述是从县试放榜开始的。带着陈字的名字争先恐后地跳进陈士成的眼睛，却还是没有自己的名字。县试是童试三场中的一场，是士子进阶的最初级考试。"凡士子参加此最初级科举考试者，无论老少，皆曰童生，或曰儒童。有嘲童生联云: 行年罢市尚称童，可云寿考。到老五经犹未熟，真是书生"⑤。仅仅是这科举的入门考试直至白头仍未中（zhòng）式却锲而不舍者大有人在。不限年龄的科举考试带给了士子一种巨大而虚妄的幻想。小说中，陈士成已经考过 16 次县试，头发斑白了，却仍未考中。

"童子试设有县试、府试、院试三种，可以自由参加，但欲考秀才者非经院试不可。若连续三年不参加任何一种考试，则失去童子试应试权利。"⑥ 才学不足者也会应试，以博取考生的虚名，维持其读书人的身份。《白光》中陈士成是塾师，这是被视为士子正途的职业。陈士成十六次应考其实也是在保持

---

① 李劼人:《李劼人全集》第 6 卷，成都: 四川文艺出版社，2011 年，第 3 页。
② 同上，第 4 页。
③ 林贤治:《人间鲁迅》上，合肥: 安徽教育出版社，2004 年，第 58 页。
④ 周作人:《鲁迅小说里的人物》，石家庄: 河北教育出版社，2002 年，第 159 页。
⑤ 刘兆:《清代科举》，香港: 东大图书股份有限公司，1977 年，第 4 页。
⑥ 文安主编:《晚清述闻》，北京: 中国文史出版社，2004 年，第 284 页。

读书人的身份以求得担任塾师的资格。

落榜的陈士成幻想着自己"隽了秀才，上省去乡试，一径联捷上去"。"绅士们既然千方百计的来攀亲，人们又都像看见神明似的敬畏，深悔先前的轻薄，发昏，……赶走了租住在自己破宅门里的杂姓——那是不劳说赶，自己就搬的，——屋宇全新了，门口是旗杆和扁（匾）额，……"① 陈士成的这些想象并非痴妄。以清代社会的情况来看，一旦获得了科举功名，便可具有绅士的身份，既然门当户对，绅士们自然会来攀亲事。政府为绅士阶层提供特殊保护，以使绅士不受平民的冒犯。② 士子以科举功名取得绅士身份以后，进可入朝为官，退也是社会的特权阶层。可是，绅士身份地位是具有流动性的。陈士成祖上也曾风光，现下却已家道中落。他自己屡试不中也就无法恢复家门，以至于家中经济日渐衰败。陈士成科考屡次落第，无法以科举功名获得财富，只能惦念着挖取祖上传下来的宝藏，最终因妄想挖宝而癫狂致死。

陈士成读书科考的目的是极为功利的。小说中，与士子科考求名利的心态相同，世人对读书人也大都抱着势利的眼光。住在陈士成宅院里的杂姓，但凡遇到科考的年头，都知道陈士成放榜后的情形，早关了门少管闲事。陈士成落水死后，邻居也懒得去看。这自然与陈士成幻想着自己考中秀才后的种种情形截然相反。这也正是十年寒窗无人问，一举成名天下知的某种反映。

鲁迅笔下的孔乙己也同样是科举考试的失败者。读过书，但最终没有进学取得科举功名的经历让孔乙己成了社会中尴尬的角色。"他对人说话，总是满口之乎者也，教人半懂不懂的。"③ 孔乙己不仅自有一套读书人的语言，还有着读书人的逻辑——"窃书不能算偷"。他也带有好为人师的一面，向"我"教授"茴"字的多种写法。在中国传统社会中，"士人的威望并非基于一种神秘的魔力所构成的神性，而是基于此等书写与文献上的知识"④。明清两代的绅士阶层也致力于从源头上将其独占的文字神圣化，以维护自身的文化权利。⑤ 孔乙己在语言文字上与一般人的刻意区别，也是他自矜士子身份的体

---

① 鲁迅：《鲁迅全集》第 1 卷，北京：人民文学出版社，2005 年，第 570 页。

② 李涛：《士绅阶层衰落化过程中的乡村政治——以 20 世纪二三十年代的浙江省为例》，《南京师大学报》（社会科学版）2010 年 1 月第 1 期。

③ 鲁迅：《鲁迅全集》第 1 卷，第 458 页。

④ ［德］韦伯（Weber, Max）：《儒教与道教》，洪天富译，南京：江苏人民出版社，2010 年，第 117 页。

⑤ 徐茂明：《江南士绅于江南社会（1368——1911 年）》，北京：商务印书馆，2004 年，第 66 页。

现。但是，这种知识神圣化所带来的尊崇并不是孔乙己这样的科考失败者所能享有的。孔乙己的语言只是成为众人的笑柄。没有了科举功名傍身，旁人对孔乙己仅存的一点文化资本都心存怀疑和嘲讽。"'孔乙己，你当真识字么？'孔乙己看着问他的人，显出不屑置辩的神气。他们便接着说道，'你怎的连半个秀才也捞不到呢？'孔乙己立刻显现出颓唐不安模样，脸上笼上了一层灰色。"① 明清两代，科举功名是对于士子学识几乎唯一的考量。尽管社会上依旧有一些没有功名的饱学之士被尊为"布衣"并得到礼遇，但终究是极少数的个案。对于"短衣帮"而言，半个秀才都捞不到的孔乙己只是一个可以揶揄取乐的对象。

孔乙己的末路则是因为得罪了科举考试中的成功者。"他总仍旧是偷。这一回，是自己发昏，竟偷到丁举人家里去了。他家的东西，偷得的么？"② 举人是科举考试中较高层次的功名，考取之后便进入了绅士阶层中的上层。丁举人这样的上层绅士拥有比秀才、监生等下层绅士更高的社会地位和政治地位，能够直接进入官府与官员交谈，并会受到礼遇。法律也规定了庶民冒犯绅士阶层将受到比冒犯庶民更严重的惩罚。③ 丁举人在庶民中的威势正是由于他的上层绅士地位。在清代社会中，士绅阶层内部颇有些读书人世界的温情脉脉。取得了科举功名尚未步入仕途的学绅"有义务对其座师、门生、同年及其子女保持忠诚或亲近，并在困难时互相帮助——这是所有学绅攻守的义务"④。但是，没有取得科举功名的士子，并不在这种温情的规则之内。"窃书为雅罪"的文人习气，也没有在丁举人对孔乙己的惩罚中发挥一点作用。丁举人采取了"先礼后兵"的做法，孔乙己先写了认罪书，然后被打了大半夜，打折了腿。丁举人作为上层绅士，自然有包揽诉讼之类的能力，可以肆无忌惮地处罚孔乙己这种庶民的冒犯。

当然，我们也不难发现鲁迅也同样表现了这些科场失败者自身的问题。《白光》中，陈士成是私塾塾师。"科举时代一个生员仅充当塾师，一年的收入就大约有100两银子，大约是当时一名长工收入的10—20倍。"⑤ 陈士成虽然连生员这样最低级的功名都没有，但塾师的收入依旧能保证衣食温饱。不

① 鲁迅：《鲁迅全集》第1卷，第459页。
② 同上，第460页。
③ 瞿同祖：《清代地方政府》，范忠信、晏锋译，第279页。
④ 同上，第283页。
⑤ 杨小辉：《近代中国知识阶层的转型》，第198页。

过，从小说中的叙述来看，陈士成自身的学问并不出色。大约为五场的县试，每场放榜的圆图是科考中独特的榜式，用长方纸划成许多圆圈，绕圆周列名，圆心空白，每圈 50 名；但是考试中每场名次升降幅度很大，有异军突起者，有愈趋愈下以致落第者。真正的结果是终场所发的榜，此榜是长案，而不是圆图了。① 小说中，陈士成在放榜的圆图里一一搜索，都并没有看到自己的名字，可见其每场考试都成绩不佳了。

陈士成的可悲既体现为世人对科举失败者的冷眼和对成功者的趋炎附势，也在于他自己的无才而偏执，疯狂而贪婪——直到沉入水底了时他还想着挖取金银财宝。陈士成祖上在仕途经济学方面的成功，给他造成了心理上的负担和惰性。而在科举制度下，财富和地位终究是难以世袭的。

而孔乙己"写得一笔好字，便替人家钞钞书，换一碗饭吃。可惜他又有一样坏脾气，便是好喝懒做。坐不到几天，便连人和书籍纸张笔砚，一齐失踪。如是几次，叫他钞书的人也没有了。"② 在传统社会士农工商的格局之下，读书人即便是科举落第，从事抄书一类下层读书人的职业也还是能获得比农工更高的收入，并有一定的社会地位。而且，坚持应童子试的士子还能领到政府对读书人的一点补贴。③ 孔乙己因自身的懒惰，不会营生，才弄得自己穷困潦倒。但他始终放不下读书人的身份，让自己成了"站着喝酒而穿长衫的唯一的人"。

无论是陈士成对科举考试的执着还是孔乙己对士子身份的看重，都不仅是个人的偏执病。在传统社会中，只有通过科举考试取得功名，才能够获得绅士资格，进可做官即便在野也能享受更好的社会地位，免于徭役和部分捐税之苦。除此以外，社会没有提供更多的可供贫寒者晋升的途径。两篇小说中都展现了科举成功者与失败者截然不同的人生际遇，士子求学的功利态度，以及世人势利的心理。这些叙述都是以科举制度所产生的社会晋升途径和由此催生的绅士阶层的特权为基本的社会背景而展开的。由富足的绅士家庭至家道中落，其中遭际的人情冷暖，构成了鲁迅的某种心理创伤。这种成长经历也使鲁迅对科举取士制度之下的社会氛围有了独特而深切体会。因此，鲁迅小说中对科举考试的反映，并不针对制度本身，而在于置身于这种社会晋升体制下的人性的悲哀。

---

① 文安主编：《晚清述闻》，第 283 页。
② 鲁迅：《鲁迅全集》第 1 卷，第 458 页。
③ 文安主编：《晚清述闻》，第 282 页。

二、官绅之家与新式学堂的兴起

李劼人的小说《暴风雨前》讲述了清季成都官绅人家的变化。小说从郝公馆家下人的闲谈开始，而之后各种绅民的议论也围绕着当时的红灯教起义展开。当时，义和团运动波及四川，一个年仅17岁，人称廖观音的女子率领着红灯教起义。光绪二十七年（1902年），廖观音被俘后在成都被处以极刑。[①]"看杀廖观音，也是成都人生活史上一桩大事"[②]。除此之外，在中国的近现代史上，这一年也发生了不少对国人生活产生重大影响的政治事件。

义和团运动和八国联军入侵，让清王朝的苟延残喘变得更加艰难。在被称为"庚子国难"的政治事变中，大清皇室仓皇西逃。光绪二十六年（1901年）十二月初十，两宫尚未回銮，慈禧太后就在西安以光绪帝的名义发布上谕："世有万古不易之常经，无一成不变之治法。穷变通久，见于大易。损益可知，著于论语。盖不易者三纲五常，昭然如日星之照世。而可变者令甲令乙，不妨如琴瑟之改弦。伊古以来，代有兴革。……"[③] 一场历史上被称为清末新政的改革变法运动在光绪二十六年（1902年）逐步展开。关系天下士子前途命运的科举考试也在考试内容上有所变革。在清末新政中，各省、府、州县的书院改设大、中、小学堂。新式学堂毕业或公派出国留学者也有被授予科举功名的机会。[④] 社会阶层的晋升途径为之一变。

郝达三和儿子郝又三原本都只通旧学，对新学几乎一无所知。在清末新政的潮流中，新派人士苏星煌给这个半官半绅的家庭带去了一点新气象。官绅人家出身的苏星煌已经开始自如地使用诸如"启发民智"一类的新名词。郝家人虽对这类新学不甚理解，却也心向往之了。郝达三捐了50两银子，儿子郝又三就加入了苏星煌办的文明合行社。接着，郝又三又把之前闻所未闻的《申报》《沪报》带进了郝公馆。在新政时期的结社运动中，传统绅士阶层中的一部分人开始转变成"治过新学"的新派了。

---

① 参见成都市政协文史学习委员会编：《成都文史资料选编辛亥前后卷》，成都：四川人民出版社，2007年，第32—52页。

② 李劼人：《李劼人全集》第2卷，第22页。

③ 《光绪宣统两朝上谕档》第26册，第460页，转引自张海鹏、李细珠：《中国近代通史》第5卷《新政、立宪与辛亥革命（1901—1912）》，南京：江苏人民出版社，2006年，第7页。

④ 王小静：《试论科举废除之前的学堂毕业奖励制度》，《兰州学刊》2008年第8期。

　　与郝又三一同加入合行社治新学的田老兄，寒门出身，"自从入学之后，原希望一帆风顺，身入凤池，至少也得一个小官做做，却因时不来，运不来，一连几科，都不曾侥幸。……看了些新书新报，也才恍然大悟出科举取士之误尽苍生。……国事日非，科举有罢免之势，士人鲜进身之阶，自己多得了一点知识，就不能不有远虑了"①。靠着在合行社的新学功底，田老兄考上了新式的高等学堂。而半官半绅家庭出身的郝又三也没有再走科考仕途，在妹妹的鼓励下考进了高等学堂。清末新政之下，"胡翰林承命，废尊经书院，改办全省有一无二的高等学堂，先办优级理科师范一班"②。较之传统书院，新式学堂整体的学制和生活都是前所未有的。严格管理的学堂寄宿生活让郝又三觉得如"坐监狱"一般。课程设置又令他感到耳目一新：除了国文、中国历史、地理，还有外国历史、地理、物理、化学等课程，这些课请的还是日本教员，英文教师也是上海聘来，月薪是国文教师的五倍，另外还开设了体操课。可以说，小说生动地展现了中国现代高等教育最初的面貌。

　　进入新式学堂以后，士子的思想状态也为之一变。"学堂中的知识人接受思想，报馆中的知识人制造思想"③。接受了新式教育的学堂学生，开始看起《民报》《国粹学报》。学生中的革命情绪慢慢被鼓动起来，有人加入了同盟会，排满革命的名词在新学堂中流传。"壮哉！……长厚者亦为之，天下事可知矣！……革命万岁！马前走卒万岁！"④ 革命，流血，不怕死的口号在新式学堂中被大声叫喊出来。传统的书院是帝制时思想意识形态控制的一部分。新式学堂则培养出了大批充满暴力气息的革命志士。⑤

　　小说中，这些高等学堂的学生还没有毕业就开始办新式小学堂了。办新式学堂在当时成了风潮的潮头。办新式小学的过程也极其简单，关键在于请有名望的人出来当监督。田老兄和郝又三也起了办小学的打算。帝制时代有名望的无外乎有科举功名在身的绅士。田老兄就打算请成都县李举人作监督。李举人从日本调查学务回来，捐了个内阁中书，有好几所中学请他去做监督，自然看不上小学。李举人留着清朝的发辫，却穿着日式的衣鞋。他谈到日本学堂和办

　　① 李劼人：《李劼人全集》第 2 卷，第 54 页。
　　② 同上。
　　③ 杨国强：《20 世纪初年知识人的志士化和近代化》，见许纪霖编：《20 世纪中国知识分子史论》，北京：新星出版社，2005 年，第 164 页。
　　④ 李劼人：《李劼人全集》第 2 卷，第 65 页。
　　⑤ 参见杨国强：《20 世纪初年知识人的志士化和近代化》，见许纪霖编：《20 世纪中国知识分子史论》，第 162—175 页。

学经验时所看重的竟是日本学堂大门的样式。在李举人看来，"我们若是要办
学堂，大门是顶要紧的！"① 清季新学潮流之下，传统绅士留学之风兴盛，与
中国毗邻的日本吸纳了最多的中国留学生。留学中速成班之类最受欢迎，许多
人只学得皮毛也能在回国之后抬高声望。② 郝又三最后找了自己的父亲绅士郝
达三当了监督，办起了义务小学。但学生尚未教毕业，办学风潮一过小学就关
了门。

　　而新式学堂成了继科举考试以后，进入官场的又一重要途径。新政之下，
官员的任用制度也在逐渐转变。郝家的世交葛寰中，懂得新学，已经在机器局
当差三年。葛寰中也在与郝家人的谈话中，感慨新政人才缺乏。在他看来，将
来做官断不会万把银子的捐纳可得了，"现在，只要你会请安，会应酬，会办
一点公事，就可以称为能员。……即如眼前要仿照湖北新政，把保甲局废了，
改办警察，困难就立刻出来了。候补人员这么多，办保甲，好像大家都会，因
为并没有什么事情做，只要坐着拱竿大轿，带着兵丁，一天在街上跑两趟就完
事。一旦要办警察，这是新政了，从外国学来的，你就得知道方法才敢去接这
差事"③。在一个官本位的社会中，士子自然是要相时而动的。葛寰中的亲戚
吴表少爷吴鸿到成都来找他代谋职位。葛寰中说："你一点功名没有，官场中
如何能够为力？现在世道，不要功名也可以，却须住过学堂的，你呢？"④ 乡
镇来的吴表少爷完全不知新式学堂为何物，只道是在旧式私塾住过。新式学堂
大多集中于省会这样的大城市，由遍布乡间的传统私塾构成的教育格局为之一
变。城市中，也开始出现了一年速成的武学堂，满足一些乡里子弟的晋升愿
望。吴鸿就进了速成武学堂，以后大小也有事可做了。

　　清季新政中，出现了传统绅士办新式学堂的风潮。小说中，四川新式学堂
之首的高等学堂，仍用的是尊经书院的旧址，主事的也是胡翰林这样的上层传
统绅士。中学学堂的监督一类也仍旧是传统绅士担当。大批读书人以科举进仕
的功利心态，在传统绅士阶层的引领下迈出了教育现代化的步伐。

三、现代作家的末代科场

　　光绪三十一年（1905 年），清廷上谕："著即自丙午科为始，所有乡、会

① 李劼人：《李劼人全集》第 2 卷，第 65 页。
② 贺跃夫：《晚清士绅与近代社会变迁——兼与日本士族比较》，第 97 页。
③ 李劼人：《李劼人全集》第 2 卷，第 34 页。
④ 同上，第 115 页。

试一律停止，各省岁科考试亦即停止。其以前之举、贡、生员分别量予出路，及其余各条，均著照所请办理。”① 至此，千百年来关系着士子命运的科举制度走到了尽头。叶圣陶根据自己幼年的经历创作了短篇小说《马铃瓜》，讲述了 1905 年，虚岁 12 岁的“我”去贡院应试的故事。父亲希望我去应院试，“我”则提出带两个马铃瓜才肯去的条件，一派稚子纯真。这篇篇幅不长的小说，真实再现了清代科场的种种细节。

小说中，“我”的应考是一个充满地方风俗的家族事件。“在我们这地方，当舅父的有几种注定的任务，无论如何不能让与别人的，就是抱着外甥剃第一回的头，牵着外甥入塾拜老师，以及送外甥入场应试。”② 照着这样重视读书应考的习俗，舅舅负责送“我”入场应考。而“我”带去应试的书是叔父准备的，婶母帮忙装箱。“我”入考场要带的黄铜顶子纬帽也是叔父的。苏州的民间故事有称，清代的秀才戴黄铜顶子的冠。③ 叶圣陶是苏州人，叔父有黄铜顶子的纬帽，应试的书籍和考场规则也都由叔父准备，大概可以想见叔父多半是通过院试的秀才了。

“我”所参加的童子试是科举考试的入门，三年两考。从小说的叙述来看，小小年纪的“我”已经考过县试和府试。按照清代科举的规则：“无论是否参加县试、府试者，均可报名应院试……童子试设有县试、府试、院试三种，可以自由参加，但欲考秀才者非经院试不可。若连续三年不参加任何一种考试，则失去童子试应试权利。”④ 县试在县城举行，府试和院试在府城举行。相对于县试来说，府试路途遥远，用费颇多，参加院试更需先报到，租觅寓处，因此参与人数比县试较少。⑤ 对于“我”来说，院试其实是一段轻松的路程：“从我家到贡院前，不过一里光景。”⑥ “我”的困扰在于院试与县试、府试一样也都是在夜间。清代院试是半夜入场。⑦ 12 岁的“我”带着幼童对于黑夜惯有的恐惧，不喜欢夜行，又感到了昏昏欲睡的疲倦。贡院外黑压压地挤满了

---

① 《光绪政要》第 27 册，卷 31，第 57—59 页，转引自舒新城编：《中国近代教育史资料》上册，北京：人民教育出版社，1981 年，第 65 页。

② 叶圣陶：《叶圣陶全集》第 2 卷，南京：江苏教育出版社，2004 年，第 95 页。

③ 潘君明，高福民主编：《苏州民间故事大全》第 12 册，苏州：古吴轩出版社，2006 年，第 68 页。

④ 文安主编：《晚清述闻》，第 284 页。

⑤ 同上，第 282 页。

⑥ 叶圣陶：《叶圣陶全集》第 2 卷，第 95 页。

⑦ 文安主编：《晚清述闻》，第 286 页。

人，"我"则像一个梦游的病者挤入考场。拥挤和嘈杂构成了我对院考的主要记忆。科举走到了穷途末路，在这条路上努力多年的士子却依旧前赴后继地投身其中。考场外的人头攒动中，作为孩童的"我"看到了科考的种种戏谑。妇女抱着孩子，说笑着看应考的士子。胡家为大批家族子弟租下的应考寓所成了围坐打牌的地方，全然没有读书人的气息。

除了孩童看热闹似的观察之外，小说对科举考试规则和流程的种种描绘极为精细。繁冗严谨的科考与一个稚气未脱的孩童之间的反差也显出种种滑稽之态。清代县考要求考生须"戴无顶戴之官帽入场"①。也有一说称参加童子试的考生"按照规定是必须穿官衣、戴官帽的，……但是到了清末，很多考生都不穿官衣，只要求戴官帽了"②。"我"的官帽是借叔父的。"父亲叫我把那黄铜顶子旋去了，只留顶盘和竖起的一根顶柱。我把纬帽试戴时，帽沿齐着鼻子，前面上截的景物全看不见了，头若向左右转动，帽子也廓落地旋转。"③入场时人贴着人拥挤，"我的过大的帽子搁住在前人的腰部，歪斜得几乎掉下来了；又不能放下手提的东西，其实就是空手，也没有举起手来的余地，只好歪着头勉强把帽子顶住。除了前人长衫的腰部，什么都看不见"④。而仅门上装的高到"我"胸部的门槛又让"我"这个小孩子跨不过去。当有个陌生人把"我"抱到门槛内时，"宽大的帽子经这么一动摇，掉在地上"⑤。"我"的应考完全是一派小孩子穿大人衣服做戏一般的滑稽。

院试是三场童试中规则最为严格的一种。考生县考时就要找廪生作保，填具保结，在院试报到时，廪保再行登记，然后由礼房注册，于试前随同考生姓名一并悬榜周知。⑥所谓廪生，即"童生考取生员后，应岁科两试等第之高选者，为廪膳生员、增广生员"⑦。"廪生每岁有俸米，谓之食饩，故曰廪膳生，简称廪生。"⑧廪生的一项重要职责就是证明应考童生的身份，保其身家清白、非优倡皂隶之子孙、无假捏姓名、冒籍、匿丧等违规行为。⑨"我"跟着舅父

---

① 刘兆：《清代科举》，第 5 页。
② 李兵：《千年科举》，长沙：岳麓书社，2010 年，第 85 页。
③ 叶圣陶：《叶圣陶全集》第 2 卷，第 95 页。
④ 同上，第 100 页。
⑤ 同上，第 102 页。
⑥ 文安主编：《晚清述闻》，第 286 页。
⑦ 商衍鎏：《清代科举考试述录》，北京：生活·读书·新知三联书店，1958 年，第 1 页。
⑧ 刘兆：《清代科举》，第 16 页。
⑨ 商衍鎏：《清代科举考试述录》，第 4 页。

进了贡院黑压压的仪门，"因县试府试的经验，知道这是点名。点过一名，从人堆里迸出一声'有！'人堆就前后左右地挤动，同时又听见十分恭敬的一声'某某某保！'叔父曾经告诉我，大考时由廪生唱保，这一定就是了"①。廪生唱保可谓是科场中必不可少的一道"风景"。按照院考的规矩，"拂晓时，点名始完毕，鸣礼炮（土炮），试官将'龙门'贴条封住上锁"②。所以，"约略听得外面有些鼓吹之声与炮声，我淡淡地想，'封门了。……'"当满棚的人都向甬道望去时，"我"听别人说是学台坐着藤轿进去了。学台是清代对学政③的俗称。"院考由'学政'主持。学政亦称'学院'或'学差'，由皇帝钦派科甲出身之翰林充任，每省一人，三年一任，任何高官如非翰林出身，不能放学差。……其全部官衔为'钦命提督某省学政'，身份等于钦差，与巡抚平行，能专摺奏事，为各省布政司所不能者"④。院试也是由学政当堂阅卷，随后放榜，可见其地位。

"我"在考试过程中，有人"冒籍"被逐出考场也是一段有意思的小插曲。清代科举冒籍分为冒占民籍、冒占商籍、冒占旗籍等类别，其中以冒占民籍最为普遍。清代科举考试中，各地区的录取比率并不相同，因此有的考生就跨区域冒占其他地方的民籍应考。小说中的冒籍者，被众人追问籍贯并在回答中暴露自己的外地口音，可见也正属于跨区域的冒占民籍。这种冒籍的考生将挤占本地考生中式的名额，自然会在考场上引发众怒，导致了一场闹剧。江南一带大多是科举大省，冒籍应考的现象也十分突出。许多江南士子还会到士子文士之风较弱的地区冒籍应试。⑤ "通过相关史料可以看到，即便是苏州、松江、常州等文教极为发达的地区，互相冒籍跨考的问题也非常严重。"⑥ 无怪叶圣陶会在这短篇小说中专门对"冒籍"的例子详述一番了。为了科考中式拼尽一生的士子极尽钻营，却全然不知科举取士已经走到了最后一站。

小说中谈及的种种繁琐的科考规则与名号对于今人而言，倘若没有一定的相关知识，难免会不知所云。而小说中的"我"作为一个虚岁 12 岁的孩子，

① 叶圣陶：《叶圣陶全集》第 2 卷，第 100 页。

② 文安主编：《晚清述闻》，第 287 页。

③ 广西师范学院历史系编：《历代官制兵制科举制常识》，桂林：广西师范学院历史系（翻印），1979 年，第 107 页。

④ 刘兆：《清代科举》，第 9 页。

⑤ 刘希伟编：《清代科举冒籍研究》，武汉：华中师范大学出版社，2012 年，第 109 页。

⑥ 同上，第 110 页。

却已经表现出了对科举应试种种规则的相当了解。这自然与叔父等亲友大多具有科场经历有关，也足见科举考试对这一带地区深入而普遍的影响。科考是当时几乎唯一的也是成本较低的晋升途径，稍有能力的家庭都会尽量供子弟读书应试。而"我本来没有进去的欲望，是父亲叔父们要我进去的"①。尽管"我"还是一个孩子，却已经承载起家族希望，为科考功名做准备。

这种略显沉重的家族负担、繁琐的科考规则以及考试过程的种种艰辛与烦闷与"我"的年龄是极不相称的。《马铃瓜》细数院考的细则流程而又不显得沉闷，也正是在于对儿童心理和趣味的展现。无数士子勤勉一生投身科考，我却是因为经不住两个马铃瓜的诱惑去应试。我跟舅父抢着提考篮，也因为考篮中有两个马铃瓜。夜行的不适，贡院外的阴森，等待入场的无聊……"我"都一一以马铃瓜自我安慰。院试入场时拥挤不堪，我担心的也只是怕把篮子里的马铃瓜挤坏了。进入考棚坐定以后，我迫不及待地"捧出一个可爱的翠绿的瓜来"，"那西瓜类特有的一种甜味，使我把一切都忘了"②。难怪等待入场时，一位考生笑道："你倒蛮写意；人家只怕绞不出心血来，正在那里着急，你却带着瓜果进去吃。"③ 面对经义的考题，我无从下笔时，竟又开始吃起马铃瓜。待吃完了马铃瓜，"我"又开始吃起考篮里的其他食物。参加科考的考生"带长耳考篮载笔墨、食物入场"④ 是习见的惯例。《马铃瓜》这篇小说中考篮中所装的食物则颇具地方特色和儿童趣味。"我"带入考场的考篮中"盛着两个马铃瓜，七八个馒头，一包火腿，还有些西瓜子花生米制橄榄之类，吃着消遣的东西"⑤。乍一看去不像是去应考，倒有点郊游的意味。考篮里的零食也是为了哄着孩童捱过漫长的考试过程。"我"把考篮里所有东西都吃完，连一颗瓜子都不剩才开始翻《礼记》写文章。实际上，"我"前年才开的笔，只能勉强写 300 个字而已。这次考试只是为了增加阅历，以免日后怯场而已。关乎士子一生前途，付出的种种辛劳的一场科举考试，在孩童那里如一场疲劳的闹剧一般结束了。

不过，在科场中幼童应考并不稀奇，应考的孩子也并非都似"我"这样的游戏态度。"我"在等候入场时，就有考生从舅父那里得知"我"只有 12 岁。

---

①　叶圣陶：《叶圣陶全集》第 2 卷，第 101 页。

②　同上，第 103 页。

③　同上，第 99 页。

④　商衍鎏：《清代科举考试述录》，第 4 页。

⑤　叶圣陶：《叶圣陶全集》第 2 卷，第 94 页。

这位考生就称"我"真是所谓的幼童,可以编红辫线,以期到时大宗师看得欢喜,在点名簿上打个记号。"童生年在 14 岁以下考秀才者,可报考'幼童',提坐堂号,由学政面试,作简易试题,或背经书及其他简易试法,准予'进学'"①。院试由学政亲自点名②,幼童编红辫线就可以在点名时引起学政注意。院考成绩由学政定夺,学政的一点好印象对考生而言也是意义重大。那位称我为幼童的考生问我为何不编红辫线,也正是因为这样的科考规则。

传记作家把《马铃瓜》当作叶圣陶自己的童年经历加以叙述。③ 自然是因为这篇小说浓厚的自传色彩。而小说与现实之间的差异,也颇令人玩味。顾颉刚曾回忆叶圣陶参加科举考试的经历:"长元吴三县绅衿以宾兴款设立公立高等小学,予与圣陶俱往试,获隽,乃复聚。当科举未罢时,予已略习操觚,吾父令观场,而吾祖以为不宜太早。科举遽废,予乃无从取得提篮进考场之经验。圣陶告我,渠曾往应试,家中为之系红丝线,示年幼,闻之而羡。"④ 可见与《马铃瓜》中单纯的游戏式应考不同,叶圣陶的家人对他这次参加科举考试是抱有期待的。叶圣陶的父亲中年得子,对他的教育颇为重视。叶圣陶的童年和少年时代所接受的教育也都是在为应对科举考试做准备。科举应试无疑是平民达成社会阶层晋升的最重要途径,叶圣陶的家人对他参加科举和期待中式的心理也十分自然。

有意思的是,《马铃瓜》这篇小说创作于 1923 年,距离叶圣陶 1905 年参加院试已经过去 18 年了。小说的情节固然有虚构的成分,但其中对科举考试规则和院试中入场、点名、唱保、封门、出题、试题类型、放排等种种仪式和细节不厌其烦地描绘。就连大约每隔十几间考棚就有一个尿桶都要调侃一番。要么是自幼对科举的认识烂熟于心,记忆深入骨髓,要么就是依据资料参考所做了。而从顾颉刚的回忆来看,友人对叶圣陶的科场经历颇为羡慕。参加过末代科考无疑是叶圣陶人生中颇具纪念意义的一件事。其中对科考过程和规则细致入微的书写也带有一丝满足猎奇心理的意味。

《马铃瓜》虽然以孩童的视角叙述,但其中对科举考试的繁琐,士子的辛劳是充满体认和感慨的。小说中"我"对科场阴森鬼魅的感受,既是孩童心理

---

① 刘兆璸:《清代科举》,第 11 页。

② 商衍鎏:《清代科举考试述录》,第 11 页。

③ 参见刘增人:《叶圣陶传》,南京:江苏文艺出版社,1995 年,第 6—7 页;庞旸:《叶圣陶和他的家人》,沈阳:春风文艺出版社,2001 年,第 4—9 页。

④ 顾颉刚:《记三十年前与圣陶交谊》(写于 1944 年 12 月 23 日),见顾颉刚编:《人间山河:顾颉刚随笔》,北京:北京大学出版社,2009 年,第 77 页。

使然，也似乎暗暗喻指着科举的末路。中国社会的新旧转型之变也在"我"带着马铃瓜应考的院试中明晰地显现出来。叔父说："这回考试开未有之例，入场时不搜检了，可以公然带书去翻。"① 考场中也出现了寻常童生和学生两类不同的应考人群。"学生与寻常童生，不同之点很多，最显著的有两端：一是排斥迷信，而是崇奉合群新说"②。学生来应科举考试也是成群结队而来。科举考试中，考生的年龄参差不齐，既有幼童、青少年，也不乏三四十岁的老童生。但新式学堂的学生却有着相近的年龄和趋同的家庭背景。而此时期的新式学堂多为寄宿制，家庭纽带日益松动，与传统的道德习俗日渐疏远，从而形成了一种有别于以往士子的学生集体关系。新式学堂的学生也因此形成了集体行动的风潮。③ 小说中，学生集体应考，又集体砸了定慧寺神像的举动，正是新学堂兴起后由士子到学生的思想行为骤变之体现。然而，这种新变的背后依旧是对科考进仕道路的追逐。兴办起来的新式学堂在考期临近时，发出告示不准学生应科举考试，禁止想兼走两条进取道路的取巧占便宜。但是县立小学堂和中学堂的好些学生还是改名字考科举。这群学生中以中学学堂里的学生杜天王为首。杜天王是一位"了不起的乡绅"④ 的儿子。乡绅这样以科举功名获得特殊社会政治地位的精英阶层，他的特权在很大程度上能够与直系亲属共享。杜天王依着新学堂的反对迷信，成群行动的处事特点，肆无忌惮地带领新式学堂学生损毁神像，飞扬跋扈地打骂冒籍者，乃至得到"天王"的名号，也都因为父亲有着乡绅的特权地位。而参加科举考试取得功名正是进入这种特权阶层的最重要途径。绅士阶层的子弟既看到了社会的现代化而开始接受新式学堂教育，却依旧希望牢牢抓住科考这样传统的晋升路径。现实中，叶圣陶已经是绅衿创办的新式学堂的小学生，但却也参加末代科举，希望兼走两条进取之路。童生与学生的双重身份也正代表着过渡时代人们对以教育实现社会阶层晋升的惯性。叶圣陶的小说中也常有交代其中人物读书准备科举考试的经历。这种双重教育背景是许多现代作家在社会转型中难以避免人生经历。

　　叶圣陶的《马铃瓜》中，"我"以稚子的童真，疲惫无聊地用两个马铃瓜和一考篮食物应付了一场院试。也就是这一次，早已饱受诟病的科举考试历经千年而寿终正寝了。科举废除这一后来被史学家视为士人与清政府离心的重大

---

① 叶圣陶：《叶圣陶全集》第 2 卷，2004 年，第 95 页。
② 同上，第 105 页。
③ 参见杨小辉：《近代中国知识阶层的转型》，第 79—81 页。
④ 叶圣陶：《叶圣陶全集》第 2 卷，第 106 页。

事件，于叶圣陶而言则是在一个孩童的闹剧中结束了。社会的新面貌却在这时加速露出自己的眉目来。

四、新女性的母亲——新式学堂中的绅士家庭女眷

美国学者吉尔伯特·罗兹曼曾指出："1905 年是新旧中国的分水岭，它标志着一个时代的结束和另一个时代的开始。必须看到，它是一个比 1911 年革命更为重要的转折点，……1905 年，尽管革命的社会意识没有起作用，但随着朝廷宣布结束中国的科举制度，旧社会主要的大一统的制度被废除了。科举制度曾经是联系中国传统的社会动力和政治动力的纽带，是维持儒家学说在国家的正统地位的有效手段，是攫取特权和向上爬的阶梯，它构成了中国社会思想的模式。由于它被废除，整个社会丧失了它特有的制度体系。"① 这一观点得到了许多国内学者的赞同，并被广为引用。

科举制度的废除之时，整个的社会反映是十分平淡的。而在之后的岁月中，科举废除对中国社会历史进程产生的深入影响逐渐显现，并出现在大量的中国现代文学作品中。在反映辛亥革命前后这一时间段的小说中，科举废除后新式学堂的广泛建立及其在中国社会现代化进程中产生重要影响的历史现实得到了现代作家的关注。

光绪帝废除科举的诏书也为今后的教育文化提出了发展方向："学堂本古学校之制，其奖励出身亦与科举无异。历次定章，原以修身读经为本；各门科学，又皆切于实用。是在官绅申明宗旨，闻风兴起，多建学堂，普及教育，国家既获树人之益，即地方亦有光荣。经此次谕旨，著学务大臣迅速颁发各种教科书，以定指归而宏造就。"② 清王朝在废除科举考试制度的同时，也开始大力提倡新式学堂的创办。绵延千年的科举制度废除之后，在下坡路上走得正急的清王朝也离覆亡不远了。在这朝代更迭的缝隙中，社会新变也在属于社会精英阶层的绅士家庭中摆出了破旧立新的姿态。科举制度废除以后，新式学堂迎来了真正的大发展。

随着新式学堂的创办，不仅使致力于科考进仕的士子生活轨迹为之一变，

---

① ［美］吉尔伯特·罗兹曼（Rozman, G.）主编：《中国的现代化》，陶骅等译，上海：上海人民出版社，1989 年，第 338—339 页。

② 《光绪政要》第 27 册，卷 31，第 57—59 页，转引自舒新城编：《中国近代教育史资料》上册，第 66 页。

也为原本安居宅院中的女性开启了一种全新的人生。丁玲的小说《母亲》就是以自己母亲的经历为蓝本，讲述了一个绅士家庭的女性，在丧夫之后进入新式学堂而改变命运的故事。从丁玲母亲的日记来看，小说叙述的是 1907 年之后几年的事情，也正是科举考试废除后，新式学堂兴起的时期。

小说的主人公于曼贞，出身于一个世代书香的官绅家庭，祖上曾经官至太守。曼贞嫁到的江家也同样是官绅人家。江家的老太爷挣下了不小的功名，20 岁就带蓝顶子，24 岁就带红顶子。江家的父辈子侄大都有着科考经历。江家七兄弟也只有四老爷连个芝麻大的功名都没有。曼贞的丈夫江家三老爷，不但 15 岁就中了秀才，也去过东洋留学。与丁江家两家有交往的也大多是绅士家庭。

江家老一辈确是讲仁义道德有良心的人，然而到了这一辈的老爷们却已是家风败坏。江家在经济上日渐衰败，而庞大的亲族，仍旧讲究着门面应酬，一家男女又大都有着鸦片瘾，总要吃好膏。曼贞的丈夫平时大手大脚，败光了大半家产后病逝，留下了曼贞和女儿小涵还有一个遗腹子。江家是一个保守的绅士家庭，江家人觉得学堂里好歹不齐，少爷们都只准在书房读书。江家历来也有不少贞节牌坊匾额。

曼贞这样一个传统绅士家庭的寡妇，余生似乎是一眼能望到头的了。但是，清季的社会变革却让她看到了一种新的生活。小说中曼贞的父亲曾设馆教书。她的弟弟云卿也在一个新开办的男学堂里教书。但是，"他并不教人做文章，只教学生们应该怎样把国家弄好，说什么民权，什么共和，全是些新奇的东西，现在又要办女学堂了，到底女人读了书做什么用，难道真好做官？假使真有用，她（曼贞）倒觉得不能不动心呢"①。

新式学堂带来的一系列变化已经给一些开明的绅士家庭带来了不一样的风气。与丁家交好的程家，懂新学的程二老爷竟说起自己的中过举人的哥哥文章不通。程家的二嫂在上海进了一年多的新学堂，脚也放了，头上也不戴花不戴钿，还要当女先生教书了。曼贞想进新学堂的愿望连绅士家的女眷也开始赞同。赵四姐就劝慰曼贞："世界确是不同了，说是自从'长毛'以后，外国人就都到中国来，中国人也到外国去读书，从前废科举，后来办学堂，现在连我们家里也有女学生，前晌还有人到县里讲，说四处有人想造反，要赶跑满人，恢复明朝。那么，天下又得乱。所以我说将来的事断不定，怕还是五姐读了书

---

① 丁玲：《丁玲全集》第 1 卷，石家庄：河北人民出版社，2001 年，第 155 页。

好呢。"① 在办新学堂的弟弟云卿的帮助下，已经 30 岁的寡妇曼贞，卖掉了乡下的房产和田地，带着两个孩子来到城里进入了新式学堂。

新式学堂开办之初，不少学堂没有女学生，就只好去接亲戚家的女眷来上课。小说《母亲》中叙述的也正是这样的情形。进入新式女子学堂的大半都是大户人家打扮。新式学堂依旧挂着先师孔子像，大厅挂着知县题的匾额"女师坤范"。入学典礼也是一派新旧混杂的意味。知县、学堂的堂长王宗仁带着几位中年绅士参加了入学礼。三四十名学生，有小姐太太，也有幼稚生。小说中，新式学堂的兴办者都是传统绅士。绅士家庭的女性出身于书香世家的经历也使她们本身具备了一定的文化素养。绅士家庭相对更优越的经济条件，也使这些不需要以劳力谋生的太太小姐有了接受教育的时间。接受过新式教育的绅士也愿意将家中女眷送入新式学堂。在开明传统绅士的主导下，绅士家庭女性的现代化之路在接受新式教育的过程中展开了。

新式学堂不仅为这些传统绅士家庭的女性带去了新的知识，而且改变了她们的生活模式和价值观念。曼贞放开了绅士家庭引以为傲的小脚。不少大家女眷上了学堂以后放了小脚，穿白竹布棉袜子，和黑缎鞋，也不再戴繁复的头饰首饰。于曼贞坚持忍痛上体操课，"每天都要把脚放在冷水里浸，虽说不知吃了许多苦，鞋子却一双比一双大，甚至半个月就要换一双鞋。她已经完全解去裹脚布，只像男人一样用一块四方的布包着。而同学们也说起来了：'她的脚真放得快，不像断了口的。到底她狠，看她那样子，雄多了。'"② 新式学堂讲平等、自立的办学理念也让绅士家庭的女性开始走出家门，尝试着像男性一样参与社会活动。兴办新式学堂的绅士们激进的社会活动也更进一步拓宽了这些女性的视野和胸怀。于云卿到女学堂演讲"怎样振兴中国"，态度言辞慷慨激昂，令人倾心佩服。"于云卿他们组成了一个郎江学社，他们还说要出报纸，他们经常都在骂官厅，他们又都不蓄头发，成天的忙。"③ 曼贞和夏真仁等同学开始关心时政，并生发出了报国救世的热情。女学堂里也有人想入革命党。

在《母亲》这部小说中，绅士阶层在科举废除之后内部不断分化，一部分绅士逐步现代化，成为社会变革的推动力；一部分绅士阶层家风堕落，家业衰败。在接受了新式教育和新思想的绅士主导下，绅士家庭内部出现了新的思想和气象。绅士家庭的女性也开始紧随其后走出故宅旧家，成为有新知识、新思

---

① 丁玲：《丁玲全集》第 1 卷，第 194 页。

② 同上，第 188 页。

③ 同上，第 194 页。

想的第一代"新女性"。

　　在以科考为中心的儒家经典教育下，绅士群体大体趋向于卫道，并惯于从儒家经典和伦理道德来看待现实问题，与王朝政治也有着天然的亲和力。以籍贯为单位的应考体制下，士子都在本籍乡里耕读，生活稳定且家庭纽带牢固。[①] 但废科举、兴学堂以后，学生所处的以同龄人为主的寄宿集体生活、居于城市的学校环境以及教育的组织形式、内容都与科考时代的士子有了质的差异。[②] 在时人的言论中，新式学堂几乎是反体制思想的策源地。在近代中国第一代新式学堂的毕业生中，涌现出最多的就是政治志士与职业革命家。[③] 在新式学堂的兴盛之下，新潮不断涌现。当困守旧宅的绅士家庭女性也开始步入其中接受现代思潮洗礼之时，一场更大的革命风暴也已经不远了。

---

① 杨小辉：《近代中国知识阶层的转型》，第79页。
② 同上，第80页。
③ 同上，第77页。

第二章　辛亥鼎革前后的绅权与民权

　　欲兴民权，宜先兴绅权；欲兴绅权，宜以学会为起点，此诚中国未常有之事，而实千古不可易之理也。……今中国之绅士，使以办公事，有时不如官之为愈也。何也？凡用绅士者，以其于民之情形熟悉，可以通上下之气而已。今其无学无智既与官等，而情伪尚不如官之周知，然则用之何为也？故欲用绅士，必先教绅士。……绅智既开，权限亦定，人人既知危亡之故，即人人各思自保之道……①

——梁启超

　　李劼人的《暴风雨前》中写道："第二年，是宣统元年。在国内有一件大事可纪的，是汪精卫黄复生谋炸摄政王未遂。在郝又三社会生活中有两件大事可纪的，一是他父亲以郫县绅士资格，被选为四川省谘议局议员。"② 李劼人是惯用日常生活书写历史的。郝达三当选为谘议局议员其实也代表了国内的一件大事。光绪三十二年（1906年），预备立宪诏书颁布。光绪三十三年（1907年）筹设资政院和各省谘议局。光绪三十四年（1908年）定谘议局章程和议员选举章程，并颁布宪法大纲，定九年后施行预备立宪。宣统元年（1909年）二月，清政府实行预备立宪，开谘议局、资政院。谘议局相当于省议会，资政院相当于国会。③ 这意味着清王朝在政治体制上至少是形式上的一次根本性变革，也是整个帝制时代一次巨大转向。清政府的预备立宪和革命党人的刺杀暴

---

　　① 梁启超：《论湖南应办之事》，见李华兴、吴嘉勋编：《梁启超选集》，上海：上海人民出版社，1984年，第75—77页。

　　② 李劼人：《李劼人全集》第2卷，第197页。

　　③ 参见张朋园：《立宪派与辛亥革命》，上海：上海三联书店，2013年，第3—11页。

动也是相伴而生，共同推动着古老帝国的现代化进程。立宪派和革命党的活动也杂糅在《暴风雨前》和《大波》两部长篇小说中，构成了"近代中国华阳国志"的叙事主线。

一、地方绅士与清末新政

在预备立宪的政策设计中，谘议局的议员由选举产生。年满 30 岁的男子，且具有以下三个条件的之一就可作为候选人参选：（1）"曾在本省地方办理学务及其他公益事务满三年以上之有成效者；（2）曾在本国或外国中学堂或同等以上之学堂毕业得有文凭者；（3）有举贡生员以上之出身者；（4）曾任实缺职文七品武五品以上未被参革者；（5）在本省地方有五千元以上之营业资本或不动产者。"① 符合这些参选条件的人大多来自传统绅士阶层。最终的选举结果中 89.31% 的议员是具有科举功名的绅士阶层。② 不过，清朝这第一次民主选举的投票情形是极为惨淡的，而且大多数是指导投票，其实与官派无异，贿选问题也十分严重。③

《暴风雨前》的郝达三，在郫县不过有数十亩田，平时也并不以郫县绅士自居，却被选为了郫县议员。他的意外当选并不是郫县无人应选。"许多足不出户的秀才廪生，想到衙门里来走动，看能选到自己头上否，只是知县听师爷讲来，谘议局虽然不是个正经衙门，但议员的身份都很高，能够与三大宪④平起平坐的说话，开起议来，三大宪还要亲自到谘议局参与，如此一个清高的地位，焉能让一个平常本地人爬上去，给自己丢脸。"⑤ 此外，还要担心本地人多对地方官员不好，影响县官前程。于是，县官就采用师爷的献计找了在外游宦的寄籍绅士。而郝家的世交葛寰中给郝达三当议员的法门竟是随众进退，少发议论。各省谘议局的成立，本是一个让民众练习行使民权的机会。但是在地方官绅的操控下，谘议局却成了维护官员私利的政治博弈。各省的预备立宪事宜大多是由地方督巡积极提倡筹划，依靠官绅推进的。但是自治人才缺乏，各省官绅素质良莠不齐，尤其是地方官绅借机图利，以至于立宪自治的效果并不

① 参见张朋园：《立宪派与辛亥革命》，第 13 页。
② 同上，第 23 页。
③ 同上，第 17、18 页。
④ 清代地方官对总督（或巡抚）、布政使和按察使的合称。
⑤ 李劼人：《李劼人全集》第 2 卷，第 197 页。

理想。① 郝又三的家事折射出了预备立宪中整个国家的弊病。

不过，谘议局的开设还是给在野绅士提供了在朝参政的机会。新政和预备立宪的制度之下，官绅之间的地位和关系也逐渐演变。新式学堂兴起以后，学堂学生成了一股新的势力。四川省教育会主办了大运动会，省城中的中等以上学堂，各处公私立学堂都有整队的学生开上省来，学界势力初具规模。新政在短时间内引起的变化，让教私馆的中年士子王中立看不明白了："朝廷制度，也不成他妈个名堂！今天兴一个新花样，明天又来一个，名字也是稀奇古怪的，办些啥子事，更不晓得。比如说，谘议局就奇怪，又不像衙门，又不像公所，议员们似乎比官还歪，听说制台大人，还会着他们喊去问话，问得不好，骂一顿。以前的制台么，海外天子，谁惹得起？如今也不行了。就像这回运动会，一般学生鬼闹一场合，赵制台还规规矩矩的去看。出了事，由制台办理好咧，就有委屈，打禀帖告状好了，那能由几个举贡生员，在花厅上同制台赌吵的道理？如今官也悖了时！受洋人的气，受教民的气，还要受学界的气，受议员的气。"②

清季预备立宪中，官绅之间的地位关系为之一变，绅气渐旺。一场绅士发起的保路运动无意中成了压死清王朝这只老病骆驼的最后一根稻草。李劼人的长篇小说《大波》就以保路运动开局，展现了辛亥鼎革前后巴蜀地区官绅军民的生存样态。

光绪二十九年（1903 年），正值清末新政，时任四川总督按照湖南、湖北的做法，奏请川汉铁路由川人自办。川汉铁路公司成立时，"明确宣布不募外债，不招洋股，开我国自办铁路之先河"③。不过，集资后的结果是，大多数人民出了钱但从未看过股票利息。"虽然有奏设的股东大会，由股东会组织的董事局，还不是那几位有名的绅士，你公举我，我公举你担任了。并且都是不懂数字的一伙老酸，纵然按期到铁路总公司开起董事会来，也不过领领舆马费，吃吃好菜，谈谈闲话，看看永远弄不清楚的账单，而一塌糊涂的收支，除了成、渝、宜、沪一伙经手的职员先生们自己明白外，惟有全知全能的上帝才明白"④。川汉铁路在施工和财务方面的问题，最终使清政府决定将商办的川

① 章开沅，马敏，朱英主编：《辛亥革命前后的官绅商学》，武汉：华中师范大学出版社，2011 年，第 60 页。
② 李劼人：《李劼人全集》第 2 卷，第 239 页。
③ 鲜于浩：《试论川路租股》，《历史研究》1982 年第 2 期。
④ 李劼人：《李劼人全集》第 3 卷，第 6 页。

汉铁路改为国有，并向外国银行借款修筑。由此引发了一场导致政权更迭的风暴。

小说中，关于川汉铁路的路权之争与史实是基本一致的。在一群老朽酸腐的绅士手中，川汉铁路靠民间筹集的资本是一本说不清的烂账。川路股款最大一宗为民众的租股，而且征收范围广，征收时间长，征收数额巨大。另一方面，四川省许多具有进士、举人功名的谘议局议员本身就是川汉铁路公司董事会和股东的负责人。① 路权之争也成了绅士依靠清季新政获得的政治地位对自身经济利益的一种保护。《大波》就涉及了绅士在保路运动中维护私利的心态。"要生生夺去掌握中的经济权，要查账，这个真非拼命不可了！……一般明的暗的绅士们，早已大声喧哗起来：'反对国有！誓死反对国有！'……以年龄最大，资格最老的翰林院侍讲学士衔编修伍肇龄的名义领衔，又来了一个'为吁恳电奏事'的呈文。……'民心浮动，''人民激愤，'到底是笔尖上的话，而浮动激愤的，仍只是顶少数的一伙明的暗的有作用的无作用的绅士"②。在《大波》中，川汉铁路的路权之争最初不过是少数绅士的利益之争，书中大部分绅民仍旧是一派优哉游哉的蜀中岁月。然而，清末新政掀起的种种变化，却使事态一步一步发酵成了官绅军民的尖锐冲突和混乱。

在客籍的官绅黄澜生看来，"有了谘议局一伙绅士们。这伙人从前只有仰官府鼻息的，现在竟与官府平起平坐，争吵起来，这一下，官府力量越小，绅士的气焰就越高"③。在《大波》中，常常被认为是清皇室骗局的预备立宪，使从前一道圣谕办事无人敢反对的局面难以存续了。小说中，路权之争爆发时，"谘议局大开，各县选送来的议员们，有一半多是官场所目为不安本分的读书人，是素爱预闻地方公事，使父母官闻之头痛的绅衿们；有一小半是关怀国事，主张缩短预备立宪年限的维新派；也有很小一部分，受过《民报》《国粹学报》的洗礼，又看过《黄书噩梦》等禁书，颇具民族思想，主张排满，而尚不知民主共和为何物的志士。这三种人，第一是读过书，有过科名，为一方的知名之士，确能左右众人的；第二是岁数都在三四十之间，朝气未泯，具有大欲的。谘议局是假立宪所特许的言论机关，与平日只可仰其鼻息的官僚是对抗的，可以放言高论而得社会信托，不受暴力摧残的，有了这个凭藉，所以四川的绅气，便一反以往专门迎合官场，以营私利的行为，而突破了向日号称

---

① 鲜于浩：《试论川路租股》，《历史研究》1982 年第 2 期。
② 李劼人：《李劼人全集》第 3 卷，第 9—10 页。
③ 同上，第 17 页。

驯良的藩篱，而大伸特伸起来"①。此外，李劼人在《暴风雨前》借他人之议论提及的学界势力在《大波》中以叙事者的角度被明确提出来。新式学堂中的先生们，身份近似于旧式书院的山长，能够自重，而与官场以敌体来往，是一群受到社会高度尊重，不满现状，力图变法革新的中年绅士。② 在李劼人笔下，新政中的四川绅士形成了与官场相对的政治力量。

不仅如此，新政期间，绅士兴办报刊的风潮之下，成都开始出现各种报纸。小说中，绅士们就利用报纸赶走原本蔑视谘议局的官员。办报人开始发现舆论的力量，着手攻击官场，并从中体认了立宪时代的言论自由。一般留心世事的先生开始每日买报看报。而成都风土人情好以茶铺消遣，茶铺也俨然成为了讨论地方政务的公共空间。

许多支持立宪的官员与谘议局议绅交好。小说中多次提及的岑春煊，为清末重臣也是清季立宪派的代表人物，曾多次奏请清廷早日施行预备立宪。③ "正是王人文护理时节，王人文虽是贵州省籍，然而生于四川，是四川米粮喂大的，也可以说是四川人，平时既与四川绅士接近，而性情又根本忠厚平易，思想也比较维新。"④ 至于革命党目前还占不到势力。

二、官绅之争与保路运动

《大波》表现了新政和预备立宪中，绅权大兴的局面。在收回路权一事上，绅士们以民权的代表身份，用绅权与皇权相抗衡。绅士以报刊的舆论力量，开始抨击政府将川汉铁路收为国有一事。官员王人文"经人一吹，便凭着有出奏之权，认为清廷这种办法，来得太专，既蔑视有关系的封疆大臣，又蔑视预备立宪时代的人民，便一面反对盛宣怀的政策，一面驳复盛宣怀、端方所拟的办法，一面就放任绅士去干，并代为出奏"⑤。议员、学绅、在籍的京官和铁路公司有关的人，都仗着绅气正旺，气势百倍地争路权，想着只要官绅合作，此举断不会有风险。

清宣统三年，民国元年的前五个月的一天，成都各法团的精英联合成立了

---

① 李劼人：《李劼人全集》第 3 卷，第 30 页。
② 同上，第 31 页。
③ 章开沅、马敏、朱英主编：《辛亥革命前后的官绅商学》，第 54 页。
④ 李劼人：《李劼人全集》第 3 卷，第 32 页。
⑤ 同上。

保路同志会。"这一天，是四川人在满清统治下二百余年以来，第一次的民众，——不是，第一次有知识的绅士们反抗政府的大集合。"① 小说行文至此，并未将保路运动视为群众运动，而只是原本在野的绅士——在清末新政中逐渐形成的议绅、学绅及原本乡里的绅粮与在朝官员的一次博弈。而后，在绅情激愤之下，四川的民气也逐渐高涨起来。

李劼人为了写《大波》，在史料方面做了充分的准备。《大波》再现了当时谘议局副议长、巨绅罗梓青在保路同志会上引起轰动的演讲。从史料的记载来看，罗梓青当时的演说声泪俱下，全场百人恸哭。在罗梓青的演说中，原本为了掩盖账目混乱和经济利益损失而反对铁路国有的运动，上升为了一次爱国运动。邮船部部长盛宣怀向外国银行借款修川汉铁路的行为被指为卖国，反对铁路国有则被理解为誓死不做亡国奴的爱国行动。对于饱受外国侵略的国人而言，煽动民族情绪实现保路目的的做法是卓有成效的。小说中，新式学堂的学生参加完保路同志会后都不禁感慨："这回事体，想不到一般老酸倒跳得这们（么）有劲，平常说的秀才造反，三年不成，这回却不同了。光看同志会成立那天，罗梓青那么一哭，把几百人都引动了，我向来不哭的，都不自觉流下泪来。那时，只要他喊一声造反，我相信立刻就可暴动起来。"② 成都各街道、四川各乡场的同志会相继成立，保路运动成了市井小民热议的话题。成都报业的繁荣，使卖伞铺的掌柜傅隆盛也养成了看报纸了解保路运动的习惯，并对保路绅士们心生敬仰。保路运动在民众中掀起的读报热潮，让卖荞面为生的陈荞面也改行卖报纸了。

《大波》在描述高涨的保路运动时，并没有落入三十年代鼓吹民众运动的左翼小说的窠臼。李劼人在以小说书写重大历史事件时，带有十分自然的政治剖析的色彩。半官半绅的黄澜生和川汉铁路公司的廖姓绅士聊起时政时，就谈到四川的保路运动单靠绅士而没有官员王大人的支持，也闹不到这样的声势，而新任总督赵尔丰上任后就不会再支持绅士。③ 军界中的吴凤梧也对新式学堂的学生谈起，保路同志会闹得无法无天，遍街演说把朝廷的大官骂得半文不值，连小学生都会又说又哭，这种局面等赵尔丰到任之后，绝不会纵容。在川人的言谈中，赵尔丰绝不会屈就于绅士。④ 而后，小说中赵尔丰一出场也基本

---

① 李劼人：《李劼人全集》第 3 卷，第 33 页。

② 同上，第 50 页。

③ 同上，第 57 页。

④ 李劼人：《李劼人全集》第 3 卷，第 58 页。

上是绅民议论中的形象。赵尔丰丝毫不把四川绅士的联合反对放在眼里:"我在四川几十年,那儿瞧见一个像绅士的人!……你们四川人生成下贱,到底是边省,沾染了不少的夷风,所以也养成了一种畏威而不怀德的劣性。至于说到民气,可更令人发笑了!我根本就不懂什么东西叫做(作)民气,这不过是康梁等叛逆从日本翻译出来,以骗下民的一个新名词。"① 争路的绅士都明白赵尔丰为人,但想着已经是预备立宪时期,资政院谘议局已开,民气已张,官员再不能像专制时代那样独断。故而决定据理力争。在叙事者的立场中,这些相信绅权兴旺,民气大张的绅士是不够聪明的:保路运动一开始就把调子打得太高,是必定会闹僵失控的。

历史上的赵尔丰在边地征战有功,改土归流方面也卓有成效,不过在镇压保路运动中的铁腕也饱受指责。在《大波》中,赵尔丰一开始就被塑造了一个赵屠户的负面形象。他本人和幕僚子侄都一派昏庸腐朽、顽固无能。在清政府官员内部,不少官员主张变法自救,而保守顽固的官员依旧存在。在预备立宪的过程中,地方督巡与谘议局之间一直摩擦不断。② 《大波》也把保路运动的扩大归咎为了封疆大吏赵尔丰的保守昏庸,举措失当。赵尔丰拒绝代奏争路,不与绅士合作的姿态,激化了保路运动的发酵升级。

小说中写到了四川铁路公司股东特别大会会长是华阳翰林颜楷,副会长是南充贡生张澜,股东代表邓孝可,民政部主事胡嵘,等等全是一干四川本土有名望的绅士。在保路运动中起领导作用的谘议局议长蒲殿俊、副议长罗梓青、邓孝可在历史上都是蜀中名士,邓孝可还是《蜀报》主笔。保路运动中,年近八十的正派绅士伍老先生,蜀中名士大半都是他的门生。这样德高望重的绅士也被请出来,回应赵尔丰一派称保路运动是混小子、劣绅所鼓动的指责。历史上,保路运动之初采取的方式是颇具策略性的。小说中,绅士的民众宣传动员工作开足马力,一般升斗小民都从《一钱捐》等关于保路运动的宣传中大受感染。《大波》中也饶有趣味地以川人独特的性格展现保路运动初期的民众的参与热情与智慧。成都各行各业开始罢市,新式学堂罢课。在"川耗子"的精明之下,罢市进行得十分有序,各家店铺关上大门,又开个小门接着做生意。这种名为罢市实际上照常经营的做法让地方官员无可奈何。支持保路运动的绅士还搬出了先帝光绪准川汉铁路商办的谕旨,为争路权寻求政治上的合法性。各个街道上搭起了先皇台,挨家挨户都要供起写了"德宗景皇帝之神位"的黄纸

---

① 李劼人:《李劼人全集》第3卷,第105页。
② 章开沅、马敏、朱英主编:《辛亥革命前后的官绅商学》,第62页。

单。就连平时公馆里从不为社会活动捐钱的官绅家庭也在民众的威慑下捐了钱，供起先皇。原本对争路不以为然的军界人士都认识到保路于国于民的重要意义，而投身其中。在清军里当过管带的吴凤梧也在绅士领导下，联络地方武装力量。小说中，新式学堂学生楚子材的外公侯保斋是袍哥中的领袖人物。他的同学——为议绅保路运动奔走的王文炳看重了这层关系，也把哥老会中人拉入保路同志会。新式学堂里，官绅家子弟郝又三在生物课上毫不遮掩地大谈其保路运动的救国意义，并坦然地说起自己的同学中既有立宪派也有革命党。守旧派绅士土端公再也不敢如往常一般严苛地管理学生，放任学生去参加保路运动。无论是自愿还是被迫，越来越多的绅、军、民被卷入了保路运动中。

三、不孚众望的四川绅士

四川绅士在民众中的威望也达到了前所未有的高点。小说中谘议局和川汉铁路公司的绅士本就是一方名士。他们的声望原本来自于帝制时代皇权所赋予的特权和地位。而在保路运动中，地方绅士开始以对抗皇权，代表民权的姿态获得民众的称颂和崇敬。小说中，卖伞铺的傅掌柜"自从争路事起，他一直秉着信徒的精神，把保路救国当作了一种至高无上的纯洁宗教，把主持这事的罗纶[1]罗先生、蒲殿俊蒲先生等，当作了孔夫子元始天尊"[2]。不过李劼人一直对保路绅士鼓动民权的动机抱有十分警醒的态度，甚至不乏一点刻薄的挖苦：绅士保路并不是真的与皇权相抗，只不过为了避免被政府彻查账目，保全自己的经济利益。这种功利的政治动机显然与民众对绅士阶层的支持和崇敬并不相称。随着被卷入的社会阶层和人数越来越多，在被鼓噪起来的保路热情中，主持者最后"被大多数说不清道理的人支配着了"[3]。

李劼人从为史学家称道的以祭祀先皇争路权的策略着眼，调侃了保路绅士被事态推搡前进下的作茧自缚。历史上的罗梓青是个白皙的胖子。小说中也是如此。当时，成都各个街道搭的先皇台致使"文官下轿，武官下马"，算是一道独特的风景了。[4] 罗梓青的副手王文炳也因此找到了最热心保路运动的成都市民傅隆盛掌柜，希望他想办法把先皇台的障碍消除了。因为"罗先生是个大

---

① 罗纶即上文所提的罗梓青，罗纶字梓青。
② 李劼人：《李劼人全集》第 3 卷，第 216 页。
③ 同上。
④ 张朋园：《立宪派与辛亥革命》，第 110 页。

胖子，平日走路，已不容易，兼是热天，你们想，他一天有多少事，又要到谘议局，又要到铁路公司，又要到有关系的地方，有时还一天两次的上院。这一来，轿子不好坐，只有打伞走，走得吐不赢气"①。但是，对议绅罗梓青奉若神明的傅掌柜却并不理会这样的要求。在他看来，罗梓青如果是为了自己的事情，就算他本人亲自来也是号召不动的。绅权兴盛引发了民气高涨，由此兴起的民权却在无形中消解传统绅士的特权。这段小插曲也预示着绅士的私利打算就要打不起来了。而在李劼人笔下，这只是局面失控的开始。

小说在叙述保路运动的兴盛时，总不忘要调侃一番作为地方大员的赵尔丰。小说中，面对绅士力量的兴盛，民众运动的发展，赵尔丰并非全无感知。赵尔丰拒绝代奏路权问题后是有点害怕的："几年不见四川绅士，四川绅士果真变了样儿了，气概也行，说话也行，人又那么众多，这可要小心点才好啦！"只是"他又是那样的不聪明，丝毫不能把他那久已不用的脑经，拿来磨炼磨炼，而只是去听别人的话"②。在一群比赵尔丰更昏聩的师爷亲眷的愚见之下，本来并不复杂的问题变得难以收拾。不仅是对赵尔丰，《大波》中直白地表现着对清王朝执政官员的嘲讽和蔑视："如其清季执政的不是一般什么都不懂的胡涂蛋，而是稍有近代头脑眼光以及手段的政客，四川这种不应该有的弥天风潮，断不会发生的。"③

小说中，作为封疆大吏的赵尔丰不断处置失当。一位新式学堂学生所做的《川人自保书》得到了川人争相传阅。赵尔丰一干愚蠢的官员和幕僚以《川人自保书》作为四川保路绅士谋反的罪证。谘议局和铁路局一众名望极高的绅士被赵尔丰押送并拘捕。一时间民众沸腾了："人民是那样的热忱，他们全是不假思索的来救蒲先生，来救罗先生。救得出来，救不出来，他们不管；救出来了，于他们有什么好处，他们也不管；他们只一个念头：蒲先生罗先生被赵屠户捉去了，要杀头，我们得到南院上去救他！"④ 冲动的民众抱着先皇牌位到制台衙门哭救绅士，却遭了洋枪的扫射。民意的闸门在督抚衙门的枪声中，被彻底地打开。保路同志军开始武装攻城，试图营救保路绅士。原本和平的保路运动开始让全川陷入战乱。关于战争的流言也在成都的大街小巷流传。这时，"无论是什么人，不管是官，是民，是客籍，是土著，是老腐败，是维新派，

① 李劼人：《李劼人全集》第 3 卷，第 222 页。
② 同上，第 139 页。
③ 同上，第 258 页。
④ 同上，第 273 页。

对于赵尔丰，几乎全没有一句好话"①。清朝官员民心尽失。

小说中被四川绅士寄予厚望的岑春煊，是清季立宪派重臣，被清政府调去接任赵尔丰做四川总督，挽救危局。小说中的蜀中民众也对岑春煊抱有极大的好感和期待，似乎只要岑春煊一到任，事情就可迎刃而解。而岑春煊却因为清朝官僚内部的政治利益斗争不能及时到任挽救危局。在李劼人的叙述中，事态在部分官员自私钻营、刚愎自用的愚蠢决策下，朝着对清王朝最不利的方向发展。一时间，革命党、土匪、地方团练各路武装力量也开始伺机而动。各地义军越来越多，战事越来越混乱。战乱之下，四川的大部分民众只盼着战事早点结束，被捕绅士的营救反而变得无关紧要了。

在四川因保路运动陷入混乱时，革命党发动了武昌起义。《大波》中，武昌起义的消息刚传入四川，却并没有引起多少波澜。许多官员对革命党的起义刺杀已经习以为常。小说中，武昌起义之后的第 17 天，清廷上谕称四川绅士与叛乱无关，要求赵尔丰释放被捕绅士，四川的保路运动似乎出现了转机。谘议局议绅和川汉铁路公司一众有名望的绅士表示愿意捐弃前嫌，稳定四川局势。官绅人家觉得川中有名望的绅士出来组织官绅商学联合会，留学生组成的革命党应该就闹不起来了。一般平民也觉得，之前对保路绅士敬若神明，言听计从，以至于弄到兵荒马乱，民不聊生；绅士们既然已被释放，就该还给人民太平日子。正当绅士们自信四川治乱系于己身时，现实却与他们的预期南辕北辙。绅士的告示贴出后竟形同虚设，四乡混乱依旧，民众开始对绅士大失所望。

四、军绅政治的生成

武昌起义之后，各省在绅士的主导下纷纷独立。四川绅士也如其他省份一样着手组建军政府。治乱无功的绅士再次被推至高位。清政府垮台以后，绅士成了各地军政府合法性的某种来源。武装起义的军官大多在社会上没有声望，为了维持局面不得不请出具有较高社会地位的传统绅士参与主事。由此，中国各省形成了"军绅政治"的特殊局面。② 在普遍观念中，每当改朝换代，维持

---

① 李劼人：《李劼人全集》第 3 卷，第 296 页。

② 陈志让：《军绅政治——近代中国的军阀时期》，桂林：广西师范大学出版社，2008年，第 22、23 页。

地方秩序是绅士应当肩负的责任。①

《大波》中也表现了当时的军绅政治局面和绅士临危主事的历史惯例。小说中，以四川谘议局议长蒲殿俊为首的绅士与前清官员赵尔丰交涉，达成了四川光复局面之后，蒲殿俊做了四川都督。但立宪派绅士很快就暴露出在维持社会政治稳定方面的乏力。历史上，辛亥革命成功后，绅士与革命党人的"蜜月期"十分短暂。以辛亥革命中心湖北省谘议局局长汤化龙为例。汤化龙进士出身，留学日本，抨击清政府的腐败，支持革命的态度明朗，因而最初极得革命党的好感。但汤化龙是具有高级功名的知名绅士，不免高傲，对革命党人有不自觉的地位之见，使革命党人难堪。双方很快就关系破裂。②

《大波》中的蒲殿俊等立宪派绅士也犯了与汤化龙类似的错误。蒲殿俊上台之初，革命党人就指其为立宪派，不如革命党人有资格当选。军官吴凤梧也抱怨："蒲都督太不公道，像我们这些带兵的，他简直睬也不睬。"③ 面对士兵闹事，一班绅士不与新军军官商量，反而去找前清制台赵尔丰出来主持局面。尽管保路一事曾使四川官绅交恶，但传统绅士还是更容易与帝制时代的官员产生一种同气连枝的亲近感。蒲殿俊等绅士处置失当以致成都士兵因欠饷兵变，蒲等人只得仓皇逃出。陆军新军中有威势的尹硕权平叛有功，做了新都督。尹昌衡字硕权，曾被保送至日本士官学校留学，并在日本加入同盟会，归国后被清政府赐予步科举人出身。④ 尹硕权因身材高大，异于常人，又被川人称为尹长子。《大波》中也用了"尹长子"这样的绰号称尹硕权。李劼人曾作诗《吟尹昌衡西征》称颂其英武⑤，想来对他颇有好感。尹硕权是历史上领导保路运动的绅士颜楷的连襟。小说中也特意说明了蒲殿俊借着与颜楷的人情关系，暂时压住了对其不满的尹硕权。可见新任都督尹硕权与传统绅士关系匪浅。蒲殿俊出逃以后，原谘议局副议长罗梓青做了副都督，军绅地位翻转。曾经鼓动四川地区民权、民气的立宪派绅士从此威信大失。在革命党人看来，"这般绅士全是无见识的，以后只拿些虚名跟他们，不要他们再掌实权，免得出事"⑥。

---

① 张朋园：《立宪派与辛亥革命》，第 138 页。

② 同上，第 114—118 页。

③ 李劼人：《李劼人全集》第 3 卷，第 602 页。

④ 李新、孙思白、朱信泉等主编；中国社会科学院近代史研究所中华民国史研究室编：《中华民国史人物传》第 7 卷，北京：中华书局，2011 年，第 4641 页。

⑤ 李劼人：《李劼人全集》第 8 卷，第 3 页。

⑥ 李劼人：《李劼人全集》第 3 卷，第 622 页。

五、辛亥鼎革中的官绅军民

除了处于权力中心的巨绅之外，李劼人小说中，一般中下层绅士与革命党的态度是十分亲近暧昧的。《暴风雨前》中的半官半绅的郝达三就有意与革命党尤先民交好。既因为郝又三与尤先民是同学，郝家人也有些敬重革命党，也为了日后若革命党成事给自己留一个机会。《大波》中半官半绅黄澜生也对革命党并不反感，还与吴凤梧等人联络，出钱出力希望与革命党交好，以便于日后在官场谋职。传统绅士与革命党之间并不存在绝对的敌对状态。也正是这种氛围昭示着清政府与地方绅士之间的离心离德。

帝制时代结束，一个以"民国"纪年的时代开始了。然而，平民百姓心中，四川独立以后没有皇帝，没有朝廷，不用纳粮上税；没有奸臣赃官，"以后的官员全是由本地方的公正绅粮出来做"① 的清平世界并没有出现。较之帝制时代而言，成都变得更加混乱，而民众也开始慢慢习惯动荡不定的生活了。

李劼人以自己的文学书写展现了辛亥鼎革前后重大历史事件的发展脉络，其中幽微的种种细节都没有遗漏。不难想见，李劼人在历史资料方面做了极为扎实的准备。但是《暴风雨前》和《大波》并没有因为对历史史实事无巨细的展现而变得笨重，反倒自然而充满趣味。这自然得益于李劼人独特的文学书写方式和历史观念。

自《死水微澜》开始，李劼人就为《大波》中对保路运动和辛亥革命的书写做好了铺垫。从《死水微澜》到《暴风雨前》再到《大波》，在空间上从乡村到城镇再到省会大城市，在社会阶层上也从市井小民、土绅粮到半官半绅人家，最后递进至四川政治权力中心的巨绅。小说中，不同社会阶层之间也并不彼此隔绝。绅粮和城市里的绅士也会与袍哥为伍，官绅家的少爷也会找平民家的妇女做情人，而半官半绅人家对于科举功名的正途出身也是一副无所谓的态度。这与许多以江南地区为背景的小说截然不同。在一种混沌宽松的社会氛围之下，各个阶层紧密而自如地黏合在一起，小说中的重大政治事件也能自如地与市民生活及四川风土建立起联系。李劼人搜集的上谕奏表等种种历史文献、军政时事都化入绅民在学堂、茶馆、饭馆、公馆的闲谈中。原本街谈巷议为小说，而在李劼人笔下，街谈巷议似乎就是历史本身。

《暴风雨前》和《大波》都以半官半绅人家作为主要人物。这些半官半绅

---

① 李劼人：《李劼人全集》第 3 卷，第 537 页。

的人物又都不是川籍人士，而是外省游宦的客籍。在川的客籍绅士就以办旁观者的姿态臧否官绅政治。半官半绅人家四通八达的人际关系，又牵出社会政治事件本身的当事人，并由此揭开了街谈巷议背后历史事件更真实、更本原的面貌。在这些谈论品评中，李劼人将许多历史人物和事件统统"祛魅"。保路同志军并没有民众所希望和传言的那样勇猛。大名鼎鼎的袍哥领袖侯保斋也只是一副鸦片鬼的怂样。貌似大义凛然的保路绅士其实也在打着谋私利的算盘。而谈论政治大人物，哪怕是英雄人物，又总免不了调转到对其私生活的窥视和调侃。于是，小说呈现出了严肃的历史和活泼的世俗趣味杂糅的局面。无论是新政中传统绅士地位的上升，还是保路运动中绅士鼓动下民众意识的觉醒，抑或是各地武装营救被捕保路绅士的行动，都是各种偶然因素无意间触发的结果。而保路运动演变为武力对抗，武昌起义以后清王朝的覆灭，四川省的独立这样一个由事态平和到逐渐失控的过程在这小说中被演绎得既莫名其妙又理所应当。历史仿佛在每个人的不经意之间狠狠地翻到了下一页。

李劼人的小说创作最细致、最详尽地呈现了传统绅士阶层在清末新政和辛亥鼎革前后地位、作用以及官绅民关系的演变历程，真实记录了保路运动与辛亥革命的演进关系。清末立宪派和维新党人曾寄望于兴绅权以兴民权。李劼人通过新式学堂的兴起、谘议局的创办、川汉铁路的路权之争等重大事件，表现了绅权对民权的催生及二者交错的关系。但与此同时，李劼人也以略带戏谑的笔调道出了兴绅权以兴民权这种理想背后，复杂历史现实和人性的种种不可控。

历史学和社会学方面，对传统绅士在中国现代化进程中作用和地位的研究是十分晚近的事。李劼人这些创作于20世纪30年代的小说却与近年来史学界与社会学界相关研究的观点十分接近。在现代作家中李劼人最热情、最充分也最细致地展现了传统绅士在辛亥鼎革前后的活动以及官绅军民在清季民初社会变革中的情态与风貌。李劼人的小说创作也体现出了与同时期作家截然不同的历史观念。

第三章　民初经济变革中的江南绅士

晚清咸丰、同治以后，商人竞相捐纳，如潮水般涌入士绅阶层，形成一个特殊而又影响巨大的绅商群体。……士商相混不仅将儒家伦理引入到商业文化中，同时商人的价值伦理也会反向渗透到士绅阶层，影响士绅的价值取向。[①]

——徐茂明

自古以来，江南就是富庶繁华、文化兴盛之地。江南人家对于读书科考亦是十分重视。绅士阶层也因此在这一地区有着极高的声望。而由于江南地区商业繁盛，加之，清季战时捐纳之风的盛行，"使得江南士绅从队伍到观念都出现前所未有的混乱，他们绳绳营营，朝秦暮楚，以己私利作为其一切行动的准则"[②]。清季民初的社会政治变革引发了绅士群体在经济结构上的转型。经济来源的转变使传统绅士阶层内部不断分化。传统绅士阶层的价值观念、行为处事也伴随着经济基础的转型逐渐演变。

生长于江南一带绅士家庭的茅盾，历来对于绅士阶层在清季民国的现代转型充满兴趣。茅盾是一位惯于以文学创作及时反映重大社会历史事件的作家。在他的小说创作中，我们往往很容易与具体的历史事件和社会政治理论找到对应。而《霜叶红似二月花》（以下简称《霜叶》）无疑是茅盾长篇小说创作中的一个特例。小说的叙事时间远推至了辛亥以后的一段时期，小说的内容也远离了迫近的社会政治事件。小说的空间不是都市，而返回了茅盾擅长和熟悉的

---

① 徐茂明：《江南士绅于江南社会（1368—1911 年）》，北京：商务印书馆，第174 页。

② 同上，第 270 页。

小城镇——介于城市和乡村的中间地带。茅盾开始抛开社会科学理论的羁绊，全面书写他所熟悉与向往的绅士世界，以一种松弛的状态展现绅士阶层在经济转型中的演变分化并由此展现对中国社会现代化进程的某种整体性的分析。

在茅盾的小说创作中，绅士阶层常常在其中若隐若现，并与小资产阶级、民族资产阶级等他所掌握的社会政治理念混杂在一起。但是，在《霜叶红似二月花》中，茅盾几乎放弃了原来那种以社会科学理论对人物阶层属性的划分，而返回了他自己对于中国基层社会的原初观感。小说人物的绅士背景被融于了日常家庭生活和县城的某种"政治格局"中，逐渐地铺陈开来。茅盾对旧小说技巧的借鉴也使用得更为娴熟、自然。《霜叶》淡化了绅士阶层背后文化资本与政治资本的转换，将绅士在地方事务中的作用和经济基础日常化。

随着清季变革和民国的建立，绅士已经失却了传统绅士的身份定性。但传统绅士的功能和地位却依旧在很长时期内留存下来。民国时期，绅士仍然是基层社会的实际把控者。《霜叶》中明确地强调了时代更迭上的"民国"概念，细致书写了地方绅缙们的故事，展现了民国时期基层社会绅士阶层的生活画卷。

一、绅士之家的落寞

尽管小说中还是一派绅缙管理地方的局面，但辛亥以后的社会转型已使得小镇的整体氛围呈现出半新半旧的过渡状态。经济结构的变化开始改变着人们对社会地位和社会秩序的认识。镇上的"王伯申现在是县里数一数二的绅缙了，可是十多年前，他家还上不得台面。""还有那赵家赵老义，也不过二三十年就发了起来"。从小说的背景来看，讲的是五四之前几年的故事，二三十年前也正是清末改革之际。赵、王两家的"发起来"似乎就与正途绅士的科考晋升无关了。这种经济上的"发起来"在张恂如家的两个绅缙夫人看来"根基太浅"，是上不得台面的。尽管赵、王两位是小镇上最有经济实力的绅缙，但在中国传统社会中，社会政治地位与经济地位也并不是一种正相关关系。单纯拥有财富而在科场功名毫无建树的人，往往得不到社会的认可和尊重。但清季民初的一系列变革却在逐步打破这样的社会秩序。①

相对于茅盾之前的小说创作对"正绅""劣绅"形象分明的刻画来看，《霜叶》中的绅缙世界平实、日常也更加错杂。赵守义是县城中老一辈绅缙中

---

① 茅盾：《霜叶红似二月花》，上海：华华书店，1948年，第164页。

最有实力的一位，并掌管着县城的公共事务——善堂。和他同属一个派系的鲍德新是前清的监生，敦化会会长，关夫子寄名的儿子。另一位与他一派的胡月亭是前清的一名秀才。这是一群以老派自居，以老派为荣的绅缙。赵守义就自豪地认为自己与王伯申那种新派是不同的，他"讲究亲疏，看重情谊，辨明恩仇，不能那么出尔反尔，此一时彼一时"①。而在王伯申看来，赵守义也不过是专干损人不利己之事的老剥皮。赵守义的土地也十之八九是巧取豪夺而来的。

王伯申是县城里能与赵守义平起平坐的绅缙。王伯申走上了现代商业道路，还办起了轮船公司。与围绕在赵守义身边的老派绅缙相比，王伯申的合作伙伴大多是自己公司的职员。他所结交的上层势力也不再是有威望的绅缙，而是科长这样现代行政体系中的官员。他自己也很愿意与上海做买办的冯退庵这样更新式人物往来。但王伯申的父亲也曾存着走仕途的设想，做官不成留下的纪念物还堆在三件破旧的房里。父辈由绅入官不成，王伯申则由绅入商，成了地方场面上极富实力的"新派"绅缙。科举制度的废除和清王朝的覆灭阻断了传统的仕途经济道路，绅士转而经商也是当时的普遍现象。

从小说的叙述来看，赵守义是一位绅士地主，既管理地方事务又从事土地经营。赵守义的土地盘剥和高利贷剥削是十分刻薄的，我们也往往容易将这样人物视为地主阶级，甚至觉得绅士阶层就是地主。实际上，不捐买官爵或没有科举功名的地主仍旧是庶民，没有管理地方事务的资格。而具有绅士身份的人在赋税徭役方面享有特权，也更容易拥有土地和财富。② 不仅如此，我们也应该注意到"土地作为绅士的收入来源，并没有人们想象的那么重要。很多绅士并不拥有大宗土地，从而靠土地获得足够的收入。相当一部绅士似乎全无土地"③。土地的资本回报率是比较低的。土地经营作为绅士阶层的收入来源尽管总量巨大，但却只有绅士基层中少数的上层人士才能从地连阡陌的大片地产中获得较多的收益。而这些大规模的地产也会在一次次的继承中被不断分割。④

至于绅士经商的问题，"以牟利为宗旨的商业活动从不被视作商人的正当

① 茅盾：《霜叶红似二月花》，第 100 页。
② 瞿同祖：《清代地方政府》，范忠信、晏锋译，第 270—271 页。
③ 张仲礼：《中国绅士的收入》，第 185 页。
④ 同上，第 187 页。

职业"，"清政府和先前的皇朝一样，明确禁止绅士从事若干商业活动"①。尽管实际中有绅士会改换姓名经商，清末以后，更是有越来越多的绅士利用经商牟利，但商业活动本身依旧受到上层绅士的贬斥。在漫长的传统社会中，真正通过经商获得丰厚利润的还是曾有仕宦经历的绅士。

帝制时代，在朝担任官职几乎是获得巨额财富的唯一途径。不仅是高官才能获得高收入，历史学研究者从方志和宗谱中获悉，几乎所有官员都能获得大量财富。官员自己和其他人都认为与任何职业相比，当官最有利可图。② 而对于没有担任官职的绅士而言，发挥绅士功能则是他们的重要收入来源。绅士阶层作为一个具有领导地位和特殊声望的社会上层，承担着众多的地方和宗族事务。这些事务包括仲裁和调解纠纷、领导地方水利工程建设、组建团练、兴建公共教育体系和其他慈善事业等等。③ 绅士阶层能够从承担地方事务中获得丰厚的收入。这些收入来自聘金、礼金、当地居民摊派甚至是地方税收。绅士的另一部分收入来自充当幕僚或担任教学工作。许多绅士会同时承担几种事务。而这些收入往往高于土地或经商的所得。④

由此，我们就不难理解《霜叶》开篇时，张府内"太太们"的谈话了。无论是从事土地经营和高利贷盘剥的赵守义，还是从事现代商业活动的王伯申，这两位县城数一数二的绅士，到底看着根基浅。其实，也就是因为这两位集聚财富的方式不仅在传统绅士阶层看来并不入流，而且这种财富的规模也未见得能与帝制时代的绅士相比。

民国以后，县城的变化还体现在一个独特的群体——"少爷班"。在传统社会中，绅士身份由科考和仕宦得来。尽管绅士的家人可以与其共享特权与荣耀，但除蒙荫以外，一般而言绅士身份终究不可世袭。但科举制度废除以后，无论是科考正途或是捐纳异途都不复存在，小说中的绅士身份开始出现"世袭"的色彩。绅士家庭的少爷们只要自己愿意，就可以出来担任管理地方事务的绅缙了。年轻一辈的少爷班也开始认为老一辈绅士不懂的地方新事务而跃跃欲试地想出来掌控地方。

小说中，张府一家的吃穿用度靠的是祖上的老店。秀才胡月亭却已经把祖上传下的布铺做垮了。黄和光的家财既有镇上的房租，也有压在各种老铺里的

---

① 张仲礼：《中国绅士的收入》，第 138 页。
② 同上，第 185 页。
③ 同上。
④ 同上。

现金收益。赵守义靠着传统的土地经营和高利贷积累财富。王伯申靠着发展现代商业，获得与老派绅缙赵守义平起平坐的地位。县城上"那几家'殷实绅商'不是在轮船公司里多少有点股本"①。在《霜叶》这部小说中，几乎是每个绅缙家庭都与商业有所关联。清季民国初年的绅商转换也是这部小说暗含的重要叙事线索。

《霜叶》这部小说文本中也明确而且频繁地提出了"绅商"这样的身份属性。"绅商"是中国社会转型中的一个独特群体。"绅商"一词在 19 世纪以前的历史文献中绝少使用，且直到 20 世纪初年，"绅商"一词大多都是指绅士和商人两类人。但伴随着绅士与商人在新的经济基础上的融合，绅商一词的含义也在逐渐发生变化，开始指向绅士和商人融合生成的新的社会群体。② "1905年左右各地商会的普遍设立构成绅商阶层正式形成的重要标志"③。绅与商的合流主要有两条途径，即由绅而商或由商而绅。清末的绅商绝大多数是靠着捐纳的异途跻身绅士行列的。④ 19 世纪末 20 世纪初形成的新兴的绅商阶层，"既有一定的社会政治地位，又拥有相当的财力，逐渐代替传统绅士阶层，成为大、中城市乃至部分乡镇中最有权势的在野阶层"⑤。历史学研究者指出，民国以后，绅商一词逐渐为世人遗忘，商会档案中稍有关于绅商的记载，即使偶尔涉及也指的绅士和商人两类人。⑥ 不过，在中国现代文学作品中绅商的称呼直到 20 世纪 40 年代的文学作品中仍有出现。不仅《霜叶》这样叙述五四前夕的小说出现了众多绅商形象，华汉创作于 20 世纪 30 年代讲述大革命退潮后农民运动的小说《转换》中也有绅商这样的称谓。"绅商"在中国现代文学中似乎仍旧指向绅商合流的社会群体。至少从中国现代文学来看，"绅商"这个群体和概念都还保持着清末的状况。而茅盾也有意塑造绅商这种中国资本主义发展中的过渡形态，并将之作为传统绅士阶层分化的一种重要路径加以表现。

县城中最有实力的绅士，所秉持的经济基础都已经与传统绅士大不相同。在"太太们"的谈话中，县城里现在的大户哪有以前的大户人家底子厚，而且即便是有钱，身份地位也无法与以前的绅缙相比。也正是因为传统绅士收入体系在清季民初社会变革中的崩塌，绅士阶层丧失了重要的收入来源，原先以学

① 茅盾：《霜叶红似二月花》，第 178—179 页。
② 章开沅、马敏、朱英：《辛亥革命前后的官绅商学》，第 170—173 页。
③ 同上，第 186 页。
④ 同上，第 177、178 页。
⑤ 同上，第 186 页。
⑥ 同上，第 297 页。

衔官职对绅士身份高低的界定体系也不复存在。从"太太们"的闲谈来看，县城里的大户是四象八头牛，别家都衰败得没有影了，只剩下钱家这一头象。而在钱家的瑞姑太太看来，钱家也不如当年，算不得象而只是一头瘦牛了。①

随着传统绅士阶层转向单纯的土地剥削和高利贷收入或者从事商业活动，一些有一定经济实力的社会阶层也在试图享受绅士阶层的待遇。小曹庄的一个小小的"暴发户"曹志诚，有30多亩田地，讨了个大户人家的丫头做老婆，便学起了大户人家的规矩，摆起架子来，"专心打算出最便宜的价钱雇佣村里一些穷得没有办法的人们做短工"②。就是这样一个刚靠着土地收入当上小地主的人，已经在村里干起原本是绅士才有资格做的包揽诉讼。

在张家老太太看来："如今的那些人家那有从前的大户那么底子厚呀。如今差不多的人家都讲究空场面了。那怕是个卖菜挑粪出身的，今天手头有几个钱，死了爷娘居然也学绅缙人家的排场，刻讣文，开丧，也居然还有人和他们往来；这要是在三十年前呀，那里成呢？干脆就没有人去理他……"③瑞姑太太也感慨："从前看身份，现在就看有没有钱了。"④"作为传统乡村的一个独特的社会集团，士绅不仅是封建礼教文化的代表，也是政治权力的象征在地方上对声望、文化、经济等资源的垄断，使其成为占据乡间生活中心并拥有某种权力的魅力型人物……士绅与平民不断在日常生活的各种细节中区分彼此，从而共同维护各自在权力关系中的身份。人们希望成为士绅群体中的一员，并小心翼翼地维护着权力的合法性及权力关系本身。"⑤清政府在绅士的服制等方面都做出了有别于平民的规定。⑥但民国以后，清朝旧制废除，绅民界限日益模糊，属于绅士阶层的礼制开始被富裕的庶民仿效，并在一定程度上得到了乡民的认可。

李长之曾指出《霜叶》"在写时间和空间的特质上，缺乏明确，甚而有些错乱。我们初次读去，总以为是前清的事，可是后来才知道是写戊戌后20年的事。戊戌是1898，加上20年就是1918，民国七年了。原来所写的已是五四

---

① 茅盾：《霜叶红似二月花》，第 164 页。

② 同上，第 181 页。

③ 同上，第 164 页。

④ 同上。

⑤ 李涛：《士绅阶层衰落化过程中的乡村政治——以 20 世纪二三十年代的浙江省为例》，《南京师大学报》（社会科学版）2010 年 1 月第 1 期。

⑥ 张仲礼著：《中国绅士——关于其在十九世纪中国社会中作用的研究》，李荣昌译，第 30 页。

运动的前夕了。……我不相信那时的社会还那样古色古香，而新的气息又那样薄弱！……所以我感觉其中有一种时代的错乱，把古老的故事嵌入现代之中"①。从思想文化的层面上说，《霜叶》却都是一派旧气息。但这部小说却在社会经济结构上展现了民国初年传统绅士阶层在经济形态转型中的在地方日常生活层面的种种细碎的变化。"在由农业宗法社会向工商业社会的过渡转折中，金钱开始替代功名成为衡量社会成就和社会地位的标志。人们逐渐用经济成就的大小而不是文章道德的高低来评判一个人的社会价值。"② 茅盾的小说创作不仅历来关注绅士阶层的演变分化，也格外强调绅士阶层的文化资本。但《霜叶》这部小说却刻意淡化了绅士的文化属性，而重点展示了绅士地位经济化的趋势，伴随着财富多寡而产生的对地方事务的管理资格，绅士身份甚至还出现了一种世袭化的倾向。绅士阶层在经济层面的变化，也极大地影响了他们在管理地方事务时的姿态。

二、绅士与地方事务

尽管，"明代中叶以后，士与商之间已不易清楚地划界限了"③，但单纯的商人身份还是无法享有绅士阶层的权利和地位。"中国士绅的一个重要特点是：他们是唯一能合法地代表当地社群与官吏共商地方事务参与政治过程的集团。这一特权从未扩展到其他任何社群和组织。商会行会就无足够的力量在有关社区公益问题上发表意见，遑论参与治理过程了。实际上，除了少数富人，如盐商，商人阶层就不会被政府官员们以礼相待，也无法接近他们。……持续到19世纪后半叶，至此商人才被允许与士绅一道讨论本地事务（此后士绅与商人合称'绅商'）。但他们仍处于士绅的主导之下，从未成为一个独立的力量集团。因此，很长一段时间内，除发生叛乱或其他难以维持现状的危机时期以外，士绅的领导地位和权力从未受到过挑战。"④《霜叶》中传统的地方事务就仍由一些"老派"的绅士掌控着。而随着经济地位的上升，从事现代商业的"新派"绅士也开始与"老派"争夺地方权力。

善会善堂在明末清初是由民间慈善人士主要是地方绅士设立的慈善组织。

---

① 吴组缃，李长之：《霜叶红似二月花》，《时与潮文艺》1944年第3卷第4期。

② 章开沅，马敏，朱英：《辛亥革命前后的官绅商学》，第183页。

③ 余英时：《士与中国文化》，上海：上海人民出版社，1987年，第528页。

④ 瞿同祖：《清代地方政府》，范忠信，晏锋译，第266页。

在后来的发展中，一些善会善堂的经营也受到了来自地方官的某种强制，但大部分善会、善堂是民间自发结社经营的公益事业。① 江南地区的善会善堂一般涵盖了普济堂、恤嫠会、育婴堂、义塾、保甲局、义渡、粥厂、丐厂、救火义集等众多机构，需要负责老人、寡妇、弃婴的赡养，施舍药材、食物，教育，治安巡逻，救灾、救生等社会生活的方方面面。② 《霜叶》中就谈到了县城的孤老病穷按月在善堂领取抚恤金，善堂每年还要施药材。可见小说中所写的善堂是江南地区十分常见的综合性慈善机构。善堂运营的经费来自私人或其他社会组织的捐赠，捐赠的形式包括土地和现金等，也有官产投入其中，如国家划拨的土地等。善会善堂的设置在全国范围内极不均等。很多州县完全没有设置善会善堂。但《霜叶》中写到的长江三角洲地区却是县城中善会、善堂林立，甚至县城之外的市镇也遍布着善会善堂。③ 善会善堂基本上都由地方绅士负责经营管理，领导这些善举的群体被称为善堂绅士或善举总董。④

在清季民初的社会改革运动中，地方自治运动是其中的重要内容。当时不少期待着中国现代化和民主化的知识分子认为传统中国业已存在构成现代地方自治的基础。涉及地方社会各个方面又属于民捐民办性质的善会善堂自然被视为了传统社会中地方自治的范例。茅盾在《霜叶》中书写绅缙管地方事务的局面，主要是以善堂管理权的争夺为线索，其中未尝没有表现清季民初的地方自治的意味。在传统社会中，地方绅士作为本地社会能够直接与官员接触的有威望人士，本该是地方利益的维护者。《霜叶》这部小说中场面上的绅缙却并不关心地方利益。

老派绅士们对新文化与新思想充满敌视。与赵守义有交情的省城举人孝廉公来信说："近来有一个叫什么陈毒蝎的，专一诽谤圣人，鼓吹邪说，竟比前清末年的康梁还要可恨可怕。孝廉公问我，县里有没有那姓陈的党徒？"⑤ 小说中，这些老派绅士也因为这件事聚在一起商议。老派绅缙中前清的监生鲍德新"古里古气，简直不知有唐宋，更何况近在目前的戊戌？"⑥ 只有胡月亭"是前清的一名秀才，而且朱行健他们闹'维新'的时候他已经'出山'，所

---

① 参见［日］夫马进：《中国善会善堂史研究》，北京：商务印书馆，2005年，第198、493、644页。

② 同上，第467—475页。

③ 同上，第419—420页。

④ 同上，第476页。

⑤ 茅盾：《霜叶红似二月花》，第83页。

⑥ 同上。

以略约懂得'康梁'是什么"①。老派绅士对新事物的了解十分有限，但对于打压新思想却充满热情。镇上"老派"绅缙的"卫道"热情，却并没有体现在对传统绅士道德的恪守上。小说的这群"老派"绅士除了昏聩之外，私德与公德皆不甚佳。赵守义更是在土地经营和高利贷盘剥农民上狠辣的人物。

至于"新派"绅士王伯申，也未见得真的"新"。在县城的绅缙中，这个似乎是"新派"的人物是口碑不佳的。在老派绅缙看来，王伯申的新只在于"就事论事，只要一件事情上对了劲，那怕你就和他有杀父之仇，他也会来拉拢你，俯就你。事情一过，他再丢手"②。张钱两家的太太们看来，王家几代都是精明透顶的人物，只会钻营占便宜而从不吃亏。为了自己的生意利益，王伯申对于轮船运营堵塞河道、冲毁农田的损失丝毫没有弥补赔偿的意愿。

不过，绅缙王伯申依旧想拥有传统绅士在地方的声望。但是，他由绅到商的转变使他的商业利益与地方公益构成了直接的冲突。他已经不可能如之前那些不依赖一般商业活动而拥有大量财富的绅缙那样维护地方利益。他所提议建立的平民工艺所与传统的善堂比起来，似乎是更新、更现代的慈善活动。实际上却是他想争夺地方公益的控制力和财富的手段而已。另一位能与他平起平坐的老绅缙赵守义以巧取豪夺的方式榨取乡人的土地和钱财，也并非是传统正派绅士生存的常态。他所掌管的善堂虽然还是传统地方慈善事业，但他的管理方式与帝制时代相比也发生了变化。

善会善堂通常是由绅士轮流担任董事，往往也有地方政府的投入。善堂董事免不了要与官府的胥吏们打交道。③ "负责当年运营的会员也希望在证明众人的捐赠都得到正当运用的同时，报告当年事业究竟取得了什么成绩。这样就出版并广泛散发了被称为《征信录》的会计事业报告书。于是捐赠者和参与这一事业的同仁利用该报告书对事业的内容进行监察"④。小说中，赵守义掌管善堂十余年来都没有做过征信录。此外，在多数情况下，善会善堂运营所需的大量经费，每年的赤字部分需要主事的绅士自己垫付亏空，对绅士而言成了一种类似于徭役的沉重负担，因而被地方绅士视为畏途。⑤ 在《霜叶》这部小说中，善堂已经由赵守义一个人把持多年，而这桩传统慈善事业也反倒成了有利

①　茅盾：《霜叶红似二月花》，第 83 页。
②　同上，第 99 页。
③　夫马进：《中国善会善堂史研究》，第 444 页。
④　同上，第 709 页。
⑤　同上，第 443—445 页。

可图值得争夺的领域。然而，在县城这样的基层社会，不仅在制度上绅缙依旧是实际的控制者，而平民的心态依旧希望绅士主事。只是，绅士阶层的经济基础骤变，再难无私地为一方谋利。

清季民初，期待着中国近代化和民主化的知识分子中，有不少人认为可以构成近代地方自治的基础已经存在于传统中国之中。善会善堂这样民间经营的社会组织，也往往被视为为新的地方自治做了准备。① 由绅士主导的地方自治运动也一度被视为兴民权的重要内容。但茅盾这部写于 20 世纪 40 年代的小说却在撕开绅士在地方自治方面推进中国现代化、民主化的一厢情愿的假象。小说中，当一位绅缙胡月亭问朱行健："健翁，好像善堂的董事也有你呀。前天赵守翁要开一次董事会呢。"朱行健回答："又开什么会！照老例赵守翁一手包办，不就完事了么？"胡月亭只能尴尬地应对："健翁，你这话就不像是民国年代的话了。"② 在民国这样现代民主的政治体制之下，地方自治并没有朝着一个良性的方向发展。

由于经济上的富庶，帝制时代的江南绅士阶层十分乐于出资兴办各种地方公益事业。"在江南，许多士绅家族都是行善世家，……就是一些偏远小镇，也不乏积善之家。"③ 然而，辛亥鼎革之后，传统社会中约束绅士品行的政治制度和社会体系逐渐崩塌。绅士阶层的经济基础也为之一变。小说也谈到了县城之前的大户人家大多已经衰败。民国以后，绅士管理地方失去了官方的监督和规则约束，也失却了物质基础。当掌控地方的绅士成了单纯依靠土地和高利贷剥削的劣绅或者唯利是图的商人，很难期待他们能够如传统正派绅士一般为地方公益事业尽心尽力。

三、正绅的隐退与新变

《霜叶》通过对日常生活的细致书写，勾勒出了经济转型中传统绅士阶层道德操守的逐渐堕落。不过，茅盾本人依旧对正派绅士造福一方的历史记忆充满怀想。由老派的赵守义等一众绅缙与绅商王伯申针对善堂存款引发两派冲突中，一派看似隐没的政治力量再次浮出水面。前清时候县里颇有几位热心人，

① 夫马进：《中国善会善堂史研究》，第 646—647 页。
② 茅盾：《霜叶红似二月花》，第 35 页。
③ 徐茂明：《江南士绅于江南社会（1368—1911 年）》，第 190、191 页。

钱良材的父亲"钱俊人便是新派的班头，他把家产花了大半，办这样办那样"①。现下闲散、不合时宜的老绅缙朱行健也总是和他一道帮衬。这两位无疑是传统正派绅士无私奉献地方的典型。可惜的是钱俊人壮年而逝。朱行健的主张"平时被人用半个耳朵听着"②。

正派的传统绅士日渐式微的事实或许更激发了茅盾的怀想与向往。《霜叶》中钱良材的存在更像是正派绅士钱俊人的某种再现。钱良材出场之前，他的嗣母瑞姑太太就谈到钱良材活像他的父亲钱俊人。钱家的宗亲"永顺哥"也忍不住和村民反复地赞叹钱良材："活像他的老子，活像他的老子！啊哟哟，活像！""活像！一点儿也不差！""你要是记得三老爷，二十多年前的三老爷，我跟你打赌你敢说一声不像？"③ 小曹庄的村民认识钱良材，也因为他是赫赫有名的钱俊人钱三老爷的公子。在钱家庄，钱良材的地位也与钱俊人的声望密切相关。

而对于钱良材本人来说，他每次提到父亲生前的言行必然会引起虔诚而思慕的心情。钱良材当年站在父亲的病床前聆听嘱咐时，甚至会感觉到父亲的那种刚毅豪迈的力量已经移在自己身上。他十分努力地继承父亲为桑梓服务的理想。钱良材看不起王伯申明明是自私自利的守财奴骨头，却要充大老官假意关心地方公益。于是他"存心要教给他，如果要争点名气，要大家佩服，就该懂得，钱是应当怎样大把的化！"④ "良材和他的父亲一样的脾气：最看不起那些成天在钱眼里翻筋斗的市侩，也最喜欢和一些伪君子斗气。在鄙吝的人面前，他们越发要挥金如土"⑤。

尽管，钱良材已经不具备钱俊人那样的传统绅士身份，却依旧竭尽着正派绅士的职责，诚挚地关心乡民的利益。王伯申的轮船导致河道周边农田被淹。而县城其他绅缙大多都在轮船公司有股份而不愿牺牲自己的经济利益出面协调。只有朱行健和钱良材愿意上公呈处理。可是王伯申与官员的关系却使此事不了了之。在下了两天雨以后，钱良材担心家乡的水患，赶回去查看。在与绅缙官员交涉无果的情况下，钱良材再次选择了大把花钱的方式解决问题。他花费自己的家财，连夜组织村民筑起堤坝，防治轮船航线带来的水涝灾害。这个

①　茅盾：《霜叶红似二月花》，第 39 页。
②　同上，第 40 页。
③　茅盾：《霜叶红似二月花》，第 196 页。
④　同上，第 158 页。
⑤　同上。

过程中钱良材独自承担重责，颇有点孤军奋战的悲壮决绝。

朱行健和钱良材让其他绅缙忌惮之处就在于这样的正派绅士能够为了公益而发起"傻劲"来，全然不顾及自身利益。茅盾对于这样的正派绅士是充满情感和偏爱的。钱俊人担心吃奶三分像，而奶妈出身低微，小家子气，说不定还有暗病，所以钱良材是自己的母亲喂的奶。这在绅士家庭中，是十分少见的情况。赵守义的连襟徐士秀打量起钱良材时也会不由自主地收敛起傲慢。他看到，钱良材即便只穿一件短衣却也是上等的杭纺。"良材的脸上虽是那样温和，然而那两道浓眉，那一对顾盼时闪闪有光的眼睛，那直鼻子，那一张方口，那稍稍见得狭长的脸盘儿，再加上他那雍容华贵，不怒而威的风度，都显出他不是一个等闲的人物。"① 原本是以徐士秀的视角叙述，但字里行间又不难感到作者忍不住的溢美之词。就连与钱府有关的人物都获得乡民的另眼相看。永顺哥一个农家老汉，因为和钱良材是同一个高祖的，"小时候也在这阔本家的家塾里和良材的伯父一同念过一年书。良材家里有什么红白事儿，这'永顺哥'穿起他那件二十年前结婚时缝制的宝蓝绸子夹袍，居然也有点斯文样儿，人家说他毕竟是'钱府'一脉，有骨子"②。

钱良材本人的品行道德也是有目共睹。为了农民的利益，他到县城与官员绅缙交涉，尽力挽救危局。在白糟蹋了时间却一无所获时，他会发自内心地羞愧。在没有实际解决问题的情况下，他"觉得没有面目再回村去，再像往日一般站在那些熟识的质朴的人们面前，坦然接受他们的尊敬和热望的眼光。"③筑堤坝时，但凡用到乡民的一个麻袋、竹篓，他都叮嘱家丁一定要付钱，决不让农民吃亏。连外乡的船夫也知道钱大少爷从不亏待人，乡里的百姓更对他信任、推崇。为了突出钱良材名门望族、气度不凡的形象，小说中还专门用邻村曹家庄的小地主"暴发户"曹志诚做陪衬。曹志诚这个满脸麻子，腆出个大肚子，满身臭汗，说起话来颤动着一身的肥肉的土财主，更凸显出钱良材这位正派绅士家的大少爷是如何气宇轩昂，正直、无私、善良。

在传统社会中，绅士是一乡所望，一邑之首。这种特殊的地位既得益于官方策令，也源自正派绅士对于乡里公共事业的付出。《霜叶》这部小说的很大一部分情节也是围绕绅士与地方公益之间的关系展开。而小说中，善堂的管理则正显示出了当时地方绅士与公益事业之间的裂隙和矛盾。诚如上文所言，江

① 茅盾：《霜叶红似二月花》，第183页。
② 同上，第190页。
③ 同上，第176—177页。

南地区的善会善堂是涵盖社会生活各方面的综合性公益机构。在传统社会中，这种机构的设立和运行既有地方官员强加于绅士的近似国家徭役的强制要求，也不乏乐善好施的正派绅士一掷千金的主动承担。绅士在地方的声望也正是通过对当地社会的贡献所构筑。《霜叶》中的钱俊人无疑是正派传统绅士的某种理想状态，大有毁家纾难，为国为民的担当。他的儿子钱良材在很大程度上也是这种正派传统绅士道德理想的继承者。

然而，历史的轨迹早已划过了清王朝最后的边界，《霜叶》的时间线索延至了民国初年，新文化运动即将兴起的前几年。作为继承者的钱良材开始对父辈的理想产生了迷茫和更进一步的思考。面对家世的衰微，社会现实的旧辙已坏，新轨未立，钱良材坚持以一己之力承继正派绅士的理想，但对于现实也不免充满困惑与反思。他牺牲了自己和乡里的土地，自己出钱筑堰防涝。但工程完成后，他感到了说不出的懊恼和空虚："如果那时他是仗着'对大家有利'的确信来抵消大家的'不大愿意'的，那么现在他这份乐观和自信已经动摇而且在一点一点消灭。"① 钱家庄的质朴的农民渴望把所有的疑难"整个儿"交给钱大少爷。他们习惯于"天塌自有长人顶"的快慰。村民觉得钱大少爷见过知县老爷了，就会有办法。他们听说钱大少爷已经想好了办法，"老年人会意地微笑，小孩子们欢呼跳跃"②。

清朝到民国的变迁，并没有改变村民的思想意识观念，他们仍旧等待着被绅士和父母官拯救或者简单地暴力相抗。而钱良材则对现实有了更深层次的认识。他明白"大家服从他，因为他是钱少爷，是村里唯一的大地主，有钱有势，在农民眼中一向就是个土皇帝似的，大家的服从他，并不是明白他这样办对于大家有益，而只是习惯地怕他而已！"③ 农民的这些想法是让他痛苦的。他对钱俊人的事业有继承也有迷茫与自省。他已经清楚自己不是当年那样的地方绅缙，而只是和曹志诚一样的地主。"他整天沉醉于自己的所谓大志，他自信将给别人以幸福的，然而他的最亲近的人，他的嗣母，他的夫人，却担着忧虑，挨着寂寞，他竟还不甚晓得！而且他究竟得到了什么呢？究竟为别人做到了什么呢？甚至在这小小的村庄，他和他的父亲总可以说是化了点心血，化了钱，可是他们父子二人只得到了绅缙地主们的仇视，而贫困的乡下人则得到了

---

① 茅盾：《霜叶红似二月花》，第212页。
② 同上，第200页。
③ 同上，第213页。

什么"①。正派绅士阶层无私地倾尽所有心力家财，却一事无成。这多少显出了单纯的个人理想和担当在改良社会上的无力，也是茅盾个人对正绅理想的留恋与游移。

小说中，张恂如在一个风雷交织的雨天问起钱良材的个人情感问题。钱良材却触景伤怀地谈起自己与父亲的事业："他讲他过去的三年里曾经怎样跟着他故世的父亲的脚迹，怎样继续维持着他老人家手创的一些事业，例如那佃户福利会，然而得到了什么呢？人家的议论姑且不管，他自己想想也觉得不过如此。……"② 张恂如才发现看似豪迈逍遥的钱良材背后不为人知的沉重哀愁和无尽的感伤情绪。小说开篇谈及筹办新的慈善事业时，老绅缙朱行健就曾对维新派改良社会的失败努力有所感慨。而作为维新派绅缙钱俊人的继承者，钱良材也一直处于对父亲正派绅士理想的坚守与反思之中。钱良材最终咬紧牙关，把先父遗下来的最后一桩事业，佃户福利会停掉了。在他心目中，父亲给他指的道路没有错，"可是如果他从前自己是坐了船走的，我想我现在总该换个马儿或者车子去试试罢？"③

与茅盾的许多长篇小说创作相似，《霜叶》也是一部没有完成的作品。小说中也并没有展现正派绅士的继承人钱良材在社会政治道路上的抉择。但小说的后半部分也多少透露了正派绅士的继承者思想样态的转变。钱良材质问张恂如："你是张恂如。大中华民国的一个公民，然而你又是人之子，人之夫，人之父，你的至亲骨肉都在你身上有巴望，各种各样的巴望，请问你何去何从。你该怎样？"④ 这一番话也未尝不是他对自己的拷问。一方面，他感到了在五伦的圈子里没有自由的自己，在家宅之外的事业也困境重重。另一方面，他又对"民国"这一现代国家形态有清晰的概念，也具有农民所没有的公民意识。儒家道德约束与现代公民意识的转变，中华民国的公民责任与亲族的利益期望，传统正派绅士的事业与新的社会局面下的道路选择，都构成了这个正派绅士继承者的内心的困扰。

四、正绅理想与去势焦虑

《霜叶》这部小说中，正派传统绅士都已离世，由女性充当起家长的角色。

---

① 茅盾：《霜叶红似二月花》，第211页。
② 同上，第170页。
③ 同上，第171页。
④ 同上，第169页。

以往的研究通常把张老太太、瑞姑太太这些绅缙家庭的女性视为封建保守势力的代表。但我们也不难发现，这些绅缙太太们观念主张与曾作为家长的传统绅缙是大相径庭的。县城里鼎鼎大名的新派绅缙钱俊人，在瑞姑太太看来只是不懂操持家业的好人。这些正派绅缙家的太太们，与其说她们封建保守，倒不如说是充满俗世的精明来得恰当。她们的这种精明恰恰是小说中的正派绅缙或少爷们所不具备的。对于绅缙家长们的行事与观念，太太报以的只是同情的否定。绅缙家的少爷们效法父辈的努力更加得不到理解和支持。

相比钱良材面对父辈正绅理想的困惑而言，小说中张、黄两位绅缙家的少爷所面对的问题则更加现实。这两位少爷都是接受了新式教育的知识分子，学的又是法政专业这样一个在当时别有意味的学科。清季民初，中国的法政教育呈现出了畸形膨胀的态势。无法通过科考功名步入官场的读书人，把进入法政学堂视为了近似于科举考试的进入政界的道路。[1]

黄和光从学校毕业时，也曾踌躇满志，"一身蛮劲的黄金美梦"。而参选省议员失败后，他只得退居富足的家庭生活。从黄和光能够参与地方事务以及他的婚姻家庭来看，他也是一个绅缙家庭子弟。黄和光夜晚抑扬顿挫地吟诗自娱，也可想见其旧学根底。在传统社会中，这样的人大多会走上科举仕途。在社会政治体制变革中，他依旧抱有政治热情。当他窥见社会的卑鄙龌龊时，只是惨然一笑，退居旧家。他有足够一世温饱的家财。

除了政治理想的破灭，黄和光也发现"自己生理上的缺陷竟会严重到不能曲尽丈夫的天职，对不起这么一位艳妻，更不用妄想传宗接代"[2]。为了治疗不能人道的残疾，他在试尽各种方法后，妄听人言以吸鸦片治疗，以至于铸成终身大恨。小说中，黄和光也能出到场上作绅缙，管理地方上的事务。只是他每日伴着一盏灯，一支枪，下午两三点钟才起身，二更以后才精神，他对所有事都失去了兴趣。黄和光将家中的经济完全交给精明能干的妻子婉卿处理。黄家的收入主要靠房租和压在店铺的股金，但县城里好多家老店都已经濒临倒闭，靠不住了。婉卿也明白黄家的家产已经大不如前了。

同样毕业于法政专业的张恂如，对于管理地方事务充满兴趣。接受了新式教育的他，相信自己明白老一辈绅缙不懂的慈善事业。可是，正当张恂如稍有自得于受邀商量地方上的公事时，张少奶奶却嘲讽他不是绅缙却要过问地方上的事务，狠狠地戳破了他本就脆弱的自尊心。当他自信于是王伯申主动邀请他

---

① 宋方青：《科举革废与清末法政教育》，《厦门大学学报》2009 年第 5 期。

② 茅盾：《霜叶红似二月花》，第 65 页。

参加地方公益时，家中的"太太们"却将此认为不过是一件要花钱的事。瑞姑太太担心张恂如是个"直肠子的哥儿"会吃了精明的王伯申的亏。在"太太们"看来，老一辈绅缙都还在，张恂如出场作绅缙还早。老太太也顺势教训起他在恪守祖业上的不足。

张恂如是绅缙家庭中接受了新学教育的青年。大学学习了法政专业的他，未尝没有改良社会的愿望。也正因如此，他在想到倾尽家财，办新派事业的绅缙钱俊人时，隐约地看到继承父亲志向的表哥良材的笑貌，也看到了自己的面貌也夹在其间。与这两位亲人一样，张恂如也怀有改良现实的愿望。绅缙家庭子弟继承父辈的地位和志向参与地方事务，改良社会的理想，在男性家长缺失的家庭中，遭受了女性家长以经济为盘算的打压。

清季民初的经济转型中，绅缙家庭的女性们更加感到了一种现实的焦虑。传统绅士阶层经济来源早已断绝。仅存的家产光是保证绅缙家庭的日常开支都有风险。这样的财力已经支撑不起服务地方的正绅理想了。在这些女性家长看来，处理地方事务远没有守住仅存的一点家业更重要。

茅盾在回忆录中说，《霜叶》的主要人物是"一些出身于剥削家庭的青年知识分子"①。可实际上，小说中非但没有涉及这些青年剥削的细节，反倒大量书写了他们为地方公益的无私付出。茅盾在《地泉》序言中谈到，一部作品产生的必要条件，需要有对"社会现象全部的（而非片面的）认识"②。《霜叶》就特别强调了新兴的地主和转换为纯粹盘剥者的绅缙与传统社会中的正派绅士完全不可同日而语，其中充分体现了时代变革带来的社会阶层转换。这无疑是对华汉的《地泉》、叶紫的《星》等30年代左翼小说中单纯书写农民与地主暴力对抗的某种回应。而茅盾本人就出身于江南小镇的绅商家庭。其祖父就是商人，并通过捐纳获得了科举功名。他的亲族中也不乏经商的"正途"绅士和经商后捐纳的"异途"绅士。茅盾在小说中大量叙述绅商，也颇有些家族史书写的色彩。

总体上说，《霜叶》标志着茅盾在创作手法的一次释放，而不是一种纯粹的转型。女性在情爱中的复杂心态和两性关系的微妙是茅盾书写得最为细致生动、得心应手的内容。而茅盾长期以来却更希望以一种宏大叙述表现中国社会政治的重大事件和突出风貌。这种写作专长与写作主题偏好之间的纠缠撕扯，也常常使得茅盾的小说处于一种自我对抗的矛盾。而在《霜叶》中，茅盾更平

---

① 茅盾：《我走过的道路》（下），北京：人民文学出版社，1997年，第300页。
② 茅盾：《〈地泉〉读后感》，见华汉：《地泉》，上海湖风书局，1932年，第13页。

顺地处理二者的关系，开始自如地以自己书写琐碎幽微的特长，来展现一个社会迟缓的变局。

在清季民国初年的社会经济结构变动中，地方绅士也随之产生了内外部的严重分化。随着经济实力的下降，正派传统绅士对地方的贡献逐渐减弱。传统绅士阶层的价值观念受到冲击。《霜叶》这部小说的时代背景已经到了五四运动前夕。一场由传统绅士阶层和绅士家庭子弟主导的更大的思想文化风暴即将展开……

在清季民国的乱局中，帝制时代的绅士阶层作为社会精英积极参与当时中国的现代化进程，却又受到现代化进程的反噬而丧失阶层优势和特权。许多现代作家既经历或向往过帝制时代绅士阶层的荣耀，也目睹了这些旧式社会精英的衰落。无论是基于对中国社会历史现实的客观观察，还是出于个人的生命体验，精英阶层的历史际遇与清季民初的社会变革之间的复杂纠葛都成了不少现代作家在写作中必须正视或难以割舍的内容。脱胎于旧式精英阶层却又裂变为现代知识精英阶层的现代作家在民国时期的社会政治的纷扰中还将遭遇和书写更为繁复的现代性。

第二编
裂变中的绅士与演变中的
中国现代文学

民国建立以后，清季传统绅士创建的新式学堂在现代国家体制下，得到了更大的发展。新式教育正逐渐为中国社会塑造出一个新的知识精英群体。尽管这个新的知识精英群体与传统绅士之间有着千丝万缕的联系。而新兴的知识精英群体则在思想文化革新的诉求下，对传统文化进行了激烈的质疑与反叛。新文化运动催生了迥异于传统绅士、士子的年轻一代知识精英。"新青年"的出现激化了传统绅士家庭中"父与子""母与女"的冲突。这种冲突在新文学最初的创作中得到了较多的表现。另一方面，集中于城市特别是大都市的新式学堂彻底打破了传统士子的乡间耕读模式，青少年不得不背井离乡进入城市求学。这些接受了新式教育与新思想的知识精英重返故土时，开始重新审视与书写已经与自己若即若离的乡土社会以及传统绅士掌控下的基层社会秩序。而也有许多知识青年面对民国初年的社会政治动荡，选择了投身于国民革命的洪流。在"打倒土豪劣绅"政治口号和自身革命工作经历的影响下，乡土社会中传统绅士的负面形象开始频繁出现于以国民革命为背景的文学创作和革命文学作品中。左联成立以后，现代作家对农村社会给予了更多的关注，作为乡土社会实际掌控者的绅士阶层也不可避免地在左翼文学作品中大量出现。传统绅士阶层的嬗变与中国现代文学的演进紧密地交织在了一起。

第四章　传统绅士阶层与新文学的发生

但开风气不为师，龚生此言吾最喜。同是曾开风气人，愿长相亲不相鄙。①

——胡适

一、绅士阶层与中国文化的现代化进程

辛亥鼎革以后，中国有了现代意义上的国家和政府。民国初年的政治舞台上，传统绅士依旧是主角。清季民国的社会转型中，政治体制和经济形态都在发生着前所未有的转变。清末新政中，传统社会阶层由在野转为在朝的"议绅"。辛亥革命以后，起事的新军将领大多缺乏社会声望，所以在各地的光复中，新军将领还是需要联合帝制时代的社会精英群体——绅士。而传统绅士阶层在文化革新方面的作用也不容忽视。传统绅士是新式学堂的创办者，绅士及这些家庭的子弟也构成了最早一批接受现代教育的知识群体。儒家文化道德是整个绅士阶层的思想行事之旨归。在清季内忧外患之下，绅士阶层又是接受新思潮、倡民权的先锋。新文化运动及由此开启的新文学潮流的确是对以儒家传统为代表的整个旧式文化的反叛。而作为旧文化代表的传统绅士历来以知识精英的身份在清季文化革新中发挥着重要作用。那么，绅士阶层是否自然而然地成为了新文化与新文学的反面呢？

许多研究者都注意到了《甲寅》杂志与《新青年》的深厚渊源，及其对

---

① 胡适：《题章士钊、胡适合照》，欧阳哲生编：《胡适文集》第9卷，北京：北京大学出版社，1998年，第313页。

新文化运动的推动作用。《甲寅》与《新青年》在编辑撰稿方面有显著的人事重叠。有研究者曾谈道："《甲寅》最初的内容目录可以当作新文化运动的人名录来读。"① "《甲寅》杂志的主要政论作者如高一涵、易白沙、李大钊、刘叔雅等，成了陈独秀创办《青年杂志》时的基本班底；在《甲寅》偶露峥嵘的胡适、吴虞则成了《新青年》的骨干。"② 也有不少学者对《新青年》在编辑版式、栏目设置、思想理念等方面对《甲寅》杂志的借鉴做过全面的考察。也有学者破除了将《甲寅》视为在新文化运动中持保守对抗立场的观念，指出《甲寅》杂志曾是"《新青年》杂志问世以前西方文化思想在中国的一个主要传播阵地"③。关于《甲寅》杂志在中国现代文化形成中的积极作用，已有不少学者有过深入的论述，在此不再赘言。这里将从另一个角度考察《甲寅》与《新青年》及新文学发生之间的关系。

《甲寅》的主编章士钊，祖上没有读书人，到祖父一辈，有了田产以后"始读书，求科名，以传其子孙"④。章士钊的父亲为乡村塾师，在乡行医，又热心为人排解纠纷，在地方有很高的社会声望。章士钊父亲与堂兄章寿麟（字价人）相处甚得。章寿麟次子华，字曼仙，"二十三岁入翰林，与江浙士大夫竞爽，寖寖有名于世。吾族世业农，此时家声之大，数百年来所未有也。愚年十六、七，习焉八股文于家，愚父喜夜谈，每津津为示价人君家事，尽漏不息"⑤。光绪二十四年（1898年），章士钊曾赴长沙参加县考。⑥ 少年时代的章士钊是一个传统社会中典型的埋头读古书、习八股、应举业的士子。

《甲寅》主要撰稿人的家世背景也有许多相似之处。张东荪，"世代耕读传家，到第五世时，家族始显贵"⑦，中钱塘县附贡生，后做过知县、知州。其父张上禾靠着父亲的军功得到知县职位。⑧ 张东荪的童年也在县衙里度过。

---

① ［美］魏定熙：《北京大学与中国政治文化1898—1920》，金安平、张毅译，北京：北京大学出版社，1998年，第110页。

② 孟庆澍：《历史·观念·文本现代中国文学思问录》，开封：河南大学出版社，2010年，第20页。

③ 李怡：《日本体验与中国现代文学的发生》，北京：北京大学出版社，2009年，第146页。

④ 章士钊：《章士钊全集》第5卷，章含之、白吉庵主编，上海：文汇出版社，2000年，第366页。

⑤ 章士钊：《章士钊全集》第6卷，章含之、白吉庵主编，第200页。

⑥ 邹小站：《章士钊传》，郑州：河南文艺出版社，1999年，第9页。

⑦ 左玉河编著：《民盟历史文献张东荪年谱》，北京：群言出版社，2014年，第1页。

⑧ 同上，第2、3页。

张东荪的兄长张尔田早年中举人，任刑部主事、知县等职。张尔田年长张东荪许多，承担着对张东荪的抚养教育工作。① 张东荪自幼打下了扎实的旧学根基。陈独秀的祖父陈晓峰是廪生，一生以塾师为业。陈独秀父亲早逝，后过继给四叔陈昔凡。陈昔凡是光绪元年乙亥恩科举人，任过知县、知府。陈独秀十二三岁时，他的哥哥考取了秀才。陈独秀幼年曾接受了祖父的严格教育，祖父去世后，他继续在家塾读书。17 岁的陈独秀考取了院试第一名，得了秀才的功名，远亲近邻、族长户差皆来道贺，其母几乎喜极而泣。② 李大钊的祖父李汝珍是登仕佐郎，有做官的经历，在乡里有较高的声望。其父去世时，李大钊尚未出生。李大钊未满两周时，其母也与世长辞，李大钊由祖父抚养。此后，李大钊为参加科举考试而做了十余年的准备。③ 在祖父和各位塾师的教育下，李大钊成了远近闻名的文童。光绪三十一年（1905 年），李大钊参加了帝制时代的最后一次科举考试，但未中（zhòng）式。高一涵，在 1902 年自己 17 岁时考中了清光绪年间的秀才。④ 易白沙出身世家，父亲易焕章曾在湘西直隶州永绥县为官，易白沙 6 岁就能诵读《论语》、《孟子》，12 岁治五经、《通鉴》毕，师友交誉。⑤

除了《甲寅》的主要撰稿人外，在《甲寅》上发表了文章的作者们的身世背景也在此一并考察。胡适的父亲胡传边经商边读书，25 岁科考中秀才，之后参加过几次省试，虽然没有中式，但一直努力攻读。其父 27 岁时还曾入扬州著名经师刘熙载任山长的龙门书院学习 3 年，不仅学问大有进步，而且治学也颇有心得。胡传后步入仕途，曾任过淞沪厘卡总巡、知州等职。⑥ 胡适自幼也接受了良好的传统教育。吴稚晖是光绪年间的举人。⑦ 吴虞的曾祖是清代武官，曾官至提督。其父吴士先，25 岁时中了副榜贡生。吴虞少时也在书院

① 左玉河编著：《民盟历史文献张东荪年谱》，第 5—7 页。
② 参见郑学稼：《陈独秀传》（上），台北：时报文化出版企业有限公司，1989 年，第 6—9 页、第 19 页；朱洪：《陈独秀传》，合肥：安徽人民出版社，1998 年，第 1、4、5 页。
③ 参见朱成甲：《李大钊传》（上），北京：中国社会科学出版社，2009 年，第 7—10 页、第 20—22 页。
④ 高大同编著：《高一涵先生年谱》，上海：上海文化出版社，2011 年，第 4 页。许多关于高一涵的介绍中称其"9 岁即能诗善文，14 岁考取秀才"。此书采家谱中高晓初《一涵公传略》所述。
⑤ 湖南省革命烈士传编纂委员会编：《三湘英烈传旧民主主义革命时期》，长沙：国防科技大学出版社，2003 年，第 326 页。
⑥ 白吉庵：《胡适传》，北京：红旗出版社，2009 年，第 3—5 页。
⑦ 贾逸君编：《民国名人传》，长沙：岳麓书社，1993 年，第 110 页。

接受经学教育，但厌恶时艺，不愿应科考。① 杨昌济的父亲靠捐纳获得了例贡生的功名，在家中设馆教书。杨昌济青少年时代也在发奋应举业中度过，并在光绪十五年的长沙县试上考取过邑庠生（生员）的功名，但此后屡试不中。② 谢无量的父亲，以拔贡的功名出仕，先后担任多地知县。谢无量六岁学作诗，8 岁作小文，九岁学毕"五经"习八股文，12 岁而做完篇，但目睹清季内忧外患，决意不再科举仕途，考入南洋公学特班。③

这些《甲寅》杂志的主要撰稿人之后也为《新青年》撰稿。此外，《新青年》其他作者的家世背景也值得我们注意。鲁迅和周作人出身官绅家庭自不必多言。钱玄同的父亲钱振常是同治间（丁卯）举人，曾任礼部主事，后辞官归乡在扬州、苏州等地书院任山长。其兄仅中秀才，故钱振常对钱玄同的举业教育十分重视，希望他能在科场取胜。钱玄同 16 岁以前是一个被关在书房里读经书、学做八股预备考秀才的书生④。光绪二十八年，钱玄同因母丧"丁忧"，不得不放弃应考童试。此后，钱玄同起了排满的情绪，科举制度又被废，故没有走科举正途。俞平伯也出自书香世家，其曾祖俞樾，考中进士，而且保和殿复试录为第一，是称"覆元"，荣耀异常了。其父俞陛云 18 岁登科，31 岁中探花。俞平伯幼年时也打下了扎实的旧学根基，可惜他八九岁时，科举考试废除，无法再重复先辈的荣耀。⑤

陈衡哲也出身于"耕读世家"，祖父陈钟英任过知县，两个伯父一个在京城任翰林院编修，一个中了举人，在江西为官。其母也出身于官绅家庭。其父陈韬屡试不中，靠捐纳的异途做了实缺的知县。⑥ 沈尹默出身于书香门第，官宦家庭。祖父清末在京城做官，后随直隶陕甘总督左宗棠到陕西，被调任定远厅（今镇巴县）同知，其父也在定远谋到官职。⑦ 沈尹默在家塾中也接受与科举考试有关的传统教育。⑧

① 庄增述：《吴虞传》，香港：中国文化出版社，2007 年，第 4—6 页。
② 王兴国：《杨昌济的生平及思想》，长沙：湖南人民出版社，1981 年，第 7—15 页。
③ 彭华：《谢无量年谱》，舒大刚主编：《儒藏论坛》（第 3 辑），成都：四川大学出版社，2009 年，第 133—134 页。
④ 参见曹述敬：《钱玄同年谱》，济南：齐鲁书社，1986 年；李可亭：《钱玄同传》，开封：河南大学出版社，2002 年。
⑤ 萧悄：《古槐树下的学者俞平伯传》，杭州：杭州出版社，2005 年，第 14—17 页。
⑥ 江森：《陈衡哲传》，上海：上海远东出版社，2010 年，第 1—4 页。
⑦ 中国人民政治协商会议陕西省汉阴县文史资料研究委员会编：《汉阴文史资料》（第 3 辑），1997 年，第 115 页。
⑧ 沈培方：《沈尹默书法艺术解析》，南京：江苏美术出版社，2000 年，第 46 页。

新文化运动功勋卓著的北大校长蔡元培是光绪年间进士，翰林院庶吉士，自不待言。新文化运动中学生一辈的代表人物，罗家伦之父罗传珍在清代任过知县。① 傅斯年出自鲁西望族聊城傅氏，家族中获得举人以上功名者不下百余人。傅斯年的曾祖父是道光五年（1825年）的拔贡，官至安徽布政使。祖父傅淦是同治十二年（1873年）拔贡，痛恨清末政治不愿入仕。其父早逝，祖父自幼严格的教育，对其影响至深。② 五四时期具有代表性的作家冯沅君，其父冯台异是清代光绪戊戌（1898年）科的进士。③

除了杨振声、汪敬熙等少数几位新文学开创时期的代表作家缺乏家世背景资料之外，我们大致可以看到，新文化运动的领军人物和新文学草创时期的代表作家，要么本身就是具有科举功名的绅士，要么出身于官绅或学绅家庭，而且都或多或少地接受了以科举考试为目的的旧式教育。当然，笔者不厌其烦地梳理这些文化先锋的家世背景，并不是想做什么出身决定论。这种家庭背景对这些文化人和作家思想创作影响的个案研究已有一些学者涉及。而在此，以这种近似于"大数据"的形式，我们则更能看出新文学发端的一些显著而又被我们忽略的特征。

清季民初的开风气之先者绝大部分都是传统绅士或出身于传统绅士家庭，并接受了以科举考试为目的的旧式教育。这一时期，中国的思想文化变革基本上是知识精英阶层针对政治危机和社会弊病的一种反应。这与西方在资本主义发展以后，由经济模式变革驱动下的启蒙运动具有许多本质上的差异。新文化运动的发起者们，并没有经济因素和现实需要作为一种新兴思想文化的产生基础。"自由""平等""民主""科学"这些核心观念的生成，既来源于外来文化以及知识阶层在留学海外过程中对现代化的体认，也源自于新的知识结构对他们自幼所接受的思想文化观念的冲击。标榜着反对旧文化的新文化运动实质上也还是传统知识精英阶层内部的某种分化。因此，新文化运动一开始所针对的就是传统知识精英文化，尤其是绅士家庭内部的思想文化氛围。而这些新文化运动的发起者自幼接受经学教育的时间和所耗费的精力无疑远高于他们对外来思想文化学习。这是中国现代化过程中产生的一代极为特殊难以复制的知识阶层。这种集新学与旧学于一身的知识体系将怎样影响这批新文化运动参与者的思想文化观念？他们在提倡新文化时又有哪些与旧文化割舍不掉的纠葛？这

① 陈春生：《新文化的旗手罗家伦传》，台北：近代中国出版社，1985年，第4页。
② 马亮宽、李泉：《傅斯年传》，北京：红旗出版社，2009年，第4—7页。
③ 严蓉仙：《冯沅君传》，北京：人民文学出版社，2008年，第4页。

些纠葛又是如何构成了他们日后政治选择与文化选择的潜在因素？——从绅士阶层这个角度出发，我们或许在一定程度上解答这些问题。

从新文化运动时期批判旧文化的文章中，我们能够明显地感觉到撰文者对于所谓旧文化的谙熟。这种对于传统典籍的信手拈来没有"童子功"是不太可能的。而行文章法结构中透出的共性也透露出共有的应举教育背景。新文化所批判的对象是旧制度、旧文化。但当我们对照新文学作品中反映的现实时，又不免觉得这些被批判的旧制度、旧文化与普通民众的日常生活有着相当的距离。刑不上大夫，礼不下庶人。某种意义上说，被批判的旧制度、旧文化构成了士大夫、绅士、士与一般平民的身份界限。旧制度、旧文化依托着绅士阶层这一群体和亲族更构成了青年人的切身体验。身处中国社会现代转型中的青年在日常中因受到的来自绅士家庭对个人生活和选择的干涉而感到的压抑愤懑构成了反抗的原初动力。这一压抑与反抗的过程与西欧社会文化现代化的生成类似，却又体现出两种不同的现代性。新文化运动时期的新青年们对现代的体认来自于对家庭的反叛，尽管内涵不同，却还是有着与修身、齐家、治国、平天下类似的路径。士子的人身轨迹的正途同样在反抗旧文化、旧制度的活动中运行着。而新文化运动的发起者最后又大多做了学者，所研究的领域也与自身的旧学根基过从甚密。能对旧文化做精深之研究，也可知他们大抵对这旧文化是有所爱的。绅士阶层的趣味依旧在其中发挥着作用。而绅士阶层终究是要以知识资本换取政治资本的。出身于绅士阶层的新文化运动的干将们之后又有不少人投身于不同派别的政治活动中去了。

二、绅士阶层与新文学的审美特质

新文化运动开启的新文学潮流也有类似的特点。新文学诞生之初实质上也并不是为了满足新兴市民阶层的需求。晚清的改良派中也以绅士为主。其中如梁启超等人也一改对小说的贬斥。而将这种本不属于士大夫趣味的文体拔高。但文学在此只是手段，而非目的。新文学的发生则不然。新文化运动的发起者将文学当作创制新文化本身的一项事业来看待。这最初的尝试并不在小说领域，而在有着庄正地位的诗歌。这种文学选择本身就带有鲜明的知识精英趣味，也是为了满足知识精英读者的审美而存在。

《新青年》最主要的读者，就是大城市中新式学堂的学生，尤其是北京地区的大学生。那么这些学生群体的构成又是如何呢？从五四时期小说来看，其中的大学生几乎尽是绅士家庭子弟。这自然与作者本身的背景有关。而另一方面，民国以后，新式教育尤其是高等教育基本上已经把乡村排除在外了。高昂的学费和大城市的生活费，并非普通家庭所能承受。而绅士由于帝制时代的特权地位，掌握了更多的社会财富，加之诗礼传家的观念，所以更愿意送自家子弟接受新式教育。当然，接受新式教育的学生中也有不具有绅士身份的富裕家庭子弟。五四时期，北大学生王光祈就抨击："现在中国教育是贵族的教育，现在中国的学校是纨绔子弟的俱乐部。"① 1926 年清华大学每位学生一年的费用大约为 120 元 ～ 130 元。② 而据张謇在江苏南通地区的估算，20 世纪初，一个普通农民每年平均收入是 12 元 ～ 15 元，张謇的工厂中工人一年的收入是 50 元 ～ 100 元。③ 我们还应该注意到江苏南通处于中国经济最发达地区，其他县镇情况更是可想而知。高等教育尤其是北京、上海这样大城市的大学，远非一般家庭所能承受。每年 12 册 2 元的《新青年》杂志，对于平民来说也不便宜。

　　号称是"平民文学"的"新文学"在当时其实相当"不平民"。章士钊就以此质疑了胡适提出推广白话文更有利于文化普及的观点。章士钊在《评新文学运动》中，就指出："自新政兴，学校立，将《千字课》《四书》《唐诗三百首》，改为猫狗木马板凳之国民读本，向之牧童樵子，可得从容就傅者，转若严屏于塾门之外，上而小学，而高小，而中学，而高等，一乡中其得层纍而进之徒，较之前清赴省就学政试，洋洋诵其场作，自鸣得意者，数尤减焉。求学难求学难之声，日闻于父兄师保，疾首蹙额而未已。是今之学校，自成为一种贵族教育。"④ 在当时，白话文是一种比文言文更具精英性质的文学形态。新式教育催生了中国的现代知识分子群体。但是集中于城市且费用高昂的新式教育一方面将传统绅士吸引到城市，一方面也阻断了贫寒士子和下层绅士的社会阶层晋升之阶。新式教育大兴之后，乡村的识字率较之帝制时代持续下降。中国现代文学中，乡村的凋敝和下层读书人尤其是不具有新学知识者的困窘也与此有关。新文学发生之初显著的精英色彩，也带来了 1927 年国民政府成立以后，文艺上对五四文学的某种反叛。国民革命让原本从事文学革命的知识阶层投入了切实的革命活动中。这种过程也让部分写作者感到了与普通民众的距离。这种距离感多少让人感到了对文学启蒙事业的失望。之后的革命文学论争就文学层面而言也是对新文学知识精英趣味的批判。而大众化问题更是五四以

---

① 王光祈：《少年中国之制造》，《少年中国》1919 年 1 卷 2 期，第 5 页。
② 杨小辉：《近代中国知识阶层的转型》，第 69 页。
③ 同上，第 68 页。
④ 章士钊：《章士钊全集》第 5 卷，章含之、白吉庵主编，第 366 页。

来产生的新文艺挥之不去的焦虑。抗战时期，普通民众对于五四文艺的隔膜成了文艺界的整体性焦虑。"民族形式"问题引起的大规模讨论正是这种焦虑在战争背景下的一次大爆发。绅士阶层与乡村的脱离进一步拉大了民众与精英文化的距离。精英阶层内部生成的新文化更让普通民众感到了隔膜。

新文化运动以及由此催生的新文学实质上还是传统绅士阶层在现代化过程中的一次文化重整。这与西欧伴随经济发展而产生的人的觉醒是有所区别的。当我们试图谈论中国现代文学的"现代性"时，有必要追附民国时期具体的社会历史情境，将新文化倡导者自身的传统知识精英身份加以考虑。

新文化运动及新文学的倡导者和最初的创作者，乃至最早一批读者中很大一部分来源于传统绅士阶层。因此，新文化和五四时期的文学创作也集中于展现传统绅士阶层的旧文化与新式教育、新思潮之间以及新旧两代知识精英之间，在思想观念上的冲突。传统社会中，耕读乡里继而入城为官最后告老还乡的人生轨迹骤变。新兴的知识阶层少年离开乡土入城求学，隔断了城乡联系，故而还乡主题也频繁呈现于中国现代文学作品之中。

第五章　绅士阶层与旧家庭题材小说

其于销弭犯上作乱之方法，惟恃孝弟以收其成功。而儒家以孝弟二字为二千年来专制政治、家族制度联结之根干，贯澈（彻）始终而不可动摇。使宗法社会牵制军国社会，不克完全发达，其流毒诚不减于洪水猛兽矣。①

——吴虞

新文化运动中，将改革旧家庭作为改革中国一项基本内容是一种普遍的论调。许多知识分子都对中国传统社会中，以家为本，家国一体的宗法制度加以批判。新文化运动中，无论是文学作品还是评论文章都集中于他们感触最深的旧式家庭。而由于清季民初的新式教育费用昂贵，五四时期的现代知识分子大多出身于经济基础雄厚，重视子女教育的绅士家庭。正因如此，五四时期文学中频繁出现的对旧家庭的反抗，其实并不指向当时中国社会普遍意义的家庭。顾颉刚曾以顾诚吾的笔名在《新潮》上发表了一系列批判旧家庭的文章。文中开宗明义地说"我阅世不多，对于家庭方面的观察，不过是江苏一隅，和中流以上的门径，就是常言所谓'诗礼人家'"②。而这里所谓的"诗礼人家"其实在很大程度上指的就是绅士家庭。当时对旧家庭的批判集中于名分观念、移忠作孝、家庭内部等级森严等方面对人的伤害，其实也正是针对了以礼教为家庭文化和秩序的传统绅士家庭。

---

① 吴虞：《家族制度为专制主义之根据论》，《新青年》1917年第2卷第6号，第2页。
② 顾诚吾：《对于旧家庭的感想》，《新潮》1919年第1卷第2号，第157页。

一、绅士家庭的代际纷争

在五四时期为数不多的小说创作中，父与子，母与女，个人与家族的冲突屡见不鲜，构成了一个时代文学的鲜明特征。新文化运动初期，白话小说数量并不多。而其中具有代表性的小说不少都与婚恋问题及亲子冲突有关。在个性解放和追求自由思潮的感召下，接受了新思想的青年对旧家庭的包办婚姻制度和家长的管制萌生了强烈的反叛情绪。

胡适以一幕简单的短剧《终身大事》道出了接受新式教育的青年对待个人婚恋问题的态度。罗家伦的《是爱情还是痛苦》中，"我"的朋友叔平也讲述了自己的婚恋遭遇：叔平心中有了钟情的新式女子，却迫于家庭压力只能忍受包办婚姻的痛苦。冯沅君的《隔绝》与《隔绝之后》中接受了新式教育的女主人公为了反抗母亲的包办婚姻，服毒自尽，喊出了"不自由毋宁死"的宣言。冯沅君的《慈母》中，女主人公为了反抗母亲的包办婚姻，几乎与家庭断绝了联系。冯沅君的《写于母亲走后》和《误点》也是这类故事的演绎。杨振声的《玉君》中，周玉君与杜平夫自由恋爱，两情相悦，却因为祖辈的恩怨，不能结合，玉君也被父亲许给了军阀的儿子。向培良的《飘渺的梦》也写了"我"明明有自由恋爱结识的伴侣，父兄却要为"我"包办婚姻的往事。冰心《斯人独憔悴》则写了接受新思想的青年在参加爱国社会运动问题上与父亲的冲突。此外，杨振声《贞女》、冯沅君《贞妇》、孙俍工《家风》还反映了贞洁观念对旧式家庭中的女性的伤害。

五四时期，反对旧家庭对新青年的压迫成为了当时小说创作的重要主题。从当时具有代表性的小说创作来看，其中所针对的旧式家庭其实并不具有多少普遍意义。知识青年所面对的精神痛苦，带有鲜明的新旧文化碰撞的印记。而这种旧文化也并不是"封建"这样笼统的概念所能概括的。

《是爱情还是痛苦》中的"我"和叔平，《隔绝》与《隔绝之后》《慈母》《写于母亲走后》《误点》的女主人公们以及她们的恋人、朋友和兄嫂，《玉君》中周玉君与杜平夫，《飘渺的梦》的"我"都是由全国各地的乡镇来到北京读书的大学生，《斯人独憔悴》中的两兄弟也是南京学堂的学生。大都市尤其是新文化策源地北京的大学学生构成了这一时期小说中最重要的一类人物形象。而小说中所针对的旧式家庭除了所谓的"旧"之外，也有一个显著的共同特征。《是爱情还是痛苦》中叔平出身于诗礼之家，父亲是地方办盐政的官员。他父亲聘定的女子是自己的同僚，家族也很有势力。冯沅君的这类小说中，女主人公都有留学归国的兄长，家族拥有社会声望，看重名声。在这些女主人公的家庭生活中，听差，厨子，女仆一应俱全。《玉君》中的周玉君和杜平夫的祖父都是前清官员。《飘渺的梦》《斯人独憔悴》中的主人公也都是大户人家的少爷。即便小说中没有明确写出家世背景的，也都能看出这是一些不仅有经济地位，还有着较高社会地位和传统文化修养的家庭。以往我们习惯将这类家庭称之为地主家庭。但在传统社会中，不具有科举功名这种政治、文化身份的庶民地主与绅士地主是两类不同的人群。冯沅君的《劫灰》中就写到"所谓土财主者，只是拥有几千亩田而已。你想在他们家搜出来三五百块现的，简直是百不抽一"①。小说中的这些土财主家的女性是连件首饰都没有的。这与凌叔华的《绣枕》等小说中闺秀、夫人的生活截然不同。一般的地主家的女性与绅士家庭的女眷全然没有可比性。

杨振声《贞女》、冯沅君《贞妇》、孙俍工《家风》中，这些恪守贞洁的女性也不是当时中国社会中家庭的普遍形态。这一点从鲁迅的《祝福》和叶圣陶的《这也是一个人》（后收入《隔膜》时改名《一生》）中就能看得十分清楚。一般家庭的妇女"没有享受过'呼婢唤女''傅粉施朱'的福气，也没有受过'三从四德''自由平等'的教训"②。从经济因素来看，贞妇守节是绅士家庭的某种特权，庶民并不在此列的。《祝福》中的祥林嫂，《这也是一个人》中的"伊"就只能丧夫再嫁。她们没有守节的资本，而当作为了可以买卖的商品。

绅士家庭对自身所崇奉的儒家伦理道德有强烈的"卫道"情绪。又正是这样一些家庭有足够的财力和眼界送子弟进入昂贵的新式学堂接受教育。在五四时期的许多文学作品中，新旧文化的对立其实是新式学堂接受的现代教育与传统绅士阶层固有观念习俗的冲突。某种意义上说，五四小说中体现出的思想文化批判大多针对了作为传统知识精英的绅士阶层及其背后的思想文化和行为处事观念。而新青年本身就出身于绅士家庭，这种批判和冲突就自然地演变为了父与子、母与女、新青年与家族制度、婚姻制度的矛盾。

---

① 冯沅君：《冯沅君创作译文集》，袁世硕、严蓉仙编，济南：山东人民出版社，1983年，第 61 页。

② 叶绍钧：《这也是一个人》，《新潮》1919 年第 1 卷三号。

二、绅士家庭与旧制度

五四时期的文学创作中长篇小说极为匮乏，从当时的旧家庭题材小说中，我们难以了解当时的整体社会风貌。巴金创作于20世纪30年代的长篇小说的《家》则弥补了这种局限。《家》全方位地追溯了五四时期接受了新式教育的新青年与旧式家庭的矛盾纠葛。我们在谈论《家》这部小说时，往往将高家描述为一个封建大家庭。其实，《家》发表之初，巴金称高家为一个资产阶级大家庭。在封建家庭与资产阶级家庭这两个稍显矛盾的表述之外，小说文本中将高家称之为一个"绅士家庭"则更像是一个相对中性又更符合作者创作意图的描述。

在传统社会中，科举考试取得功名未仕者或退任的官员被称之为绅士；广义上说绅士阶层也包括了这两类人的亲族关系。[1] 高家祠堂的历代祖先画像都身着朝服，高老太爷是退任官员。长房克文差点就做了京官，三房克明在当律师之前也做过不太小的官，四房克安是在辛亥革命中逃跑的县官。有着这样时代为官经历的高家，无疑是一个典型的绅士家庭。直到辛亥革命前，高家男性也都能不断为官。不难想见，在传统社会中，这是一个世代兴旺的官绅家庭。而结合巴金个人的家庭背景来看，我们也不难发现他也出身于绅士家庭。将绅士家庭作为旧家庭和旧制度的代表，自然来自于巴金自身的体认。《家》这部小说也总是展现出高家作为绅士家庭的独特性。

小说在一开篇就将高家绅士阶层的特殊地位附着于公馆这种建筑文化形态上。"家"一开始就是以公馆的建筑形态出现的。觉民与觉慧回家途中经过的一个个公馆所带有的某些抽象共性，无形中在强调着"家"的特殊阶层意味。每个公馆的类似，正展现着整个绅士阶层的整体性特征。在传统社会中，公馆并不是一个单纯的居所，而有着鲜明的等级色彩。单就成都地区而言，中等人家的宅院都是不敢妄称公馆的。[2] 《家》时时强调着公馆这一特定空间处所，其实都在显示着高家所处的特殊社会阶层。

巴金笔下的高公馆并不同于一般意义的"家"。"一个希望鼓舞着在僻静

---

① 参见吴晗、费孝通：《皇权与绅权》，第8、66、131页。张仲礼：《中国绅士——关于其在19世纪中国社会中作用的研究》，李荣昌译，第18页；王先明：《近代绅士一个封建阶层的历史命运》，第6—10页。

② 李劼人：《李劼人全集》第5卷，第33页。

的街上走得很吃力的行人——那就是温暖、明亮的家"① 但是觉慧与觉新所走向的家却是黑漆大门的公馆。一种阶层界限如公馆黑漆大门一般遮住了被该属于家的温暖光明。寒冷与暮色中，在觉慧与觉民通往家的路上，作者就已经暗示了作为以公馆形式存在的"家"与温暖、明亮的家之间某种暧昧的边界。小说一开始就将绅士家庭的特殊阶层地位意象化为了高家的外部建筑形态。每一个公馆外黑漆的大门，沉默的石狮子，久远的年代，黑洞一般的幽隐构成了每个公馆的特征。这种对公馆极富象征意味的描述都暗示了接下来所要表现的"家"带有特殊社会阶层的权威和压抑。公馆大门上脱了又不断涂上的黑漆也正透露出这一阶层在传统社会的漫长岁月中周而复始的传承或更迭。

随着觉慧与觉民从公馆的外部走进公馆内，小说也由对绅士家庭外部的抽象描述转向了绅士家庭内的日常生活。高家是北门一带的首富。这个绅士家庭有富丽堂皇的大公馆，数十名仆役，每年要收大量的租谷，似乎是"横竖有的是用不完的钱"②。高老太爷的棺木早已在几年前备好。"据说价钱并不贵：不过一千两银子"③ 而高老太爷的葬礼也尽显着这个绅士家庭的阔绰。与 30 年代以绅士为描写对象的小说不同，作者并没有将绅士这一特权阶层的巨额财富视为一种剥削制度加以否定。巴金所体现出的仅仅是对于绅士家庭子弟的坐吃山空、挥霍无度的一种代入式的反感。甚至在很多时候，小说将财富作为绅士家庭的日常生活本身。

《家》对高公馆的日常生活的叙述也总是隐现着一种特殊的阶层文化观念。绅士大家庭富贵生活所需的大量仆役婢女在绅士家庭中形成了主仆之间明确的阶层界限。这种阶层区隔与家庭成员的身份地位差异共同构成了绅士家庭的秩序与言行范式。同时，在这些对绅士家庭生活的叙述中，宗法、礼教这些抽象的概念被具象化为日常世俗生活的细节。《家》中渗透于日常的对宗法与礼教的表现，其中所包含的思想文化意味远大于社会政治意味，然而我们习惯将这种思想文化意味归结为"封建"并将新青年的反叛视为反封建，却模糊了小说中原本清晰的意义指向。

在《家》所表现的五四运动爆发前后这段时期，尽管绅士依旧作为一个特殊的社会阶层存在。但其元内涵已伴随着传统社会制度的变革而消逝。但绅士阶层却依旧在民国社会中存在，并在一定程度上保有原先的社会地位和经济地

---

① 巴金：《巴金全集》第 1 卷，北京：人民文学出版社，1986 年，第 3 页。

② 同上，第 307 页。

③ 同上，第 375 页。

位。在《家》这部小说中，高家作为绅士家庭所指向的是传统知识精英的思想文化观念在家庭生活中的反映。绅士阶层有着特殊的规范系统和生活方式，并具有特定的文化抱负和才学，对子女的教育问题也格外重视。绅士阶层精通并恪守儒家的伦理道德，且非常注意炫耀权威而证明其特殊身份。①《家》中所叙述的婚丧嫁娶、辞岁贺寿、祭祀乃至子女教育等种种家庭活动都印着传统知识精英阶层的趣味和意识。高家的家长们本身也都有着良好的旧学根基，甚至不乏传统绅士的才情。高家的年轻一代也都接受了现代学校教育或传统家庭私塾教育。《家》中所描写高家的日常生活细节，许多都带有绅士这一传统社会知识精英阶层的文化印记。

民国时期，就有评论者指出《家》所描写的高家在"我们的国家""是很少数的"②，并不具有典型和普遍的意义。只要我们对中国传统社会结构有基本的了解，就不难发现高家作为一个绅士家庭，其实并不代表普遍意义上的中国旧家庭。只有放置于"五四"的具体时空中，高家才是典型的。高家并不代表封建的旧中国或者封建文化这种宏观而笼统的概念，而蕴含了具体的绅士阶层文化和思想观念。

《家》这部小说所表现的对旧家庭和旧制度的批判，体现为新旧两种思想文化观念的矛盾冲突。巴金几乎完全将这种矛盾冲突置于家庭这一特定场所，使之演化为日常生活中的亲族纠葛。高家作为一个绅士家庭的独特性使这种矛盾冲突放置于了绅士与新青年的二元对立中，成为新旧两代知识精英的思想文化之争。

觉民和觉慧两个绅士家庭子弟一出场就在谈论学校里英文戏剧《宝岛》的表演。这是传统文化体系中并不存在的内容。缘起清末的现代教育并没有直捣传统思想文化的根基，是新文化运动造就出了绅士家庭中的新青年。五四时代，新青年代表着一种反叛既有思想文化秩序的群体。这两位接受了现代教育和五四新思潮洗礼的一代新青年在暮色中走进了作为"家"的高公馆，也预示着不可避免的家庭矛盾。

对于五四运动传播的新思想，觉慧与觉民几乎是不假思索地全然接受了。觉慧在感到家庭的苦闷、压抑时，通过用白话文写日记或者诵读《前夜》这样的外国小说加以纾解。小说中，出现了新青年们大量的白话书信与日记。琴就

① 参见周荣德：《中国社会的阶层与流动——一个社区中士绅身份的研究》，第118—149页。

② 顽石：《读了巴金的〈家〉后》，《甬江浪花》1935年第32期。

为了学写白话文的信,仔细研究《新青年》杂志的通信栏。伴随着五四运动兴起的语言表达形态本身就是对传统文化的对抗。作为新文化的符号频繁出现于高公馆内的新书刊,与高家所固有的线装书也构成了两种文化的对峙局面。关于巴金小说中的新书刊所代表的"五四"意象,不少学者做过分析。但对于巴金小说中也时常出现的线装书,我们却没有足够的认识。不仅是《家》中谈及了的作为新青年的觉慧对线装书的反感。在 1932 年巴金发表的短篇小说《在门槛上》也谈到了线装书对青年的戕害。① 直到写《憩园》时,巴金仍旧把线装书作为旧家庭的一种象征。线装书这种承载传统思想文化的介质表现了巴金对于旧家庭和旧制度的感受是充满文化意味的。

作为一个上层绅士家庭存在高家,长辈绅士都具有不错的旧学修养和根植于传统文化的审美趣味。与高家有交往的绅士家庭也都具有类似的特点。高公馆作为一个绅士家庭,世代依靠旧学修养在科考制度下取得功名、官位,并以此经营起富庶的大家庭。对于高老太爷和克明等人而言,曾作为一种安身立命之本的儒家思想文化已是深入骨髓。绅士对于传统文化的重视也投射于对子女教养等家庭生活细节中。然而,对现代教育制度下成长起来的觉慧等人而言,他们已经在新思想的洗礼下,对传统思想文化进行了简单粗暴的否定和反叛。这种立场不仅是这些绅士家庭的新青年形成了与传统知识精英截然不同的审美趣味,更是他们的将家庭中秉持传统思想文化的绅士作为了自身的对立面。

高老太爷自然是礼教宗法的维护者。他的许多行事做派都是五四时期批判旧家庭议论文的形象化。"要君主的尊严到怎么样的程度就使各家庭里的尊长尊严到怎样的程度","家长就是家里的君主"②。正是因为这样的传统秩序,觉慧对祖父遵循着绅士家庭的礼数周全,却缺乏情感交流。他把祖父当成一个不亲切的人,总是尽量回避。源自传统社会知识精英观念的仁义道德,让高老太爷在觉慧这样的新青年心目中成了一个顽固的旧式人物,也使觉慧感到祖孙两代永远不能够互相了解。

但我们却一直忽视了一点:带有传统知识精英文化意味的高老太爷,其实也散发着专制制度代言人之外的气息。生长于绅士家庭的觉慧,同样看到了传统知识精英风雅名士的一面。高老太爷印过两卷《遁斋诗集》送朋友,又喜欢收藏书画,"和几位老朋友组织了一个九老会,轮流的宴客作乐或者鉴赏彼此

---

① 巴金:《在门槛上》,《大陆杂志》1933 年第 1 卷第 7 期。
② 吴虞:《关于旧家庭》,《新潮》1919 年第 1 卷第 2 号。

收藏的书画和古玩"①。尽管作为新青年的觉慧大多数时候都会表现出对传统文化的厌恶，但这种绅士阶层所带有的名士风流还是曾使他对高老太爷涌起过亲近和理解的愿望。

然而，高老太爷也有传统绅士文化的另一面。他偶尔跟唱小旦的戏子往来。"几位主持孔教会以'拚此残年极力卫道'的重责自任的遗老也曾在报纸上大吹大擂地发表了梨园榜，点了某某花旦做状元呢。据说这是风雅的事"②。在这一点上，高老太爷也未能免俗。但是觉慧这样的新青年并不能理解"风雅的事又怎么能够同卫道的精神并存不悖呢?"③ 祖父续娶年轻的姨太太，在觉慧看来也是可笑。

清代对于绅士阶层道德有制度、法律等多方面的约束。顺治帝就曾立卧碑作为绅士阶层的言行规范。但对于绅士阶层而言，狎妓、蓄妾在传统规范中并不是有违道德规范的事情。而传统知识精英原本的生活方式，被新的思想观念归为了一种丑恶的积习。接受了现代教育又正在经历新思潮洗礼的觉慧无法理解旧式绅士们将"陋习"与卫道精神浑然一体的生活和思想状态。

《家》中的新青年甚至不自觉地将旧学与品行败坏联系在一起。善于吟诗作对，写得一手好字的克定，戏曲上的专家克安都是绅士家庭中的伪君子。孔教会的冯乐山、陈克家这些高家世交的绅士也都被视为道德上有缺陷的人物。相反，接受了新思想的青年都是可亲可近。高老太爷基于传统知识精英的认识，看重对科举考试有利的吟诗作对、书法，因而对克定有所偏爱。而接受了新思潮的新青年觉慧却由于对旧文化的厌恶，一开始就反感克定。在小说的很大一部分叙述中，思想观念的新旧成了品行优劣的分野。

当新青年出于新的思想文化立场将绅士家庭视为敌人，绅士也固守既有观念厌恶新式教育与新文化。在高老太爷看来，新式教育的学堂"真坏极了，只制造出来一些捣乱人物。……现在的子弟一进学堂就学坏了"④。觉慧参加社会运动也被家人视为会把自己小命闹掉的胡闹。琴渴望进入男女共读的学校，希望剪发。这些遵循新思潮做一个新女性的想法也受到了保守绅士家庭亲族们的非议和压力。思想文化上的深度分歧表现为了家庭内部的代际隔膜。

《家》中呈现出的新旧文化差异是过于符号化的。小说中传统绅士家庭对

---

① 巴金:《巴金全集》第 1 卷，第 100 页。
② 同上，第 70 页。
③ 同上。
④ 同上，第 72 页。

人的戕害过多地停留在了新青年的臆想状态中。觉慧在阅读了大量新思潮的书籍后感到难以融入绅士家庭。觉慧在家庭中感到的孤立、寂寞、忧郁和压迫大多来自自己内心对于传统绅士家庭思想观念的抵触。小说中，作为传统知识精英的绅士们被新的社会思潮归入了保守落伍的状态。新旧两代知识精英之间思想观念的巨大差异与隔阂衍生为了绅士家庭日常生活中的琐碎浅表的冲突。

三、绅士与新青年

对旧式大家庭、旧制度的鞭挞和对新青年反抗精神的歌颂一直是解读《家》的一种主要基调。而小说对绅士与新青年之间微妙关系的书写，却往往被我们所忽略。巴金将旧制度作为一种软性的思想文化观念加以呈现和批判，并将五四时期的新思潮塑造为一种全然正面的形式。小说将这种新与旧的对立置于家庭内部，绅士与新青年之间就被系上了剪不断的脐带。

诚然，觉慧、觉民这样绅士家庭的新青年对礼教宗法的反抗意识在《家》这部小说中是显而易见的。但即便是接受了新思潮洗礼的新青年依旧在潜意识中摆脱不掉他们自己所厌弃的绅士家庭观念。觉民仍旧将自幼照顾自己的黄妈称为"底下人"。琴也看不到新年也放花炮烧龙灯是用金钱随意践踏别人的身体。即便是觉慧这样被视为饱含人道主义精神的新青年也在无意识层面带有绅士家庭的阶层意识。

觉慧不愿意坐轿子的举动常为评论者所称道，并赞扬其中体现出的人道主义精神。但我们也不应忽略小说中，觉慧的人道主义精神来源于书面的新思潮而缺乏内心的体认。《家》中描写到了轿夫沉默承受着赤脚穿草鞋被冰冷的雪刺痛，不去在意肩上的重担，习惯于恶劣的工作环境。作者的笔触似乎紧贴着轿夫的困苦，充满着真切的怜悯。但这些是以叙事者的视角来呈现的，觉慧并没有看到。高家的老仆人高升因偷窃被赶出公馆后沦为乞丐。高升在过年时来高家讨赏时，痴痴地望着曾经和他亲近的三少爷觉慧，却因衣着破烂，不敢靠近。但注意到这一切的也还是叙事者。觉慧和觉民一路上"想到了很多快乐的事情，但是他们却不曾想到这个叫做（作）高升的人"[1]。在叙述高公馆"底下人"时，小说几乎都是采用叙述者的视角，而没有通过觉慧的视角来体察过高公馆的仆役。

《家》的确表现出了对底层劳动人民充满人道主义关照的书写。但这些叙

---

[1] 巴金：《巴金全集》第 1 卷，第 139 页。

述更多地来自叙事者而不是觉慧等新青年。觉慧在意识层面对这些仆人充满同情，但在他的潜意识中，阶层观念仍旧存在，并有力地牵绊着觉慧的行动。

即便是对于鸣凤，觉慧也是缺乏平等的对待和理解的。他叫鸣凤倒茶做事的时候仍然脱不掉少爷气。与觉慧处于同一阶层的人，总是能很快地赶走了觉慧脑中鸣凤的影子。当觉慧看到妹妹自然地学出大人的样子责骂婢女鸣凤时，觉慧会感到发热、羞愧。尽管"他很想出来说几句话为鸣凤辩护，然而有什么东西在后面拉住他。他不做（作）声地站在黑暗里，观察这些事情，好象跟他完全不相干似的"①。阻止觉慧行动的正是生长在公馆的绅士家庭的固有观念和文化。

在鸣凤看来，她这样阶层地位的人被人驱使、被人支配是理所应当的自然。鸣凤心里清楚少爷和丫鬟之间不可逾越的界限。而摆脱这一切的办法只有自己能够成为绅士家庭的成员，成为一个等待少爷来娶的小姐。鸣凤从来无法将自己置于与觉慧平等的地位。鸣凤对于觉慧一直都是仰视的。她甘心一辈子做奴隶伺候自己视为天上月亮的三少爷。直到鸣凤临死前想找觉慧倾诉时，她都不忍心打扰三少爷的忙碌。身处于绅士家庭下人地位的鸣凤，深知其中的秩序。一个公馆里丫头很难产生自由、平等这样的现代思想。

但是，作为受到新思潮洗礼的激进的新青年，觉慧从未尝试启蒙鸣凤这个他表示要娶为妻子的女性。觉慧在一定程度上享受和维持着鸣凤在情感上的卑微感。在觉慧的潜意识中，他对少爷和丫头的身份区别有着明确的认定。

尽管作为一个新青年，觉慧看到了绅士家庭积习的不合理，但这种种家庭氛围已深入他的潜意识中，让他难以抽离，并能轻易地自我消解。觉慧认为鸣凤的命运在她出生时就安排好了。当觉慧对"改变鸣凤命运"的梦想稍有留恋时，他却假想鸣凤处在琴姐那样的环境，"他与她之间一切都成了很自然，很合理的了"②。琴与觉慧一样都出身于绅士家庭，在觉慧看来，他与同一阶层的女子相恋就"当然不成问题"③。这种想法其实与鸣凤希望自己是一个小姐就能和少爷觉慧般配并无二致。但时常抱有这种想法的，却竟然也包括了觉慧这个渴望做绅士家庭叛徒的新青年。在觉慧的观念中，始终将阶层视作不应逾越的障碍，所以他在内心极力抗拒对鸣凤萌动的好感。觉慧"觉得他同她（鸣凤）本来是可以接近的。可是不幸在他们中间立了一堵无形的高墙，就是这个

---

① 巴金：《巴金全集》第 1 卷，第 16 页。
② 同上，第 17 页。
③ 同上。

绅士的家庭，它使他不能够得到他所要的东西，所以他更恨它"①。尽管觉慧憎恨绅士家庭的观念，处处归咎，但看似激进的他并没有超脱绅士家庭之外的勇气。这种归咎反而显出了绅士家庭的新青年在某种深层面上的思想惰性。

而觉民与琴的爱情也并不算是对旧礼教的强烈反叛。小说中就谈到了，两个门当户对的表兄妹结合，在绅士家庭中是极为平常的事情。他们对婚姻的反抗受到实质阻力也并不大，他们的这种自由恋爱也不算多么的"新"。在整部《家》里，双向的恋爱大都是在绅士阶层内部发生的。逾越阶层的男女之情只是作为一种假设被新青年们所谈论。从绅士家庭的婚恋规则来看，琴和觉民在自由恋爱方面的追求，其进步程度甚至不如五四时期的同类题材小说。

在高公馆的日常生活中，婚丧、祭祀、宴饮被视为封建礼教的具体呈现。而青年一代在高公馆中的行酒令、吹弹吟唱，又往往被当成了礼教束缚之外充满青春活力的生活。其实，这些看似在绅士家庭压迫之外青年人的活动，也正是绅士阶层文化在新青年的身上挥之不去的印记。即便作为新青年的觉慧们如此反感绅士们的旧文化，却也偶尔会浸润其中而不自觉。旧年夜时，新青年的行酒令依然是旧式知识精英的趣味。新青年也依旧对传统音律、书画透露出欣赏和兴趣。生长于绅士家庭造就了新青年身上传统知识精英的旨趣。而绅士家庭的某些思想观念已经深刻而隐秘地渗入了新青年的意识中。

《家》不再呈现出《灭亡》等作品中的政治宣泄色彩。在《家》的写作中，巴金与人物保有相当的距离。这种距离感使巴金能够逐渐感受到新旧知识精英之间的某种斩不断的关联。观望曾经熟悉的绅士家庭生活，也使巴金开始体认对自己所反叛的绅士家庭割舍不掉的牵绊。

对新青年而言，绅士是保守而虚伪的卫道者。他们一面与戏子、丫鬟发生着不正当的关系，一面以仁义道德之名压制着新青年的生活。但就在作者书写新青年与绅士家庭的矛盾纠葛时，被置于落后地位的绅士家庭也不时显现出腐化罪恶之外的另一副面貌。

当一个马弁带着连长的土娼夫人要强行住进高公馆的客厅时，克明挺身而出加以阻拦。他被"卫道"和"护法"的精神鼓舞而愿意以身犯险。克明对于绅士地位和维持世家声誉的看重，带有旧式知识精英对传统道德观念发自内心的尊崇。在高老太爷病重期间，克明放下律师事务所的业务，悉心照顾父亲。在意识到自己请端公抓鬼实际上加重了高老太爷的病情时，克明也真心地觉得羞愧难当。在《家》的后半部分，叙事者的视角时常不自掘地发现绅士家

_____

① 巴金：《巴金全集》第 1 卷，第 19 页。

庭中旧式知识精英在维护传统秩序、尊崇旧道德上的某种真诚。

在外人看来，"绅士家庭里头，只有吟点诗，行点酒令，打点牌，吵点架，诸如此类的事才是对的。到学堂里读书已经是例外又例外的了"①。从这个角度上看，高家和亲族张家都算是开明的。琴作为绅士家庭的小姐能外出上学念书。觉慧、觉民、觉新接受的都是新式现代教育。宣传新思潮的报刊书籍，他们也能在家庭中自由地阅读、讨论。巴金在书写绅士家庭中新青年对传统的反叛时，连他自己可能都并没有意识到，他实际上也写出了绅士家庭为新青年提供的经济支持以及在保守、卫道之外的进步性。

不过，作者还是感受到了觉慧等人没有意识到的绅士家庭对新青年子弟的某种包容。琴是依靠母亲的爱才得以力排绅士亲族的非议，接受现代教育。出于对女儿的关爱，她的母亲也愿意在包办婚姻的问题上让步。觉慧把北京、上海来的新杂志上的材料和观点写成文章评论时政，发表在与同学创办的《黎明周刊》上。三叔克明看到后，只是冷笑，却并没有报告祖父。克明自然是一个绅士，是旧式家庭的代表。虽然他曾留学日本，但这些现代教育并没有改变他作为传统知识精英的思想观念。他对于觉慧这一辈青年的言行和思想并不认同，却还是表现了较大的宽容。

即便是小说中最大的专制家长高老太爷，也在小说后半部分反思和检讨自己思想和行事作风。高老太爷苦学出身，考取功名，通过仕宦生涯经营起一个兴盛的大家庭。被觉慧这样的新青年视为罪恶的东西，于高老爷这样的传统绅士而言却是一种思维方式和生活方式的常态，甚至是安身立命之本。高老太爷在病中看清了自己苦心经营的四世同堂的大家庭正在无可避免地衰败。他甚至与觉慧一样，对这个大家庭感到了痛苦和孤寂。

高老太爷"第一次觉得自己好象有点做错了。但是他还不知道错在什么地方"②。高老太爷也在临终前对觉慧表现出了极大的温情，并最终解除了觉民所反抗的包办婚姻。高老太爷的自我否定，暗示出其实高老太爷本身也并不是统治者。传统知识精英的一整套思想文化体系才是宗法和专制背后的"老大哥"。高老太爷的反思尽管模糊而不彻底，但较之新青年对旧家庭的批判而言，这种反思却是更加的艰难和深刻。

小说中有意无意地呈现出绅士家庭对新青年子弟思想反叛的种种包容。小说也隐约透露出一层意味：似乎是新青年有时过分敏感地将绅士家庭作为了

---

① 巴金：《巴金全集》第 1 卷，第 240 页。

② 同上，第 362 页。

"假想敌"。而这个被诅咒的绅士家庭，实际上也正是被一些旧人物，以亲情为新青年们撑开了固守观念秩序的束缚。

正如巴金自己所言，"我不是一个冷静的作家"①。他写作过程中不断地自我消解，不断地受到小说中人物的拷问。在这样的过程中，《家》的后半部分在用越来越多的篇幅展现出在新旧文化夹缝中觉新的隐忍和痛苦。

觉新在五四运动之前的几年完成了现代新式教育，他和觉慧、觉民一样对于新思想"不经过长期的思索就信服了"②。与觉慧、觉民接受新思潮反叛旧家庭不同，觉新最初将新思想与旧式生活融在了一起。觉新感兴趣的是"作揖主义"和"无抵抗主义"，因为"就是这样的'主义'把新青年的理论和他们这个大家庭的现实毫不冲突地结合起来。它给了他安慰，使他一方面信服新的理论，一方面又顺应着旧的环境生活下去，自己并不觉得矛盾，于是他变成了一个有两重人格的人：在旧家庭里他是一个暮气十足的少爷；他跟他的两个兄弟在一起的时候他又是一个新青年"③。

觉新是新青年与传统绅士的矛盾共同体。与两个年轻的幼弟相比，觉新在懂事的年纪对整个绅士家庭有了更多的体认。早熟的性情也使他更多地接受了绅士家庭的秩序。当觉新听闻母亲嫁到高家以后受的种种委屈，为了慰藉母亲，他用功读书，说只要自己将来做了八府巡按，就可以让母亲扬眉吐气。觉新的回答中透露出的以科考仕途扬威雪耻的意识是绅士阶层的社会氛围潜移默化构成的。绅士家庭的秩序和意识已经成为觉新自身观念的一部分。

但觉新也并没有像觉慧所批判的那样：思想是新的，却完全按照旧方式生活。觉新疼爱自己的孩子，不雇奶妈而让自己的妻子为孩子哺乳。"这样的事在这个绅士家庭似乎也是一个创举"④ 相比之下，激进的觉慧除了最后的离家出走之外，并没有在家庭内部做出真正打破秩序的事情。巴金笔下的觉新也比觉慧、觉民更清楚地看到了在绅士家庭中接受新思想的矛盾和限度。而他所做的努力不仅是与旧式家庭的抗争，也是对自己身上绅士观念的痛苦挣扎。

觉新的婚恋悲剧往往被视作封建礼教罪恶的见证。我们总是只注意到了这桩婚姻由拈阄来决定的荒唐。但实际上，《家》对觉新婚事的叙述，却透露出

---

① 《关于〈家〉（十版代序）——给我的一个表哥》，巴金：《巴金全集》第1卷，第445页。

② 巴金：《巴金全集》第1卷，第44页。

③ 同上，第44—45页。

④ 同上，第45页。

了更复杂的意味。觉新的"相貌清秀和聪慧好学曾经使某几个有女儿待嫁的绅士动了心。给他做媒的人常常往来高公馆"①。父亲是在淘汰多人剩下两个姑娘难以抉择时，才只能采取了拈阄的做法为儿子挑媳妇。

有女儿的绅士们了解了觉新的形貌和品行才来提亲。觉新的父亲也对来提亲的姑娘千挑万选。传统的门当户对的婚姻也并不是全然不顾子女幸福的。绅士家庭固有的观念习惯无意中给觉新内心造成过痛苦，但这种痛苦并不是无法消解的。在没有新的思想观念冲击的情况下，这种缔结婚姻的方式本身是不会受到非议的。而由此娶进门的李瑞珏从各方面看也都不失为一个理想的妻子。甚至觉新本人都陶醉于与瑞珏的幸福。如果没有梅的不幸遭遇，从各方面来说，这都不失为一桩美满的婚姻。

觉新曾经梦想着自己将来的配偶是梅，"因为姨表兄妹结婚，在这种绅士家庭中是很寻常的事"②。而觉新对这种婚姻安排的顺从，也因他将"父母之命，媒妁之言"的婚姻视为一种理所当——绅士家庭都是如此。但与念叨着文学作品和新思潮中的"爱情"的两个弟弟相比，觉新当时都并没有认识到他与梅之间有爱情，而爱情应该代替"父母之命，媒妁之言"成为婚姻的基础。五四运动所传播的新的文化和观念开始让新青年觉得包办婚姻不可理喻、难以接受。但觉新的意识中却存有对绅士家庭秩序的遵从。巴金展现出觉新婚姻悲剧中的曲折婉转的细节和种种阴差阳错，也正源于对觉新在新旧撕扯中无所适从的理解。

《家》的前半部分对觉新颇多指责和不满。但在小说后半部分，却开始越来越多地展现觉新的隐忍和痛苦。觉新是接受了新式教育的年轻一代，他无法抗拒新文化与新思想的冲击。觉慧对自己将来也要成为绅士的人生轨迹表达了质问和愤怒："我们的祖父是绅士，我们的父亲是绅士，所以我们也应该是绅士吗？"③ 而觉新作为长房长孙，只能努力调和自己新青年和绅士的双重思想和身份。"生理上心理上新青年与旧青年固有绝对之鸿沟"④，只是五四启蒙主义者的理想。而觉新在新与旧中的挣扎则是民国时期青年知识精英的生存现实。

---

① 巴金：《巴金全集》第 1 卷，第 37—38 页。
② 同上，第 38 页
③ 同上，第 18 页
④ 陈独秀：《新青年》，《新青年》1919 年第 2 卷第 1 期。

　　觉新是巴金大哥的影子，而这位大哥至死都仍"顾全绅士的面子"①。这"绅士"的面子不仅仅是封建礼教的束缚和旧式家庭的戕害那么简单。在民国时期，传统绅士的社会政治意义都以几近消亡变异。《家》所表现的绅士，几乎成了一种思想文化样态的代称。觉新的痛苦，源自于了解新思想以后，斩不断绅士阶层所附着于自身的观念和绅士家庭的既有秩序。

　　觉慧与觉民所展现的，是新青年与绅士家庭的冲突。而觉新身上最大限度地体现出了绅士与新青年两种不同的思想样态和生活方式在一个《青年人》身上的撕扯。正是这种思想文化对一个"人"的撕扯，让"描画高觉新的每一笔，都有一种沉重的悲哀"②。

　　这种无法摆脱的复杂沉痛心境，使巴金在之后的《春》《秋》中更多地体认了觉新处于绅士与新青年夹缝中的带有普遍意味的困局，觉新也成了激流三部曲的中心人物。而巴金似乎也在这种书写中改变着对绅士家庭认知。《家》是巴金深入感知和理解绅士家庭及背后的传统知识精英思想观念的开始。在之后的《憩园》中，巴金甚至同情一个克定式的败家子杨老七，并开始看到了传统绅士家庭文化对人性充溢着文化魅力的溺杀。

　　对于《家》这样一部反映五四时期风貌的作品而言，以考察五四时期的思想文化来阐释《家》的意义无可厚非。五四前后的社会、政治、文化是一个复杂的体系。而巴金在《家》这部小说中，更关注的是五四时期对旧式大家庭的反叛，这与五四时期同类题材的小说是极为相似的。《家》中的绅士家庭正是新文化运动中旧式家庭的某种代称。

　　在中国的传统社会中，作为人才选拔制度的科举考试本身就是对儒家思想文化的考察。经由科举考试获得绅士地位，就能享有文化资本转换而来社会地位和经济地位。而批孔反儒又是五四时期广泛存在的论调，也是新青年所秉持的基本观念。孔教与儒学思想文化是传统读书人获得阶层上升的途径。作为传统知识精英的绅士阶层正是孔教与儒学思想文化的载体。因此，绅士家庭在"五四"语境中是首当其冲的敌人。"五四"所反抗的礼教是根植于绅士阶层传统知识文化修养和社会经济地位之上的生活模式。

　　然而，吊诡之处就在于，清季民初，现代新式教育十分昂贵，并非一般家庭所能负担。绅士家庭出于对子女教育的一贯重视和优于其他阶层的经济条

① 巴金：《呈现给一个人》（初版代序），《巴金全集》第1卷，第432页。
② 赵园：《中国现代小说中的"高觉新型"》，《解读巴金》，沈阳：春风文艺出版社，2002年，第195页。

件，使得这些家庭的青年能够接受现代教育。"五四"一代知识分子大多都出身于绅士家庭或本身就是科举功名在身的绅士。他们对于绅士阶层构筑的一整套传统知识精英文化和社会秩序有着真切的个人经验。在"礼不下庶人"的中国传统社会中，作为知识精英的绅士自然是礼教代表，绅士家庭无疑成了反抗旧秩序的标靶，也成了绅士家庭子弟——"新青年"们反叛的对象。新青年的痛苦也源自于他们所反对的思想文化和行为处事方式来自于一个与自己有亲密人伦关系的群体。他们所对抗的对象就是自己的父母亲族。

新青年与绅士家庭的矛盾纠葛促成了新文学诞生之初以旧家庭为主要题材的小说创作。之后大量出现的男女婚恋题材小说，也是反对旧家庭思潮的一种延续。茅盾以郎损为笔名在《小说月报》上发表了文章《评四五六月的创作》，综合评述了1921年4、5、6三个月中小说创作的题材。文中指出，"描写家庭生活的实在仍是描写男女关系的作品。所以竟可以说描写男女恋爱的小说占了百分之九十八"①。并由此推想了社会上知识阶层和劳动者之间隔膜得厉害。而20世纪20年代中期前后，许多作家开始由个性解放问题转向了更开阔的视野，开始关注并描写中国的乡土社会。

① 朗损：《评四五六月的创作》，《小说月报》1921年，第12卷8号。

第六章　绅士阶层与乡土中国

　　绅士作为一个居于领袖地位和享有各种社会特权的社会集团，也承担了若干社会职责。他们视自己家乡的福利增进和利益保护为己任。在政府官员面前，他们代表了本地的利益。他们承担了诸如公益活动、排解纠纷、兴修公共工程，有时还有组织团练和征税等许多事务。他们在文化上的领袖作用包括弘扬儒学社会所有的价值观念以及这些观念的物质表现，诸如维护寺院、学校和贡院等。①

——张仲礼

　　"中国传统社会约有 90% 的士绅居于乡间。大多数从政或游学的离乡士子，都将他们设在通都大邑的寓所视作人生驿站，最后都要返归故里。而留居乡村的知识分子亦多设馆授徒，耕读教化乡里，稳守乡村社会重心。"② 科举制度废除以后，新式学堂开始蓬勃发展起来。新式学堂大多建于城市，高等教育更是集中在北京、上海这样大都市，乡土社会中的青年开始踏上了离乡求学的道路。在五四时期的文学作品中，我们常常能看到许多由乡土社会进入城市求学的知识青年形象。而另一方面一些离家求学的现代作家开始审视和书写自己少年时代的乡土社会和从城市返乡之后的人生体验。

　　作为乡土社会实际控制者的绅士阶层，是这些以乡土社会为题材的文学作品中常见的人物形象。我们常常将这样一些人物简单地视为地主阶级，而忽略

---

　　①　张仲礼：《中国绅士——关于其在十九世纪中国社会中作用的研究》，李荣昌译，第48页。

　　②　李涛：《士绅阶层衰落化过程中的乡村政治——以 20 世纪二三十年代的浙江省为例》，《南京师大学报》（社会科学版）2010 年 1 月第 1 期。

了中国现代文学中所表现的绅士阶层之于乡土中国的独特意味。民国以后，尽管在政治体制上已经逐步向现代国家转型，而长期掌握基层社会的绅士阶层依旧在乡村世界中享有许多帝制时代的地位和权力。绅士在地方的特权和威仪也留在了不少现代作家的记忆中，并构成了他们在书写乡土中国时不可或缺的情节。

一、阶层流动的变革与知识精英的消弭

塞先艾的《四川绅士与湖南女伶》中，凌鼎章是泉县赫赫有名的绅士。"前清的官早已做得倦了，民国的官是不高兴做的；家里有的是田产和房屋，于是他就退隐林泉。一心一意地在故乡当一个良善的，正派的绅士。"① "城根下田农场里的人都认识他，看见他经过，便肃然起敬，停止了工作，在他们的眼中，他是个最伟大的人物。"② 老农妇也会乘机上来搭讪，瞻仰一下绅士的雅范。在农人看来："凌老爷永远是笑容可掬地，而且对人是一团和气的，不论穷和富。"③ 师陀的《果园城中》也不乏一些有名望的家族胡左马刘。当地县志上记载胡家的第四代有一位官至布政司，马家和刘家的祖父们同时捐过一个知州，却一直没有上任的机会。"左家自来很骄傲，他们的一个祖宗是科甲出身，他们的破旧的大门下面至今还悬着一块'传胪'。"④ 所谓传胪，即"殿试后皇帝亲临主持，宣布登第进士名次的典礼，称为传胪，状元、榜眼，探花以下，其第四名，即进士二甲之第一名，亦称为传胪"⑤。有着科场的高级功名，左家成了绅士阶层中最有权势的上层。即便是只有较低层次功名的绅士，依然有在地方获得权力和威势的机会。《果园城记》中普通人一般只敢尊称一声魁爷的朱魁武便是这样的例子。据有人考证朱魁武祖上在万历年间做过尚书，也有人说朱家是明代王子的苗裔。而他的父亲只是个讼棍。朱魁武的身份是"一个秀才，一个地主"⑥。朱魁武改变了父亲的家风，积极奔走运作，依然成了当地乡民解决纠纷的有威望的绅士。

---

① 塞选艾：《四川绅士和湖南女伶》，上海：博文书店，1947年，第44页。

② 同上，第45页。

③ 同上，第46页。

④ 师陀：《果园城记》，上海：上海出版公司，1949年，第40页。

⑤ 臧云浦等编：《历代官制、兵制、科举制表释》，南京：江苏古籍出版社，1987年，第230—231页。

⑥ 师陀：《果园城记》，上海出版公司，第39页。

在民间的重要活动中，绅士往往以有别于庶民的特殊身份出现。蹇先艾的《到家》①中苏少爷旧家中太太的丧礼上，请了李状元点主②，显得十分风光。沈从文的《屠夫》中，地方上搭台唱戏也是"按着乡绅的嗜好，唱着下来了"③。沈从文的《穿上》中，乡里有军队过境，同乡的绅士也要设宴为团长饯行。沈从文的《道师与道场》中，鸦拉营的消灾道场上"行香那几日来，小乡绅身穿崭新的青羽绫马褂，蓝宁绸袍子"④，跟在道师身后磕头。道场做完了，"桅杆下正有小乡绅，身穿蓝布长袍子站在旁边督率工人倒桅"⑤。绅士阶层拥有的较高社会地位和经济地位，也使他们能够负担起一些个人爱好。乡土社会也不免被打上当地绅士的个人印记。师陀的《果园城记》中葛天民就为当地绅士培育了不常见的树苗，小梧桐、合欢树都被绅士们移植过来并且长出新的来了。

帝制时代，绅士是基层社会中具有特权的一类人。而无论是实际生活中还是制度层面，绅士的特权都是能与家人分享的。绅士本人及其亲眷，尤其是绅士本人的直系亲属形成了一个独特社会阶层。《阿Q正传》中，"赵太爷钱太爷大受居民的尊敬，除有钱之外，就因为都是文童的爹爹"，"夫文童者，将来恐怕要变秀才者也"⑥。赵太爷的儿子进了秀才，锣鼓喧天地报到村里来时，喝醉了的阿Q吹嘘自己是赵太爷本家，比秀才长三辈，竟也能让旁听者肃然起敬了。秀才骂起人来，用的也是"忘八蛋"这样的官话。阿Q自称在城里举人老爷家帮忙，也能使未庄人对他多一些敬畏。全城就一个举人，方圆百里之内的人不必冠姓，就知道说的是举人老爷。"在这人的府上帮忙，那当然是可敬的。"⑦师陀笔下果园城的望族胡左马刘四门望族，"他们的禀帖⑧同他们的过于跋扈的家丁们曾使果园城的居民战栗过"⑨。曾有官职或功名的祖先去世

① 蹇先艾：《朝雾》，上海北新书局，1928年。
② 各地丧礼上常见的一种风俗，牌位上的"主"字，只写一个王，请有身份地位的人物加上一点，称点主。
③ 沈从文：《沈从文全集》第2卷，太原：北岳文艺出版社，2002年，第191页。
④ 沈从文：《沈从文全集》第5卷，第285页。
⑤ 同上，第297页。
⑥ 鲁迅：《鲁迅全集》第1卷，第515、516页。
⑦ 同上，第534页。
⑧ "禀帖"是清代的一个专用文种。清代衙门内部书吏、衙役等向主管官吏请示、汇报时，即使用"禀帖"。其作式为状式。——梁清诲等编著：《古今公文文种汇释》，成都：四川大学出版社，1992年，第133页。
⑨ 师陀：《果园城记》，第40页。

以后，果园城的居民依旧忌惮这四门望族的子孙。即便已经入了民国，衙门的皂隶依旧怕他们，县官也不敢得罪他们。鲁迅的《长明灯》中总要熄灭长明灯的"疯子"也因为祖父"捏过印靶子"①，所以吉光屯有的乡民觉得不能打死他。《果园城记》中始终不担任任何职务的地方绅士魁爷，在官民之间长期活动，果园城全境都是他的势力。政治上的混乱使得胡左马刘四家和魁爷能够与官吏合作，共同从果园城的居民手中获得利益。"每任县官在上任之前，当他还没有工夫拴束行李的时候，他省城里就先有了数目，他上任后的第一件事就是拜望魁爷，一个在暗中统治果园城的巨绅。"② 蹇先艾的《初秋之夜》中，县长也在初秋之夜，大会本地一众绅士。

绅士阶层在乡土社会中的权利和地位，使"绅士""乡绅"之类的称呼都几乎成了一种修辞。沈从文的《一只船》中，就写到了与水手相比，"近于绅士阶级的船主，对所谓武装同志，所取的手段，是也正不与一般绅士对付党国要人两样"③。他的小说《牛》中，为了招待过境的军队，"这甲长一面用一个乡绅的派头骂娘，一面换青泰西缎马褂，喊人备马，喊人为衙门人办点心，忙得不亦乐乎"④。

不过，帝制时代的社会阶层长期处于一种流动的状态。在清代，除了皇权和少数的清朝贵族之外，其他的权力阶层都是不可世袭的。科举制度推动着四民社会的新陈代谢，"王谢堂前燕"遇上了不肖子孙，就逃不过飞入寻常百姓家的命运。师陀的《果园城记》中葛天民父亲就买下了破落主人的公馆。公馆的前檐上有"一块凄凉的匾额：'进士第'"⑤。"进士"是科举功名中级别最高的一种。中进士科的人又称"老虎班"，不需要候补就有实缺的官职可做。可惜 20 年后这座进士第的公馆只能残败地卖给外人，就连"进士第"的匾额也早已剥落不堪，只能供鸽子麻雀作巢窠了。小说中，果园城里的望族都没有逃过破落衰败、子孙温饱难全的境地。而与左翼文学的同类题材作品不同，这些旧家的衰败并不是因为农民暴动等时局动乱，而是因为望族子孙们长期的刚愎自用和挥霍无度。绅士家庭的骄矜自负，子弟的不学无识术，最终败光了祖先的基业。

---

① 鲁迅：《鲁迅全集》第 2 卷，第 60 页。
② 师陀：《果园城记》，第 38—39 页。
③ 沈从文：《沈从文全集》第 4 卷，第 269 页。
④ 沈从文：《沈从文全集》第 5 卷，第 190 页。
⑤ 师陀：《果园城记》，第 22 页。

　　蹇先艾的《到家》中，荪少爷历经 10 年才返回家乡，却只能目睹旧家的衰败，10 年间沧海桑田般的变动。之后回到旧宅，他看到当年挂有榜额"菟裘"的洋门，如今只剩下一盏煤油灯被风吹得快要熄灭了。菟裘为古邑名，《左转隐公十一年》："使营菟裘，吾将老焉。"后世因称士大夫告老隐退的住居所为"菟裘"① 可见荪少爷的家族原是官绅阶层。而多年后，旧宅一片荒芜。曾经跟着老爷枪林弹雨地打苗子的旧仆王忠已经瘦得十分可怜。10 年前大房教书的朝宝十四老爷已经成了一个佝偻龙钟、发须散乱、形容枯槁的乞丐。家中各方亲族分家后，离乡去土，或是散居各地，或是病亡；新一辈已经进城落业。原本的绅士家庭，各房都分散各地。绅士地位的下降与宗族社会的解体使这个官绅之家没落了。与此同时，整个乡村也是一片颓败："近年来乡下很不清净。秋收的时候也没有人下乡去收谷子。"② 蹇先艾之父蹇念恒为前清举人，曾在四川为官九年。③ 蹇先艾七岁以前一直随蹇念恒在四川生活。蹇念恒作最后一任知县时，正值辛亥革命前夕，当地少数民族火烧县衙，蹇念恒仓皇逃到成都辞官回遵义老家，"做起优游卒岁的绅士"。蹇念恒返乡后修了一幢砖木结构的住房，取《左传》的典故，将房子命名为"菟裘"。④ 这篇《到家》也不免带有作者自己对绅士家庭衰败的感慨。

　　帝制时代，绅士的权利和地位很大程度上来自皇权。清王朝的一整套制度保证了绅士的职业、阶层上升、财富和整个宗族的荣耀。辛亥鼎革之后，绅士基层在某种意义上成了清王朝在民国的遗产。曾与皇权一体的绅士阶层也不免流露出对清王朝的怀恋，并对社会骤变多有不满。

　　《祝福》中的鲁四老爷是个老监生。尽管只有一个捐纳而来的异途功名，但鲁四老爷仍旧是讲理学的，对清王朝的统治也不乏情感，不然也不至于大骂新党了。而早入了民国，鲁四老爷骂的却还是康有为这样的维新党人，足见他的鄙陋了。沈从文的《崖下诗人》中，庙里来了一位与一般喜欢被奉承称作老爷的人所不同的人物："这老爷才是真老爷，前清是尚书；革了命依旧是尚书。"⑤ 这位嘴巴上长了胡须的老爷与其他逛庙的人不同，自己带了墨盒、笔

---

① 宋协周，郭荣光主编：《中华古典诗词辞典》，济南：山东文艺出版社，1991 年，第 820 页。

② 蹇先艾：《朝雾》，第 37 页。

③ 《蹇先艾年谱》，见蹇先艾：《蹇先艾文集三（散文·诗歌卷）》，贵阳：贵州人民出版社，2004 年，第 450 页。

④ 蹇人毅：《乡土飘诗魂蹇先艾纪传》，太原：山西人民出版社，1999 年，第 1 页。

⑤ 沈从文：《沈从文全集》第 5 卷（小说），第 396 页。

管、白粉刷子，在低回沉思，颇为风雅地题诗。"明明是民国十四年，这老爷却写宣统十七年。"① 传统绅士作为清朝的遗老遗少依旧对覆灭的王朝恋恋不舍。

民国十三年底，冯玉祥发动北京政变，并将末代皇帝溥仪驱逐出紫禁城，引发了全国上下不小的轰动。事发后，胡适给当时的外交总长写了一封带有抗议色彩的书信，并发表于《晨报》上。信中称"堂堂的民国，欺人之弱，乘人之丧，以强暴行之，这真是民国史上的一件最不名誉的事"② 此文一出，招来多方批判，平素交好的周作人也撰文表达不满。民国十四年七月，清室善后委员会在清点养心殿时发现了一批清室密谋复辟的文件，数天之间各报竞相刊载。③ 是年八月，黎锦明在《京报》副刊发表小说《复辟》④，讲述了帝制时代的绅士商议复辟的故事。

小说中，莼公是一位时髦的政客模样的绅士，主人芋翁则是布衣楚楚，只是两人头上的小帽，脚下的一双梁鞋还是相同的。两人见面后频频躬腰行礼一派旧式作风。两位绅士谈起皇上去了奉天，大帅向来效力皇上而感到了复辟有望。芋翁称："自皇上自出宫后，自己那日不担忧？虽说我不过是一个翰林，然而举室大小哪个不受了皇恩厚赐？"莼翁也感慨："那个不一样……他们已经组织了一个机关，开会通过了两次，那么呈子咧是鄙人做的，至于芋翁你老人家的大名咧已代为签上，我想您老人家一定是……"⑤ 芋翁家的大少爷也要和做过一次臬台的树楠公到奉天去举事。而小说中，两位浑身遗老气息的绅士，对新文化充满厌恶，认为白话文注音字母一类，是自家灭自己，与等外国来灭是一样的。芋翁和莼翁谈起，从前运动革命的孤桐，办起了不许登白话文的杂志《甲寅》⑥，不由得心生欣慰，称赞就《甲寅》是"文起清末之衰"。章士钊号孤桐，当时也正是《甲寅》复刊，反对白话文，提倡尊孔读经。小说中以两个帝制时代绅士的谈论言及时政，也是对社会中复古风潮的一种讽刺。两位帝制时代的绅士形象多少有些龌龊猥琐。芋翁在和莼翁议论政事时，忙着插口

---

① 沈从文：《沈从文全集》第 5 卷（小说），第 396 页。

② 《胡适来往书信选》，上册，第 268 页，转引自易竹贤：《胡适传》（修订本），武汉：湖北人民出版社，1998 年，第 288 页。

③ 胡平生：《民国初期的复辟派》，台北：台湾学生书局，1985 年，第 427 页。

④ 黎锦明：《复辟》，《京报》复刊 1925 年 8 月 16 日。

⑤ 同上。

⑥ 《复辟》收入黎锦明的小说集《烈火》时改题名为《一幅图画》，孤桐改作孤松，《甲寅》改作《乙卯》。

说话又忙吸烟时，一阵咳嗽呕出一口痰来；仓促说话时，"口沫在拔烟嘴时直流了下来，即可一'唧流'一声收进去"①。

民国以后，帝制时代的绅士阶层逐渐显出了没落，在中国现代文学中的形象走低。在师陀的《果园城记》中绅士们大多都是在烟塌上躺着过了大半辈子。他们本有机会在民国的基层政权中任官职。但这些高门望族对这种职位是不屑一顾的。蹇先艾的《回顾》②中，年轻的琼在包办婚姻下嫁给了一位做过几任实缺知县的前清遗老鼎丞。这位传统绅士"又胖胡子又很长，说满口的土音，头顶上秃着，那污秽而尖长的指甲，也是他的特征之一。紫红的长袍，臃肿的棉鞋；脸上有一种奇异病的标记，时时变换着粗鄙可畏的色调；躯体肥胖的结果，愈形出他的蠢笨来"③。这位年近六十的老绅士，不仅形象让妻子琼心生憎恶，作为丈夫对妻子的专制、倨傲、藐视更让琼感得人生的寂寞和凄楚。而鼎丞的侄儿，气宇活泼的少年薇却逐渐地走进了琼的心。薇既带着几分传统白面书生的女子气，又充满了"新"的气息。他一身新式学堂中学生的装束，神采丰发的英气，待人接物彬彬有礼又平和真诚的态度，都与老绅士鼎丞的迂酸顽梗，目中无人截然不同。薇以全副精神教琼读书，对琼的体贴都让这个婚姻生活不如意的少妇感到了情感的悸动。旧派绅士与新式学堂的学生成了丑陋与俊美、粗鄙与柔情的鲜明对照。绅士曾经作为四民之首的优越感，作为知识精英的文化韵味在新式知识分子的映衬下都荡然无存。

二、绅士——基层社会的掌控者

尽管进入民国以后，传统绅士的身份地位有所下降，但在广袤的乡土世界中，绅士掌控地方的局面仍旧十分普遍。进入民国以后官绅之间相互依存状态也没有太大的改变。与官员相比绅士在地方与平民有着更亲密的关系。为当地人解决纠纷和诉讼也成了地方绅士的一项重要职能。④

鲁迅的小说《离婚》中，爱姑的丈夫姘上了小寡妇，两人闹离婚已经有整三年了，慰老爷给说和了不止一两回，仍旧没有解决。趁着慰老爷新年会亲，城里的七大人也在，爱姑跟着家人去为慰老爷家解决纠纷。爱姑一家并不是忍

①　黎锦明：《复辟》，《京报》复刊1925年，8月16日。
②　蹇先艾：《朝雾》，第83—95页。
③　同上，第84页。
④　周荣德：《中国社会的阶层与流动——一个社区中士绅身份的研究》，第93、94页。

气吞声胆小怕事的人，曾经把施家的炉灶都拆了。而爱姑也并不怕慰老爷，"慰老爷她是不放在眼里的，见过两回，不过一个团头团脑的矮子：这种人本村里就很多，无非脸色比他紫黑些"①。七大人的身份又比慰老爷高了不少，他是跟知县大老爷换过帖的人物，连他老人家都出来说话了，乡人都不免生出许多敬畏来。绅士阶层的内部有着鲜明的等级划分，只有具有仕宦经历的"官绅"和具有举人以上高级功名的人，才可与州县官平起平坐，只有低级功名的绅士则不能造访州县官。② 七大人在乡里不见得是官员，却有一般绅士没有的威望和地位。因七大人的到来，爱姑一家在慰老爷家还是受到了礼遇的。工人搬出年糕汤来招待，使原本理直气壮的爱姑感到了没来由的局促不安。

在众多客人中，爱姑也能一眼认出红青缎子马褂发光的就是七大人了。七大人在整个调解过程中，话并不多，说的话爱姑也似懂非懂。七大人在场，爱姑自己和沿海居民都有几分惧怕的父亲竟一句话都说不出来了。爱姑还是觉得七大人是和蔼可亲的。在乡人的眼中"他们读书识理的人是专替人讲公道话的，譬如，一个人受众人欺侮，他们就出来讲公道话"③。爱姑也抱着这样的想法："七大人是知书识理，顶明白的……"④ 于是在七大人面前勇敢地说出自己的委屈。但是，七大人没有说出爱姑想要的公道话，爱姑觉得自己完全被孤立了。而七大人一声高大摇曳的"来～～兮！"对爱姑产生了极大的威慑，"她觉得心脏一停，接着便突突地乱跳，似乎大势已去，局面都变了；仿佛失足掉在水里一般，但又知道这实在是自己的错"⑤。七大人的仆从听令进来后，没有人知道七大人对他说了什么，进来的那个男人听到了，"而且这命令的力量仿佛又已钻进了他的骨髓里，将身子牵了两牵，'毛骨悚然'似的"⑥。这样的场面震慑了平日颇有些强悍的爱姑。爱姑终究发自内心地妥协了，"她这时才又知道七大人实在威严，先前都是自己的误解，所以太放肆，太粗卤了。她非常后悔，不由的自己说：'我本来是专听七大人吩咐……'"⑦。

没有实实在在的打压威吓，一切都在看似一团和气中解决了。这看起来似乎合情合理的离婚纠纷的解决，爱姑的个人的感受和诉求几乎被完全地牺牲

① 鲁迅：《鲁迅全集》第 2 卷，第 151 页。
② 瞿同祖：《清代地方政府》，范忠信、晏锋译，第 276、277 页。
③ 鲁迅：《鲁迅全集》第 2 卷，第 150 页。
④ 同上，第 153 页。
⑤ 同上，第 156 页。
⑥ 同上。
⑦ 同上。

了。而爱姑最后却认同了七大人提出的一个其实并不公道的解决方式。性格泼悍的爱姑还是迫于七大人的威严妥协了。从看到七大人的红青缎子马褂发光，爱姑就感知了七大人某种尊荣的身份。而她不了解的"水银浸"和七大人说得不多，爱姑也听不大懂的话，更给爱姑带来一种知识上的压迫。七大人手下那个木棍似的男人又进一步加剧了爱姑对威势的恐惧。七大人有意无意间营造的社会阶层的贵贱高下之别，逐渐让爱姑感到了无形的畏惧。"士绅与平民不断在日常生活的各种细节中区分彼此，从而共同维护各自在权力关系中的身份。"[1] 七大人的语言和做派显示出因对知识文化的独占而具有的权威，压制了爱姑由本性生发出的对是非的基本判断。

解决爱姑离婚纠纷的方案一直是由慰老爷的陈述，而加了七大人的威严就显得公道合理了。离婚的手续办完以后"大家腰骨都似乎直得多，原先收紧的脸相也宽懈下来，全客厅顿然见得一团和气了"[2]。而爱姑的态度如何，小说中并没有再描写她的心理活动，她只是拒绝了慰老爷让她留下来喝酒的邀请，说了句："是的，不喝了。谢谢慰老爷。"[3] 一桩闹了三年的离婚案总算是得到解决了。

中国传统的乡土社会中是推崇"无讼"的。这除了道德文化层面的考虑之外，还有制度上的客观局限。清代政府播发给衙门的经费十分有限。大量的书吏、衙役、长随除了能从州县官那里领取少量的薪水外，其余的收入都靠各种手段地榨取豪夺而来。书吏、衙役、长随属于贱藉，他们及其子嗣都没有参加科举考试的资格，于是，只能不择手段地榨取钱财。许多情况下，一旦打起官司来，还未见到州县官，就得被这批人层层盘剥。[4] 民国初年，这种情况也未见得有改观。爱姑进门后就对七大人说了："我一定要给他们一个颜色看，就是打官司也不要紧。县里不行，还有府里呢……"[5] 但是闹了三年，爱姑依旧没有打官司，也多半因为对诉讼的恐惧。慰大人劝她："打官司打倒府里，难道官府就不会问问七大人么？"[6] 这也是实情而并非恐吓。清代有不得在原籍为官的规定，外来的官员处理事务时咨询本地绅士是惯例。"许多纠纷就是在

---

① 李涛：《士绅阶层衰落化过程中的乡村政治——以 20 世纪二三十年代的浙江省为例》，《南京师大学报》（社会科学版）2010 年 1 月第 1 期。

② 鲁迅：《鲁迅全集》第 2 卷，第 157 页。

③ 同上，第 158 页。

④ 瞿同祖：《清代地方政府》，范忠信、晏锋译，第 59—140 页。

⑤ 鲁迅：《鲁迅全集》第 2 卷，第 154 页。

⑥ 同上。

公堂外以这种方式解决的。诉讼往往由于士绅的介入而从公堂转到民间。由此百姓可以免除于打官司不可避免的费用和麻烦。或许这种调解的方式更能令当事人满意，因为绅士熟悉当地的风俗，对纠纷的背景有一定的了解。①

当然，绅士的调解也并不是义务的。慰老爷吃了施家的酒席，也拿了施家的钱财。解决纠纷也是绅士阶层的收入来源之一。较之与胥吏这样的小人打交道而言，请被视为君子的绅士处理纠纷还是要让人放心不少的。由此看来，爱姑离婚问题的解决似乎也算不坏。但《离婚》整篇小说都对处理纠纷的两位绅士充满讽刺。爱姑似乎真的认同了一个原本她看来并不公道的解决方式。在绅士的威势下，一桩闹了三年的离婚纠纷，看似皆大欢喜地解决了。绅士维持了乡土社会表面上的安定平和，而爱姑个人的感受却被压抑了，她的权益也没有得到保护和尊重。在表面"无讼"的平和的乡土中国，个人的正当诉求被绅士主导下的公序良俗湮没了。

彭家煌的《怂恿》②也讲了一个绅士包揽诉讼的故事。乡土社会中，绅士阶层以不同宗族形成了不同的势力。"牛七是溪镇团转七八里有数的人物：哥哥四爷会八股，在清朝算得个半边'举人'，虽说秀才落第，那是祖上坟脉所出，并不关学问的事，只是老没碰得年头好，在家教十把个学生子的《幼学》、《三字经》，有空雅爱管点闲事；老弟毕过京师大学的业，亲戚朋友家与乎宗祠家庙里，还挂起他的'举人'匾；侄儿出东洋，儿女们读洋书的，不瞒人，硬有一大串。这些都是牛七毕生的荣幸，况且箩筐大的字，他认识了好几担，光绪年间又花钱到手个'贡士'，府上又有钱，乡下人谁赶得上他伟大！他不屑靠'贡士'在外赚衣食，只努力在乡下经营：打官司喽，跟人抬杠喽，称长鼻子喽，闹得呵喝西天，名闻四海。"③

而另一族的绅士，比牛七一脉更有威势。裕丰酒馆的"老板郁益的大哥原拔抵得牛七的四爷；二哥雪河而且是牛七顶怕的，而且他家里雅有人挂过'举人'匾；尤其雪河为人刚直，发起脾气来，连年尊派大的活祖宗雅骂的。……雪河在省里教过多年洋学堂的书，县里是跑茅厕一样，见官从来不下跪的，而且在堂上说上几句话，可使县太爷拍戒方，吓得对方的绅士先生体面人跪得出

①　瞿同祖：《清代地方政府》，范忠信、晏锋译，第278页，注释51。
②　彭家煌：《怂恿》，见彭家煌：《怂恿》，上海开明书店，1925年初版，1930年再版，第38页。
③　同上，第39页。

汗，他还怕谁!"①

　　牛七的家族正在衰落，同宗族的述芳不得不把祖业卖给原拔。牛七却怂恿述芳继续耕种卖出去的地，公然挑衅原拔一家。这家的二哥便在县里告了述芳一状。牛七为了自己闯下的祸，联合劣绅上堂抗辩。"雪河斩钉截铁的几句话，县官就戒方一拍，牛七随着'跪下'的命令，伏在地下，半句屁都不敢放。那场官司，牛七掉了'贡士'，述芳挨了四百屁股，还坐了一个多月的牢，赦出来后，就一病登了鬼籍。这是牛七一世不会忘记的。"②

　　经由诉讼官司结怨后，牛七又再次抓了个机会伺机报复。牛七的另一位亲族政屏把自己的猪卖给了雪河弟弟郁益开的裕丰酒馆。猪已经宰杀出售，买猪的店倌禧宝到政屏家付账。政屏在牛七的怂恿威逼下，称买猪的时候并没有谈好价钱要卖，是禧宝趁着政屏自己不在家，从他老婆二娘子手中骗走的。在牛七的计划下，政屏的老婆二娘子到原拔家上吊，牛七又找来了二娘子蒋家村的绅士和族人到原拔家敲诈一笔钱。"裕丰在溪镇可算是众望所归的人家，四婶姐为人很慈蔼，最爱周济穷苦人，治家又严肃，儿子原拔、郁益又能安分守己，满崽中过举，在外面很挣气，雪河又爱急公好义"③。这是一家在乡里名声好，有威望的绅士，事发之后，就有乡民赶来帮忙。二娘子虽被原拔家的人救回了性命，却依旧躺着装死。牛七这边也怂恿蒋家村的壮汉以人命为由，在原拔家打砸抢。

　　就在蒋家村的莽汉在原拔家闹得就要天崩地裂时，裕丰隔房的读书人日年，来到现场。这位戴着眼镜的来客的"魁武，红脸盘，服装的完美，到处显出'了不得'"④。蒋家村来的莽汉，猜测这是裕丰家有威望的绅士雪河或举人之类，都不敢再放肆了。日年跟蒋家村来的绅士一番有理有据的谈话，说明了事情的原委。蒋家村的绅士也就安静地带着莽汉离开了。一场大闹下来，牛七也没有占到太多便宜。

　　《怂恿》中的乡土社会，乡人对读书人是带有敬畏之心的，即便是没有功名的士子都得到了有别于一般乡民的尊重。清朝废科举以后，官方和民间都用新式学堂和科举相比附，小学毕业被视为秀才，中学毕业被视为举人，大学毕业当作进士，出国留学的又有洋进士之称。《怂恿》中的乡土世界也正保持着这种习

---

① 彭家煌:《怂恿》，见彭家煌:《怂恿》，第39—40页。

② 同上，第42页。

③ 同上，第56页。

④ 同上。

惯。小说中的乡土社会依旧保持着帝制时代的秩序，绅士以村落和宗族为单位，维护自身的利益。在乡土社会中，既有牛七这样挑拨是非谋私利的劣绅，也有雪河一家这样知书明理的正派绅士。正派绅士在乡里也有着更高的威望。在《丛悉》这出劣绅导演的闹剧中，牛七始终没有能在官府上占到优势。牛七的贡士功名是买来的，级别也并不高。而雪河的地位却来自于文化资本，自然有着上层绅士的权利和威势。"'官绅'或有高级功名者可以自由地造访州县官，生员则不能。依据法律规定，生员和捐得贡生、监生头衔的人，要受到地方长官和学官的双重监督控制。……对这三类学生，可以依照规定的程序答惩或褫夺功名。"① 在清代对绅士的道德操守的规章制度下，劣绅牛七就受到了褫夺功名的惩罚。在《丛悉》所描绘的充满地方特色的乡土世界里，劣绅包揽诉讼，兴风作浪，但正途出身的正派绅士还是在很大程度上维持了乡土的秩序。

另一位曾受到鲁迅褒奖的乡土小说作家黎锦明，出生于"一个以科第起家而为名宦的'书香门第'家庭。祖父黎葆堂，前清戊子科举人，曾先后任四川学政史和安徽盐运使，有《古文雅正》等著作传世。父黎松安，晚清秀才，湘潭县曾聘为县典史，未上任"②。与彭家煌乡土小说中地方色彩不同，黎锦明的乡土小说中，地域性和乡土气息都不显著。他笔下的乡土世界也有不少绅士形象。他的小说《复仇》③ 就也讲述了乡土社会中，官绅勾结、正绅劣绅相斗的故事。

兵祸水灾中日渐萧条的板桥驿，来了一群卖武艺的人。小说一开始描绘了卖艺人精湛豪迈的技艺，尤其是其中的一位英俊少年，唱着欲为冤死的家人报仇雪恨的歌声，深深打动了在场乡人。晚上，这伙人竟打劫了桃林村的豪富七王爷。"原来七王爷是一个有名的恶乡绅，固属近来做了许多慈善事业，然他过去的罪恶仿佛刻在人们的心上永永不会磨灭。"④ 乡人有的赞叹他的厄运，有的希望他能就此真正悔改，有慈祥的老人祈祷他能活命，也有人感慨"可怜的七王娘，她是何等贤德的人，和七王爷一年十二个月都是对头呀……"⑤ 乡绅七王爷一家葬身火海，人财皆失。乡人们感慨剥削小老百姓财富的七王爷得来的富贵到头一场空。

---

① 瞿同祖：《清代地方政府》，范忠信、晏锋译，第 277 页。

② 《黎锦明年表》，见黎锦明：《黎锦明小说选》，北京：人民文学出版社，1983 年，第 291 页。

③ 黎锦明：《复仇》，见黎锦明：《电》，上海：光华书局，1927 年，第 119—133 页。

④ 同上，第 128 页。

⑤ 同上。

　　而老年人开始猜度出了整个故事的始末。30 多年前，这里住着一个有德声的富户，名方板桥，镇上桥正是他花了 5 年血汗造成。"他是百世书香子弟，不事功利又好清贫，后来家境日渐零落了。他的结局就是因为他的大儿子诱惑七王爷姐姐的事情——那是她称为全镇的美人——七王爷的爷因这事就上县衙告了他。后来七王爷的姐姐又吊死了，这讼事更延长起来。毕竟七爷是那时的财主，他就把钱买动了官，暗地将板桥的大儿子杀了。板桥不服气，就跑到省城里禀告上司。……七老爷家里怕上司来拿"①，约了不务正业的将方板桥一家打杀。只有方板桥怀孕的妻子侥幸得救。卖艺人中的英俊少年就是板桥的遗腹子。乡人到外埠去又看到了那卖武艺的英俊少年再次在马上唱起上次的歌谣，"从前的悲切凄厉都消去，转成一体豪迈深沉的腔调了"②。唱完后少年不但没有再向观众要钱，反倒是把一把把钱朝空地撒去，让贫穷的乞丐和孩子抢。"和煦的太阳照着他在马上，脸上漂浮着闲散的英雄的笑靥。"③

　　《复仇》的故事主线依旧是同类题材中常见的正绅、劣绅的乡里纠纷，官绅勾结的诉讼舞弊。整篇小说中却充满了以暴制暴的江湖传奇色彩。而小说文字清丽，暴力却并不血腥，带有雨过天晴之后，碧空艳阳的温暖和煦。小说中的乡民是这出正绅、劣绅相斗故事的看客。在乡人眼中作恶多端的劣绅尽管后日行了善事，但依旧是报应不爽。而正派绅士虽遭灭门，但后人得以幸存并报仇雪恨。一个关于乡土绅士的故事，也道出了民间因果报应的俗信仰。

　　师陀的《果园城记》中也不乏绅士包揽诉讼的情节。师陀笔下的绅士依旧靠处理乡民的纠纷获得利益和地位。然而，却正是乡民自己造成了这样的局面。小说中，狡猾、可笑、贪婪、悭吝、爱占小便宜是许多农民的特性。若是有这些特性的农人再加上永远想占别人便宜，使别人吃亏又特别倔强，他们就很容易与乡人发生纠纷。这时就不得不求着魁爷走狗们的引荐，来找魁爷这样的巨绅寻求"法理"。而另一方也多半找了城中的另一位绅士。两位绅士商议之下，事情又多半会和平解决，不了了之了。

　　除了调解纠纷，包揽诉讼之外，在广大的乡土世界中，各种事务都少不了绅士们操心。即便早就入了民国，现代作家笔下的地方政事也依旧被绅士们把持。

　　蹇先艾的《初秋之夜》中，吴惟善是县中有名的绅士，"前清的翰林，现任

---

①　黎锦明：《复仇》，见黎锦明：《霾》，第 130—131 页。
②　同上，第 131 页。
③　同上，第 133 页。

县立女子中学的校长"①。吴惟善开除了学校里的不良分子，秉持着"女子无才便是德"的宗旨办学。他的夫人是舍监，严格管束女学生，就连往来信件都要一一拆阅，以此还清除了不少异端。学校的课本用的还是曹大家的《女四书》②。这位名绅士引以为傲的就是五卅学生运动中他的女中里照常上课，没有人走上街头参加学生运动。在他看来，爱国就不是女子分内的事。县城早已开始了禁烟运动，一种绅士与县长聚在一起时，还是免不了点上烟灯吞吐。受到县长夸奖的老绅士也不忘给县长送去上好的烟土。小说中点明了写的是中华民国年间的事，而在一群旧派绅士管理下的基层社会仍旧弥散着浓厚的陈腐之气。

叶绍钧的小说《欢迎》也讲述了地方绅士迎接美国人杜威先生参观当地公共事业的故事。故事开始时，当地的绅士在车站迎接杜威。为首的是"一个绅士模样的人，——眼眶深陷，脸皮带着青色，两颊和口的四围满被着乌黑的短胡"③。同他一起等候的除了一位少年之外，其余六个也都是绅士模样。地方绅士们想到学校、医院这种公共事业各处都有，算不得特色，就带杜威先生参观当地的清节堂和普济堂。参观清节堂时，绅士们向杜威先生介绍说："这里的妇女，进来之后，永不出去。这都是本邑几位前辈先生的苦心孤诣，才成就了这一桩善举。"④"他听了一位先生的翻译，很注意又很慈祥地问道：'他们既然永远住在这里，他们的儿女怎样呢？'我们回答：'都带进来住。'他益发注意，声音更为悱恻动人，问道：'那么他们的儿女教育怎样呢？亏得逖老心思灵捷，回答说：'有一个为他们特设的学校。'其实只有个私塾，教学生念《学》《庸》呢……"⑤

在清代社会中，各地都设有两种功能类似的善堂：恤嫠会和清节堂。"恤嫠就是抚恤寡妇，恤嫠会就是主要从经济上援助贫困寡妇的团体。至于清节堂，是收养夫死而不欲再婚的妇人设的设施。"⑥ 清节堂投入在一名妇女身上

① 寒先艾：《初秋之夜》，见寒先艾著：《一个英雄》，上海：北新书局，1930年，第24页。

② "清初王相把自己母亲的《女范捷录》，去和班昭的《女诫》，宋若华的《女论语》，明初徐达长女仁孝皇后的《内训》二十章，合订为一部《女四书》，影响很大。《内训》的主旨还是老的一套，如说：'夫上下之分，尊卑之等也；夫妇之道，阴阳之义也；诸侯大夫、士、庶人之妻，能推是道以事其君子，则家道鲜有不盛矣。'"——蔡尚思：《中国礼教思想史》，中华书局（香港）有限公司，1991年，第170、171页。

③ 叶绍钧：《欢迎》，《叶圣陶集》第1卷，南京：江苏教育出版社，原刊1921年4月7——8日《京报·青年之友》，署名叶绍钧。1920年7月2日，第111页

④ 同上，第113页

⑤ 同上。

⑥ 夫马进：《中国善会善堂史研究》，第319页。

的费用较之恤嫠会而言有十几倍、二十倍甚至更多。① 贫寒寡妇的孩子也能在清节堂受到不错的教育，日后的职业出路清节堂也会给予不少帮助。但进堂的妇人会从此失去自由，并需要终身守节，子女成人后她们也不能出堂团聚。有研究者就指出像清节堂这般完备而华丽的寡妇专用设施恐怕在世界范围内都是少见的，"为彰显'节妇'而投入异常的人力物力财力一事本身就是奇妙的，为此再投入人力物力财力资源兴建设施便越发奇妙"②。从这个意义上看，似乎清节堂的确是值得领美国人杜威先生一看的奇观。但作者的笔触中，这个地方绅士推崇的清节堂却是摧残人性的腐朽所在。

不仅如此，地方绅士接待杜威先生的厅堂，一处是一个园里的一个厅"像什么地方的古物陈列所"③；另一个戏厅"时时闻得陈腐东西的臭气"④。在戏厅中，依旧是几个绅士陪同杜威先生和他的翻译。一位绅士用中国话说了几句普通的颂扬词之后，杜威先生知道是欢迎的话就诚挚作答。最后，在趁着日光赶紧拍照中，活动草草结束了。

小说中，作为被欢迎对象的美国人杜威先生，看起来对中国的传统文化满怀兴趣，清节堂似乎也满足了外国人对中国文化的猎奇。地方绅士一方面也感到了新式教育这样现代的事物更符合趋势，私塾等旧派不宜在外国人面前提及，而骨子里绅士们依旧对诸如清节堂这样带有浓厚礼教色彩的传统慈善更加推崇。

民国的建立既加速了绅士阶层的新陈代谢，也给绅士阶层提供了掌控地方的新机遇。师陀的《果园城记》，基层社会的无赖、痞棍、地主，大部分又都是第二流绅士，魁爷以自己的身份地位将他们招揽进来。或者这些人为了自己的地位以及在可怜庄稼人面前的威严，也会主动投靠魁爷。魁爷把这些人安插进各种机关。"因此他也就不受任何政治变动的影响，始终维持着超然地位，一个无形的果园城主人。"⑤

绅士阶层内部逐渐鱼龙混杂，绅士的道德水平不断降低。文学作品中，绅士的形象下滑到了一个历史上前所未有的低位。一场令绅士阶层颜面扫地、性命堪虞的革命风潮即将从南方席卷而来。

---

① 夫马进：《中国善会善堂史研究》，第403页。
② 同上。
③ 叶绍钧：《欢迎》，《叶圣陶集》第1卷，第112页
④ 同上，第114页
⑤ 师陀：《果园城记》，第42页。

第七章 "一邑之望"到"无绅不劣"

　　民国之绅士多系钻营奔竞之绅士，非是劣衿、土棍，即为败商、村蠹。而够绅士之资格者，各县皆寥寥无几，即现在之绅士，多为县长之走狗。①

——刘大鹏

　　绅士阶层在清代曾扮演着十分重要的社会角色。"绅为一邑之望，士为四民之首。"民国初年，作为帝制时代特有的社会政治精英阶层，绅士仍旧处于时代变革的风口浪尖。在国民革命这场政治权利再分配的大规模政治军事行动中，与政治权利密切相关的绅士阶层又再次被推到了历史前台。国民革命初期，社会上就出现了关于绅士阶层的广泛讨论。在国民革命的整个过程中，绅士阶层更是成了革命政府所必须面对的既有政治势力。"在是否需要征税，是否需要建立政权机关等问题上，这些绅士都是活跃分子。军阀离了他们就办不成事。应当指出，青年学生也都出身于这个阶层。其实任何想上台执政的人必然有求于这些绅士。绅士在国民党里当然也占很大比例。……甚至在劳工界也有一定的影响和势力。……在出头露面的地方，到处都有绅士在活动……"②

　　绅士在民国时期产生的广泛影响力与帝制时代对绅士阶层的种种优待是密不可分的。当然，我们也应该看到帝制时代在赋予绅士权利的同时，也规定了

---

　　① 刘大鹏遗著；乔志强标注：《退想斋日记》，太原：山西人民出版社，1990 年，第336 页。

　　② 《华南时局》（张国焘的报告，1927 年 1 月 31 日于汉口），转引自［苏］A．B．巴库林著，郑厚安等译，《中国大革命武汉时期见闻录》，北京：中国社会科学出版社，1985年，第314 页。

绅士的义务，并对绅士阶层有更高的道德要求。不仅如此，清政府针对绅士滥用特权胡作非为专门颁布了相关法律。① 绅士的亲属或仆从若是欺压百姓或侮辱政府官员，就将受到比普通百姓更加严厉的处罚。② "对绅士群体，专制王朝实行的是双管齐下的政策，顺则正面鼓励，反之予以制裁。地方官员对有功名身份的在籍绅士，负有督查之责。通过约束机制，考核、监督各级地方绅士，以保证绅士的正统性和纯洁性。绅士如果违反法律或品德低下，将被褫夺斥革，受到严厉制裁。"③

一、土豪劣绅的生成

清季的战乱及由此带来的政府财政危机催生了大量通过捐纳进入绅士阶层的人，使绅士阶层的素质开始参差不齐。民国以后，原本对绅士阶层的制度约束不复存在。民国时期，作为帝制时代社会精英阶层的绅士，在中国现代文学中的形象日渐走低。或许也正因为传统绅士的文化意味和积极的社会意义逐渐在文学作品中消失，我们往往习惯将中国现代文学作品中的劣绅形象归封建地主阶级。这自然与绅士阶层大多从事土地经营有关。

虽然我国早就存在地主这样的称谓和与之相关的经济生产形式，但封建地主阶级作为对经济属性和阶级属性的划分，还是马克思主义传入中国以后才出现的。封建地主阶级作为一个经济学概念，指的是"占有土地，自己不劳动或只有附带劳动，而靠剥削农民为生的阶级"④。我们对于封建地主阶级的认知大多来自于1949年后马克思主义史学研究对中国社会历史发展演变的阐释和建构。

而劣绅的基本属性是绅士。绅士阶层往往占有相当数量的土地，但是"绅士之所以为绅士，并不是由于其必然的占有多少土地，而是由于其具有独特的政治地位和社会地位"⑤。单纯依靠占有土地、剥削农民的封建地主阶层，无

---

① 瞿同祖：《清代地方政府》，范忠信、晏锋译，第 307 页。
② 同上，第 286 页。
③ 肖宗志：《清末民初的绅士"劣质化"》，《贵州师范大学学报》（社会科学版）2004 年第 6 期。
④ 金炳华主编：《马克思主义哲学大辞典》，上海：上海辞书出版社，2003 年，第 330 页。
⑤ 王先明：《近代绅士——一个封建阶层的历史命运》，天津：天津人民出版社，1997 年，第 18 页。

法享有绅士阶层的地位和特权，不能参与地方行政，在社会实际生活和户籍制度中，不过与庶民同列。① 尽管清末科举制度废除以后，绅士失去了合法的身份来源，民国以后绅士的概念也变得十分驳杂模糊，但我们不难发现许多中国现代文学创作中，庶民地主与绅士依旧存在着明确的差异。

汪敬熙的小说《瘸子王二的驴》中提到了王庄寨上的土财主王九爷。② 而这类土财主是与绅士地主有本质区别的一类人。冯沅君在《劫灰》中就写到"所谓财主者，只是拥有几千亩田而已。你想在他们家搜出来三五百块现的，简直是百不抽一"③。小说中的这些土财主家的女性都是勤俭持家之人，连首饰这样值钱的细软都没有。这与我们在中国现代文学作品中看到的太太、小姐是大不相同的。黎锦明的小说《冯九爷的谷》讲述的就是一个庶民地主即所谓土财主的故事。冯九先生是石潭镇的大田主，产业已经扩充千百亩土地了。但冯九爷总是勤劳地捐着挡扒，头戴草笠，脚踩草履，领着儿孙下地劳作。而本地的田夫中倒是多有奸诈狡猾，好偷懒的人，常在收获稻谷的过程中偷懒，欺蔑冯九爷。而精打细算的冯九爷也总是在收获的季节请外地的田夫劳作。冯九爷一家的生活非常节俭，能不花钱就不花钱。"柴米酒盐他的儿侄们都可以用劳力挣来，万不得已时推一车陈谷进城去便可换到一箩筐的货物。"④ 就连婚丧嫁娶这样的事，冯九爷家都近乎吝啬。儿侄娶妻只是由外乡贤惠的村姑说好媒，一顶破竹轿抬进门，不用嫁妆，不讲排场。冯九爷自己鳏居三十多年，自己打算着死后发丧请客做道场也都不必花钱办了。冯九爷经常受到本乡人的敲诈，交着祠堂捐、禾灯捐、学堂捐等各种杂税，受尽了委屈。冯九爷是个懦弱的人，本地的田夫敲诈不成，还往往会吐他一脸涎沫。本乡的土棍也多次敲诈冯九爷一家。这个所谓的财主、地主，我们丝毫看不出他有怎样富足享受的生活，也不存在盘剥农民的行为。这与我们印象中的地主老财真是大相径庭。

实际上，在中国的乡土社会中，没有获得绅士身份的庶民地主，经济上无法享受赋税上的减免优待，社会政治上也没有特权和地位。许多没有绅士地位的庶民地主财产和人身都得不到基本的保护。国民革命前期社会评论中所谈到的呼风唤雨的绅士与这种庶民地主并非一类人。

当然，我们或许会不免觉得这种过得如此憋屈、辛劳的地主实在与印象中

---

① 瞿同祖：《清代地方政府》，范忠信、晏锋译，第 282—290 页。
② 汪敬熙：《王二瘸子的驴》，《现代评论》1925 年 1 卷 23 期。
③ 冯沅君：《冯沅君创作译文集》，袁世硕、严蓉仙编，第 61 页。
④ 黎锦明：《冯九爷的谷》，见黎锦明：《電》，第 180 页。

属于剥削阶级的封建地主阶级相去甚远。而绅士留给我们的印象似乎又很难与经营土地，盘剥农民这样的行为割裂开来。著名的历史研究者章开沅先生就曾谈道："这可能与史学领域的泛政治化消极影响有关，一谈到'绅'便联想到'土豪劣绅'，使研究者望而却步甚至是堵塞了思路。"① 不仅对于研究者，土豪劣绅也构成了大众对于绅士或是地主的重要印象。

其实，绅士本身并不是一个带有贬义的概念。而"土豪劣绅"这样的概念几乎是伴随着国民革命的风潮，逐步产生并流行开来。"20 世纪 20 年代末，当'大革命'风潮涌起于乡村社会之际，'打倒绅士'的政治取向已经为社会所认同。"② "在中国革命与改造上，不独共产党，即国民党、国家主义派，也一齐标榜着实行打倒土豪劣绅了。"③

在国民革命退潮以后，"土豪劣绅"这样的名称和人物形象开始大量进入中国现代文学作品当中。出于对土豪劣绅的印象，绅士也不免被视为了封建地主阶级。在《辞海》中对"土豪劣绅"一词的解释也是："旧中国地主阶级和封建宗法势力的政治代表，是地主中特别凶恶者（富农中亦常有小的劣绅），反革命分子的一种。个别的虽非地主，也为地主集团所支持和支配。他们一贯勾结反动官府，凭借权势，欺压劳动人民。有的还直接操纵地方政权，拥有武装，任意对农民敲诈勒索，施行逮捕、监禁、审问、处罚。是帝国主义、地主阶级和官僚资产阶级统治人民的支柱。新中国成立后，经过土地改革和镇压反革命的农工运动中，已被肃清。"④

但事实上，在国民革命时期的公开出版物中，土豪劣绅和地主是明确的两个概念。毛泽东的在 1927 年发表的《湖南农民运动考察报告》中就称土豪劣绅和不法地主阶级是农会的主要斗争对象。⑤ 几乎整个报告中都是把土豪劣绅和不法地主作为两个概念在使用。那么，中国现代文学作品中大量出现的"土豪劣绅"究竟指的是什么呢？

① 章开沅：《辛亥前后史事论丛续编》，武汉：华中师范大学出版社，1996 年，第 356—357 页。

② 王先明：《历史记忆与社会重构——以清末民初"绅权"变异为中心的考察》，《历史研究》，2010 年第 3 期。

③ 田中忠夫：《国民革命与农村问题》上卷，李育文译，上海：商务印书馆，1927 年，第 71 页。

④ 中华书局辞海编辑所修订：《辞海（试行本）》（第 4 分册，政治法律），中华书局辞海编辑所修订初版，1961 年，第 5 页。

⑤ 毛泽东：《湖南农民运动考察报告》，哈尔滨：东北书店，1948 年，第 2 页。

拆分来看"土豪"和"劣绅"二词，我国古已有之。"土豪"这一类人在中国有久远的历史，先秦文献中称为"罢民"或"罢士"，汉代称"乡豪"，到了魏晋南北朝时期则有了"土豪"这样的称谓。① 魏晋南北朝时期的"土豪"，指的是在地方具有财力和势力，但政治上地位卑微，为门阀士族所轻视的一类人。后世多把依仗勇武，称霸乡里的恶势力称为"土豪"②。孔飞力先生则指出，在清朝文件中"土豪"一般是指没有科举文凭却有钱有势的人。③

"劣绅"则是与"正绅"相对的概念，指绅士阶层中道德品行败坏的一类人。清代顺治帝曾效法明制颁布了"卧碑禁例八条"以告诫官学生员，并立于官学明伦堂左侧，以作为对生员为学、做人、处事等方面的行为准则，也是对绅士阶层道德品行的基本要求。④ 与这些德行要求有悖的绅士被称为"劣绅"。"劣绅是与正绅相对的概念，是绅士的异质，是官僚、正绅和百姓所不齿的败类。劣绅不是晚清才有的现象，但是绅士大量地劣质化，确是晚清以后的事实。劣绅是一个宽泛和笼统的概念，形式多种多样，其内涵在不同时期也有所区别，总体反映了社会与时代的变动。"⑤

在共产党早期关于农村社会阶级关系体系的认识中，绅士是作为一个"阶级"被置于革命对象的地位。⑥ 瞿秋白就在中共最早的机关报《向导》周报上撰文指出："乡村之中的土豪乡绅，实际上是乡村里的小政府：一省的督军是一省的军阀，一村的乡绅便是一村的军阀，这些土豪乡绅在农村之中包揽一切地方公务，霸占祠族庙宇及所谓慈善团体公益团体的田地财产，欺压乡民，剥削佃农，作威作福，俨然是乡里的小诸侯；军阀的政权自然是经过他们而剥削农民的，他们替军阀县官办揽捐税，勒索种种苛例；他们可以自己逮捕农民，

---

① 参见郭英德、过常宝：《中国古代的恶霸》，北京：商务印书馆国际有限公司，1995年，第45—46页。

② 李巨澜：《失范与重构——一九二七年至一九三七年苏北地方政权秩序化研究》，北京：中国社会科学出版社，2009年，第88页。

③ Kuhn, Philip A: "Local Self - Government Under the Republic". In Frederick Wakeman Jr and Carolyn Grant, ed., *Conflict and Control in Late Imperial China* (Berkeley, Cal.: University of Califonia Press). pp. 257 - 298

④ 柳诒徵：《中国文化史》（下），北京：中国和平出版社，2014年，第1125—1127页。

⑤ 肖宗志：《清末民初的绅士"劣质化"》，《贵州师范大学学报》（社会科学版）2004年第6期。

⑥ 王先明：《历史记忆与社会重构——以清末民初"绅权"变异为中心的考察》，《历史研究》2010年第3期。

私刑敲打，甚至于任意杀戮，如活埋，烧死等等惨剧，都是他们的惯技。……这些所谓土豪乡绅是谁？就是大地主阶级。帝国主义经过买办而剥削中国。而买办又经过中国农村中的大地主而剥削中国的农民群众。地主土豪阶级的商业化，就是代替帝国主义者买办在农民身上剥削他们的血汗；……并且垄断原料，兼并田产。"① 在瞿秋白的论述中，并没有以"劣"这样的定语对绅士阶层内部做道德区分，而是将整个绅士群体归为了革命的敌人。

国民革命期间，各地打倒土豪劣绅的民众运动不断。"1926 年末 1927 年初，湖南、湖北、江西等省的农民代表大会都通过了《惩办土豪劣绅决议案》。为了统一方针政策，减少阻力，并将这一斗争纳入法制化的轨道，湖南、湖北两省的国民党省党部、省政府制定单行刑事法规。湖南省组成了谢觉哉等参加的起草委员会，制定了《湖南省惩治土豪劣绅暂行条例》，于 1927 年 1 月 28 日公布实施。湖北省在董必武领导下，组成邓初民等参加的起草委员会，制定了《湖北省惩治土豪劣绅暂行条例》于 1927 年 3 月公布实施。"② 条例中对土豪劣绅身份也有较为明确的认定。"凭借政治、经济、门阀身份以及一切封建势力或其他特殊势力（如凭借团防勾结军匪），在地方有左列行为之土豪劣绅，依本条例治之。"③ 这些行为包括："①反抗革命或阻挠革命及作反革命宣传者；②反抗或阻挠本党及本党所领导之民众运动（如农民运动、工人运动、商民运动、青年运动、妇女运动）者；③勾结军匪蹂躏地方党部或党部人员者；④与匪通谋坐地分赃者；⑤借故压迫平民，致人死亡者；⑥借故压迫平民，致人有伤害或损失者；⑦包揽乡间政权，武断乡曲，劣迹昭著者；⑧欺凌孤弱，强迫婚姻，或聚徒掳掠为婚者；⑨挑拨民刑诉讼，从中包揽，图骗图诈者；⑩破坏或阻挠地方公益者；⑪侵蚀公款或假借名义敛财肥己者。"④ 这些规定中，既包含一些帝制时代对劣绅的描述，又带有鲜明的时代特征，例如将反对国民革命行为归为了土豪劣绅的重要特征。

由此可见，国民革命时期及之后出现频率极高的"土豪劣绅"，却并不是土豪与劣绅两种意义的简单叠加，而是具有了极为驳杂的政治意味。孔飞力先生发现"土豪劣绅"这样一个在政治口号中起着强烈作用的术语，其本身的社

① 秋白：《农民政权与土地革命》，《向导周报》1927 年第 195 期，第 2121 页。
② 张希坡编著：《中国近代法律文献与史实考》，北京：社会科学文献出版社，2009年，第 347—348 页。
③ 张希坡编著：《中国近代法律文献与史实考》，第 348 页。
④ 同上，第 349 页。

会定义是模糊不清的。① 而费约翰先生也指出"分清'土豪劣绅'的两种实际所指，即要将民国政治中的语言象征方面与社会结构方面区别开来。'土豪劣绅'可以指合法政权昭然若揭的敌人，也可以指特定历史情境中某些社会及政治势力"②。二者有共同的基础和共性。

更加值得我们注意的是，现代作家当中，有不少人都直间或间接地参与了国民革命。伴随国民革命轰轰烈烈的风潮，"土豪劣绅"也大量进入文学作品中。无论是国民革命退潮时期及时反映国民革命的作品，还是之后的革命文学、左翼文学、京派小说，都出现了关于"土豪劣绅"的叙述。而我们却一直漠视或误解这些对"土豪劣绅"的文学想象。"土豪劣绅"在中国现代文学作品中是否是政治概念的具象化表现？历史语境下的"土豪劣绅"又是怎样影响了现代作家对绅士阶层或是政治意味上的土豪劣绅的表现呢？

二、国民革命中土豪劣绅与新文学中的绅士形象变迁

黎锦明的中篇小说《尘影》③ 被视为是新文学史上最早一部描写国民革命时期农民运动的作品④，这也是现在能看到的关于土豪劣绅的较早的文学书写。作者曾表示，这部小说的内容是"从广东福建间一个小县份中旅行时所得的一点印象"⑤。另一种对小说背景的说法是，1927 年，黎锦明在澎湃同志领导的海陆丰农民运动区从事文化、宣传、教育工作。"四·一五"广州事变后，国民党右派的"清党军"攻陷海丰，他在战乱中化装逃走。《尘影》书写的就是国民革命时期海丰地区的农民运动。⑥ 从小说的内容来看，《尘影》确实是对国民革命时期尤其是"四·一二"前后基层社会情况的反映。

---

① Kuhn, Philip A："Local Self – Government Under the Republic". In Frederick Wakeman Jr and Carolyn Grant, ed., Conflict and Control in Late Imperial China (Berkeley, Cal.：University of Califonia Press). pp257 – 298

② ［澳大利亚］费约翰（Fitzgerald John）《"土豪劣绅"与中华民国：广东省例析》牛大勇、臧运祜主编：《中外学者纵论20世纪的中国新观点与新材料》，南昌：江西人民出版社，2003 年，第 315 页。

③ 黎锦明：《尘影》，上海：开明书店，1927 年。

④ 康咏秋：《论〈尘影〉的现实主义成就》，《湘潭大学学报》（社会科学版）1985 年第三期。

⑤ 黎锦明：《我不愿意放弃文学》，郑振铎、傅东华编：《我与文学》上海：上海书店出版社，1981 年，第 75 页。

⑥ 康咏秋：《黎锦明传》，《新文学史料》2000 年第 2 期。

《尘影》的题材十分敏感，又写于 1927 年这样一个局势紧张的时期，在发表上也颇费周折，后经鲁迅先生的赏识、帮助才得以出版。鲁迅先生还曾为此书作序。小说出版以后的发行情况也并不乐观。据称，当时住在利达里的开明书店老板章锡琛，听到邻居蒋万里说《尘影》太左了，唯恐书店受到牵连，便急急忙忙毁掉纸型，剩下的几百册《尘影》送往广西、云南、贵州等地去销售。① 黎锦明自己也曾谈道："写成此书，我费去不少的精神和健康，同时也得了许多不满意的批评。接着到郑州我为一个友人黄君办报，因为这书的被告发竟被监视了八天。又不得不离去笔墨生涯，从事教书了；……上海文学的黄金时代（民十七八）我离得太远了……"② 《尘影》可算作是最及时反映国民革的小说创作。小说对国民革命的书写及其中透露出的政治立场也使作者受到了国民政府当局的打压。

《尘影》之后所受到的赞誉大多是称小说中对共产党领导下的农民运动的表现。而实际上，在小说中，农民运动更多的只是作为一种叙事背景。黎锦明似乎更致力于呈现国民革命时期政界、军界、民众、土豪劣绅等各个群体之间错综复杂的关系，尤其对于劣绅在其中扮演的角色着墨颇多，描写十分细致入微。

小说一开始就为刘百岁贴上了"土豪劣绅"的标签。根据佃户的报告，刘家在桃符村、红娘庙、汲井镇、花桥四处一共 2200 亩。作者又以群众大会上宣读犯罪案例的形式展示了刘百岁的种种恶行，他强占邻居于马氏的土地，害得于马氏因穷困而投河身亡；佃农鄢大因旱灾无法按时交租，他就找人强行宰杀了佃户的耕牛，侵吞他的佃银，佃户不服上诉官府，他就贿赂县官反将鄢大下狱；他还抢占木商的杉木林，率地痞流氓打人……刘百岁在当地鱼肉乡里，勾结官府和地痞流氓，是当地无恶不作的土豪劣绅。而另一方面，作者也注意到了，刘百岁依旧具有帝制时代绅士的某些特质。刘百岁是在宗族中有领导地位的绅士，负责管理着宗族的财产并主持着丧葬、救护等基本的地方公益事业。

他的儿子刘万发则表现出了劣绅的另一种形态。小说中，刘万发一看就是一个"乡绅模样"，"茶黄的呆木的脸和身上那硬版的黑线纱衣，仿佛一尊饰作演戏用的傀儡"③。与父亲刘百岁的凶恶不同，刘万发狡黠多谋，以伪善的

---

① 关山：《黎锦明与〈尘影〉》，《随笔》1985 年第 2 期。
② 黎锦明：《我不愿意放弃文学》，郑振铎、傅东华编：《我与文学》，第 75—76 页。
③ 黎锦明：《尘影》，第 2 页。

面孔更刻薄地盘剥乡下人。"乡下的人只以为有笑脸总是可感的，以故将他的狡黠看作一种良善。"① "这回乡民发生激烈的反抗运动，首先就把他的爷吊走了，而独系念着他的恩典，任他自由。"② 刘万发较之父辈的过人之处还在于他对于民国时期社会转型而做出的调试。刘万发也不同于一般保守派的乡绅。他没有把从农人身上括削出来的血肉藏在地窖里，他是很早就和县城的商店、银行有了交易，通过现代商业和资本运作积累了大量财富。不仅如此，刘百岁在政治方面的谋划也远在其父之上。刘万发祈求熊履堂释放父亲的态度显得谦卑与诚恳，十分有策略。当贿赂熊履堂的举动遭到了严厉拒绝时，他能迅速地转变策略，转而寻找另一位绅士韩秉猷，县党部的温和派委员从中斡旋。尽管，以绅士和下层传统文人为主的温和派委员并没有真正解救被判为土豪劣绅的刘百岁。不过，韩秉猷这样沉浸政坛多年的绅士还是为土豪劣绅刘万发提出了勾结省城新军阀的计策。韩秉猷凭着自己所掌握的传统文化资本，撰写文稿、出谋划策、牵线搭桥。刘万发则靠着自己的财力，以巨资献给省城的孙大和师长作为军饷。军方在受到资金后，师长出面联系了当地的革命军，称刘百岁是自己的至亲，一方素来和善的绅士，要求县党部放人。在交涉不成的情况下，军方不惜动用武力将刘百岁救出。为军方提供大量经济支持的刘万发也摇身一变成为了军方一员，返乡报复民众和革命者。刘家这样拥有财有势的地方绅士在国民革命之前就一直是旧军阀的重要经济来源。国民革命军的军费开支又还是免不了由这些土豪劣绅提供。无怪当时有不少人称国民革命时期的一些军官为新军阀了。

我们多少都听闻过国民革命中，军官在前方卖命征战，后方群众运动以揪斗土豪劣绅的名义打杀其父兄的例子。郭沫若的小说《骑士》中也写到过1927年的武汉三镇开始喊出了"保护革命军人的家属财产"的口号。而《尘影》的故事更像是这种事例一出反转剧。土豪劣绅在军方的干涉下脱罪，还摇身一变与军事势力结合在一起。《尘影》中，父辈刘百岁代表着农耕文明中以官绅勾结和土地、高利贷盘剥形式存在的劣质化绅士。刘万发则在土地盘剥的同时逐渐与现代资本和新兴政治局势力量相结合。小说中，关于刘氏父子两代的叙述几乎是政治上土豪劣绅的某种复现。另一方面，作者同样注意到了当时具体历史情境中的"劣绅"。

黎锦明本人参与国民革命的亲身经历，也使他的写作具备不少得天独厚的

---

① 黎锦明：《尘影》，第27页。
② 同上，第28页。

条件。更难能可贵的是，作者在展现各方势力时试图做到以一种不偏不倚的客观立场，尽力书写出不同群体的诉求或自身性格存在的合理成分。为了达到这样的意图，作者常常不得不打乱叙述的时间线索，伸出许多旁支来加以说明。与茅盾小说中惯于在人物出场后当即回溯身世、介绍背景的写作手法不同，《尘影》总是在一个事件告一段落之后，再来叙述人物的出身背景，并由此显现出人物行为态度背后某种个人思想经历上的缘由。这种行文结构上的特点一方面使整体的叙述稍显混乱，但其中却也透露出作者试图表现国民革命中各方利益纠葛，并剖析革命运动最终失败的某种创作野心。

除了交代土豪劣绅的罪行之外，《尘影》也表现出了对革命阵营内部军政两界及政界派系之间矛盾的书写兴趣。明清县的县党部中，主张委员统统应该是无产阶级的党员苏名芳等人被归为了激进派。小说并没有对这些激进群众运动的组织者有太多的交代。我们也不清楚这些革命者持激进态度的动机。不过对于县城中一些混入革命阵营的投机分子组成的温和派，作者却是着墨颇多。

在县党部的 12 位委员中，温和派就占了 7 人。为首的马润祥是县城里有名的才子，后来进了省城里一处私立政法学校；三个月后，一部法学通论还不曾读去 10 页，就因打了厨工被开除。靠着与县长的亲戚关系做了县署的财政科科长。后因与县长的私人恩怨加入了县党部。随后，马润祥便介绍了几位看似符合激进派要求的具有无产阶级身份的人，进入县党部作委员。第一个韩秉猷，被称为是一位穷寒的宿学，曾留学日本。实际上，韩秉猷是一个吸鸦片荡光了家产的中年绅士。第二个曾忠是一个卖字并兼带写公文的，家产除了一套旧文具和一些字帖外，就只剩下一个得了痨病的老婆。第三个余庆林是孔教会会长，产业只有一部论语。第四个是马润祥自己的弟弟马安祥，县立第一小学校的国文教员，产业只有一群调皮的小学生。韩秉猷又介绍了一个织袜厂的监工丁福生。这些人名为委员，实际上只是马润祥一个人的信徒。

从中我们不难发现，县党部的这些温和派委员大都是本地的中下层读书人。马润祥能称为县城里有名的才子，可以想见其大抵是要有良好旧学根底的。而马润祥念的是私立法政学校也颇有意味。早在清末新式教育兴起的时候，法政就是绅士和士子的首选专业。法政与传统旧学有一定关联，又能以此步入政坛，成了当时的"热门专业"。而许多择法政专业者，大多不求系统学习，而选择了急功近利的速成和简易教育。这种状况一直持续民国初年也没有得到改善。① 虽然科举早已废除，时人仍旧视新式教育为进仕的举业。以北京

---

① 贺跃夫：《晚清士绅与近代社会变迁——兼与日本士族比较》，第 95 页。

大学为例，学术要求最不严格，又是通往官场捷径的法政专业依旧是大多数学生的选择。马润祥也以速成式的法政教育进入地方政界。

温和派委员中"戏份"颇重的韩秉猷原本也是一个耕读人家的子弟。抱着帝制时代士子读书即为做官的心理，科举进仕之路中断之后，他就觉得书是白读了。即便如此，韩秉猷还是怀着做圣贤与伟人的心思，妄想着"提倡礼教，以重国光"，获得不朽的名声。烟灯下放着一本曾文正家书和一本建国方略也正是民国初年绅士投机政治的写照。卖字画兼写公文的曾忠和孔教会的余庆林也都是带有帝制时代特征的读书人。但无论是旧式读书人还是小学教员马安祥这样的新式知识分子都有着窘迫的经济状况。清季民初的社会变革使下层绅士和士子失去了社会阶层晋升的途径，也使他们失去了许多经济来源。但这些变革却并没有改变下层绅士和士子乃至接受了新学教育的读书人参与官场仕途的热情。提升自己的经济地位和社会地位成了这些基层社会读书人参与国民革命的动机。他们在革命中的投机行为也就不足为奇了。

然而，国民革命中高涨的群众运动却并没有给这些绅士和读书人以预想的好处。"过了两三个月，他（韩秉猷）不但名利毫无所得，反而与一班市井小人之流相往来，不由的地位更见低落了"①。清季民国的社会变革不免让读书人，尤其是渴望晋升的下层读书人感到了斯文扫地。士农工商的社会格局在国民革命中愈加招致颠覆。下层绅士等基层社会读书人自然难以对令自身社会地位愈发走低的工农运动产生好感。面对金钱贿赂而选择与有实力的劣绅合作也实属自然。

除了对政界内部的绅士及旧式下层文人投机革命的行为加以详述之外，《尘影》还涉及了同类题材的文学作品中较少触及的军界问题。《尘影》中对军政两界关系的描绘，也正是当"民国成立，军焰熏天"，"军界一呼，政界俱倒"②局面的写照。无论是绅士阶层、旧式士子还是接受了新式教育的知识青年，在政界的发展都受制或仰仗于军界势力。

强行解救刘百岁的军方是驻扎当地革命军的一个团。小说中，这个团的团长蒯得霖是一位具有平民精神却激烈反对平民革命运动的革命军人。在他看来平民运动不过是流氓地痞在其中活动。团长蒯得霖早就因为激烈的工农运动与政界的革命者乃至革命群众之间龃龉丛生。而作者也把蒯团长与政界、民众的

① 黎锦明：《尘影》，第38—39页。
② 荣孟源，章伯锋主编：《近代稗海》第8辑，成都：四川人民出版社，1987年，第17页。转引自杨小辉：《近代中国知识阶层的转型》，第195页。

矛盾由发生到激化的过程写得细致生动，还颇有点合情合理的味道。解救了土豪劣绅的军人蒯得霖不是为了助纣为虐，而是遵守上级的军令。面对自称没有作恶祸害百姓的刘百岁，他既教育刘百岁要懂得博爱，也告诫他说孔夫子也说过为富不骄。博爱是先总理孙中山先生所倡导，出现在革命军人口中也十分自然。而为富不骄则是儒家的一套传统思想。蒯团长偶尔也会诗兴大发做一些旧式诗歌。革命军中的蒯得霖混杂着革命军人和旧式文人的双重色彩。新教育比传统教育昂贵，阻碍了有志有才的青年上进的机会。而1907年各省的练兵则为家境贫寒的年轻人提供了阶层晋升的新机遇。"军队为绅士的子弟开辟了一个就业上进的机会，可以用鲁迅为例子。"① 清季新军初建之时，就有许多具有科举功名的下层绅士弃文习武。② 作为国民革命军军官的蒯得霖也是科举道路中断之后，另谋晋升途径的读书人。这样的革命军人既接受了一些革命思想，头脑中又仍残留着传统文化的印记。

更别有意味的是，这个团部的参谋长何公谨。他是一位诗人，曾是某私立中学的国文教师，喜爱古典诗词。却因为新来的校长具有新思想，提倡白话文而将其解雇。何公瑾靠着名人介绍进入军界，又凭借旧式文人的笔墨工夫获得晋升。"何参谋长虽为军中神人，却总忘不了'商鞅治秦之法'到了明清县，他便想兼理政事起来，自己可惜政权早已被委员会夺去了，而且民众运动大起，直使他不禁发出'五胡乱华'一类的感慨了"③。清党以后，这位军界的何参谋也开始步入政界，着手组织政府了。军界的何公谨与政界温和派委员的绅士及下层旧式文人是同一类人。小说中这样一类传统绅士或是因科举废除丧失了晋升途径的旧式文人，在国民革命中以投机的形式再次实现了文化资本向政治资本的转化。

刘百岁和刘万发这样政治上已被定性为土豪劣绅的人物，在小说中时而被称为土豪时而被称作劣绅或绅士。帝制时代绅士必须的文化资本在刘氏两代绅士身上，作者都没有做太多交代。但从小说中关于他们在宗族和地方事务中扮演的角色来看，他们依旧带有传统绅士的明显特征。但作为劣质化绅士的代表，他们已经沦为了单纯的地主和高利贷剥削者。

科举制度的废除，不仅改变了帝制时代绅士阶层以儒家思想文化为地位和

---

① 陈志让：《军绅政权——近代中国的军阀时代》，桂林：广西师范大学出版社，2008年，第16页。

② 同上，第17页。

③ 黎锦明：《尘影》，第131页。

权力的合法性支撑，也斩断了士子耕读科考晋升为绅士阶层的路径。《尘影》中，政治上被划为土豪劣绅的两代刘姓绅士，地方上没有了财产的旧式绅士和下层文人与接受了新式教育，在北京读了大学的农家子弟熊履堂形成了一种权利身份来源的对照。科举考试废除以后，聚集于城市的新式学校，日渐吸引着基层社会中原本会通过科举考试获得绅士地位进而掌控地方的优秀人物。居乡耕读模式的解体，"促使有才之士从内地的村镇流出，而且这种流动越来越变成是单程的迁徙"①。在社会体制的变革中，"农村精英向城市的大量流失造成了乡村士绅质量的蜕化，豪强、恶霸、痞子一类边缘人物开始占据底层权利的中心"②。在国民革命中，原本流向城市的新式知识精英再次回到村镇，整顿被劣质化绅士搅乱的社会秩序。而这样的努力却最后以失败告终，基层社会的权利还是再次回到了劣绅手中。

与黎锦明《尘影》类似，茅盾的首部长篇小说《蚀》三部曲之一的《动摇》，是鲜有的及时反映国民革命风貌的文学创作。这部小说触及了"他人所不敢关注的重大题材"③，又恰恰发表于国民革命失败这样敏感的时间段。因此，作品问世以后，饱受左翼阵营内文艺人士的激烈批判。《动摇》也比《尘影》产生了更大的影响力。之后关于革命文学的论争在一开始也围绕着包括《动摇》在内的《蚀》三部曲展开。

《动摇》同样涉及了国民革命中的重要议题——革命者、群众与土豪劣绅的斗争。不过茅盾的关注点却并不在于土豪劣绅对乡民的盘剥和压迫。小说开篇中，革命风潮席卷县城以后，也是处处可见"打倒土豪劣绅"的标语口号。而政治语境下的"土豪劣绅"却很少在小说中显现。茅盾更关注于政治概念之外，具体的劣绅形象。小说中的反面人物代表劣绅胡国光通常被视作"集中了定向灭亡路上的封建地主阶级的种种不可告人的恶德"④，是与革命力量相对立的封建势力。其实这种带有明显阶级论色彩的评价既不切合国民革命时期反对土豪劣绅的政治语境，也不符合人物所反映的民国时期的具体历史情境。

作为一部及时反映国民革命运动的文学创作，《动摇》对工农民众与土豪

---

① ［美］孔飞力（Kuhn, P. A.）：《中华帝国晚期的叛乱及其敌人：1796—1864 年的军事化与社会结构》，谢亮生等译，北京：中国社会科学出版社，1990 年，第 238 页。

② 许纪霖：《近代中国变迁中的社会群体》，《社会科学研究》1992 年第 3 期。

③ 茅盾：《英文版〈茅盾选集〉序》，丁尔纲编：《茅盾序跋集》，北京：生活·读书·新知三联书店，1994 年，第 218 页。

④ 刘绶松：《论茅盾的〈蚀〉和〈虹〉》（原载《文学评论》1963 年第 2 期），见孙中田、查国华编：《茅盾研究资料》，北京：知识产权出版社，2010 年，第 547 页。

劣绅的斗争并没有表现出太多的兴趣。茅盾更致力于展现新旧交替之间，一些半新半旧的人物却在政治权利再分配的乱局中通过投机钻营，填补了基层社会政权真空的现实。《动摇》中劣绅胡国光就是这一类人物的典型代表。尽管茅盾自己否认胡国光是《动摇》的主人公，并声称"这篇小说里没有主人公"①。但胡国光却被评论者认作小说中"作者最着力的人物"②，他的活动也占据了大量篇幅。即便是严厉的批评者也承认，胡国光这一人物形象是国民革命中的典型。

　　小说在胡国光一出场就点明了他是本县的一个绅士。民国时期《动摇》的相关评论中，也都未将胡国光归入封建地主阶级。即便左翼批评家也只是将胡国光定性为"豪绅阶级的投机分子"③。

　　事实上，小说对胡国光的身份属性有着明确的交代，并一直对其"家世背景"做了种种细致微妙的暗示与描述。但可惜的是，小说对此人身份的叙述一直未能引起研究者的足够重视。在人物出场不久，作者就谈道："这胡国光，原是本县的一个绅士。……辛亥那年……他就是本县内首先剪去辫子的一个。那时，他只得三十四岁，正做着县里育婴堂董事的父亲还没死……他仗着一块镀银的什么党的襟章，居然在县里开始充当绅士。"④ 这寥寥几笔的交代，提示了一些十分重要信息。

　　小说介绍胡国光身世时，其实暗示了他与传统绅士阶层的密切关联——当他借辛亥革命之机发迹时，他的父亲正做着县里育婴堂的董事。育婴堂在我们看来是个陌生的名词，但在清代却是地方常设的慈善机构，其主要功能是收养弃婴。⑤ 清嘉道以降，中央政府财政见绌，地方绅士力量兴起，育婴堂的建设管理逐渐由地方绅士掌握。⑥ 育婴堂的董事是"'孝廉方正'、'老成有德'的一人或数人……由正派士绅接办"。董事作为育婴堂的管理者，都是"品行端方，老成好善，家道殷实之士"，且"只尽义务，不拿薪俸"⑦。由胡国光的父亲出任育婴堂董事这一细节，我们可想见，胡国光大抵出自一方乐善好施的正

　　① 茅盾：《从牯岭到东京》，《小说月报》1928年第19卷10号，第1142页。

　　② 钱杏邨：《〈动摇〉书评》，《太阳月刊》1928年，停刊号。

　　③ 同上。

　　④ 茅盾：《蚀》，开明书店，1941年5月普及本六版版，第4页。

　　⑤ 万朝林：《清代育婴堂的经营实态探析》，《社会科学研究》2003年第3期。

　　⑥ 参见常建华：《清代的国家与社会研究》，北京：人民出版社，2006年，第316—324页。

　　⑦ 万朝林：《清代育婴堂的经营实态探析》，《社会科学研究》2003年第3期。

派绅士之家，而非一般的地主。

在传统社会中，无论是客观实际还是法律规定，绅士的声望与特权都是能与家人分享的。① 但胡国光却并非依靠父辈的传统绅士地位，参与基层社会政治事务。而是通过在辛亥革命中的投机行为获得在地方充当绅士的资格。

在辛亥革命的风暴中，大多数以谘议局为中心的各省绅士，加入革命行动。"在各州县的独立活动中，地方士绅们的作用更为明显"。"在新组成的地方政府中，士绅们也占有一定地位。因而，地方士绅阶层不仅仅是革命光复的主角，也是各地光复的最大获益者。"② 胡国光在小县城的发迹经历，正是地方绅士借辛亥光复之机牟利的真实写照。

与传统绅士阶层凭借声望影响地方社会的情况不同，清末新政及民国以后的绅士阶层主要依靠合法设立的自治组织机构获取权力。③ 旧制向新制的转变使原本只在站在幕后的绅士阶层在地方获得了更为广阔的权利空间，公开且合法地走上了政治舞台。中华民国的建立，更是为胡国光这样的地方绅士参与基层政治提供了法律和政治体制上的保障与便利。

出身于传统绅士家庭，发迹于辛亥革命的胡国光，在民国初年的地方自治中确立了自身地位，完成了从旧式绅士阶层到掌控地方局面的新式绅士的演变。动荡时局下，胡国光这类地方绅士拥有比政府官员更强的稳固性："省当局是平均两年一换，县当局是平均年半一换，但他这绅士的地位，居然始终没有动摇过。他是看准了的，既然还要县官，一定还是少不来他们这伙绅士；没有绅就不成其为官。"④

而《动摇》中全然没有胡国光从事土地生产经营或与农民接触的叙述。反倒是用了相当的篇幅叙述这只"积年老狐狸"在国民革命动乱局势下的政治活动。可见封建地主阶级对于胡国光这类人物是极不适用的。胡国光这一人物所要展现的，是民国初年及国民革命时期，绅士阶层操控地方这一突出的社会特征。

当国民革命的风潮席卷县城，"新县官竟不睬他，而多年的老绅士反偷偷

---

① 瞿同祖：《清代地方政府》，范忠信、晏锋译，第 301 页。

② 王先民：《近代士绅阶层的分化与基层政权的蜕化》，《浙江社会科学》1998 年第 4 期。

③ 魏光奇：《清末民初地方自治下的"绅权"膨胀》，《河北学刊》第 25 卷第 6 期，2005 年 11 月。

④ 茅盾：《蚀》，第 4 页。

的走跑了几个"①。他仍因张铁嘴算卦称他要大发，有委员之分而沾沾自喜，故不惧打倒土豪劣绅的风潮，留在本地，继续自己的"事业"。在国民革命中，他政治活动起点是参选商民协会委员。面对县党部要商人参加商民协会的通知，胡国光的姨表弟、王泰记京货店店东——王荣昌因只会做生意，最怕进会走官场而一筹莫展。可胡国光却仅从他的三言两语中看到机遇，而代替他以店东身份参会。待到当晚，胡国光"已经做了商民协会的会员，有选举权和被选举权。只要稍微运动一下，委员是拿得稳的"②。之后，他迅速拉拢望族子弟陆慕游，以结交本县有势力的正派人士，刺探消息。仅仅经过几天的奔走，他依靠情面和许以金钱，与自己的"抬轿人"约定好选票投向，拉到了大量选票。

虽然，胡国光终因县党部商民部的调查而被取消资格。但他在此过程中对政治规则的充分了解、娴熟运用，已使我们真切感受到当时地方绅士操控选举的成熟现代政治技能。以土地经营和剥削农民为生的封建地主阶级与操控政治的绅士相比，显然不可同日而语。胡国光参与政治活动的基础——选举权、被选举权及民主选举制度也从来就不是封建社会的特征，而为现代民主社会所特有。

胡国光这位饱经民国初年动荡政局锻炼的地方绅士，其高超的从政"综合素质"还远不止操纵民主选举这样的常规技艺。在革命者们为店员工会与店东的冲突左右为难，局势剑拔弩张的紧要关头，胡国光借着一番迎合过激群众运动的革命言论迅速"蹿红"。他这段自称为了革命利益愿意牺牲一切的豪言壮语，不仅赢得青年革命者的交口称赞，也让他在围观群众的热烈掌声与欢呼中成了众人拥戴的革命家。

凭借着一次次紧跟革命风向的政治演说，胡国光成了革命新贵。靠着这样的名声和口才，胡国光在县党部改选中被选为执行委员兼常务。他通过民主选举这样合乎现代政治体制的方式，进入了县一级国民革命政府的核心组织。靠着纯熟老练的政治手腕，胡国光不但摆脱了"劣绅"的罪名，还成了"激烈派要人，全县的要人"③。

《动摇》生动呈现了地方绅士的政治运作能力、公众演说技巧，及其对地方民众心理和革命运动走势的准确把握。小说中胡国光的政治活动，正是民国

---

① 茅盾：《蚀》，第 5 页。
② 同上，第 12 页。
③ 同上，第 113 页。

初年，地方绅士对新兴国家和现代政治体制具有极强适应性和控制力的生动体现。

然而，胡国光这样出身于传统绅士阶层，并在辛亥革命中完成身份转化的民国绅士，实际上，并非一个"新式"的人物。在个人生活上，他依旧畜养妾室，不懂得与新式女性打交道。在政治观念上，他也并不认同民国建立后民主与宪政的意义。新的政体不过是新的钻营游戏规则而已："从前行的是大人老爷，现在行委员了！"① 他的一切政治运作都旨在为自己牟利。《动摇》中塑造的这个半新半旧的地方社会实际掌控者，并不是单纯的封建地主，而是民国初年典型的地方绅士。

胡国光这一绅士形象的典型意义不仅体现在他的政治能力，还在于他展示了民国初年地方绅士的突出特征——"劣质化"。"作为社会恶势力，土豪劣绅历代皆有，但成为一个庞大社会群体，却是民国时期特定历史环境下的畸形产物。"② 民国初年，地方劣绅假公济私、作恶多端成了一种普遍现象。各地广泛存在的劣绅是国民革命的主要对象。旨在表现国民革命现实的小说《动摇》全篇都贯穿着劣绅胡国光在革命中的投机与破坏。

传统社会对于绅士阶层的言行品德有严格规范。绅士阶层受到自身群体思想文化取向的影响，在品行方面需要为平民阶层做出正面的示范。除了道德上的约束外，绅士阶层还会受到制度上的管控。"地方官员对有功名身份的在籍绅士，负有督查之责。通过约束机制，考核、监督各级地方绅士，以保证绅士的正统性和纯洁性。绅士如果违反法律或品德低下，将被褫夺斥革，受到严厉制裁。"③ 即便胡国光本人心术不正，但在传统绅士家庭氛围和传统社会地方规约之下，他也很难以大奸大恶的劣绅身份长期在地方生存发展。

然而，"民国时期，绅民之间的界限不复存在，法律和制度也不再对绅士阶层的行为作特别的约束"④。在小说中，绅士胡国光在国民革命之前就有种种劣迹。国民革命期间，进入县党部的胡国光更是从南乡共妻运动中得到启发，策划将城里的多余女子没收充公以便自己择肥而噬。在他的运作下，名为革命的解放妇女保管所很快在县育婴堂旧址成立，成了供他秽乱的淫妇保管

---

① 茅盾：《蚀》，第 7 页。

② 李涛：《士绅阶层衰落化过程中的乡村政治——以 20 世纪二三十年代的浙江省为例》，《南京师大学报》（社会科学版）2010 年 1 月第 1 期。

③ 肖宗志：《清末民初的绅士"劣质化"》，《贵州师范大学学报（社会科学版）》2004 年第 6 期。

④ 同上。

所。他公然地在育婴堂这个父辈传统正派绅士从事慈善事业的地方干起了罪恶勾当。而这一假公济私的恶行却是通过县党部召开委员会议、提出议案、投票表决这样的现代民主政治模式来实现的。之后，他煽动民众情绪，"想趁这机会鼓起暴动，赶走了县长，就自己做民选县长"①。"民选"二字更是刺眼而讽刺。民国劣绅作恶多端所依仗的却是民主选举这样的现代政治制度。小说结尾部分，他投靠反动军阀，攻打县城机关的血腥暴行，又是民国初年常见的乱象——军绅勾结。

从小说中关于胡国光的叙述来看，我们显然无法用"地主"指称他的身份。与《尘影》中明确提及了土豪劣绅拥有的土地总量和盘剥农民的种种具体细节不同，《动摇》中的胡国光几乎已经脱离了土地经营。而他也不需要借助拥有传统文化资本的旧式绅士与文人作为周转和中间，而能够以自己的绅士身份和现代政治技能直接接入国民革命时期的军政两界。

胡国光劣绅形象的塑造完全是通过他的政治活动来完成，其中并没有经营土地、剥削农民的任何表述。我们不能将劣质化的民国绅士阶层与封建地主阶级进行简单的身份对接。《动摇》中，胡国光赖以生存的现代民主自治体制和现代政治技能都不属于封建社会的范畴。实质上，他是民国特殊社会运行机制中，由传统地方绅士阶层演变分化出来的劣绅典型。

从劣绅这个角度来看《动摇》，我们还能挖掘出另一条极为重要的叙事线索。反面人物代表劣绅胡国光，是《动摇》中率先出场的人物。他的第一项政治运作是加入县党部组织成立的商民协会，并试图通过民主选举当上商民协会委员。而另一位主人公——革命者代表方罗兰所任职的部门是县党部商民部。相比店员工会、农协、妇女部等一望而知的名称，商民协会和商民部多少让人有些"不知所云"。

在相关研究成果中，我们几乎看不到关于《动摇》中商民协会和商民部的只言片语。商民协会和商民部不仅与主要人物的政治身份密切相关，这两个组织的活动在《动摇》中也是叙述详尽，贯穿始终。但是，我们对这部分重要情节背后的基本史实却至今一无所知。

不单是现代文学研究界对商民协会和商民部知之甚少。目前，史学界关于国民革命时期农民运动、工人运动的研究著作汗牛充栋，却仅有两部专著论及了《动摇》中商民协会和商民部的相关史实。有意思的是，这两部史学著作——朱英先生的《商民运动研究（1924—1930）》和冯筱才先生的《北伐前

① 茅盾：《蚀》，第129页。

后的商民运动（1924—1930）》——都谈到了《动摇》中描写商民运动的具体细节，并肯定了小说对这一史实的生动反映。

所谓商民运动，简而言之，就是"北伐前后国共两党，尤其是国民党为从事国民革命而展开的一种民众运动，可以说与当时的农民运动、工人运动、学生运动、妇女运动的性质相类似"①。商民运动的具体实施是"辅助革命的商人组织全国商民协会，使成为组织严密的辅助国民革命的，及代表大多数商民利益的大团体，以促进国民革命的成功"②。

《动摇》的叙事时间也正是当时商民运动最为活跃的时期。茅盾要实现通过《动摇》来实现展示国民革命风貌的创作意图，商民运动自然是不能忽略的重大事件。小说关于商民协会和商民部的内容，正是对国民革命时期商民运动的真实反映。

随着北伐的节节取胜，作为商民运动最主要的开展形式——商民协会也像其他民众团体一样在党军所到之地建立起来。"每县有县商民协会，全省有全省商民协会，全国有全国商民协会"③。至1927年初，国民政府所在的湖北省更是成为全国商民运动的中心地带。在这一年上半年的《汉口民国日报》上，随处可见关于湖北省商民运动的大量报道。这段时期，茅盾先是在中央军事政治学校任职，四月以后又担任了《汉口民国日报》的总主笔。④ 他对湖北地区如雨后春笋般建立起来的商民协会必然有相当的了解。

《动摇》对商民运动的表现正始于县城商民协会的组建。当时，商民协会的入会手续并不复杂。小说中，并非商人的劣绅胡国光就冒用姨表弟王荣昌的店东资格，轻松当上商民协会会员。加入商民协会后，会员不仅享有经济上的优待，还能享有一定的政治权利。⑤ 这也使得商民协会成了国民革命中投机分子的聚集之地。

商民协会采取委员制，委员由代表大会或会员大会选举产生。⑥ 在《动

---

① 朱英：《商民运动研究（1924—1930）》，北京：北京大学出版社，2011年，第1页。

② 中央执行委员会印行：《中国国民党第二次全国代表大会宣言及决议案》，1926年，第62页。

③ 冯筱才：《北伐前后的商民运动（1924—1930）》，台北：台湾商务印书馆，2004年，第84页。

④ 茅盾，韦韬著：《茅盾回忆录》（上），北京：华文出版社，2013年，第279—280页。

⑤ 朱英：《商民运动研究（1924—1930）》，第82页。

⑥ 同上，第84页。

摇》所叙述的商民协会选举中，大多数参与者都是县城里切实从事商业活动的中小商人。不过，对于商人来说，参与政治生活并非他们擅长的领域。这无疑给长期操纵基层政治的地方绅士提供了机遇。当地劣绅胡国光就奔走于商民协会选举，窃取了本应属于中小商人的权益。

湖北地区"商协职员成分相当复杂，既有党部所派下来的职员，也有抱有投机心理的地方士绅，更有别有所图的商界活动分子。往往愈到基层，民众团体愈容易受到既有地方势力之支配"①。《动摇》对商民协会的成员身份做了详细的交代。其中，既有县城里从事各种生意的商人，县党部指定的人员，也有劣绅胡国光和并未从事商业活动的绅士家庭弟子陆慕游。这些内容真实呈现了在县城这样的基层社会，别有企图的地方势力混入商民协会的便当和商民协会成员身份的复杂。

从小说中详述的商民协会委员选举大会的场面来看，陆慕游和胡国光各得到了 20 张以上的选票，选举现场的人数也有 70 多人。对于当时的一个小县城而言，中小商人的数量也算相当可观。大致可想见，《动摇》中所描述的小县城并非如既有研究所考证的那样是鄂西地区常年军阀混战下，民不聊生的凋敝所在。② 一个略有商业基础的县城更符合小说中关于商民运动叙述的实际，也更有利于表现湖北地区商民运动的状况。

在县城商民协会委员的选举中，胡国光因被指为劣绅而被交由县党部核查解决，进而引出了《动摇》中的另一位重要人物——革命者方罗兰。在国民革命时期的众多行政机构中，作者给他设定的职位是县党部商民部部长。这是我们一直忽略的一个重要细节。

商民部是早在商民运动开展之前就已设立的组织中小商人革命活动的行政部门。国民革命期间，国民党中央执行委员会设有商民部，而到省、市、县各级党部也分别设有商民部。商民部是国民革命时期商民运动的直接领导者，也是各级商民协会的直管部门。北伐以后，各地的国民党党部商民部对于基层广泛建立起来的商民协会发挥着重要作用。在国民革命这场力图打破既有政治格局的大规模军事行动中，发动民众是十分迫切的政治诉求。除了工人、农民、学生等民众力量之外，作为社会经济重要力量的商人同样吸引了国共两党的注意。在民国时期的特殊社会背景下，真正有实力的大商人不仅为数不多，还具

---

① 　冯筱才：《北伐前后的商民运动（1924—1930）》，第 139 页。

② 　孙中田，张立军：《〈动摇〉的历史真实》，见《文学评论》编辑部：《现代文学专号文学评论丛刊》第 17 辑．北京市：中国社会科学出版社，1983 年。

有帝国主义买办等不足取信的政治属性。因此，中小商人成了国民政府将经济力量转换为政治力量的重要对象。但可惜的是，在《动摇》中，掌握地方经济的商人却始终不敌胡国光这样不事实际经济活动的劣质化绅士。

在《动摇》叙述的小县城中，中小商人几乎是唯一的实体经济力量。他们既能影响民众的日常生活，又能指使土豪地痞对抗革命政权。商民部也正因负责管理商人，而成为多方利益纠葛与矛盾冲突的汇聚点。由于一直以来，我们对于国民革命时期的商民运动一无所知，以至于我们忽视或误解了《动摇》中茅盾精心构思的故事情节和人物设置。不仅如此，认识《动摇》关涉的重要史实——商民运动，还将彻底改变我们对小说整体格局及思想基调的既有认识。

在新民主主义革命史的叙述中，工人运动、农民运动、妇女运动这类民众运动极易找到大量史料支持。相关研究对《动摇》的分析也基本承袭了这些史学叙述的大体格局。

由于店员运动所占的篇幅及本身所具有的工人运动性质，历来受到相关研究的重视。这部分叙述是旨在赞扬工农阶级革命力量的发展壮大还是批判民众运动的偏激失当也一直是相关研究争论的焦点。然而，当我们细读《动摇》中关于店员风潮的叙述，就会发觉现有研究的这些结论存在一些无法解释的疑点。

那些我们所熟知的关于无产阶级革命的叙述，几乎是都围绕着压迫与反抗压迫展开的。工农阶层的勤劳、困苦加上有产阶级的富足、残暴，构成了这类叙述向前推进的张力。茅盾之后创作的同类题材作品也不外乎是这样的模式。不过，与我们印象中关于工农革命运动的叙述相比，《动摇》中店员风潮部分的内容有着截然不同故事形态。而劣绅胡国光的参与，更使得店员运动不能被简单视为工人运动。

店员风潮一出场就被定性为基层革命政权面对的一个棘手问题。茅盾对于店员运动本身一开始就显得很不"客气"："因为有店员运动轰轰然每天闹着，把一个阴历新年很没精采（彩）的便混过去了。"① 接下来对店员运动的表述，又简化为了分条列出的三大要求："（一）加薪，至多百分之五十，至少百分之二十；（二）不准辞歇店员；（三）店东不得借故停业。"②

面对这些今天看来都有点过分的要求，本地的革命者都一再气愤地指责店员工会对店东的刁难。但县城的中小商人却表现出了较大的宽容："以为第一

---

① 茅盾:《蚀》，第42页。
② 同上。

二款尚可相当的容纳"，仅认为第三条侵犯了商人的营业自由权。

相比之下，店员工会却利用政治局势，给不愿满足店员要求的店东扣上勾结土豪劣绅的罪名。为了逼迫店东就范，不仅工人纠察队、劳动童子团这些工人组织拿着武器在商店和店东住所活动，近郊农协的两百名农民自卫军也来支援。在这些行动中，都能看到劣绅胡国光的运作。

诚然，这部分内容包含了对店员运动的表现。不过，我们也应该注意到《动摇》全篇丝毫没有展现店东对店员的剥削和压迫。就连店东勾结土豪劣绅，打击工农运动在小说也仅仅是一种猜测和暗示，并没有任何正面的描述。这就不免让人觉得小说中的店员运动似乎并不具备革命的进步意义。与其说这是展现了工农运动的发展壮大，倒更像是表现了工农武装对中小商人的政治压迫和暴力威慑。或者说是工农武装在劣绅的蛊惑利用之下对商人和基层社会经济的重大打击。

另外，店员风潮发生、发展到解决的过程中，一直穿插着与商民部和商民协会有关的内容。小店员风潮的发生和发展与商民协会内部对店员运动的态度分歧有关。面对工农武装的威慑，店东们也集体向主管商人的县党部商民部请愿。店员风潮的善后问题也由商民协会负责。而劣绅在其中的破坏使本可和平解决的事态逐渐往暴力方向发展。

将这部分内容单纯视为对工农阶级革命活动的展示，与《动摇》实际表现的内容之间存在不小的距离。茅盾笔下的店员风潮也似乎有着更复杂的创作构想和更深层的政治寓意。

如果说《动摇》关于店员风潮的叙述并非如现有研究所言，是对国民革命时期工农无产阶级革命运动的表现。那么这部分内容反映的又是什么呢？只要对国民革命时期商民运动的发展有所了解，我们就能很容易地解答这样的疑问。

中共中央执行委员会第三次扩大会议提出不应把店员归为商人，国民党方面也规定店员属于工人。此后，店员工会广泛地建立起来，店员运动也成了当时工人运动的重要部分。①店员运动的主要内容就是要求提高工资待遇，改善工作环境，限制店东辞退店员等经济诉求。这就无可避免地与店东这些中小商人发生冲突。商民协会这样中小商人团体的存在，使劳资冲突演变为了两大革命民众团体之间的博弈和矛盾。

其实，《动摇》中店员风潮部分的内容并不是现有研究所认为的对工农革

---

① 参见冯筱才：《北伐前后的商民运动（1924—1930）》，第 147 页。

命运动的表现，而是对国民革命时期工商冲突局面的真实反映。也只有基于对工商冲突历史事实的认识，我们才能对《动摇》和茅盾的思想倾向有真正的认识。

在工商冲突的格局下，我们就不难理解属于工人运动的店员运动为何会给商民部部长带来困扰。小说中，商民部部长的方罗兰，对于店员过火行为多有批评，对店东处境也表现了同情和偏向。这些态度通常被指为小资产阶级革命者的懦弱或国民党左派对高涨民众运动的抗拒。当从商民运动的实际来看，商民部本身就是维护商人利益的行政组织，而商民运动本身也是国民革命时期民众运动的一种。以此指摘小说中革命者的阶级缺陷或党派弱点，显然有违茅盾真实的创作意图。

《动摇》中基层革命政权在解决店员风潮的决策问题上，争执不休、反复低效。也并非对小资产阶级革命者的批评。

国民革命时期，面对日益加剧的工商冲突，包括国民党左派，中国共产党和共产国际在内的各个政治力量也是屡次开会商议，争执不下，互相指责。身处武汉国民革命政府高层的茅盾对这些情形自然了然于心，或许还多有不满。小说中关于店员风潮部分的内容，其实也是武汉国民政府对工商冲突举棋不定的真实写照。

在这部分叙述中，茅盾特意明确地点出两位民主选举出的商民协会委员支持店员运动的要求，也并非闲笔，而是对当时工商冲突中独特局面的暴露。在对工商冲突的调解中，身为资方代表的商民协会非但不能维护店东利益，反而维护店员利益的情形十分普遍。① 由中国共产党和国民党左派主导的武汉国民政府时期，以店员运动为代表的工人运动持续高涨。在面对工商冲突时，革命政府倾向于维护店员主张，牺牲了中小商人利益是当时普遍的政策。《动摇》中的县城革命政权最终按照省工会特派员的指示，支持店员运动激进主张，罔顾店东利益的做法也并非个案，而具有隐射整个武汉国民政府的意味。但是，茅盾在小说中也言明了基层社会革命者对形势清醒的认识。但政治手腕上的欠缺还是让劣绅胡国光有机可乘。

小说中的店员风潮因为特派员的指示暂时平息，但对工商冲突的表现却并未终止。县城街道上糟糕的治安、一次次囤积生活用品的老妈子、倒闭或罢市的店铺——茅盾用了许多具体的事例来说明工商冲突对县城局面的影响。只有对商民运动发展后期的历史有基本的认识，我们才能明白茅盾为何要对这些看

---

① 参见冯筱才：《北伐前后的商民运动（1924—1930）》，第 150—152 页。

似旁枝的情节做这么多细致的刻画。

在商民运动发展的工商冲突中，由于店员运动对店东的压制，加之商民协会和党部的不当作为，大量商户经营难以为继。一时间内，湖北地区商业一片凋敝。《动摇》中县城的商业萧条也正是其中的一个缩影。"'四·一二'前后，武汉政府由于内外问题的困扰，财政困难更加严重，政治上也陷入多重危机。这其中，工商冲突、店员问题便是重要原因之一……"①

茅盾自然是看到了工商冲突带来的严重后果，才将此视为当时社会的突出特征在小说中着重表现。从史学界的研究成果来看，在 1927 年 6 月以后，包括武汉国民党中央执行委员会、中共高层和共产国际代表等多方政治力量都将解决工商冲突作为最重要的议题，甚至将工商冲突视为革命能否成功的大问题。② 可以说，国民革命时期的工商冲突一直是武汉革命政府时面对的重要社会矛盾和政治危机。

《动摇》完整展现了国民革命时期，湖北地区工商冲突从发生到恶化具体过程。茅盾将工商冲突作为《动摇》情节发展演进的最主要线索，并在小说中不断暗示工商冲突的解决不当是造成国民革命最后失败的重要原因。由此看来，茅盾以文学展现整个国民革命风貌的写作意图，绝非工农革命运动这样的单一的题材所能承载。学界将店员风潮孤立而简单地视为展现了工农运动的蓬勃发展的观点只不过是一种一厢情愿的误解。

由于缺乏对国民革命时期相关史实的了解，我们一直没能读懂《动摇》中杂糅在细腻两性关系中的复杂革命局势和政治观念。通过工商冲突的表现，茅盾将革命者、店员、商人、农民、普通民众等社会各阶层裹挟进了国民革命的政治体系，建立起基层政权与武汉革命政府的勾连，逐步构筑起自己剖析社会历史的文学框架。也正是在这样的框架中，国民革命的大历史被缩微到了一个小县城中生动呈现。

1955 年，时任苏联外交部副部长的苏联作家、汉学家费德林致信茅盾，谈及自己打算翻译他的作品。茅盾在回信中写道："如果要翻译我的一个中篇，那么，我建议翻译《动摇》。这本书虽然有缺点，但或多或少反映了一九二七年中国大革命时代的一些本质上的东西。"③ 费德林与茅盾是旧相识。这封书信并非纯然是两位政府官员的交流，而多少有些故交说知心话的意味了。这封

---

① 参见冯筱才：《北伐前后的商民运动（1924—1930）》，第 153 页。
② 同上，第 157 页。
③ 茅盾：《茅盾全集》第 36 卷，北京：人民文学出版社，1997 年，第 317 页

书信虽鲜有学者注意，却透露出了一些颇有意味的信息。

众所周知，《动摇》在《小说月报》连载时就饱受左翼阵营的攻击。茅盾虽极力声称小说只是客观反映现实，不夹杂主观情感。但这种辩解却并未得到接受和谅解，反而招致了更严厉的批判。茅盾在之后的创作中，努力以《虹》、《三人行》等作品弥补"过失"。20世纪40年代中期后，茅盾一直在诚恳地检讨《蚀》三部曲在思想基调上的错误。1949年后，包括《动摇》在内的《蚀》三部曲一直被指责在思想内容上存在重大缺陷。他本人也在有意识地回避包括《动摇》在内的《蚀》三部曲，而致力于将《虹》《子夜》列为自己的成功作品。

这封写于1955年的书信，无疑打破了现有研究中茅盾对《蚀》三部曲评价情况的基本认识。在与费德林的通信中，茅盾对《动摇》真实反映国民革命时期社会本质的推重多少暴露了他之前对《蚀》三部曲的检讨颇有些"言不由衷"了。

茅盾十分珍视《动摇》中对日渐劣质化的绅士将社会各阶层裹挟至动乱中的书写。劣绅作恶的手段并不是我们通常认知中的地主以地租剥削农民，也不是商人以榨取剩余价值剥削店员，而是运用绅士最擅长的政治手腕，控制地方。茅盾在《动摇》中生动描绘了一些反映当时社会本质的东西：基层社会政治失范之下，劣绅搅动社会各阶层以谋私利的险恶。

《汉口民国日报》在茅盾任主笔期间就大量刊载关于商民运动的报道。茅盾对于商民运动必然有较为深入的了解和认识。《动摇》的主要故事情节也是以商民运动作为切入点，并在工商冲突的格局下展开。

在茅盾回忆录对1927年大革命的专章详述中，他详细谈到了在《汉口民国日报》的工作情况，也赞扬了当时工农革命运动的发展，却唯独对商民运动只字未提。茅盾谈及《动摇》的各类文章也从未谈起其中关于商民运动的叙述。

由于茅盾的刻意回避加之研究者对国民革命时期历史情境的疏离，我们对《动摇》理解和认识都存在不少误会。究竟是什么原因使《动摇》中关于商民运动的描写在茅盾那里成了不能说的秘密呢？

从商民运动本身来看，它最初是国民党所发起民众运动。国民革命失败以后，工农运动受到压制，商民运动的领导权却仍在国民党掌控下继续进行。[①]由此看来，商民运动无疑是一个比较敏感的话题。

---

① 冯筱才：《北伐前后的商民运动（1924—1930）》，第169页。

另一方面，国民革命时期，中共接受了共产国际关于中国社会政治结构的判断，将小资产阶级视为国民党政治集团的主要成分，并将小资产阶级视为可以联合的政治势力和社会阶层。宁汉合流之后，代表小资产阶级利益的国民党左派倒戈。中共党内将国民革命的失败归咎于小资产阶级的动摇和懦弱。小资产阶级被认为在国民革命中惧怕无产阶级革命力量的发展，并在革命的危机中向大资本家买办投降。

商民运动的对象中小商人在社会阶级划分上正是属于小资产阶级。同属国民革命时期民众革命运动的商民运动自然不像工人运动、农民运动那样上得台面了。

如果遮蔽了商民运动的相关史实，我们或许还能勉强以为《动摇》在某种程度上表现了工农革命运动。但是，结合商民运动的相关史实来看，《动摇》的问题就不仅仅是备受指责的悲观失望情绪，而是其中弥散着的不合时宜的政治观念。

《动摇》中的店东们对县城革命工作的展开给予相当的配合。大部分店东积极加入商民协会并认真地参与选举。在茅盾笔下，中小商人与工农阶层一样都是国民革命的参与者。是激进的工农运动压榨了原本支持革命的中小商人最基本的生存空间。领导工农运动的革命者又进一步激化了工商矛盾。而原本应该保护中小商人利益的革命民众组织商民协会和党部商民部最终没能履行职责。

小说中，以中小商人为代表的小资产阶级不是勾结土豪劣绅，破坏革命的反动势力。反对激烈工农运动、主张保护中小商人利益的小资产阶级革命者也并非代表了国民党左派的软弱、动摇，而是对当时的局势做出了理性正确的分析。

这样的叙事逻辑和价值判断与党内对国民革命失败的政治分析大相径庭，当然足以使人对茅盾的政治立场的产生莫大的怀疑。而遮蔽其中关于商民运动的叙述，就能在很大程度上模糊《动摇》透露出的政治思想倾向。为了规避小说中巨大的政治风险，茅盾有理由对商民运动避而不谈。

身处国民革命领导核心的茅盾自然清楚商民运动的存在的"政治问题"，也应该对表现工商冲突时偏向小资产阶级而批判工农阶级有相当的政治风险预判。既然如此，茅盾何以在国民革命失败的特殊时期，选择表现商民运动这样的敏感的话题？又为何会在小说中公然对已被视为反革命的小资产阶级给予理解、同情，甚至是好感呢？

以打倒军阀、打倒军阀目标的国民革命，汇聚了不同党派和不同社会阶层的力量。在革命事业的发展中，不同党派、阶层之间的博弈、妥协和冲突一直伴随始终。

茅盾作为中共最早一批的党员，早在 1924 年就加入国民党，并在上海地区从事跨党革命活动。① 在 1925 年—1926 年间，茅盾不仅从事宣传工作，而且还深入参与了许多整顿党务的组织工作。联合国民党左派，并与国民党右派斗争就是他在国民革命期间重要的工作内容。② 联合不同党派的力量，调和不同阶层的利益不仅是茅盾所接触到的大量社会科学理论、政治文件所涉及的重要议题，也是他的具体革命实践。

商民运动虽然最初由国民党发起，但它在全国范围内的展开却是在国民党第二次全国代表大会上由国共两党共同决议的结果。当时的中国共产党领袖谭平山就强调要对后起的商民运动与农工予以同等重视。③ 商民运动既是国共两党建立政治互信的一种体现，又是国民革命后期，国共两党的权利争夺点。商民运动也自然会被茅盾视为国民革命时期绕不过去的重大事件。

国民革命混杂了资产阶级革命与无产阶级革命的双重属性。革命进程中不同阶层的矛盾冲突在所难免。这种冲突随着北伐的节节胜利，民众运动的蓬勃发展愈演愈烈。"四一二"反革命政变以后，中共中央认为"封建分子与大资产阶级已转过来反对革命"，"无产阶级、农民与城市小资产阶级的革命的联盟"是今后"革命势力之社会基础"④。尽管中共五大上指出了此后与国民党左派的关系更加密切，也更要加强在革命工作中对小资产阶级的重视。⑤ 但是，在处理小资产阶级与工农阶级在革命中的关系这个问题上，中共的重要决议文件是充满歧义和矛盾的。中共党内对于彻底发动工农运动还是限制工农运动以维护小资产阶级利益也一直存在分歧。武汉国民革命政府时期，激烈的工农运动造成了工商业者为代表的小资产阶级和工农阶级之间巨大裂痕，也威胁了中共与国民党左派的政治联盟。

---

① 杨扬：《台湾所见"国民党特种档案"中有关茅盾的材料》，《新文学史料》2012年 03 期。

② 包子衍：《清党委员会公布的有关沈雁冰的几则材料——为茅盾〈回忆录〉提供片段的印证及补充》，《新文学史料》1990 年 01 期；杨天石：《读沈雁冰致林伯渠函手迹》，《书屋》1997 年 05 期。

③ 冯筱才：《北伐前后的商民运动（1924—1930）》，第 81 页。

④ 中央档案馆编：《中共中央文件选集第 3 册 1927 年》，北京：中共中央党校出版社，1983 年，第 38 页。

⑤ 同上，第 42—44 页。

《动摇》中表现出的对小资产阶级的偏向和对工农运动的批评，正是茅盾对国民革命时期核心政治议题的认识。事实上，早在1927年五月，工商冲突爆发之时，茅盾就撰文指出"不但是无产的农工群众简直没有生路，即小有资产的工商业者，亦痛苦万状"①。并认为"工农运动之不免稍带幼稚病"而破坏了对革命事业意义重大的工农阶级与工商业者同盟。② 在他看来："工商业者和工农群众中的革命同盟是中国国民革命的唯一出路。"③《动摇》中对工商冲突的表现是茅盾在国民革命期间政治观点的一种异体同构的表达。茅盾当时的政论文不仅是对当时武汉国民政府训令的附和，也是他自己对于时局的判断。从《动摇》对商民运动和工商冲突的表现来看，茅盾并未如部分政治家那样看到了工农运动的"好得很"。反倒是过激的工农运动破坏了小资产阶级与工农群众的革命同盟，而这才是国民革命失败的原因。

《动摇》发表之时，当时的中共中央认为"被革命吓慌的小资产阶级"④已经与反动势力联合起来反对革命运动。并将发动包括工农武装暴动在内的群众运动抵抗白色恐怖作为此后的革命方针。⑤《动摇》中表达的对国民革命失败的原因分析显然与当时中共中央的政策方针背道而驰。

对此，同样亲历国民革命的早期中党员郑超麟比文艺界人士有更清晰的认识。1927年11月间，郑超麟曾去拜访沈雁冰，他对郑谈道："他不满意于八七会议以后的路线，他反对各地农村进行暴动。……这是第一次，我听到一个同志明白反对中央新路线。"⑥ 在郑超麟看来，《幻灭》《动摇》和《从牯岭到东京》是茅盾政治意见的形象化。⑦ 这种政治观念的文学表达给茅盾带来了恶劣的政治影响。"李立三当权时代，党所指导的文学刊物都攻击他，中央而且训令日本支部不认他做同志。"⑧ 瞿秋白就撰文"借用'幻灭'，'动摇'，'追

---

① 茅盾：《巩固工农群众与工商业者的革命同盟》，原载1927年5月20日《汉口民国日报》，见《茅盾全集》第15卷，第366页。

② 同上，第367页。

③ 同上，第370页。

④《中国共产党中央执行委员会告全党党员书》见中共中央党史征集委员会，中央档案馆编：《八七会议》，北京：中共党史资料出版社，1986年，第5页。

⑤ 同上，第6—11页。

⑥ 郑超麟：《郑超麟回忆录》（上），范用编，北京：东方出版社，2004年，第285—286页。

⑦ 郑超麟：《郑超麟回忆录》（下），范用编，第124页。

⑧ 郑超麟：《郑超麟回忆录》（上），范用编，第286页。

求'的字眼讽刺沈雁冰"①。李一氓②发表了《出路——到东京》一文针对《蚀》三部曲，对茅盾进行了人身攻击式的政治批判。③ 直到茅盾逝世后，中共中央决定恢复他的中国共产党党籍，党龄从1921年算起。李一氓知道后，还向有关人员打电话，表示沈雁冰可以重新入党，可以追认为中共党员，但不宜恢复20世纪20年代的党籍。④ 可以想见茅盾在《动摇》中表现出的思想立场犯下了十分严重的政治错误。

而我们一直没有注意到，茅盾对创造社、太阳社等人的反驳颇带有些居高临下的意味。因为在他看来"对于湖北那时的政治情形不很熟悉的人自然是茫然不知所云的"⑤。茅盾是中国共产党最早一批党员。国民革命期间，他加入国民党以跨党身份身居要职，又与当时的国共两党的最高领导人有不少交往。国民革命失败后，沈雁冰的名字在国民党的通缉人员名单上比瞿秋白、周恩来等中共领导人都更靠前⑥。他有理由觉得批评者的阅历不足以对时局和革命的发展走向有真正的了解。《动摇》中对时局的分析也与史学界近年的研究结论不谋而合，也使我们有理由理解茅盾的这种政治自信。

事实上，茅盾对自己在国民革命经历中形成的政治观念有过很长一段时间的坚持。茅盾在汪精卫发动"七·一五"反革命政变后，依旧与其有书信往来。⑦ 面对革命阵营的对《幻灭》《动摇》的批判，茅盾也并没有检讨和退缩。他在回应批判的《从牯岭到东京》一文中抱怨"假如你为小资产阶级诉苦，便几乎罪同反革命。这是一种很不合理的事！"⑧ 在他看来"中国革命的前途是不能全然抛开小资产阶级"⑨。茅盾在此所讨论的不仅仅是我们通常所认为

① 郑超麟：《郑超麟回忆录》（下），范用编，124页。
② 李一氓，又名李民治，1925年春入党，1925年参加北伐，在国民革命军总政治部任宣传科长、秘书。1925年参加了八一南昌起义。起义失败后，按照党的安排，秘密去上海，从事党的文化工作和保卫工作。新中国成立后，曾担任中共中央对外联络部副部长等重要职务。孔德为其笔名。
③ 孔德：《出路——到东京》，《日出》1928年第2期。
④ 胡治安：《沈雁冰身后的两桩恢复党籍事件》，《中国新闻周刊》2013年1月7日。
⑤ 茅盾：《从牯岭到东京》，《小说月报》1928年第19卷10号，第1141—1142页。
⑥ 沈卫威：《新发现国民党南京政府一九二七年通缉沈雁冰（茅盾）、郭沫若的原件抄本》，《新文学史料》1991年04期。
⑦ 包子衍：《清党委员会公布的有关沈雁冰的几则材料——为茅盾〈回忆录〉提供片段的印证及补充》，《新文学史料》1990年01期。
⑧ 茅盾：《从牯岭到东京》，《小说月报》第19卷10号，1928年，第1145页。
⑨ 同上，第1144页。

的小说中关于小资产阶级革命者，其实也针对了商民运动和工商冲突中以店东为代表小资产阶级工商业者。在茅盾回应文学问题的背后，包含着他在国民革命中形成的对小资产阶级的政治认识和对革命局势的基本看法。这些观念直到1929 年茅盾的《读〈倪焕之〉》一文中都有所保留。

革命文学的提倡者们将《蚀》三部曲作为一个错误的文艺方向猛烈批判的同时，也总是会有意无意地涉及小资产阶级与革命前途关系的讨论。其中不仅包含了文艺动向的争论，也牵涉到国民革命失败后复杂的政治问题。而茅盾的弟弟中共党员沈泽民 1929 年的《关于〈幻灭〉》一文，也颇有对茅盾进行政治劝诫的意味。现今，我们已很难了解在此期间，茅盾承受了怎样的政治压力和思想斗争。但茅盾之后的《虹》《三人行》《子夜》等作品，都多少带有弥补《蚀》的政治错误的成分了。

针对《蚀》三部曲思想倾向上的问题，茅盾一次次以客观、真实为之辩护，却总是被视为"通过强化的小说的现实主义美学追求来对抗意识形态化的理解方式，规避政治风险"①。但从《动摇》对商民运动和工商冲突的表现来看，茅盾所言非虚。

无论是《从牯岭到东京》、50 年代与费德林的通信，还是 80 年代的回忆录，茅盾内心对《动摇》如实反映现实的观点是一以贯之的坚持，只是他不愿意真正地解释过这种客观性的由来。

由于对国民革命相关史实的疏漏，学界对《动摇》考察大多停留在了小说的思想基调这样的感性层面或仅注意到其中恋爱与革命的冲突，而忽略了小说在表现商民运动和工商冲突时浓厚的社会政治剖析色彩。

在夏志清看来，《蚀》三部曲"是站在小说家的立场，说了小说家应说的话"②，其文学价值远高于充满政治意识的《子夜》。尽管，有研究者并不认同这种论调，却还是认为《蚀》"是一种'人生经验'的抒写，重在倾吐大革命失败以后的感觉与体验，并无大规模解剖社会现象的意图"，那么《子夜》及其以后的创作便把用力重点放在了整体性的社会剖析上③。这些观点不仅忽略了《动摇》中对国民革命时期社会本质的分析，也误解了茅盾当时的创作

---

① 李跃力：《革命文学的现实主义与崇高美学——由〈蚀〉三部曲引发的论战谈起》，《文史哲》2013 年第 4 期。

② 夏志清：《中国现代小说史》，刘绍铭等译，香港友联出版有限公司，1979 年 7 月，第 124 页。

③ 王嘉良：《回眸历史：对茅盾创作模式的理性审视》，《学术月刊》第 39 卷，2007 年 11 月。

心态。

正如茅盾曾在一次访问中所谈到的那样："因为我没有做成革命家，所以就做了作家。"① 国民革命失败后，他的文学创作生涯的展开是一种不得已而为之的选择。茅盾并不甘心由革命者转行当作家。由武汉国民革命政府时期打着皮绑腿、身着军装的革命者沈雁冰，到蜷在妻子病榻前躲避通缉、卖文为生的作家茅盾，这种身份转型显然难以一蹴而就。

《动摇》并不只是革命失败后的情感宣泄，其中蕴含着浓厚的政治气味。《动摇》的写作是以一种深度参与国民革命的政权高层的姿态，为"动乱中国的最复杂的人生的一幕"② 梳理一个合理的解释并表达一种政治立场。由此，我们也或许也可从一个侧面去理解：为何瞿秋白之前对《子夜》的评价最高，却在临刑前写下的《多余的话》结尾处中称《动摇》——这部与"秋白路线"相左的小说——是值得再读一读的。③

从《动摇》对国民革命时期商民运动和工商冲突的表现来看，《动摇》是茅盾的小说创作中政治意味极强的一部。小说触及了国民革命时期的一些根本性政治路线方针问题——如何定位小资产阶级在革命中的地位及其与工农革命运动的关系。在国民革命失败后，茅盾以文学创作表达了对当时将小资产阶级及其利益代表国民党左派定性反革命的反对意见，并批判和检讨了激进的工农运动对小资产阶级利益的伤害和由此带来的严重后果。

在《动摇》中对商民运动和工商冲突的书写中，茅盾的个人趣味和情感倾向也袒露无余。《动摇》中"戏份"最微不足道的中小商人也是有名有姓。就连这些商人做的是什么生意，又有怎样的经营特点，茅盾都忍不住要交代一番。相反，《动摇》全篇几乎没有一个有名有姓的工农人物形象，店员始终只是一个抽象的模糊群体。尽管茅盾之前曾提倡无产阶级文艺，但他对塑造工农形象一直缺乏发自内心的兴趣。茅盾这种对商人与社会、政治的关系充满探究的兴趣和写作欲望也在其之后的小说创作中一直延续。

《动摇》暴露了茅盾的审美趣味，也充分体现了亲历国民革命的茅盾对社会政治的基本看法。虽然，此后茅盾再也没能像《动摇》一样，自然地流露自己的审美趣味和政治见解。但蕴含在《动摇》中的个人趣味以及那些亲历国民

---

① ［法］苏珊娜·贝尔纳：《走访茅盾》，丁世中、罗新璋译，李岫编：《茅盾研究在国外》，长沙：湖南人民出版社，1984年，第571页。

② 茅盾：《从牯岭到东京》，《小说月报》第19卷10号，1928年，第1138页。

③ 瞿秋白：《多余的话》，北京：人民文学出版社，1973年，第35页。

革命而形成的社会政治理念，却一直在他之后的创作中若隐若现，并与他刻意要表达的社会政治理念杂糅在一部作品中，互相撕扯，矛盾纠结。

三、在革命与启蒙之间的"反绅"书写

作为国民革命的亲历者，白薇也在国民革命时期以土豪劣绅为对象创作了戏剧《打出幽灵塔》。据白薇自己的叙述，这部戏剧原名《去，死去!》，创作于1927年夏天。当时，白薇正在武昌总政治部国际编撰委员会任职，受张资平先生所托，用一周的时间写完了这部戏剧。① 这部戏剧中土豪劣绅的形象塑造明显受到了当时政治话语的影响，同时带有白薇鲜明的个人色彩和女性意识。这是同类题材的文学创作中十分独特的一部。

白薇直接在主要人物的介绍中对主角胡荣生作了明确的身份认定——土豪劣绅。他名曰土豪劣绅，他家的客厅却是西式的。他本人是一个五十多岁的肥绅，身上穿的是麻灰的洋服。他还有巨额资产存在外国人的银行里。胡荣生虽然被设定为土豪劣绅，实际生活中却十分"洋气"。然而，西式的生活和金融上的现代化并没有改变他以土地经营盘剥农民的经济模式。他与乡下的土豪劣绅并没有太多分别。早在国民革命前，他就已经劣迹斑斑。他的家仆们闲谈时，就说到胡荣生的宅子是强占了一个寡妇的地，强暴寡妇，并把寡妇害死。"老爷也应该倒霉了，他为着自己要卖鸦片烟赚钱，又借他当了绅士的威风，强迫人家吸鸦片烟。地方上还没有被他害够么?"② 地方上遭了水灾兵灾，民众困苦。胡荣发为了私欲，囤积谷子不出售。有农民找他买谷子不成，反被他指使的人打伤。他私自贩卖鸦片，却想方设法逃过革命政府的惩处。他又通过金钱贿赂的方式，买通了县党部委员徇私枉法。这种种行为也几乎都与国民革命时期政治语境中的土豪劣绅并无二质。

白薇在简单表现了胡荣生作为土豪劣绅的种种公德有亏之外，花了大量笔墨书写他在私德方面的种种败坏。胡荣生作为土豪劣绅的社会危害不仅体现于对农民的盘剥，也表现为了对女性、对青年人爱情和自由的戕害。打倒土豪劣绅与个人的自由与解放，尤其是女性解放的主题联系到了一起。

胡荣生娶了7个老婆，除了郑少梅，其余的都被安置于乡下。鸦片和小妾

---

① 白薇:《打出幽灵塔》(发表于1928年，写于1927年夏)，上海:春光书店，1936年，第145页。

② 白薇:《打出幽灵塔》第117页。

是同类题材文学作品中表现土豪劣绅腐化堕落生活的常见元素。但与许多创作将这些细节仅仅作为一点旁枝和调剂的做法不同，白薇在这部戏剧中将这个政治上被定性为土豪劣绅的胡荣生的家庭生活当作了一条主线来写，政治生活反倒成为一种陪衬和补充。

在国民革命中觉醒并奋起反抗的，不仅仅是工农群众，也还有胡荣生的美妾郑少梅。郑少梅年仅 27 岁，流丽的气质，贵妇人般的高慢，一点都不像是做妾的人，也十分受到胡荣生的宠爱。这部戏剧中，郑少梅本是农家女，却上过新式学堂，有女学生的傲气。17 岁那年，她在外采桑时，被胡荣生看中，在种种逼不得已的情况下嫁给胡荣生做妾。而在革命的风潮下，她感觉到无论精神和肉体上都不能再和他在一起。从前，郑少梅没有跟胡荣生离婚，是因为国民革命之前女子没有好告状的地方，也无处谋生。国民革命中的妇女运动让郑少梅看到了生活的另一种可能。她找到了妇女协会这个国民革命时期开展妇女运动的组织来帮助自己与胡荣生离婚。郑少梅不愿意再做别人的妾，她要把自己剩的身子替革命军的红十字会当看护妇去。面对胡荣生没收金钱珠宝的威胁，郑少梅也毫不退缩地与他断绝关系。在这里反抗土豪劣绅的斗争也被附上了女性自我解放的色彩。郑少梅出身农家的身份也使阶级解放和女性解放融合在了一起。

在国民革命洪流中，土豪劣绅家的少爷也加入到革命队伍中开展农民运动。胡荣生的儿子胡巧鸣最初违抗父亲的意愿，追求自己的音乐理想。在胡巧鸣看来，父亲胡荣生就是一个幽灵，以至于让他这样的年轻人身上充满阴郁的气氛。胡巧鸣在参与国民革命时期反抗土豪劣绅运动的过程中，进一步激化了与父亲矛盾。他也以更坚定的意志反抗父亲的专制，追求自己的自由和爱情。在这里，反抗土豪劣绅的政治运动与反抗家长专制、追求个人自由的两条线索紧密交织在一起。革命中的阶级对抗与近似于五四时期常见的父与子的冲突逐渐合流。

反抗土豪劣绅的斗争在胡荣生的养女萧月林那里变得更加扑朔迷离。多年前，胡荣生强暴了采矿技师萧杰鹏的女儿萧森。萧森此后生下了女儿月林后，出国留学。月林被送到育婴堂后，胡荣生为逃避抚养义务，将月林抱到河边企图将她淹死。幸而萧森的恋人贵一及时发现，救下了月林。贵一也潜伏在胡荣生家做了管家并伺机报仇。月林被转手卖了几次，7 年前被后来成为农协委员的凌侠的母亲卖到胡家。她受到胡家太太的喜爱，被收作养女，读书受教育。而胡荣生一直觊觎着月林，想娶她做妾。国民革命时期，她不但进了党务学校，还是农民协会的委员。与胡巧鸣一样，萧月林也将家庭视为一个幽灵塔，并在革命的风潮中开始追求自己的自由，反抗父亲的压迫。在反对土豪劣绅的斗争中，萧月林也陷入了恋爱的风潮。土豪劣绅的儿子胡巧鸣和农民出身的农协委员凌侠与萧月林构成了三角恋的关系。胡荣生试图对萧月林施暴时，胡巧鸣奋力相救，却被自己的父亲杀死。萧月林也遭到了胡荣生的软禁。作为农协委员的凌侠为了救出恋人这样的私人目的，也为了打倒土豪劣绅的政治诉求与胡荣生斗智斗勇。对于这个农民出身的革命者而言，打倒土豪劣绅不仅是一种剥削阶级与被剥削阶级的对抗，也是如英雄救美一般拯救爱人的行动。

这戏剧的结尾部分，胡荣生的各种阴谋盘算眼看就要得逞。潜伏在他家做管家的贵一揭发出他私藏的鸦片，并给其他革命者发出讯号。贵一说出自己的身份并揭露胡荣生的罪恶，却反被胡荣生开枪杀害。贵一在与胡荣生的厮打中试图号召仆从："各位，打！打死这土豪劣绅！……他是吸血精，是人类的敌人！……他吃了我们的血液，吃了我们的脑浆……他是我们的敌人，打，打死他！"① 而仆从畏惧于胡荣生的威吓不敢妄动。萧月林在乱中取了一把手枪与胡荣生对抗。这时，郑少梅与萧森带领农民革命武装出现。萧森与女儿萧月林合力开枪击毙了胡荣生。农民也搜出了鸦片向胡荣生讽笑："你还能够做土豪劣绅吗？还是和你的鸦片烟一同烧好。"② 被胡荣生开枪射伤的萧月林则疯狂地除下自己身上的花寇、衣服和宝石箱投向胡荣生，并边舞边唱出自己的悲惨身世和除掉恶魔的喜悦。最后，月林受伤死去。

在《打出幽灵塔》中，胡荣生不仅是盘剥农民的土豪劣绅，更是玩弄女性的恶魔。而女性既不是革命的浪漫点缀，也不再等着被男性革命者拯救。这部戏剧中，帮助郑少梅离婚走出家庭的是女性革命者萧森。一众男性打倒土豪劣绅的努力都以失败告终。结尾部分，女性化身侠士一般的人物，以近似于好莱坞电影般的最后一分钟营救模式杀死了作恶多端的胡荣生。女性不仅凭借自身力量完成了复仇，而且还带领着革命群众完成了打倒土豪劣绅的政治任务。

整部剧既贯穿着国民革命时期习见的打倒土豪劣绅的事例，也带有浓厚的女性解放运动色彩。作为农协委员的革命者萧月林在剧中表现出了歇斯底里的复仇情绪和强烈弑父的诉求。"打出幽灵塔"这个题目本身也充满着娜拉式的走出旧家的意味。《打出幽灵塔》的故事本身既是一个带有阶级对抗色彩的打倒土豪劣绅的故事，又是一个女性在革命中互相帮助、扶持，自我解放的故事。从中我们不难发现白薇个人情感经历的投射。

① 白薇：《打出幽灵塔》，第135—136页。
② 同上，第138页。

国民革命时期，在打倒土豪劣绅的热烈风潮之外，妇女运动同样得到了蓬勃发展。这个时期的妇女运动不再是一个孤立的存在，而与其他群众运动结合在一起。① 国民革命时期，妇女部、妇女协会等组织的建立和《妇女运动决议案》等纲领的发布，使妇女运动走上了制度化、组织化的轨道，也为女性婚姻自由和职业发展提供了保障。② 白薇本人也是国民革命中妇女运动的受益者。而在反映国民革命的文学创作中，妇女运动的题材却远不如打倒土豪劣绅受到现代作家的关注。在《动摇》中，妇女运动是劣绅为了满足个人欲望的产物。而在《打出幽灵塔》中，妇女运动成了打倒土豪劣绅的重要力量。白薇借着表现国民革命时期打倒土豪劣绅的风潮讲述了一个"娜拉"出走的故事。这在反映国民革命的文学创作中是十分独特的存在。

与《打出幽灵塔》类似，聂绀弩的小说《走掉》同样也是反映打倒土豪劣绅社会风潮的一篇比较特别的作品。聂绀弩1925年毕业于黄埔军官学校。他曾以黄埔二期的学员，和全体同学作为校长蒋介石的卫队，参加第一次东征，击溃陈炯明部。大队在战时结束以后离开，聂绀弩留在了海丰县城做政治工作，后来担任了海丰农民运动讲习所的教官兼政治部科员。③ 作为国民革命的亲历者，聂绀弩也以小说的形式表达了自己对于当时打倒土豪劣绅运动的感受。《走掉》的具体时代背景是以东征结束后这一带地区的民众运动。从聂绀弩的个人经历来看，这篇小说似乎颇带有一点个人自传的兴味。

小说中，东征的大军克复了很多地方。尚未参战的第二期学生军在大军之后连日追赶。学生军中的麦其佳不堪行军之苦，装病不肯走，于是被队长送到了新成立的农民武装队做事。麦其佳带着一点羞辱感离开行军队伍，到农民武装队去谋职，却遇到了自己的老同学班卓。在麦其佳看来，班卓身强体魄，是天生的军人胚子，就是头脑简单。玩不来笔杆子的班卓也十分高兴麦其佳的到来。麦其佳在农民武装队开始了忙碌的工作："一种新鲜的空气围着他，使他浑身的血液都活泼起来。他觉得很惭愧：觉得自己一向都是个怯懦的，自私的人。"④ 麦其佳开始认真的给农民上课，大量地写文章，各个民众团体的宣传

① 青长蓉等编著：《中国妇女运动史》，成都：四川大学出版社，1989年，第85页。
② 参见顾秀莲主编.：《20世纪中国妇女运动史》（上卷），北京：中国妇女出版社，2008年，第202至211页。
③ 参见聂绀弩：《聂绀弩自叙》，周健强编：北京：团结出版社，1998年，第179—213页。
④ 聂绀弩：《走掉》，见聂绀弩：《聂绀弩全集》第6卷；《聂绀弩全集》编辑委员会编，武汉：武汉出版社，2004年，第24页。

都归他写，常常一夜都不能睡觉。而他却真心的感到了为群众工作的快活。

在人山人海的五一节群众大会上，麦其佳不再穿着长满虱子，又脏又臭的丘八衣服，而是和班卓一样，穿上了崭新的军装，皮带、皮鞋、皮裹腿都是新的，擦得发亮。麦其佳不仅配齐了当时流行的"三皮主义"的行头，他的工作也得到了赞扬。在群众的大游行中，麦其佳真心地因为自己的工作成就感到高兴。

然而，游行结束后疲惫不堪的麦其佳却难以入眠，总是想起群众大会上揪斗土豪劣绅的场面。群众大会上，当地能号召几千、几万农民，最有实力的革命者海遁站在台上演说。在麦其佳的眼中，海遁是新时代的英雄。他的风采和言谈都让不轻易向人低头的麦其佳佩服。麦其佳也突然发现讲台上站着一个双手反绑，背上插着白纸标，用红字写着土豪劣绅的老头子。这个老头子"胡子尺把长，长得一副蛮和善的面孔"①。麦其佳想起来，这个老头子正是一个礼拜前，麦其佳领了农民武装的命令，带人到乡下抓来的。在海遁极富煽动性的演讲后，他指向了田南山说："他，田南山，是土豪劣绅，是大军阀田光辉的叔子，他强占农民的土地，他放高利贷，他当讼棍，最近他还勾结田光辉私运军火，想消灭农民的武装。"② 在会场响起的发狂似的"打倒"的吼叫声中，海遁用竹条抽打起土豪劣绅田南山。麦其佳看到了"那老头子低着头，咬紧牙齿，脸上挂着汗跟眼泪，打一下，他就往前窜一下，站都站不稳，别人扶住他"③。接着海遁要田南山喊："我是土豪劣绅，我是反革命，我该打倒！"④老头子不作声，海遁就一次次地鞭打。最后禁不住鞭打的田南山撕破嗓子还是喊了出来。

当时的场景，满场跑的麦其佳并没有注意，但静下来以后，这些场面开始搅扰着他："听，那老头子的声音，压倒了几万人的声音。那是求救的、绝望的、垂死的声音，没有一种声音有这样惨。"⑤ 于是，在麦其佳的心里，海遁不再具有英雄的姿态，而是一个凶恶的，粗野的家伙。这样的场面也成了麦其佳挥之不去的阴影，让他感到了海遁的竹条似乎就是抽在自己身上。"何消说，土豪劣绅该打倒，革命的障碍该铲除的。但是千千万万的理论，敌不住老头子

---

① 聂绀弩：《走掉》，见聂绀弩著：《聂绀弩全集》第 6 卷，《聂绀弩全集》编辑委员会编，第 26 页。

② 同上。

③ 同上，第 27 页。

④ 同上。

⑤ 同上。

那苦痛的脸，那悲惨的声音！他战败了。"①

第二天早晨，麦其佳给老同学班卓留了一封信，就离开了。在信中，麦其佳向班卓说道："脆弱的心，就是看电影也要流泪的，何况身临其境？你知道我的父亲当国民党，被人抓去杀了。我的家境日坏，母子无依。我那时虽小，但是还记得母亲的眼泪！谁想起我自己还会去捉人家的父亲呢？"② 而班卓却完全无法理解麦其佳推己及人的人道主义精神，愤怒地将信撕得粉碎。小说也至此完结。

《走掉》中对革命民众的描写与《尘影》和《动摇》是十分类似的，都充满了狂热的情绪和暴力的冲动。不同之处在于，《走掉》中的革命者全然没有《尘影》中县党部主席熊履堂那样的理性缜密和对民众激愤情绪的克制。他们是疯狂民众情绪的制造者和暴力的执行者。《走掉》中革命者对土豪劣绅田南山的描述也是一种政治上对土豪劣绅界定的再现。但小说中却没有任何被称为土豪劣绅的田南山作恶的细节，反倒让他看起来只是个垂垂老矣，面相和善的老人。在面对民众革命运动时，他全无还手之力。

《走掉》中，青年革命者麦其佳对打倒土豪劣绅的观感也代表了国民革命时期一部分人对民众运动的看法。毛泽东同志在《湖南农民运动考察报告》中，就谈到，有人为指出农民运动中的"过火"，"造出'有土必豪无绅不劣'的话，有些地方不到五十亩田的也叫他土豪，穿长褂子的也叫他劣绅。'把你另入册！'向土豪劣绅罚款捐款，打轿子。若是反对农会的土豪劣绅家里，一群人滚进去，杀猪出谷。土豪劣绅的小姐少奶奶的牙床上也可以踏上去滚。动不动就捉人戴高帽游乡"③。报告中并没有否认这种现象的存在。但认为这些事情"都是土豪劣绅、不法地主自己逼出来"④。同时也指出了激烈民众运动对于完成国民革命使命的重要意义："革命不是请客吃饭，不是做文章，不是绘画绣花，不能那样雅致，那样从容不迫，文质彬彬，那样'温良恭俭让'。革命是暴动，是一个阶级推翻另一个阶级的暴烈的行动。……必须建立农民的绝对权利，必须不准人批评农会，必须把一切绅权打倒在地，把绅士打在地下，甚至用脚踏上。所有过分的举动在第二时期都有革命的意义。质言之，每

---

① 聂绀弩：《走掉》，见聂绀弩著：《聂绀弩全集》第6卷，《聂绀弩全集》编辑委员会编，第28页。
② 同上。
③ 毛泽东：《湖南农民运动考察报告》，第5页。
④ 同上。

个农村都必须造成一个短时期的恐怖现象，非如此不能镇压农村反革命派活动，决不能打倒绅权。"①

《走掉》中麦其佳从事的是国民革命中的宣传工作，理论上，他明白打倒土豪劣绅这种民众运动的革命意义。但是当他身临其境时，这种民众运动的暴力与恐怖还是使他不堪忍受。麦其佳在给老友班卓的信中谈到，他至今佩服革命者海遁的精神，但是"其性格粗暴，不脱草泽臭味，未始非读书太少之过。此间青年，均唯恐不似海遁，于是我只有孤独，我的心早已走了"②。小说中的麦其佳显然没有感到农民运动的"好得很"，而感到了与这种革命行动的隔膜和抗拒。聂绀弩本人的父亲民国以来因为革命而坐过几次牢，有一回险些丧命。③ 小说中，麦其佳对待打倒土豪劣绅事件的心境也带有作者自己的情感经历投射。中国现代文学中，关于打倒土豪劣绅的书写不少，但很少有《走掉》这样展现出这一运动中充满人道主义精神的知识分子面对暴力革命时脆弱而善良的心。

四、劣绅与民国的基层政权

随着国民革命的退潮和南京国民政府的建立，打到土豪劣绅的大规模群众运动也逐渐消退。而南昌起义后，中共武装控制的地区，打倒土豪劣绅的运动仍在继续。1928 年 1 月，在毛泽东同志的领导下，工农革命军攻克江西遂川县城。在县工农政府公审土豪劣绅的群众大会上，毛泽东受邀写了对联："你当年剥削工农，好就好，利中生利；我今日宰杀土劣，怕不怕，刀上加刀。"④从这幅简短的对联中，我们依旧能感受到中国现代文学中常见的关于打倒土豪劣绅故事的基本情节。江西一带的革命根据地还演出了红军以武力帮助农民打倒土豪劣绅的短剧。⑤

在国统区，一场以革命命名的文学运动中，关于打倒土豪劣绅的文学书写也仍在继续。作为政治口号的"打倒土豪劣绅"和现实中的土豪劣绅依旧存在，并持续对中国现代文学发生影响。蒋光慈曾以华希理的笔名谈及革命文学

①　毛泽东：《湖南农民运动考察报告》，第 6 页。
②　聂绀弩：《走掉》，见聂绀弩著：《聂绀弩全集》第 6 卷，第 29 页。
③　聂绀弩著；周健强编：《聂绀弩自叙》，第 8 页。
④　季世昌编著：《毛泽东诗词鉴赏大全》，南京：南京出版社，1994 年，第 642 页。
⑤　《中央苏区戏剧》中的《打土豪》《旧世界》等剧目，见汪木兰、邓家琪编：《中央苏区戏剧》，南昌：百花洲文艺出版社，1992 年。

的题材问题："革命文学的范围很广，它的题材不仅只限于农工群众的生活，而且什么土豪劣绅，银行家，工厂主，四马路野鸡，会乐里长三，军阀走狗，贪官污吏等等的生活，都可以做革命文学的题材。"① 在《离开我的爸爸》一文中，青年作家顾仲起（茅盾的小说《幻灭》中强惟力的原型）以与亲爱又憎恨的父亲诀别的书信，控诉了剥削阶级的罪恶，并表示要投入无产阶级运动之中。文中，作者写道："我曾见过诚实，善良，同时又野蛮，凶暴的武装农民，然而我也曾见过这班武装农民做了土豪劣绅的傀儡……"② "土豪劣绅"逐渐从国民革命时期的一种政治词汇成了现实社会中的一种社会阶层。一方面，现代作家中有不少人都是国民革命的亲历者，打倒土豪劣绅的故事常常成了这些作家在书写国民革命时不可或缺的情节。另一方面，社会现实中，劣绅对农民的压迫也成了革命文学的一类重要题材。在这些文学创作中，乡村的衰败和农民生活的困苦都指向了土豪劣绅的压迫和盘剥。

郭沫若也曾根据自己国民革命时期的经历，创作了长篇小说《骑士》。小说原题为《武汉之五月》于1930年写成，全稿在十万字以上。1937年整理后曾分期发表在东京一部分学生创办的《质文》杂志上。杂志仅出两期就被日本警察禁止。之后，《骑士》的稿件丢失。我们现在能看到的《骑士》仅是《质文》杂志所登载的部分。③《骑士》中直指了革命阵营内部尤其是军官群体存在的各种弊病。小说的主人公杰人在给佩秋的信中就谈道："天天在喊铲除贪官污吏，我们的'领袖'们哪一个不是新的贪官污吏？天天在喊铲除土豪劣绅，我们的'领袖'们哪一个没有和土豪劣绅勾结？"④ 但由于《骑士》现存的篇幅太少，无法了解小说的具体内容。

中共早期党员王任叔（巴人）也是国民革命的亲历者。当时，他受到蒋介石的亲自邀请在北伐军总司令部任职。他曾以赵冷的笔名发表了小说《唔》。小说中，国民革命的风潮刚刚兴起时，住在孤乡僻壤的王老三并没有太多的感

① 华希理：《论新旧作家与革命文学——读了文学周报的〈欢迎太阳以后〉》，《太阳月刊》1928年，第4期，第20页。

② 顾仲起：《离开我的爸爸》（写于1928年2月15日），《太阳月刊》，1928年第4期，第8页。

③ 郭沫若：《〈骑士〉后记》（原文见于上海海燕书店1947年版《地下的笑声》），上海图书馆文献资料室，四川大学郭沫若研究室编：《郭沫若集外序跋集》，成都：四川人民出版社，1983年，第78页。

④ 郭沫若著作编辑出版委员会编：《郭沫若全集·文学编》第10卷，北京：人民文学出版社，1985年，

觉。败亡过境的南军北军的勒索和掠夺也与他这样赤条条的穷汉无关。直到一队队学生军拿着标语口号零星地来到乡间演讲,这位平时只会回答"唔"的穷苦农人在一次无意中听了演讲之后,他的生活和思想开始起了变化。"你们应该知道,你们一生的勤劳,所得的还不足供一家的温饱,这终究是什么缘故?"① 演讲者的一番话使王老三想到了一家人辛劳而窘迫的悲惨生活。"种田的农人,平时,受田主的压迫是多么利害呵……事实上,还有大租,小租,……田主方面要付相当的租,掮客也似小田主?……我们劳动所得的是什么呢……"② 这一番演讲内容又再次刺着了王老三的心。三年前的王老三租种着五先生的田,交完了大租还要给小田主斐林先生交小租。根本弄不清两个田主之间关系的王老三一家勤勉地劳作交着大小田租。在两个田主的盘剥下,交不起租的王老三不得不抵押了房产,过着愈发潦倒的生活。在这些革命青年的宣传鼓动之下,王老三和其他农人一起加入了农民协会,开始争取自己的利益。

受到革命启蒙的农人决定再也不作当地绅士的工具,用自己的性命护卫他们的财产。农民抢来了当地民团的枪支组成了农民自卫军。王老三因为枪法是村里最好的,于是做了农民自卫军的队长。王老三一家也搬出了凉亭,住到了农民协会所在的祠堂里。"他们,农民自卫军的纪律都很好。每晚,他们派了人在村间的要塞的路上巡逻着。他们农民协会又贴出了种种口号:'打倒土豪劣绅……压平米价……清算公款公产,……集合公款组织农村经济合作社……'"③ 在农民运动中,王老三的生活和地位得到了极大的改善。

小说中,农民运动的斗争对象土豪劣绅斐林先生是读过书的,举动文雅,有学者气度。斐林先生是帝制时代绅士的典型:因具有文化资本而获得了掌控地方的权利。他自己有一定的土地,并以土地经营获得收入。清季为了应对动荡的局势,地方绅士开始自筹经费办团练。民国以后,地方绅士开始更多地掌握武装力量,以办民团等方式维持地方治安。斐林先生就是掌控地方武装的绅士,民团的枪支都存放在斐林先生家里。斐林先生借了办民团的名义,把宗祠,庙宗,各种公款中饱私囊。这也是清季以来,绅士敛财的常见手段。革命者进入地方以后,指导员直接把斐林先生归入了土豪劣绅,指出了"打倒土豪劣绅,就是我们农民革命工作之一"④。而这个是政治上被归为土豪劣绅的当

① 赵冷(王任叔)《唔》,《太阳月刊》1928 年第 4 期,第 14 页。
② 同上。
③ 同上,第 18 页。
④ 同上,第 17 页。

地绅士，在小说中却一直被称为"斐林先生"。他也并没有在革命中受到太大的冲击。唯一一次与农民的冲突也仅仅是经济上一点小小的损失。斐林先生想把自己的谷子偷运到村外以应对农民协会平定谷价的政策。这一举动被王老三发现并制止。尽管农会按照公平的价格买了这批谷，但斐林先生还是恨极了王老三。

变动发生以后，农民自卫军被解散。绅士斐林先生仍旧出来改组农民协会，处理一村事务。斐林先生看似以读书人的气度，并不为难了王老三，只是让他全家仍旧搬到凉亭里去住。斐林先生这个掌控地方的传统绅士恢复了原来的权利，又开始办起民团，自己便是团总。王老三也最终被民团率领着的驳壳枪队抓捕。他与大批革命青年一起遭到了酷刑并被枪决。

《唔》的整体基调柔和，故事波澜不惊。小说中甚至有对乡村恬静景色的细腻描写。被归为土豪劣绅的斐林先生也没有出现大奸大恶的行为。农民则麻木地缴纳着捐税。而小说中革命风潮开始后，也没有轰轰烈烈的民众运动，一切都进行得平和而有序。打倒土豪劣绅在这里更多的以一种政治口号的形式存在。作者更致力于展现农民王老三的淳朴善良与革命青年的可敬可爱。

革命文学中的一部扛鼎之作——蒋光慈的《咆哮了的土地》也同样是以国民革命时期反抗土豪劣绅的运动为主题。在这部小说中，土豪劣绅开始以群体的形式出现。乡里李家楼的李大老爷是一方最有名望的绅士，乡间的统治者。与他类似的还有周二老爷、何松斋、张举人几位地方绅士。同类题材的作品往往是书写农民阶层集体对付一个政治上被定为土豪劣绅的恶霸。这部小说则表现了农民与社会现实中旧式绅士群体的抗争。

小说中，张举人这个称呼，直接反映了他作为绅士的文化资本是源于清代科举考试所获得的功名。至于其他几位在绅士资格的获得上，小说中并没有做具体的交代。但小说中绅士与地主的身份界限依旧是明确的。乡里的有钱人胡根福虽然在政治上被归为土豪劣绅，但在实际生活中却并没有获得绅士的身份和地位。当绅士李大老爷的儿子李杰回乡办农会发起革命运动后，当地绅士们聚到李家老楼商量对策。但是，像胡根福这样没有绅士地位的富人，却没有管理地方的资格，而只能做绅士们手下的执行者。对此，不仅是绅士阶层有这样的认识，在乡里一般的民众看来也是如此。农民王贵才就告诉绅士家的小姐何月素说："张举人有势，胡扒皮（胡根富）有钱，平素他们是我们乡间的霸王。"① 在乡土社会中，钱与势曾长期处于一种分离的状态。具有科举功名的绅士，未必拥有财富，而拥有财富者在缺乏绅士身份的情况依然无法享有较高的社会地位和权力。虽然随着科举制度的废除，这种"钱"与"势"之间的界限逐渐模糊。国民革命中，土豪劣绅的身份划分在政治层面杂糅了绅士与不具备文化政治身份的有产者之间的界限。农民运动的兴起，又加速了有钱与有势者的结合。在《咆哮了的土地》中，作者既表明了绅士与庶民地主之间的区分，也表现出两类人群的融合。小说中，民众反抗土豪劣绅的运动也体现为了对乡土社会"钱"和"势"两方面的重塑。

地方上最有势力的绅士李大老爷家的大少爷李杰以革命者的身份返乡，带领农民反抗自己的父亲。另一位绅士何松斋的侄女，接受了新式教育的小姐何月素，把叔叔的阴谋告诉农民运动的领导者，甚至也加入到农民革命的队伍中来。这种政治行动本身，也打破了推崇儒家伦理观念的绅士阶层固有的家庭人伦秩序。不过，农民协会建立之初，除了喊喊口号以外也未对当地绅士有实质性的打击行动。但是，"农会的势力渐渐地扩张起来了。地方上面的事情向来是归绅士地保们管理的，现在这种权限却无形中移到农会的手里了。农人们有什么争论，甚至于关系很小的事件，如偷鸡打狗之类，不再寻及绅士地保，而却要求农会替他们公断了。这末一来，农会在初期并没有宣布废止绅士地保的制度，而这制度却自然而然地被农会废除了。绅士地保们因此慌张了起来，企图着有以自卫。如果在初期他们对于农会的成立，都守着缄默不理的态度，那么他们现在再也不能漠视农会的力量了。在他们根深蒂固地统治着的乡间生活里，忽然突出来了一个怪物，叫做什么农会！这是一种什么反常的现象啊！……"②。

而被乡人称为胡扒皮的胡根富到农会闹事不成，反被捉起来问他的两个儿子借钱。两个儿子虽然心疼钱，也只能把两百块大洋奉上。"如果在往时，那他们两个可以求助于地方上的绅士，可以到县里去控告；但是现在李大老爷和张举人等自身都保不住，……"③ 绅士阶层在地方的失势也伴随着他们对地方政府官员影响力的削弱。从前，李敬斋递张名片到县里，就可以在乡里抓人。一群绅士在李敬斋家商量对策、讨论时局时，"有的抱怨民国政体的不良，反

① 蒋光慈：《咆哮了的土地》，《蒋光慈文集》第2卷，上海：上海文艺出版社，1983年，第325—326页。
② 同上，第270页。
③ 同上，第283页。

不如前清的时代。有的说，革命军的气焰嚣张，实非人民之福。有的说，近来有什么土地革命，打倒土豪劣绅等等口号，这简直是反常的现象……"①。无论是清季的立宪还是辛亥革命时期各地的光复，再到民国初年的地方自治运动，绅士阶层始终能够保全自身在基层社会的统治地位。而国民革命却改变了曾经在各种动荡变革中屹立不倒的绅士地位。

不仅如此，农会的存在悄无声息地夺去了绅士阶层在地方的司法和行政权限，还逐渐改变了乡里的人际关系格局和农民的思想状态。革命的风潮波及乡下之前，农民们羡慕绅士家的财富与地位，但却把这种贫富差距归于天命一类的人力所不能及的因素。由此，农民把自己的辛劳贫困，绅士的安闲富足都视为理所应当。李大少爷让农民不要再给自己家交租时，对自己的小主人十分尊敬的佃户王荣却不但劝他回家和李老爷和好，还说"至于说不交租的话，大少爷你能够说，可是我们耕人家的田的绝对不敢做出这种没有天理的事情！……"②。帝制时代，绅士与佃户之间也曾有过十分亲厚的关系。向培良的小说《缥缈的梦》中，佃户陈老爹就常常给田主家送自家的土产，还常给少爷讲故事。蹇先艾的《到家》中，苏少爷家的墓地都是由佃户自觉看守维护。丁玲的《母亲》中曼贞就不喜与江家一个本家的阔太太杜淑贞来往。因为这家人田地不少，一年七八千租，但是对待穷苦人刻薄残忍。以至于江家各房都不与他们往来："我们虽说也靠田上吃饭。可总是读书人，百事都还讲点恕道，也讲点礼貌。她们那边，真是不堪闻问。……"③

这种和谐的关系自然基于传统社会，正派绅士在地方公益和地方利益维护上发挥的重要作用。虽然绅士身份可以通过捐纳取得，但是读书人依旧是绅士阶层的主体，也多少会在一定程度上对儒家道德有所尊崇践行。而清代社会中，土地并不是绅士阶层最主要的经济来源。④ 佃户没有受到太苛刻的盘剥也是这种关系得到良性维持的原因。在清季民初的社会变革和政局动荡中，这两方面原因都不复存在，但是一些老辈农民的思想状态依旧没有改变。

农民协会的成立和农民运动的开展却在根本上改变了农民对社会运行规律的认识。李大少爷和受到革命知识青年思想影响的矿工张进德开始向农民灌输一种新兴的社会规范。农民开始意识到绅士阶层的不劳而获和自己的勤劳贫苦

---

① 蒋光慈：《咆哮了的土地》，《蒋光慈文集》第 2 卷，第 276 页。
② 同上，第 225 页。
③ 丁玲：《丁玲全集》第 1 卷，第 196 页。
④ 张仲礼：《中国绅士的收入》，第 185 页。

正是因为前者的压迫剥削。这种思想转变的形成并不完全得益于经济上的补偿，而也由社会关系地位的改变所引发。代表势力的张举人和代表金钱的胡根富被农会抓起来戴高帽游街。张举人是一乡的董事，被民众抓去游街后不久就气愤而死了。其余的两个绅士李敬斋和何松斋闻风逃到城里去了。正是这种对地方原有的掌控者绅士阶层尊严的打压，让农民的心态得到了质的转变："这金钱势力并不是神圣不可侵犯的，只要乡下人自己愿意将代表势力的张举人和代表金钱的胡根富打倒，那便不会没有打不倒的情事。"① 这种变化甚至让革命者自己都发出了惊叹。李杰就想到："在这乡间，土豪劣绅们失去了势力，乡人们开始意识到有走上新生活的道路的必要。这当然不是小事，这是自有人类历史以来的一种非常现象啊！"② 叙事者也在小说中感慨："如果运命这东西是有的，那现在便是土豪劣绅们的运命不佳的时代了。"③ 在这里，我们不难发现，政治语境中的土豪劣绅与历史语境中劣绅是分离的。革命运动的风潮把原本有钱无势的土地主和有钱有势的绅士阶层逐渐归为了一个与民众敌对的政治意义上的阶级。

国民革命退潮以后，文艺界发生了成仿吾称之为"从文学革命到革命文学"的转变。五四时期，文学作品中追求个人解放的主题逐渐被阶级解放的题材所取代。而革命文学中惯用的"革命＋恋爱"模式，正体现了中国现代文学这种题材转换时期的某种过渡形态。早在白薇创作于 1927 年夏的戏剧《打出幽灵塔》中就已经在无意识层面将打倒土豪劣绅这样的阶级斗争题材，与女性冲出旧家，追求个人解放的题材结合起来。不过"革命＋恋爱"的代表还是首推蒋光慈。《咆哮了的土地》较之他之前的作品而言，把"革命＋恋爱"的模式拔到了一个新高度。

小说中的主人公之一，绅士家的大少爷李杰恋上了农家女玉姑。出于在个人婚恋问题上对自由的追求，李杰与旧式绅士家庭发生了父与子的冲突，并离家出走。这样的桥段是五四时期婚恋小说中所惯用的。不同之处在于，李杰接受了革命思想之后，回到乡里开展农民运动。在革命的过程中，李杰对已去世的农家女玉姑的妹妹毛姑也产生了好感。同时，加入农会的绅士家庭的小姐何月素也在革命工作中对李杰产生了爱恋。这两位绅士家庭走出的知识青年，为了更崇高的事业都压抑了自己个人的情感。矿工出身的革命者张进德也对何月

---

① 蒋光慈：《咆哮了的土地》，《蒋光慈文集》第 2 卷，第 330 页。
② 同上，第 355 页。
③ 同上，第 330 页。

素暗生情愫,却心存自卑不敢表白。但这种感情并没有发展成恋爱,也全然不是茅盾小说中那种国民革命时期纠缠不清的男女关系。小说的结局中,绅士家庭出身的李杰在下山攻打民团的争斗时中枪身亡是一个有意为之的设计。至此,无产阶级出身的工人张进德接替小资产阶级出身的大少爷李杰成了农民武装力量的领袖。绅士家的大小姐、洋学生何月素"在张进德的怀抱里开始了新的生活的梦……"① 张进德带领着农民走上了武装反抗的道路,与各地的农民武装联合在了一起。

这部小说既表现了打倒土豪劣绅与个人幸福的关系,这点与白薇的《打出幽灵塔》类似,但又牢牢地把握了正确的政治导向。绅士家庭出身的革命者李杰,是被划为小资产阶级的一类人,是被打上软弱、动摇的印记,在政治上不合格的群体。李杰的死让无产阶级张进德顺理成章地成为革命事业的领导,也为绅士家庭的大小姐何月素与张进德的爱情铺平道路。小资产阶级和无产阶级以爱情的方式达成了某种结合。这种结合选择了更柔弱的女性何月素,而不是革命军人出身的李杰,也更凸显了无产阶级的领导地位。

《咆哮了的土地》结构精巧,多条线索交织如行云流水,杂而不乱。作者不追求对国民革命的深入理性分析,而追求以鲜活的充满叙事性和趣味性的方式,表现乡下的本地人士在革命风潮下的活动。小说中的"乡"成了一个相对独立的叙事空间。斩断了缠绕于国民革命中错综纠葛的政治关系,重在展现乡里世俗的、日常的人际关系。佃农与绅士、地主,少爷与村姑,工人与小姐,地痞无赖等各类乡民的多条生活线索和交错的爱恨情仇都在小说中生动呈现。蒋光慈对地方绅士的集体展现也稍微摆脱了土豪劣绅的政治观念下这类人的刻板形象,并对绅士与庶民地主做了区分。在这里,农民不全是在打倒土豪劣绅斗争中被革命者启发的饱受压迫的可怜人,也不再是以集体形式出现的盲动暴力的民众。农会中每个农民的性格迥异。作者甚至不避讳农民的缺陷和坏习惯以及一些农民品性方面的瑕疵。小说既写出了农民的质朴而善良,也写出了地痞、流氓、无赖的逐步转变和道德品质的提升。革命者为了革命事业对个人情爱的放弃也是同类题材作品中少见的。而贯穿于小说中的还有极富乡土韵味的山歌。恋爱与革命被完满、自然地融合在一起。可以说,这是一部富有情味的革命文学作品。

然而,小说看似附和"政治正确"的安排也现出了一丝吊诡的意味。矿工出身的张进德在农民当中是缺乏威信的。农民参加农会,找农会解决问题,看

---

① 蒋光慈:《咆哮了的土地》,《蒋光慈文集》第2卷,第407页。

中的是李杰李家大少爷的地位。李杰开展革命工作的政治资本来自于受过新式教育和革命洗礼。但对于基层社会的民众而言，李杰的优势在于他所反对的政治上被定为土豪劣绅的父亲李敬斋是一方最有名望的绅士。在清代，无论是法律还是现实中，绅士的声望和特权都能够与家人共享。民国以后，尽管这种制度保障被取消，但民众的心理依然保有对这种社会秩序的认同。在蒋光慈笔下，国民革命中打倒土豪劣绅的运动依靠着绅士家庭中走出的革命青年，依靠着父辈绅士的威势来带领民众施行。

　　蒋光慈笔下的打倒土豪劣绅运动没有以暴力方式直接杀死绅士。以科举功名作为文化资本的张举人却不堪忍受游街示众这种"有辱斯文"的行为，义愤而死。帝制时代，举人这样拥有较高层次科举功名的人属于绅士中的上层，享有较高的社会地位和特权，法律也保卫绅士的权威地位不受平民的侵犯。国民革命中，张举人受到的待遇在同类题材的文学创作中不算得怎样严重，但却极大地刺伤了帝制时代上层绅士的自尊心。拥有文化身份的绅士减少以后，一些在帝制时代地位不高的人群开始填补空缺。小说中的庶民地主胡根富这样一听名字就能感觉到文化资本匮乏的乡村有产阶层在革命风潮退去之后，更多地参与到地方政治中来。而受到农民武装力量打击的传统绅士也开始重视以武装力量的建设保卫私产。何松斋和李敬斋两个绅士在东乡筹办民团，开始以武力围剿农民自卫队。农民武装到了大山中保存实力，而地方却又还是回到了绅士的掌控中。蒋光慈在有意无意中透露出了传统绅士阶层对革命运动不可或缺的积极意义，也揭示了绅士阶层掌控地方这种旧有秩序的积习难改。

　　茅盾的《动摇》和黎锦明的《尘影》这样及时反映国民革命的作品，带有鲜明的社会分析色彩，并试图找出国民革命失败的原因。郭沫若的《骑士》仅存一小部分，但也不难看出作者分析革命阵营内部弊病的诉求。但是，在许多革命文学作品中，创作者已经对反思国民革命没有太多的兴趣了，而更致力于展现农民受到的阶级压迫并鼓动阶级斗争。

　　在这些对国民革命的文学书写中，政治语境下的土豪劣绅与社会现实中存在的劣绅有时表现出了一种黏着和交融，而有时又处于一种若即若离的状态。这类题材的革命文学创作也逐渐显现出两种趋势：一些创作者开始更多地关注现实状态下的地方绅士，而一些创作者则试图逐渐去除绅士本身的文化身份和社会管理功能，使之呈现为纯粹的土地和高利贷剥削者。

五、反绅浪潮与新文学的革命转向

国民革命的风潮过去以后，乡村社会的权力再次回到长期掌控地方的绅士手中。乡村绅士一方面继续着帝制时代掌控宗族势力和司法诉讼的权威。一方面又因民国初年的一系列自治运动获得了更多的地方权力，文化身份逐渐淡漠，地方强权特征不断强化。① 国民革命退潮以后，一些地方绅士甚至开始进入国民党的基层党组织，以政党权威强化自己对地方的控制。除了土地经营的剥削压迫之外，地方劣绅以捐税的收取盘剥农民的情况也在文学中得到了更多的反映。

华汉（阳翰笙）的《深入》就写了农会被叛军打散后，再次秘密集合起来反抗土豪劣绅的故事。小说中，农会提出减租的政策曾让贫苦农民看到了一线生机。政治变动对农民运动的冲击，却让农民的生活继续归于绝望。大地主王大兴依仗着自己的亲家钱文泰是乡董②，依靠着政府的行政力量和警察局这样的现代国家暴力机关威逼佃户交租。因为收成不好交不上租的老罗伯父子被王大兴抓进牢房关押了几天。佃农老罗伯对田主王大兴有满满的仇恨，却又无力反抗。农会的秘密组建再次为农民带来了希望。在农会会长汪森和镇上小学教师梁子琴的领导下，农民冲击了当地警察，打死了警察局局长胡奎、大地主王大兴、乡董钱文泰。

小说中，国民革命期间"打倒土豪劣绅"的政治术语虽然依旧为农民运动的领导者频繁使用。但农民在政治活动之外都将被归土豪劣绅的一类人称为田主，农民对绅士的身份意识变得十分淡漠。而被归为土豪劣绅的一类人还是带有一种绅士的自我认同。王大兴和钱文涛被农民运动当作土豪劣绅的代表，而农民运动所针对的对象不仅包括这两个人，也还指向了镇上所有的土豪劣绅。梁子琴在农会密谋暴动的会议上报告镇上情况时，就谈到"每个土豪劣绅的家中都有防身的武器，他又说警察局的形势如何……他把镇上一切的武装情形，

---

① 王先明：《变动时代的乡绅——乡绅与乡村社会结构变迁》，北京：人民出版社，2009年，第118—119页。

② 清代，南方各省县以下基层行政组织为乡，乡置"乡董"为一乡之长，总理全乡事务。北洋政府时期，乡的自治组织称"乡董"，其主官一人亦称"乡董"。掌乡议员之选举及议事之准备，执行乡议事会议之决议，执行县委办事项。此官由本乡议事会从本乡选民中选任。任期二年，可连选连任。也有一些历史研究将乡董视为绅士。

交通情形，和一切土豪劣绅的家中情形都详细的说明了。……"① 在这里所指的土豪劣绅似乎也包括了镇上托付乡董钱文泰打压农民运动的一众绅商。小说中，地主、田主、乡董、绅商、土豪劣绅混杂在一起，意义模糊。土豪劣绅的罪名也简单地集中于了对农民的经济盘剥。

此外，《深入》中也无意中表现出了国民政府建立后在依靠绅士管理地方事务时，绅士借着新政策对普通民众的进一步打压。本该由富人承担的国库券，就由乡董派发到了靠种田过活的人身上。国民政府成立后，农民在忍受绅士的常规威势之外，还受到了新形式的盘剥。

清代社会中，征收赋税和维持治安的实际执行人是被称为胥吏一类的贱民。这是被禁止参加科举考试的一类人。操此业者不被视为君子，反倒大多是品行不端的小人之流。② 这种职业本为绅士阶层所不齿。清代后期，政府为了应对太平天国起义和对外战争赔款带来的困难，开始加大通过捐纳异途获得科举功名和官职的名额。在战事中获得保举的而能够进入官场的人也日益增加。③ 清季的下层绅士迫于生计或为牟利开始进入图董、地保等杂役，取得了直接支配乡里的权力。④ 而这批人本身并不具备较高的素质，加之在社会的动荡转型中缺乏相关权利约束与制衡，基层社会绅士阶层的急剧劣质化成了一种普遍的社会现象。进入民国以后，政府一直没有建立起完备的基层社会管理组织。经过国民革命时期对劣绅的短暂冲击以后，原本控制地方的绅士阶层卷土重来。政府的捐税又成了劣质化的地方绅士压迫农人，中饱私囊的新手段。

杨邨人的小说中《藤鞭下》中，K省东江乡下的六爷就反映了这一类绅士的特征。"K省东江的地方，乡下的祠堂最多，绅士们住的祠堂，大都就是这乡村的法庭，或是公署。六爷住的祠堂在村里的中央，一切民事刑事，要上县里的，要先经过六爷这个衙门审问一遭，看可以判决的六爷就判决下去，判决公道不公道，谁都应该服从，双方还要送礼呢。"⑤ 除了传统绅士包揽诉讼的特权外，六爷还靠着当民团团总的威势，担任着县城捐税军饷的征收之权，并以此图谋私利。小说为了躲避当局的审查，用"X"来代替"党"字，但明眼

① 华汉：《地泉》，上海湖风书局，1932年，第66页。
② 参见瞿同祖：《清代地方政府》，范忠信、晏锋译；徐茂明：《江南士绅与江南社会（1368—1911年）》，第150、151页
③ 张仲礼：《中国绅士——关于其在十九世纪中国社会中作用的研究》，李荣昌译，第97页。
④ 徐茂明：《江南士绅与江南社会（1368—1911年）》，第151页。
⑤ 杨邨人：《藤鞭下》，《太阳月刊》1928年第4期，第12页。

人很容易看出作者的具体所指。六爷是当地党部的常委。借着收缴清党爱国捐的机会发财。他更利用这种与政党的关联，以政治迫害为威胁，征收税款。"他对于有钱的人家，说他的一个子弟在县里中学读书，已经被人发觉有反动嫌疑了，如果在这里缴多一点的捐款，他可以用 X 部名义上县去担保解释，不然的话，你家里不缴这爱民清 X 捐，你便是反动派，子弟不但可以证实是有反动嫌疑，而且更可证实是反动派了。他对于没钱的人家，比如农民和打渔的，那他恐吓的方法更高明！你农民不缴捐款，你便是入了农会的人了，农会是反动派，你也是反动派了，不缴捐款，送到县里去。打渔的不缴捐款，你便是通了农会，你便是反动派，也送到县里去"①。小说中，老七老八是乡下贫苦的农民，饱受苛捐杂税的痛苦。就连绅富税都强加到了他们头上。缴不出钱的穷苦农民和渔民被六爷吊在石柱子上，用藤条毒打。乡民们只能愤怒而沉默的承受地方劣绅的压迫。

《藤鞭下》的六爷不再被冠以土豪劣绅这样的罪名，而以绅士这样社会现实中的称呼出现。"土豪劣绅"这种充满政治意味的词汇开始逐步淡出革命文学。民国时期，大量存在的劣质化绅士开始摆脱政治术语的干扰，以更丰富、生动的形态出现在文学中。革命文学中也开始出现农民协会领导之外，农民自发反抗劣绅的行动。孟超的《盐务局长》就讲述了南部沿海地区，官员与地方绅士同流合污压榨乡里而遭到农民反抗的故事。

"陶庄里第一个有名望的绅士王三老爷——王朴斋"②，在处理地方事务上十分得力，常受到县长的表扬。新上任的县长委任他做盐务局长，并盘算好了如何与他分赃。小说中，南海口一带，在 X 县一带的村庄真可称得是一个盐窟了。因为得盐十分便当，清朝时也不需要交盐税。之前来办盐税的李委员，被庄里的盐户打跑了。"海边上的人，绅士们常说他们的蛮性还没有退尽；的确，他们连王法都不知道，结果竟殴打了委员大人，而且还把他灌了一壶盐水，然后才把他驱逐出去。"③ 有着这样的一段历史，县长没有再派政府官员，而选择了对乡土社会更具有控制力的地方绅士来征收盐税。这也算是一个常见而精明的策略。

小说中的王三老爷，一出场就绅士派头十足的。他回家后便开始问听差的"我进城之后，家里有什么事情？连庄会上有没有出岔子？县里发下来的公债

---

① 杨邨人：《藤鞭下》，《太阳月刊》1928 年第 4 期，第 12 页。
② 孟超：《盐务局长》，《太阳月刊》1928 年第 5 期，第 1 页。
③ 同上。

办好了没有?""到底他是常办县里大事的人,他一身还兼了连庄会长和乡董的重大责任,所以一开口就从公事上问起。"听差的王升也如实答道:"连庄会没出什么岔子;公债票都由兰村李六爷替老爷派下去了,统统地都发给了各庄的佃户了。"① 这样一个看起来掌握地方事务的绅士,并没有放弃土地经营带来的收益,反而利用自己在地方的政治影响盘剥农民。再问地方公事后,王三老爷也不忘问王升收租的情况,并让听差的明天拿了他的片子,把不交租的抓到县里。这个由问地方政务到问地租的转折也立即暴露了王三老爷的劣绅身份。

小说中也一再用"绅士"作为对王三老爷的调侃和讽刺。"他的烟瘾大约和他的绅士资格差不多。"② 王三老爷见了自己的二姨太后,"虽然把脸上那尊严的威风平和一些,稍微的带出了一点馋猫的味道来,但老爷究竟是老爷,不像小滑头们一看见自己的女人,马上就做出下流的样子来。……他一面洗着脸,手不知不觉地拍到她的身上,更露出了十几年没有刷过的黄牙嘻嘻地笑着:'我出去了这几天,你在家里怎样过来,也常到街上看看小白脸吧!'这句话虽然轻薄了些,但却含蓄着无限绅士口吻的神韵在里边"③。后来,王三老爷听说村民闹了关帝庙,"老爷的确同小民百姓不同,虽然面上的气色已经吓黄了,但是口里还是合烤鸭一般嘴硬气,没曾失掉了绅士的尊严,右手向外一挥,吩咐了王升再去打听去"④。等到王三老爷被村民的暴动吓得跳墙逃跑时,"平时那绅士的方步早忘记摆了"⑤。等到陆军唐连长派去镇压"民变"的一排人被打得落荒而逃的时候,"王三老爷就像鼻涕一般,绅士架子早不知不觉的去掉了"⑥。王三老爷平日在乡里是极有威势的。庄里的人教训小孩子都用王三老爷出来打你屁股这样的话。但乡人一旦集体反抗,王三老爷便绅士派头全无。作者有意地呈现了地方绅士的色厉内荏。

然而,乡人自发地反抗最终还是失败了。徐县长的官位是花了很多大银元买来的,自然不会放过在任上翻本的机会。"在县长找了两营的军队平息事态。陶庄为首闹事的几人被王三老爷送上县城枪决了。王三老爷因此事失宠于县长,南海口的盐户只能等着李六爷来鱼肉了。"⑦

---

① 孟超:《盐务局长》,《太阳月刊》1928年第5期,第2页。
② 同上,第8页。
③ 同上,第4页。
④ 同上,第20页。
⑤ 同上,第22页。
⑥ 同上,第23页。
⑦ 同上。

而洪灵菲的《大海》① 则体现了农民由自发反抗绅士到有组织的革命行动之间的转变。小说中，锦成叔、裕喜叔和鸡卵兄是穷苦的乡民，饱受生活的重压。他们常在酒后诅咒生活的不公或者借着醉意做些踩踏地主家田地的恶作剧。锦成叔多次跑南洋讨生活，见多识广，为人豪气。而"二十年前，裕喜叔是一个壮健而活泼的农夫。他耕种田地的本事比较旁的农夫还要来得高明些。他的力气比谁都要大些，他的心眼比谁都要高傲些"②。但多子使得他辛勤劳作，依旧穷困。因为一年收成不好，不能按时交租，被地主清闲爷收回了租佃的田地。清闲奶是一个吃斋念佛的太太，清闲爷素来也是一位以救济穷人自命的善士。但他们却用唾沫回应了裕喜叔穷苦无助的恳求。裕喜叔吃惊而绝望地失去了视如血肉一般的租佃田地。接下来的日子，他只能一个接一个地卖自己的儿子。另一位鸡卵兄有读书的天分，干农活力气不足，也一样饱受着多子和穷困的痛苦。

地主而兼绅士的清闲爷是乡村中高高在上的人，受到每个人的尊敬。乡民们不知道"官厅"是什么，都以为清闲爷就是对有他们生杀之权的"官厅"。清闲爷的小儿子死了，他觉得是风水不好所致，便假公济私地要每个农人出钱出力在公厅前筑起一道围墙，保护族中不损失男丁。裕喜叔想到自己卖掉的六个儿子，悲愤交加，跟清闲爷发生了言语冲突，还遭到了清闲爷的一顿打骂。酒醉后，锦成叔、裕喜叔和鸡卵兄推倒了公厅的围墙，烧了清闲爷的房舍，跑到了南洋。当他们回乡以后，家乡已经变成了被压迫的人们自己建立起来的苏维埃农村。这样的农村没有了清闲爷，也没有了其他的绅士。地主的土地都分给了农民。绅士把控的祠堂也成了农民自卫队的办事处。

《大海》这篇小说充满了革命乌托邦的色彩。小说中的清闲爷不是一般的庶民地主，他拥有绅士身份兼有土地。小说中并没有具体写到清闲爷在土地上对裕喜叔的剥削。清闲爷是在利用绅士地位对整个宗族施以控制时，最终激怒了贫困潦倒的裕喜叔。不过，在面对暴力时，这个绅士又十分胆怯，不堪一击。

革命文学中的这类农村题材小说，多少还都带有一点浪漫色彩和豪放之气。在一些并没以国民革命为背景的作品中，绅士不再被冠以土豪劣绅的政治属性，而被逐渐还原为了社会现实中的劣绅。这些劣绅不凶恶却伪善。而一旦农民奋起反抗，这些乡村的统治者又显得十分孱弱。在这些小说中，绅士没有

---

① 洪灵菲：《大海》，见《拓荒者》月刊第 1 卷第 2、3 期，1930 年。
② 同上。

了土豪劣绅的政治罪名，绅士本身就是一个贬义词。

六、左翼文学中的劣绅形象

左联成立以后，描写农村题材的小说日益增多。这些创作中也呈现出了一些类型化的倾向。但是，从这类文学作品对乡土社会中绅士阶层的表现来看，左翼作家内部是存在明显差异的。在 30 年代的左翼文学中，以农村为题材的创作大量出现。这些作品不仅书写着国民革命中常见的土豪劣绅压迫农民的故事，也开始关注整个农村的破产。自然灾害、社会经济转型和外国资本入侵带来的农村社会问题都在文艺中有所反映。而这些文艺作品把矛头指向了国民政府的统治。国民政府在财税征收上的腐败和在自然灾害救济问题上的无力，以及清代社会建立起来的一套依靠绅士阶层处理社会危机体系的崩坏，共同构成了农民苦难的来源，也为农民的暴力革命提供了合理性。

关于这一时期的这类文学创作，学界已有不少研究成果，也已经形成了一些公认的看法。许志英先生的《中国现代文学主潮》一书中，就指出"三十年代农村题材文学创作的一个特点，就是题材与主题的高度集中。大数量的文学作品，主要集中于描写农民的苦难与农民的反抗两个题材与主题领域。而作家们写农民的苦难，又以写天灾人祸给农民带来的物质上的苦痛为主；写天灾人祸，又以写人祸为主，写天灾常常服务于更好地写人祸"①。这基本上道出了这一时期文学创作的一个重要特征。然而，当我们从绅士这个视角出发，就会发觉我们错过了这些作品中一些重要的意味。

茅盾的农村三部曲《春蚕》《秋收》《残冬》是"丰收成灾"一类作品的领军之作。小说中，老通宝一家由小康到自耕农再到破产的过程折射出了民国时期内忧外患之下的各种社会问题。而其中一个重要的细节往往被我们忽略了。当"抢米囤"的风潮波及了十多个小乡镇后，"那些镇上的绅士们觉得农民太不识起倒，就把慈悲面孔撩开，打算'维持秩序'了。于是县公署，区公所，乃至镇商会，都发了堂皇的六言告示，晓谕四乡：不准抢米囤，吃大户，有话好好儿商量。同时地方上的'公正'绅士又出面请当商和米商顾念'农艰'，请他们亏些'血本'，开个方便之门，渡过眼前那恐慌"②。"可是绅士

---

① 许志英、邹恬主编：《中国现代文学主潮》（上册），福州：福建教育出版社，2001年，第 296 页。

② 茅盾：《秋收》，见茅盾：《春蚕》，上海：开明书店，1933 年，第 67 页。

们和商人们还没议定那'方便之门'应该怎么一个开法，农民的肚子已经饿得不耐烦了。六言告示没有用，从图董变化来的村长的劝告也没有用，'抢米囤'的行动继续扩大。"①

帝制时代，绅士是一直在灾害救济问题上发挥着极为重要而积极的作用。但在茅盾的农村三部曲中，传统社会的这种运行机制却在失灵。老通宝直到穷困潦倒还想着人穷也要讲志气，要忠厚正派。但这种本分的思想已经在乡民中被视为异类。老通宝的死也标志着帝制时代民风的消逝。吃饱饭成了压倒一切社会秩序的理由。

在另一部展现"丰收成灾"的代表作品叶紫的《丰收》中，"六月初水就退了，垄上的饥民想联合出门去讨米，刚刚走到宁乡就被认作了乱党赶出境来，以后就半步大门都不许出。……何八爷从省里贩了七十担大豆子回垄济急……后来，垄上的饥民都走到死亡线上了，才由何八爷代替饥民向县太爷担保不会变乱党，再三地求了几张护照，分途逃出境来。云普叔一家被送到一个热闹的城里，过了四个月的饥民生活，年底才回家来"②。小说中的何八爷在一定程度上发挥了绅士在灾害救济上的一点积极作用。而这点作用在他同时作为地主不劳而获的土地剥削面前，也几乎被抵消掉了。暴力反抗取代了帝制时代依靠正派绅士主持灾害救济和维护社会秩序的惯例。

蒋牧良的《荒》更是直接指责了政府在荒年饥民满地时的救济不利。饥民在饥饿的驱使下去官仓偷谷，又遭到了守兵的枪杀和当局的逮捕。他的小说《赈米》则将政府的赈灾无力进一步具体化。"去年的'黄祸'光县算遭得顶大了。不知费了多少戴慈善帽子的电报纸，省里的赈务委员会才派了我带五千担米去赈灾。"③"我"是赈务委员会的小科长，在去领赈米的路上遇到饥民的抢劫，抢光了行李外套。商会代表明远药铺的老板彭中甫花钱给"我"添置衣物，招待周到。之后，彭中甫以生意困窘为由，求"我"把五千担赈米借给他作抵押品向银行借钱。"我"下乡勘灾，看到四乡遭灾的景象比照片上的更惨淡。遭了水灾的地方尸横遍野，还有骷髅骨头。死的人多，没有人收尸，死尸新鲜的时候还有饥民来割人肉煮了吃。但为了彭中甫的三百块钱贿赂，"我"还是把米借给他，并对县长称省里的命令说赈米可能要移作军用，暂缓发放。到县政府闹事的饥民也被暴力驱逐。在《赈米》中不再出现地方绅士的形象，

① 茅盾：《秋收》，见茅盾：《春蚕》，上海：开明书店，1933年，第68页。
② 叶紫：《叶紫代表作丰收》北京：华夏出版社，2009年，第5页。
③ 蒋牧良：《锑砂》，上海：文化生活出版社，1936年，第133页。

取而代之的是政府赈灾委员会的公职人员。政府官员的腐败加剧了乡村社会在灾害面前的苦难。

蒋牧良的《南山村》中没有写天灾，而写了军阀混战下的人祸。两军过境打仗，乡民死伤，农田被毁。乡民想向县里报灾，但想起那年遭水灾请愿的结果是赈款都揣在了当地一些绅士的腰包。乡民们提议不去请赈，先整筒车整理好被毁坏的田地，开春了好种庄稼。但谈到整筒车要大家出钱时，乡民还是同意了仇五胖子先向县里请赈的主意。仇五胖子是一个"说起话来老是绅士气：说几句又顿那么一大阵"①的团总老爷。上县城请赈以后，免税的要求没有实现。团总老爷仇五胖子却当上了境内军队魏师长的筹田亩捐委员。仇五胖子又在田捐上自己抽成。遭了兵燹之灾的乡民交不出钱，就有灰衣大兵来下乡抓人。走投无路的愤怒乡人只得对仇五胖子发起暴动。乡里男男女女涌到仇五胖子家喊着"打，打，打恶霸：打劣绅！""抓起来咬他的肉！"②乡人自发的暴动最后被仇五胖子请来的大兵打得死伤无数。在这里，国民革命中打倒土豪劣绅的口号不再提及，而团总仇五胖子被视为了劣绅。

这一时期，国民政府不但无法再从绅士阶层那里获得灾害救济方面的支持。而且绅士阶层自身反而成了救灾工作的阻碍。在军事的动荡中，绅士与军方势力结合，以武力压榨乡里。绅士服务桑梓的局面变成了劣绅鱼肉乡里。随着绅士逐步转变为国家公职人员，对劣绅的批判也是在表达对政府本身的不满。20世纪30年代以后的农村题材小说开始逐渐注意到传统绅士阶层与现代政府部门之间的整合关系：政府公职人员开始取代绅士的赈灾慈善等地方管理职能；绅士阶层也开始进入到国民政府的地方管理体系当中。

七、绅民关系的变革与左翼文学中的乡土书写

左翼文学中的农村题材小说出现了严重的同质化。这些小说大都着眼于农民在土地等经济利益层面受到残酷的盘剥，以至于连基本的生存都受到威胁。其中的绅士形象即便不是直接的剥削者，也大有助纣为虐之势。不过，从当时一些以30年乡土社会为背景的文学作品来看，我们依然发现地主和佃户之间没有那么显著的对立关系。师陀的《果园城记》中，乡下中等以上的地主脸上常有和善、满足无欲无求的表情：田地有不错的收成，佃户老实可靠。绅士与

---

① 蒋牧良：《锑砂》，第165页。
② 同上，第199页。

农民之间也远不止地租、捐税、高利贷这样简单的经济关系。而左翼文学内部也并非铁板一块，也有左翼作家在书写乡村时，注意到了经济关系之外的因素。

洪深的戏剧《五奎桥》也讲述了在旱灾下，绅士与乡民之间的冲突。但这种冲突并不是简单的经济利益上的压迫和矛盾，而涉及了更深层次的帝制时代残余的一种稳定的社会秩序。"前清某某年间本城一家姓周的一门两代出了一位状元四个举人，于是衣锦还乡；除了重新在祖茔树起石人石马又把那祖茔前河流上原有的一顶小桥修理了改名五奎，一以记念盛事，二以保全风水，作为周家的私桥。后来周氏子孙又添买了许多田，并且在祖茔后边盖造了一所祠堂，冬天下乡来收租米；时时便也修理此桥。直到现在，这座桥还是周乡绅家对于乡下人的一种夸耀、迷信。愚昧，顽旧的制度，封建势力，地主的特殊利益，乡绅大户欺压平民的威权！似乎五奎桥存在一日，这些一切也是安如磐石，稳定地存在着的。"①

在一次旱灾年份，种田的农民与"固执的不讲情理的自私自利的感情用事的周乡绅和他的雇佣仆役爪牙"发生了剧烈的争斗。因为五奎桥的存在，机器打水的洋龙船撑不进桥东边的四五百亩干旱的水田。事关乡下人的生计和性命，乡下人要拆桥，周乡绅不许拆。"周乡绅何曾不明白，拆桥不止是拆去一顶桥而已，同时关系着乡绅们的尊严和权威。"② 除了风水，周乡绅还考虑了自己乡绅的身份和地位。"连几个乡下人都斗不过，说穿了，以后的乡绅还好做得么？"③

《五奎桥》中的周乡绅形象是一个十分独特的存在。早在五四时期的乡土小说中，这种传统绅士的形象就已经有点不堪了。国民革命以后绅士几乎尽是以一种社会败类的形象出现。满口黄牙、肥胖、黄脸、八字须、鸦片、小妾几乎成了绅士的标准配置。绅士形象丑陋而猥琐，全然没有一点知识精英的气息。

而《五奎桥》中周乡绅则不同，"周先生颏下的长须，叫人看了觉得他是'年高德重'；不止是他实际所过的五十三岁了。颀长身材，瘦狭脸庞，一双清秀中含着锐利的眼睛；而且吐属文雅，气度大方，不愧是一个世代仕宦，自己又是读过书做过官办过事，退老在家享福的乡绅！他的手腕，他的机智，已到

---

① 洪深：《五奎桥》，现代书局，1934 年第 2 版，第 38 页。

② 同上，第 39 页。

③ 同上，第 88 页。

了'炉火纯青'的程度；所以人家平常决不觉得他会有奸诈——除非——除非他是动了肝火暴躁的时候，他的面目便还免不了要露出些狰狞的真相。你看他今天穿着一件宽大的生丝长衫，戴一付金丝边蓝眼镜，一只手抢着一根犀牛角装头镶洋金的直手杖，一只手摇一把绿玉柄的全白羽毛扇；斯斯文文，踱上桥来，真是一团和气"①。

周乡绅不仅保持了帝制时代绅士的外在风度气韵，也保有地方的崇高地位。"'官绅'不在当地司法管辖权之下，也不受常规司法程序的约束"②。"周乡绅本人做过七任知县，现在上了年纪在家里享福了；可是儿子侄子在外面还都做着大官。乡下人那一个不怕周乡绅，敢来动他一根毫毛么！"③ 地方法院上的老爷们差不多天天都到周家府上喝茶谈天。帝制时代有着这样家世背景的绅士足以让地方官员敬畏。虽然早已是民国了，但这种残留下的社会秩序却依旧如故。

周乡绅处理乡民要拆桥的纠纷也不是一般同类题材中绅士或土财主那样的简单粗暴。周乡绅是极有手腕的，一上桥就和几位年老乡民寒暄拉交情。几位乡人也都少不了应一声托周先生的福。周乡绅试图以风水之说打消乡下人拆桥的念头，引得中老年的赞同。周乡绅又让王老爷宣读法律，称拆了周家私有的五奎桥是犯法的。乡民李全生却还是不服，周乡绅污蔑他以拆桥威胁自己要好处，假公济私。尽管乡民承诺拆桥让洋龙船进来灌溉以后，会筹钱赔周家一座更高大的五奎桥。但周乡绅依旧反对拆桥。他所在乎的并非单纯经济利益。周家的佃户陈金福欠的租米，他起初也并没有催缴。只是见到佃户陈金福替主张拆桥的李全生解释时，周乡绅才以查清他欠的租米作为一种惩戒。周乡绅看重的是自身的地位和绅士掌控地方的社会秩序。在周乡绅看来，"我是本地的乡绅！乡绅们说的话，乡下人素来是听从的"④。面对李全生的质问和反驳，周乡绅大怒："混账，乡下人敢这样放肆么！乡下人的事，乡绅们倒不能作主，反而让乡下作了主去么！天下真要反了！"⑤

然而，民国终究是民国了。司法警察一干人等对周乡绅的唯命是从遭到了乡民的质问："你做的是什么官！你还是做中华民国的官呢，还是周乡绅家的

---

① 洪深：《五奎桥》，第 2 版，第 97、98 页。
② 瞿同祖：《清代地方政府》，范忠信、晏锋译，第 278 页。
③ 洪深：《五奎桥》，第 2 版，第 41 页。
④ 同上，第 109 页。
⑤ 同上，第 111 页。

官!"① 领头拆桥的乡民李全生的愤怒不仅针对周乡绅，也针对整个乡绅群体："你们乡绅们有什么本事，一齐都使展出来好了。骂，打，坐监牢，还有什么！我是生成的贱骨头，尽管来对付我好了。"② 乡民的基本生存压倒了前朝遗留下来的对绅士的敬畏，也打破了旧有的顽固社会秩序。象征着传统绅士统治秩序的五奎桥最终被乡民拆除了。

《五奎桥》不同于大量同类题材的文学作品。周乡绅也在很大程度上摆脱了国民革命时期"土豪劣绅"的政治概念影响下对劣绅的符号化书写，而呈现出了具体社会情境下传统绅士的典型形态。《五奎桥》中的乡民也并不像同类题材作品那样充满对以暴抑暴的推崇，反倒带有不少先礼后兵的理性成分。戏剧中，乡民的反叛源自农业生产的危机，却指向的是绅士主导地方，欺压百姓的社会秩序而并非一种单纯的经济层面的剥削制度。

八、"新乡绅"与"海上寓公"

南京国民政府成立以后，并没有完全终止"打倒土豪劣绅"的行动。不过，这种打击不再采取群众运动的方式，而是通过党部、政府和法庭，成效和力度都有所减退。③ 另一方面，南京国民政府也积极推进县级以下的地方基层政权建设。国民政府陆续公布了《区长训练所条例》、《区乡镇现任自治人员训练章程》、《自治训练所章程》等法规。"正是在国民党培养训练各县区长及乡镇长人选的过程中，新乡绅阶层开始逐渐形成"④。关注乡土世界的现代作家也敏锐地捕捉到了这一政策变动带来的社会影响。

师陀的《果园城记》中，"北伐以后，代替老旧乡绅，国民党以胜利的气焰君临天下。乡绅中人自然有不少人入党"⑤。蹇先艾的《谜》⑥ 则将矛头直指国民政府重整基层社会秩序时出现的弊端。小说中武区长只是一个不学无术之徒。在城里读中学的时候，他的功课有大半都没有及格。在城里的日子，他差不多都在烟馆和妓院里鬼混，根本就怎么去上课。县里王绅士的少爷要投考

① 洪深：《五奎桥》，第 2 版，第 126 页。
② 同上，第 60 页。
③ 参见李巨澜：《失范与重构——一九二七年至一九三七年苏北地方政权秩序化研究》第 212—216 页。
④ 同上，第 218 页。
⑤ 师陀：《果园城记》，第 217 页。
⑥ 蹇先艾：《谜》，见蹇先艾《盐的故事》，上海：文化生活出版社，1937 年。

区长训练所，他就假造了文凭，送给王绅士两百块洋钱。靠着王绅士的一封请托信，他居然考上了。训练班经过三个月的训练后，挑选成绩好的前三名发出去当区长。他只考了一个丙等，本来并没有机会成为区长。而他拜了王绅士做干爹。王绅士同县长是至好的朋友，于是他就当上了武区长。王绅士在管控地方方面丰富的经验，也教给了武区长不少做官的法门。武区长本是土财主的儿子，却靠着巴结绅士，混进了国民政府的基层政权。小说中，武区长靠着职务之便盘剥乡里，并害死了知道他做官底细的团丁。他是新乡绅中不折不扣的劣绅。

"国民政府所着力打造的这一区长群体就构成了新乡绅的主体，成为国民党统治的重要组成部分。"① 培训区长的构想本是为了选拔接受新式教育的群体进入基层社会，巩固政权。而从骞先艾的小说《谜》来看，这一政策只不过是绅士阶层掌控下换汤不换药的把戏。一些道德素质低下之辈也靠着与绅士的关系进入了国民政府的基层政权中，并靠着政府赋予的权力，搜刮民脂民膏。

此外，茅盾也注意到了国民革命退潮后，南京国民政府对待基层社会的政策变化对传统绅士阶层的影响，并试图以此展现社会经济政治的某种整体性变化规律。在茅盾关于小说《子夜》的最初构思中，他打算把乡村社会也融入其中。而由于种种原因，不得不作罢。最后成书的《子夜》是割舍了很多内容的结果。在这样的权衡取舍之后，《子夜》还是用不少篇幅，叙述了双桥镇吴荪甫的舅舅曾沧海和侄儿曾家驹的故事。虽然这是茅盾权衡之后决意保留的内容，但在很多研究者看来，这段只不过是把《动摇》中劣绅胡国光和儿子胡炳的故事再讲了一遍，是有些多余和偏题的情节。

《子夜》中关于曾沧海父子的叙述确有让人感到似曾相识的地方。一个"五十多岁的老乡绅，在本地是有名的'土皇帝'"② ——曾沧海，一个不成器的儿子，一个年轻风骚的小妾。这些人物设置似乎都与《动摇》有相通之处。但是，茅盾在大量删去原先创作构想后，留下了这样一个小城镇老绅士的故事，可想见这绝非对《动摇》的简单复制。

从清季民国绅士阶层的基本情况来看，我们不难发现《子夜》中的老乡绅曾沧海和《动摇》中的劣绅胡国光是两种截然不同的人物类型。望族曾沧海的能力与手腕已经委实不如胡国光这样能在现代政治体制下操控地方的民国绅

---

① 李巨澜：《失范与重构——一九二七年至一九三七年苏北地方政权秩序化研究》，第221页。

② 茅盾：《子夜》，第92页。

士。他是《动摇》中被革命风潮吓得躲进城市的旧派老绅士。《子夜》中关于曾沧海的叙述不是《动摇》中类似故事的重复，而是《动摇》中地方绅士故事的延续和补充。

吴苏甫家两代侍郎，自然也不会与门第普通的人家结亲。小说中曾沧海常自诩为鼎鼎望族也并非虚言。曾沧海的资历远非《动摇》中胡国光这样在辛亥革命中发迹的绅士可及。在中国传统社会中，社会管理通过自上而下的皇权和自下而上的绅权形成一种双规政治模式。在基层社会中，绅士阶层是社会事务的实际操控者。① 在清季民初的地方自治运动中，地方绅士获得了更大的权利。② 曾沧海这样的绅士阶层成了乡土社会的"土皇帝"。这在一个侧面显示了包括吴家在内的地方绅士的某种特殊地位。而更重要的是，《子夜》中对曾沧海的叙述勾勒出了国民革命前后社会结构和经济发展变化的一种典型风貌。

上海这样声光电化的大都市并没有能吸引曾沧海这样的老乡绅。正如传统社会中，在通都大邑做官的知识精英阶层卸任之后要返回乡土故地一样。当国民革命落潮以后，他回到了老家双桥镇，渴望继续做一方的"土皇帝"。

尽管，那些喊着"打倒土豪劣绅"的"嚷嚷闹闹的年青人逃走了，或是被捕了，双桥镇上依然满眼熙和太平之盛……另一批并不呐喊着要'打倒土豪劣绅'的年青人已经成了'新贵'"③。曾沧海的"统治"却从此动摇了。国民革命在一些根本性层面上改变了中国基层社会的秩序。国民革命时期的反绅浪潮实际上的确削减了地方绅士的力量。现代知识分子也在国民革命时期和之后的政治体制变革中，取代了传统绅士在基层社会的管理职能。传统绅士的政治权威一落千丈。"曾沧海的地位降落到他自己也难以相信：双桥镇上的'新贵'们不但和他比肩而南面共治，甚至还时时排挤他呢！"④

这部受到左翼文学推崇和标榜的作品，在细节上其实透露着与《蚀》类似的对革命的幻灭虚无之感。国民革命期间的激进政策只是把乡绅们赶到了城市。而常态化的政策却真正使把控地方的绅士失去了权力。

此外，《子夜》也透露出除暴力革命与政治体制变革之外，经济发展更是悄无声息地深刻改变着地方社会的格局。双桥镇已经有了"新发达的市面"和

---

① 参见费孝通：《乡土重建》，长沙：岳麓书社，2012 年，第 45—49 页。

② 魏光奇：《清末民初地方自治下的"绅权"膨胀》，《河北学刊》第 25 卷第 6 期，2005 年 11 月。

③ 茅盾：《子夜》，第 92 页。

④ 同上，第 92—93 页。

"种种都市化的娱乐"。双桥镇业已浮动着日益浓厚的商业气息。一些在新局面下获得较高经济收入的人，在基层社会的地位也在上升。土贩李四就"跟着双桥镇的日渐都市化"，"潜势力也在一天一天膨胀"①。但面对着"挣钱的法门比起他做'土皇帝'的当年来真是不可同日而语"的局面，曾沧海并没有做好经济收入方式的转型。传统绅士阶层政治地位的下降，导致了许多传统经济来源的枯竭。传统绅士曾沧海在经济上成了单纯的高利贷者——"放印子钱"、盘剥农民的土地——靠着仅有的一点余威压榨乡里。

　　20 世纪 30 年代初，政治和经济上的现代化进程逐渐挤压着地方绅士的政治权利和社会地位。《子夜》中的曾沧海也正代表了乡土社会中政治和经济已双重失利的绅士阶层。政治经济的双重转型让绅士阶层逐渐衰落，但这种变化却并没有深入这一阶层的心理样态。

　　曾沧海依旧自矜于自己的身份地位，常以鼎鼎望族自居。以至于土贩李四在大街上"拉拉扯扯直呼曰'你'，简直好像已经和曾沧海平等"时，他觉得"委实是太难堪了"②。在传统四民社会中，"即使最低微的生员，也会在社会生活中拥有普通人没有的威慑力。士绅与平民不断在日常生活的各种细节中区分彼此，从而共同维护各自在权力关系中的身份"③。但政治经济形态的变化，却在瓦解着传统社会中"绅"与"民"的等级差异。

　　也正是贪恋于过去的地位，曾沧海的内心总是涌动着卷土重来的强烈愿望。在得知儿子曾家驹有国民党党证之后，曾沧海盘算着借助当权政党的势力再度翻身。但他的努力却只是将《三民主义》视为帝制时代的圣训供奉。曾沧海的思想观念和政治手段是旧式的。茅盾也毫不留情地用孩童的尿来浇湿这个衰落腐朽的传统绅士的政治幻想。农民暴动更是直接彻底结束了曾沧海的生命。

　　随着传统政治体系逐渐为现代政治体系所替代，曾沧海这个老乡绅已经不再拥有掌控地方的能力。曾沧海代表着与吴老太爷不同的另一种旧中国的腐朽，代表了一种已经落后的社会形态。这样的人曾进入大都市，却还是选择返乡，最终腐烂在了乡土社会里。

　　从劣绅的层面上来说，曾沧海连作恶的能力都是十分有限的。他在现代政

① 茅盾：《子夜》，第 104 页。
② 同上。
③ 李涛《士绅阶层衰落化过程中的乡村政治——以 20 世纪二三十年代的浙江省为例》，《南京师大学报》（社会科学版）2010 年 1 月第 1 期。

治体制下已经无计可施，盘剥农民的手段也是简单粗暴。如果说《动摇》中的劣绅胡国光，显现出了民国劣绅的狡猾，那么曾沧海身上无疑表现出了老派绅士在现代社会的笨拙、迂腐及仅存的一点可笑的虚荣心和妄想症。曾沧海代表了落寞而又缺乏道德操守的传统绅士愚蠢的困兽犹斗。

老乡绅曾沧海政治经济地位的变化代表了中国社会政治经济现代化进程的阶段特征。他最终死于农民暴动也反映了当时乡土社会的突出矛盾。茅盾要以有限的篇幅最大限度地展现乡村社会，这样的题材无疑是不错的选择。乡镇的这种变化构成了中国资本主义发展的重要环节，也成了吴荪甫在家乡打造文明镇以及在城市发展民族工业的宏观社会时代背景。

茅盾以没有实地经验为由，弃用了瞿秋白关于农民暴动和红军活动的写作意见。①《子夜》中的农民暴动，仅是表现老乡绅曾沧海经历的一种陪衬。茅盾对于绅士阶层内部变动分化的兴趣显然远大于展现单纯的农民运动。而在小说中，农民暴动很大程度上源自绅士阶层的变动。茅盾所想要表现的是传统绅士阶层逐渐蜕化之下的乡村，而不是阶级论框架下爆发着农民运动的乡村。

曾沧海的故事蕴含了当时社会结构变动的诸多因素。现代政治体制的建立和现代资本主义经济的发展，从根本上改变着基层社会的权力结构。基层社会的这种变化又构成了吴荪甫打造文明镇理想的基础。由此相伴而生的是对传统绅士阶层道德行为约束体制的崩盘。这也造成了基层社会原来的掌控者——地方绅士的劣质化。② 劣质化的绅士用强弩之末的余威和落后的经济方式对农民极尽盘剥。传统社会的绅民关系不复存在。而矛盾激化产生的阶级暴动，又对基层社会初步兴起的现代文明构成某种打击和反叛，也最终断送了吴荪甫在家乡推进现代商业文明的构想。

不仅如此，茅盾也注意到了乡土社会中，靠土地盘剥农民的劣绅的另一种生存方式。《子夜》中的冯云卿也是小说不厌其烦讲述的人物。老乡绅曾沧海很快被起义的农民杀死，多少让茅盾有点意犹未尽吧。及早进城躲避农民暴动危险的冯云卿，代表了与曾沧海类似的老乡绅，在当时社会结构变动中的另一种可能性。

茅盾并没有像三十年代的许多左翼小说那样，将这样一个高利贷剥削者塑造为一个土财主，而是赋予了冯云卿独特的文化身份。冯云卿是"前清时代半

---

① 茅盾：《我走过的道路》（上），第502—503页。
② 肖宗志：《清末民初的绅士"劣质化"》，《贵州师范大学学报》（社会科学版）2004年第6期。

个举人"①。如果缺乏对科举制度的了解，我们多半会把"半个举人"当成一种比喻。其实，半个举人是对科考功名的一种俗称。"乡试中副榜，世称半个举人者。"② 在清康熙以后的科举考试制度中，各省乡试除正榜以外，还会取副榜，又称"副贡"。副榜接近于中（zhòng）式，但还是不能以此参加会试。③ 在前清，冯云卿有科举正途出身，虽功名层次却不并高，但也给予了他绅士的特殊身份和地位。与曾沧海这样一方的"土皇帝"相比，冯云卿"进不了把持地方的'乡绅'班"。冯云卿身上正展现了茅盾对于传统绅士阶层中不同类型的兴趣。冯云卿是民国时期地方绅士阶层经济生存样态的某种典型。

30 年代的左翼小说中不乏大量书写农民阶层饱受盘剥之苦的叙述。《子夜》中，也详细描述了土地经营盘剥的具体细节。正如上文所述，传统绅士在民国时期已经由于社会结构的变化，而成为单纯的高利贷者。而这种高利贷者的目的却并不在于货币形式的财富积累而在于土地兼并。冯云卿"放出去的乡债从没收回过现钱；他也不稀罕六个月到期对本对利的现钱，他的目的是农民抵押在他那里的田。他的本领就是在放出去的五块十块钱的债能够在二年之内变成了五亩十亩的田！这种方法在内地原很普遍"④。冯云卿的特殊之处还在于他在盘剥农民，兼并土地时的精明。与曾沧海简单粗暴的收租方式不同，冯云卿是有名的"笑面虎"，他的"'高利贷网'布置得非常严密，恰像一只张网捕捉飞虫的蜘蛛，农民们若和他发生了债务关系，即使只有一块钱，结果总被冯云卿盘剥成倾家荡产，做了冯宅的佃户——实际就是奴隶，就是牛马了！"⑤ 茅盾将冯云卿定性为了一个从事土地经营的精明剥削者，"在成千上万贫农的枯骨上，冯云卿建筑起他的饱暖荒淫的生活"⑥。

民国初年的政局动荡更是使冯云卿获得了掌控地方政治的机会。"齐卢战争时，几个积年老'乡绅'都躲到上海租界里了；孙传芳的兵队过境，几乎没有'人'招待，是冯云卿挺身而出，伺候得异常周到，于是他就挤上了家乡的'政治舞台'。"

传统绅士的身份使他获得了与军人势力勾结的机会。军绅勾结则让"他的盘剥农民的'高利贷网'于是更快地发展，更加有力；不到二年工夫，他的田

① 茅盾：《子夜》，第 209 页。
② 刘成禺著；蒋弘点校《世载堂杂忆》，太原：山西古籍出版社，1995 年，第 9 页
③ 李树：《中国科举史话》，济南：齐鲁书社，2004 年，第 284 页。
④ 茅盾：《子夜》，第 209 页。
⑤ 同上，第 210 页。
⑥ 同上。

产上又增加了千多亩……"①。

由绅士变为土财主的冯云卿及时地意识到了农民暴动和土匪的危险,由乡村进入了上海这个现代化大都,成了"海上寓公"。小说中,冯云卿的称谓几经变化,半个举人、乡绅、土财主地主……在这种身份转化中,冯云卿的生存样态也在发生变化。

姨太太是茅盾关于劣绅叙述中几乎不可或缺的人物形象。冯云卿生活的都市化也借助了姨太太的形象加以完成。冯云卿的九姨太这个原本就生活在城市女性,已经不再是乡绅家宅内争风吃醋的旧式小妾,而能周旋于都市生活,精通人情世故。初到上海的冯云卿面对绑票的威胁束手无策,他的姨太太却能靠着交际权贵的姨太太的本领解决问题。面对上海这样的现代化都市,冯云卿不得不感慨"自己一个乡下土财主在安乐窝的上海时,就远不及交游广阔的姨太太那么有法力!"②。

家中田地千亩的地主冯云卿即便搜刮了所有的现款,其资本总量在上海这样的城市连放高利贷的资格都不够。在资本主义经济形态占据主要地位的城市中,传统土地经营模式已经成为一种落伍的形态。为了维持开销,冯云卿不得不采取公债这种能够直接以货币获取货币的现代资本运作模式。

而精于放高利贷盘剥农民的冯云卿却在公债市场遭遇了重大损失。以至于他最终抛下了诗礼传家的面子,教唆亲生女儿献身公债魔王赵伯韬企图换取公债的内幕消息。最终却被女儿的愚蠢害得倾家荡产。

精于传统土地经营模式的乡村绅士,在进城经商的过程中水土不服而呛水。社会结构的变动带来了传统绅士阶层经济来源的变化。清季民国时期,传统绅士阶层畸形的经济模式对农民的盘剥如圈地运动一般,以土地兼并的方式将农民挤出土地,挤向城市。而因盘剥农民激起的暴力反抗也将原本稳居乡里的绅士阶层吓到了城市。在这种社会阶层的躁动中,中国资本主义发展获得了失地农民作为劳动力,现代金融业也获得了土地盘剥的现金收益。传统绅士阶层在这一过程进入城市定居,完成了从乡居绅士到"海上寓公"的转变,又在城市的现代资本生产方式中彻底失败。

同样面临着这种转型过程的绅士阶层还包括了《子夜》中与赵伯韬一起做公债生意的尚仲礼。这位人称"仲老"的长者,有着"三寸多长的络腮胡子","方面大耳细眼睛,仪表不俗"。政权的变化使他无法进而为官也无法退

---

① 茅盾:《子夜》,第210页。
② 同上,第230页。

而为绅，"由官入商"，"弄一个信托公司的理事长混混，也算是十分委屈的了"①。曾经做过县官的何慎庵也无法走上"出则为官，退则为绅"的轨迹，而成了都市公债市场的金融投机商人。

在传统四民社会士农工商的排序中，商人属于最末一流，"士"方为四民之首。但随着经济的发展，传统社会的知识精英不由自主地卷入了现代商业的洪流，完成了由绅到商的彻底转变。

九、由绅士到地主的形象流变

在许多革命文学作品中，不仅绅士的文化意味被全部抹去，就连绅士在地方事务上的作用也被极大的淡化。绅士与农民的经济关系和由此产生的社会危害成了这些文学创作中最着力表现的内容。国民革命时期出现的"土豪劣绅"这一称谓以及对"土豪劣绅"的定性极大地影响了现代作家对绅士形象的书写。左翼文学中，政治上所谓的"土豪劣绅"名目逐渐退出，劣绅开始以更具体、更偏向于社会现实的形态出现。而"土豪劣绅"作为国民革命时期重要的政治口号，也一直出现在以国民革命前后一段时间为背景的文学作品中。直到四十年代也是如此。

但另一方面，我们也看到在中央苏区的文学创作中，地主这样的称呼开始更广泛的出现，并逐渐取代了"土豪劣绅"。在具有代表性的土改文学作品中，绅士形象已经十分稀薄了。

在丁玲的《太阳照在桑干河上》中，村里有名的老秀才马大先生，"这次又写了黑头帖子到县上去，告村干部是'祸国殃民，阴谋不轨'，说他们是傀儡，村上干部把这封信从区上拿了回来，大家都看了，谁也不懂，大家都笑着问：'什么叫傀儡？'如今在村子上没有人理他，他儿子都不爱同他说话，从前他媳妇就是因为他，因为那个老毛驴才跑走的。那家伙简直不是人，如今六十多岁了，还见不得女人。全村子谁不知道他"②。秀才这样帝制时代的绅士只出现在妇女的闲谈中，并以一个怪人的形象一闪而过。"绅士"在小说还成了一种不太革命的气质。"文采同志正如他的名字一样，生得颇有风度，有某些地方很像个学者的样子，这是说可以使人觉得出是一个有学问的人，是赋有一

---

① 茅盾：《子夜》，第47页。

② 丁玲：《太阳照在桑干河上》，见张炯主编；蒋祖林，王中忱副主编：《丁玲全集》第2集，石家庄：河北人民出版社，2001年，第17页。

种近于绅士阶级的风味。但文采同志似乎又在竭力摆脱这种酸臭架子，想让这风度更接近革命化，像一个有修养的，实际是负责——拿庸俗的说法就是地位高些——的共产党员的样子。"① 周立波的《暴风骤雨》中，则已完全不存在传统意义或民国意味的绅士了。取而代之的是"封建剥削地主"这样更切合土改政策的称呼。

由革命文学到左翼文学再到延安文艺，乡村社会秩序被越来越多地简化为经济关系上的剥削与被剥削，政治上的压迫与被压迫，而逐渐地脱离了具体历史情境中乡土社会的多样性与繁复性。所有的议题被归结到了生存，活下去成了压倒一切的力量。求生存的压力下所有的社会秩序与规则都是可以而且应该被打破。绅士则成了这种生存斗争的具体对象，并逐渐被卸除了所有的文化意味和积极的社会管理意义，最终成了万恶的封建地主阶级。

随着民国的建立，新的知识精英群体，伴随新式学堂教育制度的确立，逐渐成长起来。他们与传统绅士之间不可避免的千丝万缕的联系，形成了矛盾与张力，反映在旧家庭题材小说中，也反映在一系列中国现代文学叙述中。观察这一系列演进中的中国现代文学叙述，绅士形象的裂变，也表征出知识精英群体社会认知的变化，表征出时代本身的变革。这样的矛盾和张力同样投射在知识分子自我的精神世界中。如何体认时代，如何体认自我？时代巨变之下，知识分子面临着身份抉择和思想转变。

---

① 丁玲：《太阳照在桑干河上》，见张炯主编；蒋祖林，王中忱副主编：《丁玲全集》第2集，第68页。

第三编
知识精英的身份抉择与思想转变

随着清王朝的覆灭，传统绅士阶层以个人声望获得民众支持和社会政治地位的局面也逐渐瓦解。民国初年，政局甫定，曾在清季民初的社会政治转型中扮演重要角色的传统绅士旋即受到革命党人和军界势力排挤。除了政治地位的下降之外，传统绅士阶层以绅士地位获得经济收入的渠道也日渐枯竭。高门望族、簪缨世家在政治和经济两方面都开始陷入前所未有的窘境。而传统绅士曾引以为傲的文化资本也在新文化运动中遭受激烈的批判，被视为腐朽落后的代名词。传统绅士在实际生活中没落了，在中国现代文学中的形象也逐渐走低。民国时期，官方不再对传统绅士阶层的道德行为做任何的规范和约束。"劣绅"成了对绅士阶层的整体印象。国民革命时期，绅士阶层更是在政治上被归为"土豪劣绅"，成了被打倒的对象。在乡土文学和左翼文学作品中，我们已经难以寻觅绅士在地方事务中发挥积极作用的叙述了。在社会政治转型与文化激变中，正派绅士如何自处，现代作家又怎样看待这些传统知识精英的困守与沉沦？另一方面，耕读进仕之路中断以后，接受了新式教育的知识阶层将会展开什么样的职业生涯？社会、政治、经济的现代转型又会使他们的思想意识发生怎样的转变？此类文学书写背后又反映了同样身处于这种变革之下的现代作家怎样的精神世界？本章将从中国现代文学相关作品中找到对这些问题的一种解答。

第八章　传统绅士阶层的坚守与沉沦

> 一个传统的比较正直的绅士，他明白自己已成为这个时代的落伍分子，在政治上又遭受了前所未闻的压迫，若是他真能以社区人民的利益为重，为了不愿意得罪农民，或者甚于慈善的心肠，他就宁愿洁身引退，不再过问地方的公务。①
>
> ——胡庆钧

帝制时代，绅士阶层的社会声望并不仅仅是源自于皇权所赐予的特权或是财富。民众对于绅士阶层的敬仰和尊崇，有很大一部分源自于信守儒家道德的绅士阶层对自身修养的注重，对地方公益的贡献以及对民族国家大义的责任与担当。在清季新式学堂的兴办中，绅士是其中最重要的力量。清末施行新政时，绅士阶层依然是主角。辛亥革命爆发后，绅士阶层是各地光复的主要力量。而在实际社会生活层面，正派绅士也在与官方的博弈中维护地方利益，并在主持着善会善堂、义塾义仓等公益事业，处理民间纠纷时一度起过积极作用。民国建立以后，随着社会政治经济体制的转型，绅士阶层的劣质化成了一种普遍的社会公害。然而，传统绅士阶层积极正面的形象却依然残留在一部分现代作家的记忆中。正派传统绅士在民国社会中的道德的坚守和生存的困境也同样在中国现代文学作品中有所表现。

一、困顿的正派绅士与艰难的道德坚守

在茅盾的《霜叶红似二月花》中，江南小镇上的钱家是帝制时代遗下的硕

---

① 费孝通、吴晗等：《皇权与绅权》，第114页。

果仅存的真正的望族大户。钱家的老爷钱俊人是当地极有名望的绅缙。前清时候县里颇有几位热心人，"钱俊人便是个新派的班头，他把家产化（花）了太（大）半，办这样办那样"①。而钱俊人这样一番正派绅士全然不计较自己经济利益得失，推进地方现代化的努力没有成功。直到去世前两年，依旧风采不减当年的钱俊人就对与自己一起办新派事业的绅缙朱行健感慨："从戊戌算来，也有二十年了，我们学人家的声光电化，多少还有点样子，惟独学到典章政法，却完全不成个气候，这是什么缘故呢，这是什么缘故呢？"② 而带着未能实现改良社会理想的钱俊人却在壮年阒然离世。

钱俊人作为一位致力于地方利益的正派绅士，即便是去世多年以后，仍旧在乡里拥有极高的声誉。钱家庄的农家老汉因为与钱家同宗，小时候在钱家的家塾读过书，穿着周正时也会受到乡人的称赞："毕竟是'钱府'一脉，有骨子。"③ 更重要的是钱俊人作为正派有为的绅缙，为儿子钱良材提供了管理地方事务的某种政治资本和资格。小曹庄的村民认识钱良材，因为他是赫赫有名的钱俊人钱三老爷的公子。在钱家庄，钱良材的地位也与钱俊人的声望密切相关。钱俊人桑梓服务的理想和言行，深深地感染和影响了自己的儿子去完成未竟的事业。钱良材已经不具备钱俊人那样的传统身份，却依旧竭尽着正派绅士的职责，诚挚地关心乡民的利益。

可叹的是，这个花了父子两代人心血和金钱的小村庄并没有变得更好，贫困的乡下人也并未从那些改良运动中获益，钱俊人父子只得到了绅缙地主们的仇视。钱家也在社会变革中家资越来越薄。在清季民国的转型时期，单纯依靠正派绅士的个人声望和财富改善社会的道路走到了逼仄的绝境。

曾经紧跟在钱俊人身后办新派事业的绅缙朱行健，已经是"县城里最闲散，同时也最不合时宜的绅缙"。他的什么主张"平时就被人家用半个耳朵听着"④。朱行健既没有像绅缙赵守义那样以残酷土地剥削和高利贷收入盘剥乡人财富，也没有像另一位绅缙王伯申那样开始经营现代商业。他选择了原地困守，并沉浸在自己的爱好中。

朱行健半路出家，研究格致之学，买各种化学药品做实验。在民国初年，朱行健还在操着清季士人的"师夷长技"，颇有些落伍了。最可悲的是，民国

---

① 茅盾：《霜叶红似二月花》，第 39 页。
② 同上。
③ 同上，第 190 页。
④ 同上，第 40 页。

以后化学药品的名称变化，让他连做化学实验这点爱好都变得困难。小说花了不少篇幅来描写朱行健这位老绅缙如何操持自己的爱好。他会用量筒测量当地的降雨量，做实验分析西洋烟火九龙炮的内部化学成分，也希望买一台显微镜看到微观世界中的精彩。朱行健对于格致之学的态度并不以一般的实用或使用为目的，这与清季维新一派的基本理念是不同的。他实际上是把科学技术当成了传统书斋之学加以玩赏。

不过，这样一位"老顽童"仍旧让其他绅士忌惮，原因在于他终究是正派绅士，能够为了公益而发起"傻劲"来全然不顾及自身利益。当面对涉及地方公益的大事件时，他还一改平时闲散的作风，主张清查善堂十年的账目，用善堂的款项疏通河道，解决轮船运营带来的农田水患。赵守义原本满以为早年在县城里"闹维新"朱行健会支持平民习艺所这样看着新派的地方事务。但是，当少爷班们热心用善堂办现代慈善事业平民习艺所时，朱行健能清醒地指出其中的症结和风险。从一些为数不多的关于朱行健参与地方事务的细节中，我们能感受到他沉迷于科技其实是一种逃避。曾与钱俊人热心办新派事业的朱行健对于声光电化的喜好，其实来自于对典章政法改革的失望情绪。在实际事务层面，他的影响力急剧下降，虽然还当着善堂的董事，但最大的决定权还是在经济实力上更强大的绅缙赵守义一方。

民国以后，正派绅士在社会变革中逐渐迷茫消颓，沉浸在自己的世界里。正派绅士虽然依旧关心地方公益，在随着政权更迭及由此带来的政治地位和经济实力的下降，他们的影响力和控制力都在急剧地衰落。而一些注重土地经营收入或转向现代商业的绅士在地方的影响力逐渐增大，并在唯利是图中日渐劣质化。

在清季民初社会政治的剧烈震荡中，传统绅士阶层上层的一部分正派绅士疏远地方政务，旧式望族也因之逐渐衰败。《动摇》中对县城陆氏一门的叙述正是对当时传统正绅隐退，旧式贵族失落的真实反映。国民革命背景下的小县城，除了革命者与劣绅的对阵之外，作者用了有别于整部小说的语言风格和叙事节奏来描述这支没落的贵族。这些对陆氏一门精雕细琢的叙述，蕴含了许多值得玩味的细节。

陆家在小说中一出场就显出高门大宅，名门望族的气势。陆府位于"县城内唯一热闹的所在"①，坐落在以陆家姓氏命名的陆巷。陆府门前挂着"翰林第"的匾额，府内则是个三进的大厦。陆氏先人在前清极为显赫："陆家可说

---

① 茅盾：《蚀》，第21页。

是世代簪缨的旧族。陆慕游的曾祖是翰林出身，做过藩台，祖父也做过实缺府县。"① 清代，在科举殿试中获得一甲的状元、榜眼、探花可直接进入翰林院。"翰林作为科举制度所产生的金字塔形人才排列的顶类层次，备受世人的青睐与推崇，对明清两代尤其是清代的社会生活产生不可忽视的影响。"② 顶级科场功名和高层仕宦生涯使陆氏一门获得了绅士阶层上层的尊崇地位。

此外，有学者曾测算，19 世纪晚期，绅士加上直系亲属，约占当时全国总人口的 2%，但却获得了国民生产总值的 24%；绅士人均收入为普通百姓的 16 倍。③ 陆氏一门这样世代簪缨的绅士阶层上层，不但拥有极高的政治地位和社会地位，而且持有大量的社会财富。陆家就在县城最繁华地段有显赫府邸。小说处处在细节上凸显陆氏高门巨族的旧式繁华。我们大可想见这曾经是一个怎样富贵双全的望族。

《动摇》中的陆氏一门被塑造为了充满旧式风雅气息的贵族之家，是过去一个时代的缩影。茅盾以典丽古朴的语言风格和舒缓绵长的叙事节奏，塑造起一个正派传统上层绅士温文尔雅、正直豁达的形象，建立起高门巨族诗礼美德的传统氛围。

陆三爹之父在任时"着实做了些兴学茂才的盛世"④。秉持圣人之徒理念的陆三爹也一直恪守祖业，不慕荣利，怡情诗词，有着旷达豪放的名士风流。他身为词章学大家，多有门生是县里颇有势力的正派人士。在面对诸如婚姻自由这样的新派观念时，他也体现出了传统正派绅士阶层的开明姿态。在对待穷苦民众方面，陆家的大宅让乡下贫苦的本家住着，陆三爹也曾帮助过穷无所归的乡下女子。他的女儿陆慕云孝养老父，操持家业，有着世家闺秀的温婉与才情。面对革命乱象和自身危急处境时，这位出身于上层绅士家庭的闺秀，表现出了较之接受过新式教育的时代女性更理性沉稳的气度和从容不迫的胆识。即便是陆家的不孝子陆慕游与一脸奸猾的胡国光和满身俗气的王荣昌并站一处时，"到底是温雅韶秀得多"⑤ 小说中还多次借他人之口，说陆慕游的胡作非为只是受人愚弄，而他的本性还是到底不坏。足见作者对这个名门子弟的偏袒。

---

① 茅盾：《蚀》，第 22 页。
② 邸永君：《清代翰林院制度》，北京：社会科学文献出版社，2007 年，第 6 页。
③ 张仲礼：《中国绅士的收入——中国绅士续篇》，费成康、王寅通译，第 324—326 页。
④ 茅盾：《蚀》，第 24 页。
⑤ 同上，第 25 页。

　　然而，小说在彰显陆府簪缨之家的贵族气质时，又不断暗示绅士阶层上层现下的落寞。小说中，陆府的一草一木、一人一事，都蕴含着值得玩味的喻指。陆府的古色古香是充满"伤感"的。"折桂"有科举高中之喻。而陆府"正厅前大院子里的两株桂树，只剩的老榦"①，无花堪折。陆府中的腊梅"开着寂寞的黄花，在残冬的夕阳光下，迎风打战"②，显出明日黄花一般时过境迁的怅惘。因东汉大儒郑玄而扬名的书带草，本为后学儒生仰慕先贤的信物。但陆府的阶前书带草"虽有活意，却豪（毫）无姿态了"③。陆府的景象正暗示出陆三爹这样出身上层绅士家庭的读书人只能苟活乱世，而无力作为。陆府的人丁单薄更显出传统绅士阶层上层的衰退凋零。

　　晚清的变革与中华民国的建立，使如陆三爹一般身处时代骤变的传统正派绅士由于种种主、客观原因失去了掌控地方的地位和能力。"辛亥革命后，传统绅士藉以安身立命的功名、学历和身份等级失去了制度支持和'合法性'。"④"民国建立，倡民权平等，绅士曾经拥有的传统特权和利益不复存在"⑤。出身翰林之家的陆慕游，虽然幼承庭训，却连一篇就职讲话稿也要假手于人。陆三爹本人也早已沉溺旧学，不问世事。出身于传统绅士阶层而缺乏现代教育背景的世家子弟，在民国的政治体制下，已不具备基本的政治技能。传统绅士阶层政治地位的丧失，使陆家这样的簪缨望族也不得面临着家计逐渐拮据的窘况。曾处于绅士阶层上层的陆氏一门在新的国家政治体制下可谓富贵皆失。

　　在国民革命中经历了种种反绅浪潮和政治运动的茅盾，在《动摇》中，以明显带有偏袒与溢美的笔调塑造了与"劣绅"相对的"正绅"形象。从中我们可一窥出身于中下层绅士家庭的茅盾，对簪缨世家的正派绅士挥之不去的尊崇与敬畏。

　　在传统社会中，"正绅是社会秩序的维护者"，"又是百姓的楷模"，对传统基层社会发挥着领导、教化的作用。⑥伴随着清季民初的社会变革，陆三爹

---

①　茅盾：《蚀》，第 23 页。

②　同上。

③　同上。

④　王先明：《历史记忆与社会重构——以清末民初"绅权"变异为中心的考察》，《历史研究》2010 年第 3 期。

⑤　肖宗志：《清末民初的绅士"劣质化"》，《贵州师范大学学报》（社会科学版）2004 年第 6 期。

⑥　同上。

这样的传统正派绅士虽恪守道义品格，却在客观上失去了参与地方政治的条件，且在主观上也完全隐退于故家旧宅，无心世事。这也正是当时的湖北省"士绅阶级乃退于无能。公正人士，高蹈邱园"①历史局面的缩影。当正绅退出了基层管理以后，一些品行低劣者开始填补这些空缺。于是，有了胡国光这样假公济私，钻营奔走，危害地方的劣绅充斥于基层社会。

《动摇》中刻画的曾煊赫一时的陆家，在新时代中虽失落萧条，却仍充满旧式贵族的才情道德。但陆三爹所代表的传统正派绅士已失落了过往的济世精神与能力。小说对传统绅士阶层上层的细腻刻画，隐隐透露出亲历国民革命动荡局势的茅盾对正绅隐退的叹惋以及对正绅主事的怀想。同时，这部分叙述也避免了作为革命者的现代知识分子和作为反革命者的劣绅之间简单的二元对立局面。陆府这一门隐退的正绅，失落的贵族，构成了《动摇》所展现的国民革命时期基层社会乱象中一道深邃幽隐的背景，赋予了整部小说历史的纵深感。

二、绅士阶层与封建势力

国民革命退潮以后，绅士在文学中的形象每况愈下，在左翼作家笔下尤其如此。绅士阶层要么是土豪劣绅这种政治术语的文学再现，要么是腐朽旧道德旧秩序的伪善卫道士。

《子夜》这部被视为左翼文学最大收获的小说创作中，也出现了冯云卿、曾沧海这样的劣绅形象。而对于里面一个颇为典型的人物形象吴老太爷，我们一直过于简单地将其视为落伍封建势力的代表。

诚然，茅盾的确有意以吴老太爷预示"五千年老僵尸的旧中国也已经在新时代的暴风雨中间很快的在那里风化了！"②。小说中绘声绘色地表现着"老太爷在乡下已经是'古老的僵尸'……现在既到了现代大都市的上海，自然立刻就要'风化'"③。但另一方面，吴老太爷这样人物形象又透露许多难以用小说秉持的社会科学理论加以理解的细节。

"祖若父两代侍郎"，代表着吴家具有高层仕宦生涯。这样的经历使吴家人在双桥镇成为具有上层绅士地位的家族。这种特殊的家庭背景指明了吴家在传

---

① 湖北省民政厅编：《湖北县政概况》，第 1039 页。转引自王先明：《历史记忆与社会重构——以清末民初"绅权"变异为中心的考察》，《历史研究》2010 年第 3 期。

② 茅盾：《子夜》，第 28 页。

③ 同上。

统社会中的经济、政治特权和文化精英的地位，也凸显了吴老太爷在帝制时代作为绅士阶层的独特身份。更重要的是，《子夜》中还特别交代了吴老太爷的政治立场："三十年前，吴老太爷却还是顶括括（呱呱）的'维新党'"，"满腔子的'革命'思想。"① 他如僵尸般的生活并非出于主观意愿，而是由于"习武骑马跌伤了腿，又不幸渐渐成为半身不遂的毛病"②。这里透露出的同情和和惋惜是不言而喻的。维新运动是一场思想文化和政治体制的改革。其中包含对传统文化和政治体制的批判。维新党人中的很大一部分就是拥有科考功名的传统绅士。因此，维新运动也可视作传统知识精英试图发展中国现代文明的一场改良自救。可见，吴老太爷也并不是清王朝政治集团中抗拒时代变革的顽固派。

《子夜》中，吴老爷视若珍宝的《太上感应篇》也总被视为表现他腐朽不堪的重要意象。那么，这到底是一本什么样的书呢？《太上感应篇》全文仅1200多字，以太上老君的口吻，宣扬天人感应、因果报应、抑恶扬善的道理，本质上来说是一本劝人向善的书。此书在古代流传甚广，不仅受到知识分子的推崇，明朝的嘉靖皇帝、清朝的顺治皇帝都曾为其作序，加以褒奖。这本书又有"民间道教圣典"之称。③ 小说中，将吴老太爷对《太上感应篇》的一种虔诚的病态，表现得充满夸张和讽刺。而吴老太爷所信奉的《太上感应篇》是道教中劝人向善的书。小说中，也强调了吴老太爷"真正虔奉太上感应篇，迥不同于上海的借善骗钱的'善棍'"④。他不仅自己有着真诚坚定的信仰，也努力做着劝人向善的努力："镌印文昌帝君《太上感应篇》十万部，广布善缘，又手录全文……"⑤ 这种发自内心地对向善的执念，甚至让吴老太爷觉得乡下的动乱不会波及他这样一个虔心奉善之人。从民国时期传统绅士阶层的集体地劣质化倾向来看，吴老太爷也可算作独善其身的君子了。

茅盾还忍不住去透露出吴老太爷温情的一面。吴家一个老仆的儿子，从小聪明伶俐，"吴老太爷特嘱苏甫安插他到这戴生昌轮船局"⑥。精干的工厂管理人员屠维岳也因为父亲是吴家祖辈老侍郎的门生，凭着吴老太爷的推荐信才能

---

① 茅盾：《子夜》，第 7 页。
② 同上。
③ 谢谦编著：《国学基本知识现代诠释词典》，成都：四川人民出版社，1998 年，第78 页。
④ 茅盾：《子夜》，第 7 页。
⑤ 同上，第 25 页。
⑥ 同上，第 3 页。

到吴荪甫的工厂谋职。吴老太爷与吴荪甫父子交恶，但吴老太爷还是为了帮助仆人、友人而有求于儿子。《子夜》中一面讥讽着吴老太爷的痴愚病态，执拗顽固，以至于与"三百万人口的东方大都市上海"格格不入。一面透露出吴老爷向善的真诚，以及在主仆之谊、世交之情的敦厚体贴。吴老太爷身份与性格的多重性也使得茅盾所要呈现的"五千年老僵尸的旧中国"蕴含着更复杂的意味。

出于特定的政治诉求，茅盾需要在《子夜》中塑造出一个现代社会的对立面——腐朽与保守的封建势力。这使得吴老太爷被放置于一种被嘲讽的地位，他初到上海后那带有象征意味的死亡也显得十分牵强。但茅盾的内心或许并不想将其作为一个反面人物。如果茅盾需要将吴老太爷塑造为顽固封建势力的代表，那么大可将吴老太爷设置为一个纯然的保守顽固派人物，而不应该是一个满脑子革命思想的维新党。他甚至不应该是一个向善敦厚的正派人士。在表达政治理念之外，茅盾在小说中试图保有自己的一点认知与情怀。才使得吴老太爷被塑造为一个矛盾分裂的诡异形象。

事实上，茅盾没有将吴老太爷塑造为一个依靠土地经营剥削农民的地主或是一个乡村的高利贷盘剥者这样在我们固有认知中或许更典型的封建势力。而给予了吴老太爷独特的文化意味。帝制时代绅士阶层的身份也象征着传统社会对知识精英的道德要求。从这个意义上看，吴老太爷是民国时代固守着传统道德的正派绅士。不仅如此，无论是吴老太爷固执、强烈而又保守的道德感，还是他在处事方面的某种体贴，都暗含着传统社会的某种秩序，是乡土文明的表征。从这个意义上看，《子夜》中的现代都市文明就不是一个全然褒义的所在，而看似落后的乡村文明也不是一个纯然被否地存在。吴老太爷向善的虔诚和都市善棍的虚伪，吴老太爷的保守与都市的浮艳都显示出新旧两种文明的极端形态。

茅盾试图以政治理念和社会科学理论作为人物设置的某种依据。但这样的创作方式并不能让他感到满足，也抑制了他自身对于中国社会的分析和认识。这种矛盾纠结在吴老太爷身上的集中体现一直没有得到足够的认识。

吴老太爷及背后的家族被赋予的传统文化意味，其实预指着古老中国乡土文明对新兴现代都市文明的排斥冲突。吴老太爷受了现代社会的声光电化刺激而身亡，象征着传统社会观念和秩序在新兴城市文明冲击下的解体内地还有无数的吴老太爷，来到上海这样的资本主义现代社会就肯定会断气①。更重要的

---

① 茅盾：《子夜》，第 26 页。

是，曾经作为"革命者"的吴老太爷所具有的社会政治意味，暗示了现代资本主义社会的发展与传统绅士阶层的密切的关联。作为当时中国社会缩影的吴公馆客厅：有金融业的大亨，有一位工业界的巨头，还有快要断气的吴老太爷。但我们却往往忽略了吴老太爷正是工业巨头吴荪甫的父亲。吴荪甫是以吴家三老爷的身份出场的。小说中的大部分场合，吴荪甫都是以"吴三爷"、"吴老三"这样带有家族指向的称谓被人谈及。我们一直将吴老太爷视为吴荪甫的对立面，而忽略了二者的代际关系。吴老太爷的正派绅士身份和吴家的上层绅士背景暗示了中国现代化进程中，知识精英阶层不断的探索和努力。

诚然，《子夜》是一部是主题先行的小说。但是，茅盾除了在小说中表达特定的政治理念之外，也试图保有自己的一点认知与情怀。茅盾出身于江南地区一个绅商家庭。在成长求学过程中，他曾受到过一些类似于吴老太爷这样传统知识精英的大力帮助。而茅盾的父亲是前清秀才，也是一个维新党。因此，他对传统知识精英阶层保留了很高的敬意，也对作为维新派的父辈改良社会的努力充满认同和理解。同时，茅盾是中国共产党的最早一批党员。他对革命活动的实际参与让他深切地感受到了清末民国社会政治变革的复杂性。所以，茅盾笔下的吴老太爷也是一个矛盾的人物。对于现代都市而言，吴老太爷是一个古老旧中国的僵尸，对于乡土社会来说，他是一个温情善良又可悲可怜的传统知识精英。小说中，吴老太爷在进入都市后的猝死，也正是展现了民国时期，社会转型过程中，传统乡土文明与现代都市文明的冲突和碰撞。而茅盾既没有对现代都市文明纯然的褒奖，也没有对乡土文明做全盘的否定。

从中，我们也看到了，吴老太爷这样的正派绅士，虽然拥有良好的道德操守，但在劣绅横行，灾祸不断的乡村世界却依旧面临生存的危机。当他进入城市以后，他所看重和秉持的品格观念，又被视为落后的代名词。声光电化的都市也同样没有吴老太爷这样正派传统绅士的容身之所了。

三、抗战烽火中的正派绅士

抗日战争时期，传统正派绅士在民族浩劫中的遭际依旧引发着现代作家的创作兴趣。帝制时代已经终结了几十年，而传统绅士阶层依旧在乡土社会享有一定的权威和地位。端木蕻良的中篇小说《江南风景》就写了抗日战争时期，江南小镇上绅士的故事。

小说中的伍老先生是受到村民敬重的宿儒。"这伍老先生是激世愤俗的一流，又天生成一副韬晦的性格，自从鼎革之后，也曾在北京作过两任督学，后来觉得吴玉帅褚璞帅的，弄得他莫名其妙起来，便告了退，遄还乡里，遁居起来。老先生家自足自给，衣食有余，翻文弄典，也颇自得。……他原是章太炎先生的高足，又雅慕严几道之为人，所在30年之前，却是维新党。带着辫子也曾学过生光化电之学，一面致力的研究的‘乙’‘㽞’‘启’‘也’那样的玩意儿，一面却也念着什么‘奇录特因’‘温录奇儿’‘以太’‘开方’那些学问”①。伍老先生在辛亥鼎革以后能做京官，若非是前清官员也必须有着较高的科举功名。而伍老先生不仅有着良好的旧学素养，也接受过格致之学的新式教育。伍老先生是养菊名家，家中藏有名贵的书画作品，夫人也是名门之女，与家中下人的关系也十分亲厚。以帝制时代的标准来看，伍老先生不失为一位独善其身、风雅淡泊的正派绅士。

镇上另一位名门望族家的李缙绅仍旧混迹于民国政坛，“就凭这点儿刚愎自用，李缙绅就不知建了多少奇功伟业，打倒了多少英雄好汉，而在四十一岁那年就作了本镇的镇长”②。抗战烽火下，传言官员的官印都是存放在李缙绅的家里。相比之下，伍老先生本有掌控地方、参与政务的文化资本和政治资本，却已沉浸在归隐的状态。当战火即将波及小镇，掌管地方事务的李缙绅已经不知去向，伍老先生依旧安坐家中，守着古籍平静度日。

然而，战争的烽烟打破了伍老先生与世无争的平静生活。伍老先生老来得子，但独子都都却在乡下避难时被日本军队的飞弹炸死。伍老先生闭门研究，把古籍上制造炮仗火药的文献一条一条抄下来。他奋力在古籍中寻找御敌之术，甚至找到了黄帝蚩尤大战时的指南车一类典籍信息加以摘录，还想把自己的研究登在《杭州日报》上让大家公开来研究。伍老先生还把造鞭炮的人请到家里交流，并和家仆一起多次试验做飞灯。伍老先生废寝忘食想仿制炸死自己爱子的日本飞弹来杀敌报仇，自己被火烧伤，也不放弃。“伍老先生用最大的耐力与小心来对付这次试验，仿佛全中国的命运便都与这一次实验的成功与否有关。”③

但小镇上却因为伍老先生制作飞灯试验，流传起关于飞灯的各种带有迷信色彩的流言。甚至认为放飞灯是做汉奸为日本人打信号放飞灯。当乡民得知飞灯是伍老先生放的，伍老先生走在镇上受到了各种指摘。他养菊花的风雅嗜好，已经被当地乡民视为怪癖。乡民把他当作放七星灯的老妖怪，还指他要七

---

① 端木蕻良：《江南风景》，南昌：江西人民出版社，1981年，第4页。

② 端木蕻良：《江南风景》，第3页。

③ 同上，第26页。

个童男童女的活心来祭。真正的汉奸张巡扦还以伍老先生放飞灯是汉奸来转移大家的注意力。伍老先生不得不含恨终止自己的尝试。

日军入侵，当地的汉奸便衣队打砸抢了伍老先生的家。伍老先生在与老友茂才公感慨辛亥以来种种变故，表达对国运担忧和报国责任感时，被打砸抢的人打伤幸而得到花匠、家仆的救助才逃过一劫。劫后余生的伍老先生只能躺在病床上痴痴地看报纸上杭州失陷的新闻。

小说中，伍老先生执着地努力尝试以古代中国陈腐的技术抵御外敌入侵。这种天真和坚持，颇有些堂吉诃德的意味。《江南风景》创作于抗日战争的背景之下，也让人联想到伍老先生身上的特殊的寓意。小说中的伍老先生素来是不道国家长短的。但在试验飞灯御敌的时候，伍老先生却开始兴致高昂地谈论起国家与时局。伍夫人和家仆高升从来都是听到街谈巷议骂中国的，说中国人坏、穷、不长进。而伍老先生在研制打东洋人的武器时，两杯酒下肚就开始大谈中华文化之高，中国科学技术曾经的辉煌。伍老先生的爱国热情也一度高昂"'皮如不存，毛将焉附？国如不存，民何以堪，国人不知自爱，所以为敌所乘。从此，我们必须提高国民自尊心，加强民族自信力，使泱泱乎华胄，重显于天下……我是老腐败了，不能忠公为国了，孔子曰粪土之墙，不可坏也。此之谓乎？'伍老先生的两眼凄迷在一起了，但是心中的热情仍然不减"①。伍老先生对于传统文化有着极高的自信和热爱，但他也并不是幼稚地认为自己的研究真的能抗日。伍夫人指出伍老先生造的东西哄小孩玩可以，救国是不可能的。伍先生回答"我岂是不知时务的呢，……我知道这一生也完了，但是，我不还有一分精力吗，我便用在世上，不能带到坟墓去…… 要知道中国是全民抗战，既然是全民，自然身为小民之一，得也包括在内……吾岂好办哉，吾不得已也。所求乎尽心焉而已也。……我能作点子什么，我就作去，成功失败，在所不计也……"②。

伍老先生这样的正派传统绅士，早在面对民国初年纷乱的政局时就选择了退居田园。而侵略战争打破了他世外桃源般的生活。面对国仇家恨，这位饱学宿儒只能困兽犹斗，悲哀而无效地抗争。然而，传统正派绅士的道德操守，忧国忧民的责任感以及对精致典雅传统文化的精通，却在外来侵略和暴力面前不堪一击。

清季民国的社会政治经济转型中，传统绅士因自身特殊的地位一直在其中

---

① 端木蕻良：《江南风景》，第 25 页。
② 同上，第 29 页。

扮演着重要角色。然而，在社会变革的乱象中，也有一些原本致力于维新变法的传统绅士在进入民国以后选择了故步自封的生活。政局的动荡和地方秩序的混乱让一些正派的传统绅士无所适从。他们既无力改变现状，又不肯同流合污，并对传统文化恋恋不舍。在内忧外患之中，这些正派传统绅士的生存空间遭到不断挤压，成为时代变革的化石和祭品。

第九章　知识阶层的职业转型与精神困境

> 清季民初读书人在社会学意义上从士转化为知识分子似乎比其心态的转变要来得彻底。士与知识分子在社会意义上已截然两分，在思想上却仍蝉联而未断。民初的知识分子虽然有意要扮演新型的社会角色，却在无意识中传承了士以天下为己任的精神及其对国是的当下关怀。身已新而心尚旧（有意识新而无意识仍旧），故与其所处之时代有意无意间总是保持一种若即若离的状态。①
>
> ——罗志田

1905 年科举制度的废除，阻断了士子的仕途经济道路。新式学堂的出现，又为读书人开辟了一条新的发展道路。尽管，科举制废除以前，新式学堂就已经存在，但直到废科举后，新式教育才得到了迅速的发展。民国的成立更是对新式教育产生了不小的促进作用。接受了新式教育的知识青年群体逐渐庞大起来。这些曾被冠名为"新青年"的群体不仅是新文学的重要创作者和最重要的读者群，而且大量地出现在中国现代文学作品当中。长期以来，我们都习惯将这一类人物形象称之为小资产阶级。但对于小资产阶级的内涵外延以及文学作品中这些接受了新学教育知识分子群体的在具体社会历史情境中的身份特征我们却一直缺乏考察。

小资产阶级（petty bourgeoisie）这个在中国现代文学研究中占有重要地位

---

① 罗志田：《权势转移——近代中国的思想与社会》（修订版），北京：北京师范大学出版社，2014 年，第 122 页。

的概念，是一个经过日语、法语、俄语、英语等多种语言媒介传入的外来词汇，① 其内涵经历了由模糊、多义到概念固化的过程。在革命文学兴起之时，小资产阶级这一概念更多地指向对经济地位的描述，其所指也十分宽泛。不仅作为文艺工作者的茅盾称"几乎全国的十分之六是属于小资产阶级"②，毛泽东也认为"如自耕农、手工业主，小知识阶层——学生界、中小学教员、小员司、小事务员，小律师，小商人等"③ 都属于小资产阶级。1949 年后相关研究所使用的"小资产阶级"这一概念，则更偏向于一种意识形态上的划分。其含义与毛泽东同志四十年代发表的《在延安文艺座谈会上的讲话》中的观念密切相连。即将小资产阶级视为无产阶级的对立面，并直接与知识分子身份相等同。"中国的小资产阶级问题往往与中国知识分子混为一谈，或者直接被称为'小知识分子'。……凡是所受新式教育（不管何种形式取得）多于社会平均值的人，都有可能被视为知识分子。这种知识分子指的其实就是小资产阶级。"④

事实上，至少在新文化运动前后，小资产阶级并未作为接受了新式教育知识分子的固定代称。相对而言，更常见的称呼是"知识阶级"或"智识阶级"这样文化意味更浓，而经济意味单薄的名称。尽管，中国共产党在 20 世纪 20 年代初期，就已经开始形成对"小资产阶级"的政治观念。⑤ 但是，即便是在一些中共早期党员的政论性文章中，"知识阶级""智识阶级"这一称呼的使用都还十分常见，如李大钊的《青年与农村》（1919 年 2 月）、陈独秀的《中国国民革命与社会各阶级》（1923 年 12 月）、张国焘的《知识阶级在政治上的地位及其责任》（1922 年 12 月）、瞿秋白的《政治运动与知识阶级》（1923 年 1 月）等。国民革命前期，"知识阶级""智识阶级"这样的称呼仍然十分常见。国民革命军中甚至还曾喊出过"打倒智识阶级"的激进口号。当然，"小资产阶级"这样的概念也开始被使用。张太雷的《中国革命运动和中国的学

---

① 参见［德］李博：《汉语中的马克思主义术语的起源与作用》，赵倩等译，北京：中国社会科学出版社，2003 年，第 350—359 页。

② 茅盾：《从牯岭到东京》，《小说月报》，第 19 卷 10 号，1928 年，第 1145 页。

③ 毛泽东：《中国社会各阶层的分析》，《毛泽东选集》第 1 卷，北京：人民出版社，1991 年，第 5 页。

④ 郑坚：《吊诡的新人：新文学中的小资产阶级形象研究》，南昌：百花洲文艺出版社，2005 年，第 2 页。

⑤ 郭若平：《二十世纪二十年代中共"小资产阶级"观念的起源》，《中共党史研究》2011 年第 4 期。

生》（1925 年 1 月）一文中既使用了"智识阶级"也使用了"小资产阶级"，并对两个阶级做了一定的区分。文中开篇就谈道："智识阶级，因为他没有独立的经济基础，并且统治阶级需要他做压迫其他阶级的工具，他很有钻到统治阶级阵营里去的机会——所以常常是一个反革命的。……殖民地上的学生，格外地趋向于革命。因为他们是小资产阶级家庭的子弟，殖民地上的小资产阶级因受帝国主义的经济侵略已渐次贫困，以致青年学生在学校里读书常觉得经济的压迫；而一方面又因为本国的经济不发展，青年学生对于他们将来卒业后的社会地位不由得不起恐慌。"[①] 文中，小资产阶级被当作了对智识阶级内部的经济划分。

而"小资产阶级"这一概念真正进入文艺领域的大致时间是国民革命退潮之后，茅盾与"革命文学派"针对小资产阶级问题展开了争论。钱杏邨、傅克兴等人指责茅盾书写国民革命的小说《幻灭》《动摇》中的小资产阶级革命者存在严重问题且作者自身的文艺观念也有谬误。茅盾在回应文坛攻击时，承认自己所描写的对象是小资产阶级，但又指出面对大革命失败的动摇、幻灭情绪，并非小资产阶级所独有。此外，他还强调"中国革命的前途还不能全然抛开小资产阶级"，并反驳了革命文学派对小资产阶级文艺的否定态度，进而为文艺描写小资产阶级正名。[②] 论争使用的"小资产阶级"概念明显受到了当时政治话语的影响。此后，小资产阶级一词开始被文艺界普遍地使用。

但是，当我们落实到文学作品中具体的人物形象时，就不难发现以"小资产阶级"的概念指称接受了新式教育的知识青年，其实存在许多含糊笼统之处，也割裂了接受了新式教育的知识分子与传统士人之间某种客观存在的联系。以引发了关于"小资产阶级的文艺"与"革命文学"争论的小说《动摇》为例，就能清晰地看出其中的问题。

---

① 张太雷：《中国革命运动和中国的学生》（1925 年 1 月 17 日发表于《中国青年》第 62 期），中共中央书记处编：《六大以前——党的历史材料》，北京：人民出版社，1980 年，第 227 页。

② 参见钱杏邨《〈动摇〉书评》，《太阳月刊》1928 年，停刊号；《小资产阶级理论的谬误——评茅盾君底〈从牯岭到东京〉》，《创造月刊》1928 年 2 卷；茅盾：《从牯岭到东京》，《小说月报》1928 年第 19 卷 10 号，茅盾：《读〈读倪焕之〉》，《文学周报》1929 年第 8 卷。

一、绅士阶层与小资产阶级的纠葛

《动摇》发表之初，就被左翼文艺阵营批为尽是落后小资产阶级的种种阶级局限。茅盾当时的自我辩护及 1949 年后对《动摇》的陈述，似乎确证了其中人物小资产阶级的身份属性。1949 年以后的很长一段时期，将《动摇》对革命者的叙述解读为小资产阶级由于自身弱点而面对封建势力反扑时的动摇、懦弱几乎成了一种常识。小说中的主要人物方罗兰更是历来被指为带有先天阶级缺陷的小资产阶级革命者之典型。这位就职于县党部的革命者还被指为国民党左派，他在革命工作中的失误也被归于国民党左派的右倾动摇。而众所周知，国民革命时期，在国共合作的背景下，许多共产党员也在以国民党党员的身份参与政治工作。民国时期，也几乎仅有《动摇》俄文版译者在序言中将主人公方罗兰视作国民党左派。① 1949 年以后，将方罗兰这样在国民革命中懦弱、动摇的青年革命者归入国民党左派，不免有规避政治风险之嫌。党派或阶级的身份定性，在很大程度上掩盖了方罗兰这一国民革命时期青年革命者典型形象丰富的层次性，也干扰了我们对这一小说主要人物的全面解读。

《动摇》中对方罗兰的家世背景有明确交代。时任县党部商民部部长的方罗兰是县城本地人，出身世家。世家即"旧时泛指门第高，世代做官的人家"②。他的家族与县城内簪缨望族陆家是世交，他的妻子是和他门当户对的贵族小姐。由此可知，这位青年革命者其实也出身于传统绅士阶层。

然而，小说中一方面暗示出方罗兰的家庭背景与属传统绅士阶层上层的陆府相当，一方面又在书写他与陆氏这样没落贵族的区别。方罗兰出场之前，小说就借劣绅胡国光之口描述了他家的府邸。同样是世家，他的住宅已经没有了古色古香，家居摆设一应是新派气象。他的妻子是新式女性，他的家庭是新式家庭，他的职位是在新式政权。在个人生活和革命工作两条平行的叙事线索中，我们所看到的已然是一个现代知识分子。若不是作者刻意点明他的传统绅士阶层出身，我们已经很难把他与纯然旧学背景的绅士联系在一起。这位出身于传统绅士家庭的革命者，已然完成了由传统向现代的转换。而实现这一转换

---

① ［苏联］鲍里斯：《俄文本〈动摇〉序》，王希礼（vasilnjen）、戈宝权译（俄译本《动摇》为辛君译，苏联国家文学出版社 1935 年出版），见李岫编：《茅盾研究在国外》，第 228 页。

② 夏征农等编：《辞海》，上海：上海辞书出版社，2009 年，2070 页。

的最重要环节就是方罗兰接受的现代新式教育。

在清季民初的千年未有之大变局中，接受符合时代需求的新式教育，是传统绅士阶层向现代知识分子转变最重要和最根本的途径。清季种种变革催生了"社会结构变动中新知识青年群体取代士绅主导话语的历史进程"①。"至民国时代废除科举制度后，那些具有科举功名的士大夫则很快被排挤出政府，并被新式学校出身的官吏所替代。在正式的行政权力体制中，新学人士是主体构成。"② 对于方罗兰这样出身于传统绅士阶层的青年知识分子而言，接受新式教育为他们提供了参与现代国家政治的基本资格。在国民革命时期，接受了新式教育的现代知识分子更是以社会精英阶层的身份成了革命政府的中坚力量。

从小说中，我们不难发现，现代教育赋予了方罗兰进步的政治观念和现代政治技能。与传统绅士阶层分化出的劣绅，将政治变革视为投机营私的契机不同，方罗兰这样传统绅士阶层中接受了新式教育的知识分子，对于革命和现代政治理念有着较为深刻的理解与认同。方罗兰对于自己的革命工作，真心地信仰并愿意为之奋斗。他虽然困扰于个人情感纠纷，但却诚恳地为自己沉溺恋爱、抛荒党国大事感到羞愧。小说虽然表现过他在革命工作中的种种失误，但却从没有叙述过他在主观上对革命事业的背弃。与纯粹旧学背景的传统绅士阶层缺乏应对新兴政治体制能力的情况不同，方罗兰已经能够在新政体下熟练地完成集会、演讲等一系列现代政治的日常工作，成为县城里有政治实力的正派人士。

在政治活动之外，小说对人物情感生活细腻、生动的表现也历来受到较多关注。方罗兰的婚外情也常被视作除革命工作外，小资产阶级革命者空虚、动摇的又一力证。③ 但抛开单一的阶级观念来看，这一情节本身其实体现了青年革命者方罗兰在思想观念上的进步意义。

在传统社会中，若丈夫对妻子之外的女子动情，则并不需要产生方罗兰那样的纠结。即便是民国初年，法律也并没有禁止纳妾。然而，小说中方罗兰却无法坦然地直面自己对妻子之外的女人萌生爱意。相比之下，劣绅胡国光却能自然地游走于妻妾之间，左右逢源。这并不是一个反面人物卑劣之处的体现，

---

① 王先明：《历史记忆与社会重构——以清末民初"绅权"变异为中心的考察》，《历史研究》2010 年第 3 期。

② 王先明：《乡绅权势消退的历史轨迹——世纪前期的制度变迁、革命话语与乡绅权力》，《南开学报》（哲学社会科学版）2009 年第 1 期。

③ 参见樊骏等：《茅盾的〈蚀〉》（节选自 1955 年《文学研究集刊》，第四辑《茅盾的〈蚀〉和〈虹〉》），见孙中田、查国华编：《茅盾研究资料》，第 529 页。

而是旧有生活模式使然。方罗兰虽出身传统绅士家庭，却已没有一夫一妻多妾的意识和习惯。现代新式教育和现代社会思潮使世家出身的他，摆脱传统旧习，接受了进步的现代婚恋观念。

无论是从职业技能，还是思想观念来看，方罗兰这样出身于传统绅士家庭，并接受了高等教育和进步思潮洗礼的现代知识分子，都堪称现代意义上的社会精英阶层。若是抛开民国初年和国民革命时期的混乱无序局面，方罗兰这样的现代知识分子是能够成为常态社会中合格的地方管理者。阶级或党派的弱点和缺陷，显然无法解释这类人物在国民革命中的失败。

诚然，现代新式教育赋予了这些革命青年参与政治的"合法"身份。国民革命的深入和发展，更让他们获得了取代传统绅士阶层，管理地方事务的机会。但是，当革命深入至基层社会时，小说中又透露出这些革命青年所依傍的现代教育背景构成了他们在处理地方事务时的严重局限。

在传统四民社会中，"即使最低微的生员，也会在社会生活中拥有普通人没有的威慑力。士绅与平民不断在日常生活的各种细节中区分彼此，从而共同维护各自在权力关系中的身份"①。可是，民国初年，接受了新式教育的现代知识分子，却失去了通过自身拥有的知识文化资本在基层社会中获得政治资本的条件。"乡间子弟得一秀才，初次到家，不特一家人欢忭异常，即一村和邻村人皆欢迎数里外。从此每一事项，惟先生之命是从。……即先生有不法事项，亦无敢与抗者。……至一般新界人，其自命亦颇与旧功名人相抗，然其敬心终不若。盖一般乡民皆不知其读书与否，故其心常不信服也。"② 相对于传统的科举功名而言，新式现代教育在普通民众中极为缺乏认可和敬畏。

《动摇》中即便是目不识丁的钱寡妇都对前朝簪缨之家的陆氏一门报有溢于言表的艳羡之情。但方罗兰这样的现代知识分子，在民众中却得不到基本的尊重和认同。他虽出身世家，但是住处已经没有了传统绅士家庭高门大户的气势。从小说对他日常生活的叙述中，我们看不到他与平民阶层的区别。在政治工作中，他也只能依靠激进的革命言论来获得狂热民众的欢呼，且时时有被民众摒弃唾骂的危机。完成了传统绅士阶层向现代知识分子转换的方罗兰，尽管具备参与现代政治的能力，却已经丧失了传统绅士阶层在民众中的特殊地位与

---

① 李涛：《士绅阶层衰落化过程中的乡村政治——以20世纪二三十年代的浙江省为例》，《南京师大学报（社会科学版）》2010年1月第1期。

② 《霸县新志·礼俗志》，转引自魏光奇：《官治与自治——20世纪上半期的中国县制》，北京：商务印书馆，2004年，第36页。

崇高威信。

另一方面，与传统的经学教育不同。这类现代学科教育旨在赋予新一代知识分子适应现代化工业社会的职业技能，使他们能够成长为新的社会体制和经济形态下的精英阶层。但这种新的教育背景却使他们疏远了蕴含在传统经学教育中的世情人伦。此外，与分散于乡镇的传统教育不同，新式学校大多集中于城市，特别是大都市。"集中于大城市的高等学校吸引着走向分化的一批批绅士世家的子弟，因为近代社会变迁之后，通都大邑较多地接受了西洋文化，造成了城乡社会生活的极大差异。"① 出身世家的方罗兰，其生活方式和观念已经在接受城市现代教育的过程中发生了极大的转变。

以耕读为标榜的传统知识分子基本上遵循着在乡间读书，到城市为官，退任后还乡这样的人生轨迹。② 有着这种人生轨迹的传统绅士阶层，与基层社会和普通民众是有着紧密联系与接触的，所以在管理地方事务时具有很大的天然优势。但是新式教育下的知识分子毕业后就在城市居住工作，而大多不再回到地处基层社会的家乡。他们在城市中大可凭借自身的教育背景成为工业、学术、政治等领域的精英阶层，但却难以如传统绅士阶层一样自如地管理基层社会。③ 即便是从原先基层社会的实际控制者——传统绅士阶层中分化出来的现代知识分子方罗兰，也表现出了因长期的城市教育而脱离基层社会生活实际的特征。在清季民初的一系列社会变动中，这些接受了新式教育的现代知识分子已经不再具有与基层社会的"血脉关系"，"失却了传统士绅和百姓之间不可分割的联系"④。

知识背景和生活轨迹的巨大差异，使方罗兰这样出身于本县绅士家庭的革命者在基层社会中极度缺乏群众基础。连在地方政界经营多年的绅士胡国光也一直与他没有交往。在县城社会发生剧烈变动时，他仍一无所知地走在县城街道上，可见其在县城人脉关系的缺失。方罗兰在县城中的革命工作几乎都是通过集会演讲、开会讨论、投票表决、发电请示上级这几项程序完成。而这些程序实质上也只在革命者内部发生作用。从小说对方罗兰在县城革命工作的叙述

---

① 王先民：《近代士绅阶层的分化与基层政权的蜕化》，《浙江社会科学》1998 年第 4 期。

② 罗志田：《清季科举制改革的社会影响》，《中国社会科学》1998 年第 4 期。

③ ［美］孔飞力（Kuhn, P. A.）：《中华帝国晚期的叛乱及其敌人：1796—1864 年的军事化与社会结构》，谢亮生等译，第 237—238 页。

④ 王先民：《近代士绅阶层的分化与基层政权的蜕化》，《浙江社会科学》1998 年第 4 期。

中，我们几乎看不到民众的身影，民众仅仅是各种革命风潮下的抽象背景。

可以说，新式现代教育与传统社会顽固观念之间的矛盾，是传统绅士阶层分化出的现代知识分子在基层社会开展革命工作时，手足无措的重要原因。小说中流露出了对国民革命中这些现代知识分子现实困境的真诚同情与深切理解。这种情感也使《动摇》在发表之初饱受左翼阵营的攻击。但是，正因茅盾没有以刻板的阶级立场来规约自己的文学创作，才使得这部意在客观呈现社会历史的小说，展现出了社会历史本源的真实性与复杂性。

过去秉持阶级立场和党派观念对方罗兰这个人物的解读，漠视了清季民初社会骤变的特殊局面，也忽略了国民革命期间的具体社会形势。因而不免对《动摇》中塑造的方罗兰这一革命者形象造成误解。事实上，《动摇》中方罗兰这样的青年革命者，在国民革命中的所犯的错误并不是小资产阶级这样的阶级属性和国民党左派这样的政治派别所造成的。国民革命失败后陷入悲观、失望情绪的茅盾没有落入之后革命现实主义的窠臼将革命者神化，而是真实描绘了他们在陌生鄙陋的基层社会展开革命工作时的无措与迷茫。同样出身于绅士阶层又接受了新式现代教育，并在国民革命中有深入实践的茅盾，以自己切实的生命体验与生动笔触，塑造了方罗兰这样一个出身传统绅士阶层，又通过新式现代教育完成身份转型的典型新兴精英阶层的形象，细致、真切地呈现出了这一类革命者在取代传统绅士阶层治理基层社会时的困局。

《动摇》中所展现的传统绅士阶层子弟在国民革命中成为革命的中坚力量并参与到地方控制中的例子，无论是在历史现实还是中国现代文学作品中都十分普遍的。"自广东形成一个中国民众革命根据地以后，许多有思想的青年都跑到广东去了，大部分进了黄埔陆军军官学校。……中共党员互称为'大学同学'，而把青年团员称作'中学同学'。其实，整个党都是很学生气的，如当时的中央通告正文前的称呼，不写'同志们'，而写成'各级同学们'"①。国民革命时期，时人观察到："近一两月来各地知识阶级（包括学生言）往广东投效的踵接肩摩……据报载，自北伐军占阳夏，由沪往粤投效者三日内达三百人，由京往粤投者六百人，类皆大学生。"②

另一方面，我们也应该就注意到科举制度废除以后，新式学堂大多建在城市。从学制来看，学堂教学都是全日制的，耕读这种边生产边接受教育的形式

---

① 李一氓：《模糊的荧屏：李一氓回忆录》，北京：人民出版社，1992年，第46页。

② 百忧：《以科学眼光解剖时局》，《晨报副刊》1926年10月5日，转引自杨小辉：《近代中国知识阶层的转型》，上海社会科学出版社，2011年，第124页。

逐渐被打破。学生的路费住宿费都比科举时代赶考的费用高出很多。新式学堂不仅不像明清两代科举制度那样给官学和应考者以经济上的补贴，反而还要收取学费，而购买新式学堂教材的费用数目也不小。从新式学堂的费用和当时的收入水平来看，普通民众的子弟能够完成高小教育已属不易，基本不可能有接受高等教育的机会。时人对于教育过分向富贵家庭倾斜，农工子弟难以入学的情况都多有批判。① 而帝制时代的绅士阶层在经济上占有很大优势，加之重视子女教育的观念，这一阶层的子弟相对而言更多地享有接受新式教育的机会。张国焘在讨论时局的报告中指出，青年学生都出身于绅士阶层。②

在中国现代文学中反映国民革命的创作如《幻灭》《动摇》《走掉》等等都出现了大学同学、中学同学一起从事革命工作的叙述。而《动摇》中的方罗兰，郭沫若《骑士》中的佩秋，白薇的《打出幽灵塔》中的胡巧鸣、萧月林，《咆哮了的土地》中李杰、何月素……这些国民革命时期的革命青年都是出身于绅士阶层。而黎锦明的《尘影》的主人公熊履堂是乡下早孤的农家子，中学毕业后变卖 30 亩田地的家产到北京读大学。可是，据社会学家李景汉在 1928 年做的社会调查来看，以河北定县为例，拥有土地在 50 亩以下的家庭的受教育者中，受教育的平均年数为 3.92 年。③ 即便抛开地域差异来看，家里仅有 30 亩地是无力支撑熊履堂到北平上大学的。作者刻意地为熊履堂加上农家子的家世，又赋予他接受过高等教育的知识精英背景，并强调他的共产党员身份，实质上是在有意地塑造一个完美的无产阶级革命者形象，但这并不符合实际。茅盾、王任叔、郭沫若、白薇、蒋光慈、聂绀弩、黎锦明等参与了国民革命知识青年，也都出身于绅士家庭或接受过以科举考试为目的的传统教育。

五四时期，绅士家庭出身的子女在接受了新式教育之后，开始寻求个人的自由并与旧式家庭抗争，实现了绅士阶层在思想文化观念和身份上的现代转型。国民革命及之后的这些文学书写和作者本人的经历，也正反映了继针对旧家庭的文化革命之后，在针对阶级的社会革命运动中，知识精英转型的深化和流变。这种身份转型所承载的社会历史现实并不是小资产阶级这样的概念所能涵盖的。

---

① 参见杨小辉：《近代中国知识阶层的转型》，第 66 页—72 页。

② 《华南时局》（张国焘的报告，一九二七年一月三十一日于汉口），转引自［苏］А. В. 巴库林：《中国大革命武汉时期见闻录》，郑厚安等译，北京：中国社会科学出版社，1985 年，第 314 页。

③ 李景汉：《定县社会概况调查》，上海：上海人民出版社，2005 年，第 245 页。

二、绅士阶层的衰变与现代精英的出现

除了暴力革命这种非常态的社会发展因素之外。清季民国以后，社会经济的现代化进程所催生的新兴职业也使原本依靠科举考试走仕途经济道路的读书人有了不同的职业选择。正如上文所述，新式学堂大多建于城市。而民国时期社会经济发展不均衡，在城市接受了新式教育的现代知识精英相对更愿意也最有可能在城市找一份与所学专业相关的工作。城市的职员阶层也逐渐产生，成为知识精英阶层现代转型的重要形式。

中国现代意义上的"职员（salaried employee）"阶层，诞生于19世纪末20世纪初。它是介于以企业经营者和地方精英为主的资产阶级以及作为民众运动承担者的工人之间的社会科学意义上的中间阶层。随着清季民国，中国社会化大生产和现代社会组织的发展，催生了许多新兴职业，也发展出了律师、公务员、工程师、行政管理人员等从事非体力劳动的职员阶层。这些人在当时被称为薪水阶级、长衫阶级、写字间阶级等。①

中国现代文学作品中大量出现的公务员、中小学教员等人物形象就正属于民国时期的职员阶层。现有的许多研究往往将职员笼统地称为小资产阶级或是与工人混为一谈。其实，民国时期小资产阶级的外延十分广泛，不仅包括了小知识阶层，也包括自耕农、手工业主和小商人等拥有类似经济地位的群体。②另一方面，民国时期职员与工人之间也有相当的界限。民国时期公共租界工部局社会工业处的相关调查报告③，以及19世纪20—30年代论述工人问题的著

① 参见江文君：《近代上海职员生活史》，上海：上海辞书出版社，2011年，第2、3页。
② 参见毛泽东：《中国社会各阶层的分析》，《毛泽东选集》第1卷，第5页。
③ 参见《上海共租界工部局工业社会处关于华籍职员生活费的临时指数》，上海档案馆U1-10-58；《上海共租界工部局工业社会处关于上海市生活概况的调查报告》，上海档案馆U1-10-129。转引自江文君：《近代上海职员生活史》，上海：上海辞书出版社，2011年。

作中最早论及"职员"的《上海产业与上海职工》①，都明显地将职员和工人区分开来。上海职员阶层与上海工人在家庭规模，日常开支，文化生活，子女教育等方方面面都有显著差异。而职员阶层的收入水平和生活条件也明显优于工人阶级。当然，进入职员阶层的门槛也比工人高。从民国时期的社会统计调查数据来看，大部分职员都拥有中学以上的教育程度。② 民国时期新式教育的学费颇高，一般家庭难以承受。绅士家庭子弟是职员阶层的重要来源。③

在叶圣陶的小说《倪焕之》中，倪焕之的父亲想着要让儿子发达，"习商当然是不行的。这时还行着科举，由寒素而不多时便飞黄腾达的，城里就有好几个。他的儿子不也有这的巴望么？到焕之四五岁时，他就把焕之交给一个笔下很好，颇有声望的塾师去启蒙"④。当倪焕之能写到三百字以上的策论有能力应考时，科举却废止了。就在他的父亲颇为失望之时，听说新学堂与科举殊途同归，就送儿子去接受新式教育。而接受新式教育的倪焕之并没有走上与科举殊途同归的道路步入政界官场，而是做了新式学校的教员，成了现代职员阶层。在新式教育兴起以后，师范是法政之外与"举业"最接近的专业，毕业后从事的职业也与传统塾师接近。因此成了知识精英现代转型过程中的重要职业。

除了教师这类与科举时代类似的职业的之外，30 年代民族工商业的发展也为知识精英的现代转型提供了新的出路。《子夜》中的屠维岳就是这样的例子。吴荪甫工厂的职员屠维岳通常被视为资本家破坏工人运动的走狗。但他在处理工潮时运筹帷幄的镇定姿态又获得了部分读者的好感。从茅盾给予他的特殊身世背景来看，茅盾并非有意将其作为一个纯粹的反面角色。屠维岳是得到吴老太爷赏识的人才，因吴老太爷的推荐而获得工作机会。这种赏识和帮助源自一种世交关系——他的父亲是上一代老侍郎的门生。在传统社会的科举考试中，中试者即为主考官的门生，从而形成了科考与官场中一种特殊而密切的人脉关

---

① 《上海产业与上海职工》一书，于 1939 年在香港远东出版社出版，署名：朱邦兴、胡林阁、徐声编。该书是当时中国共产党为了加强对上海地区职工运动的领导，组织人员搜集材料编写，最后在当时中共江苏省委领导刘长胜指导下，由顾准整理编成，编者三人属假名。这本书实际上是中国共产党对上海工业、经济和工运史的一次较有系统的综合性初步调查。——参见朱邦兴等编：《上海产业与上海职工》，上海：上海人民出版社，1984 年，前言部分内容。

② 刘德恩：《职员阶层的兴起——民国时期上海职员的生活与教育研究》，博士学位论文，华东师范大学，2004 年，第 15 页。

③ 江文君：《近代上海职员生活史》，第 70 页。

④ 叶绍钧：《倪焕之》，上海：开明书店，1949 年 3 月，第 13 版，第 9 页。

系。而茅盾也刻意用这一层关系，交代了屠维岳绅士阶层的出身背景。

茅盾在小说创作中，总习惯于对人物身世进行回溯。而这种有关身世的叙述并非没有意义的闲笔。茅盾笔下的绅士阶层有着鲜明的道德区分，对于劣绅极尽嘲讽，对于正派绅士又忍不住一股敬慕之情。对于绅士阶层子弟在社会现代化转型中的苦闷更是充满理解。茅盾给了屠维岳正派绅士家庭的出身。可见，他内心并不希望将他作为一个反面人物形象来塑造。屠维岳所表现的是传统绅士家庭子弟在社会现代化过程中的转型。

在传统社会中，绅士家庭的子弟多半会沿着科考仕途的道路发展。社会体制的变化打破了读书人的发展轨迹。屠维岳这样的绅士阶层子弟，成了一名现代工厂职员——"二十元薪水办杂务的小职员"①。

《子夜》所描写的20世纪30年代的上海，正是中国现代职员阶层获得较大发展的时期，民族资本也成了当时容纳职员的重要场所。吴荪甫工厂里的小职员太多，以至于精明的他也不能把职员都认清楚。不过，当时社会经济发展水平不高，职员岗位有限。要想跻身职员阶层，家庭关系背景是十分重要的砝码。屠维岳也正是靠着家庭关系进入工厂做职员。民国时期，职员阶层的来源相当复杂。小说中的职员既有屠维岳这样的绅士阶层子弟，也有莫干丞这样的家仆，甚至也包括了管车王金贞、稽查李麻子这样的流氓。这些曾经从属于不同社会阶层的人，共同融入了现代职员这个新兴的社会阶层。

《子夜》中，职员阶层与工人阶层的关系也得到了很大程度的表现。吴荪甫一直依靠莫干丞等工厂职员，管理工人，之后又启用了小职员屠维岳，试图瓦解工潮。在处理工潮的过程中，也主要是屠维岳召集了四五个重要职员一起商议。职员成了资本家管理工人的一种中介。从时人的调查来看，民国时期"一般工人不是仇视职员，便是对职员客气，他们所以仇视职员，是因为工厂里的管理员与办事员，处处帮助经理、厂长来剥削他们，欺凌他们。他们所以对职员客气，是因为他们看到，职员在社会上比他们好似高一等的人物"②。资本家也会刻意地任用职员，统治工人。职员优于工人教育程度和收入，加之自身的管理地位，使两个阶层形成了某种对立。屠维岳就因为协助吴荪甫瓦解工厂，而被女工称为"屠夜壶"，成为女工仇视的敌人。与许多左翼小说不同，《子夜》在表现工潮时，不仅描写了工人阶级，还着重展现了职员阶层在其中的作用。

---

① 茅盾：《子夜》，第143页。
② 朱邦兴等编：《上海产业与上海职工》，第700页。

20 世纪 30 年代末，国共两党才开始发现和重视作为社会中间阶层的职员的价值，并对职员与工人做出明确的区分。尽管在之前的文学创作中，职员的形象已经大量出现，但是《子夜》对职员阶层与工人之间关系的表现却在中国现代文学作品中并不多见。可见，茅盾对于社会阶层结构的变动有着先于政党理念的某种敏感认知。

茅盾在描写屠维岳这个小职员时，带有鲜明的个人感情投射。传统绅士家庭出身的屠维岳表现出了与众不同的性格气质。与莫干丞等家仆出身的工厂管理人员和工会人员比，屠维岳是有些读书人的傲气的。这是一个眼睛里透着"自然而机警的光辉"① 的白净的年轻人。"他是聪明能干，又有胆量；但他又是倔强。"② 在他与吴荪甫的对话中，屠维岳总是鞠躬，微笑，彬彬有礼，不卑不亢，进退有度。他在处理工厂工潮时也表现出了运筹帷幄的气度。作为企业家的吴荪甫感叹于莫干丞等人只配在乡下收租讨账，而无法胜任现代工业管理职能。而作为工厂行政管理职员的屠维岳也同样面临着缺乏专业管理人员配合和宗族裙带关系干扰的职场困境。二者一体两面，共同构成了当时民族资本发展内在缺陷的直观反映。

茅盾塑造屠维岳这样一个出身传统绅士家庭的职员形象，不仅源自对与现代资本主义发展相伴而生的新兴社会阶层的关注，也与个人经历有关。茅盾出身于一个绅商家庭。北大预科毕业后，他在商务印书馆的工作，就是典型的职员阶层。《子夜》这部小说正密集地展示了传统知识精英阶层的现代转型及由此带来整个社会阶层的躁动。

当然，从经济收入和社会地位来看，职员阶层内部与绅士类似也有上下层之分。一般的小职员和中小学教师明显属于职员阶层的下层。屠维岳一个月二十元薪水略高于工人。鲁迅的《孤独者》中所写的山阳学校里的人们，就是"月薪十五六元的小职员"③。沈从文的《岚生同岚生太太》中"岚先生在财政部是一个二等书记，比他小一点的还有三等书记，大一点的则有……太多了。……他是每个月到会计处领三十四块钱薪水的书记，就得了。"④《果园城记》中，从省农业学校毕业在果园城农林试验场工作的葛天民，"每天的工作报酬仅仅够买一家人的简单蔬菜，到了民十五（年）、十六（年）、十七

① 茅盾：《子夜》，第 136 页。
② 同上，第 139 页。
③ 鲁迅：《鲁迅全集》第 2 卷，第 101 页。
④ 沈从文：《沈从文全集》第 1 卷，第 272 页。

（年），连买菜的钱也没有了"①。蹇先艾的小说《松喜先生》中，出身于绅士家庭的松喜先生面对时代的变化感到痛苦而迷茫。"他并没有什么地方不如别人：科学，白话文虽然完全不懂，旧学他却是下过一点苦功的，长篇的策论八股从前也不知做过多少。啊！想不到如今竟会这样的落魄，只能在人家手下抄写几篇公文，像雇佣似的一个月领取二十元的工资，连供养家室也不够，一年四季都在号啼着困穷。"②巴金的《寒夜》中的汪文宣也属于这种低薪的小职员。

　　科举制度的废除以后，社会阶层的晋升渠道不畅，下层读书人的收入水平较之帝制时代急剧下降。中小学教员在当时不但工资极低还时常被拖欠。民国教育偏重于高等教育，留给中小学的教育经费极少③。"科举时代一个生员充当塾师，一年的收入就大约有 100 两银子，大约是当时一名长工收入的 10—20 倍。"④而到了 1933 年，全国小学教师的平均月薪比城市工人的还要低⑤。而大学教授的收入与科举时代获得举人甚至进士功名的绅士充当书院山长的收入相比，毫不逊色⑥。国联教育考察团所做的《中国教育之改进》一书中，就谈道："按欧洲小学教师与大学教授薪水之差，未有超过 1：3 或 1：4 之比者，而中国较大若干倍（1：20，或者超过此数）。此种薪水标准之差别，应设法减少。"⑦由此，我们就不难理解叶圣陶的小说创作中为何频繁出现中小学教师被欠薪，经济窘迫的叙述；黎锦明的小说《懦夫》中的公立小学校长章玉甫如此贫寒；师陀的《果园城记》中，小学教员贺文龙"为着一个月能拿到手二十至多二十五元薪水，他每天须在五点半以前起床，六点钟他要到学校里监督学生自习；八点钟他走上讲台，然后——不管是冰雪载地的深冬或赤日当头的盛夏，他必须像叫化（花）子似的叫喊一天，直到他累的白沫喷出嗓子破哑"⑧。

　　帝制时代，下层绅士与农工之间的巨大的经济收入差距在民国逐渐消失

---

① 师陀：《果园城记》，第 29 页。

② 蹇先艾：《盐的故事》，第 122—123 页。

③ 杨小辉：《近代中国知识阶层的转型》，第 64 页。

④ 同上，第 198 页。

⑤ 刘来泉，管培俊，蓝士斌，《我国教师工资待遇的历史考察》，《教育研究》1993 年第 4 期。

⑥ 杨小辉：《近代中国知识阶层的转型》，第 198 页。

⑦ ［德］C. H. Becker，［法］P. Langevin，［波兰］M. Falski，［英］R. H. Tawney 著；国立编译馆译：《中国教育之改进》（全 1 册），1932 年，第 46 页。

⑧ 师陀：《果园城记》，第 87 页。

了，处于社会中下层的知识精英经济状况的拮据也使得他们的社会地位也较之帝制时代急剧下降。然而，这些在社会身份上已经由士人变为知识分子的一类人，却在无意识层面保留了传统士人的心态。这种现实处境和内在心态的矛盾成了中国现代文学中下层知识分子苦闷焦虑的重要原因。绅士身份与普通知识分子之间的联系越来越淡漠。对于读书人而言，绅士的内涵外延都发生了转变。

五四小说就已经出现了一些新旧意味混杂的"绅士"形象。俞平伯的《花匠》中，花匠热情招呼的恁老爷是个坐在红色轿车里的"白须的绅士"，"穿着狐皮袍子，戴了顶貂帽，一望便像个达官"①。随着现代社会分工和工商业的发展，城市的职员阶层中出现了军政中高级官员、大学教授、银行经理、工程师等高收入的上层职员。沈从文的《八骏图》、钱钟书的《围城》中的大学教授、《寒夜》中大川银行的陈经理等人物形象就属于现代职员中的上层人士。一些传统绅士和绅士家庭子弟也开始转向这些职业，成为一种与乡土社会无关的充满都市生活气息的绅士。冯沅君《误点》中，继之的哥哥俨如想撮合她与杜梅尘的婚事。杜梅尘的"祖父曾在陕甘开府，他的哥哥是 XX 银行的经理，真是个世家公子；他虽是督军署的参谋，是个政界上人。你看他的谈吐不象个名教授？他原是美国的法家博士，且喜吟咏。……是的，他真是个绅士"②。蹇先艾的小说《狂喜之后》中，新式学堂的女学生娴的父亲是前清官员，民国时期做了医生，家境丰裕。③ 钱钟书的《围城》方鸿渐父亲是前清举人。在上海组织了一家小银行，做了经理的同乡想与举人家结亲，就把女儿许配给方鸿渐。尽管未婚妻早逝，但准岳父还是出资供方鸿渐出国留学，希望他能得个"洋进士"的名号。方鸿渐买了博士文凭回国后，最初就在准岳父的银行做职员，之后又在内地的高校谋了教职。这些小说中的绅士既与帝制时代的官绅阶层有一定的联系，但又已经具有更现代的气息。财富、地位和文化共同成了民国时期绅士的某种身份特征。

较之科举时代的绅士阶层而言，接受了新式教育的现代知识精英内部收入水平和社会地位急剧增大。而伴随着城市富裕的知识阶层的出现，"绅士"这样的称呼在文学领域也变得混杂起来。绅士既可以指帝制时代的获得科举功名

---

① 赵家璧主编：《新文学大系·第四集·小说二集》，上海：上海文艺出版社，1981年，第40页。

② 冯沅君：《冯沅君创作译文集》，袁世硕，严蓉仙编，第45页。

③ 蹇先艾：《狂喜之后》，见蹇先艾：《朝雾》，上海：北新书局，1928年，第125页。

的士子或是退任的官员以及指民国以后不一定具备文化身份的地方实权人物，也可以指称城市中收入较高，生活衣着体面的知识阶级。

哪怕是同一个作家，在不同的作品中使用的"绅士"这一称谓其内涵也不尽相同。例如茅盾、白薇等。城市的绅士形象也常常以一种负面的姿态出现。黎锦明的《柿皮》中就写到了两个身着西服的绅士："那瘦长脸的绅士，我认识他；即使不认识他；即不认识，他胁下夹着的凡亚林，看来也大概像个音乐家了；那矮小畜短髭的说出话来很堂皇有节奏，依他提着的黑提包看来，却有一半像大学的教授了。"[①] 这两个绅士对一个可怜的小乞丐极尽揶揄玩弄，并用文雅的言辞嘲弄小乞丐的悲惨境遇。随着城市中富裕的现代知识阶层的出现，绅士也指向了某种文艺上的审美趣味，如新月派的绅士风度。但这种带着都市有钱有闲的绅士趣味和绅士形象，常常带有一点贬斥的意味。

社会阶层上升渠道的堵塞，以绅士身份获得收入的途径消逝，知识精英群体内部的收入差距的急剧增大，这些都在很大程度上成了现代知识分子内部分化以及现代作家的文学、政治选择的内在诱因。

三、绅士阶层与绵延的再造文明之路

传统绅士阶层中的中下层和绅士阶层的子弟通过新式教育完成了向现代知识分子的转换。传统绅士阶层中处于上层的一部分人在清季就选择了教育文化渠道之外的转型之路。状元张謇就选择了从事与国计民生密切相关的商业活动。而与一般绅商转换不同，张謇从商的目的仍旧带有政治上的救国意味。总体上看，清季绅士经商现象也十分普遍。茅盾在《霜叶红似二月花》中就写到了五四前夕江南地区的绅商的生活。到了《子夜》这部作品中，茅盾则摆脱了绅商这种带有清代到民国的过渡色彩，直接书写民族资产阶级。而我们过去一直忽略了小说中的民族资产阶级并没有脱离与传统绅士阶层的联系。吴荪甫在民族资产阶级之外，也同样还具有一层知识精英的身份。吴荪甫身上体现了知识精英现代转型的另一种样态。

吴荪甫与传统绅士阶层的联系以及他的知识精英身份在很大程度上影响了茅盾对人物形象的塑造。这种特征在与作为买办的赵伯韬的对比中，我们能有更清晰的认识。"鸦片战争以后，外国在华洋行雇用中国人做它们的代理人，

---

① 黎锦明：《电》，第 195 页。

这些代理人被称之谓'买办'。"① 民国时期，买办的职业化倾向已非常明显。而买办作为一种职业，有着具体的行业类别和分工。《子夜》中的赵伯韬虽被定性为金融买办，但总体上看，他却是一种抽象形态的买办阶级。赵伯韬被简单地符号化为外国资本经济侵略的工具。

与《子夜》中对各色人物绅士阶层出身背景不厌其烦地讲述相比，买办赵伯韬是多少显得有点"来路不明"的。在对外贸易方面，广东有地利之便，买办制度在广东最早出现也最为兴盛。早期的买办几乎为广东人所独占。② 赵伯韬的籍贯也正体现出了买办阶层的地域特点。但《子夜》中除了说明买办赵伯韬，是个广东籍买办之外，并没有对他的背景有所介绍。相比之下，我们再看《子夜》中对吴荪甫家世背景的叙述，就会发现小说中许多一直被忽视和误解的意味。

《子夜》对于吴老太爷的叙述也是对吴荪甫身世背景的一种交代。而这种身世背景也存在，也使我们有必要重新审视吴荪甫这一作为民族资产阶级代表的人物形象。《子夜》将吴荪甫描述为工业界的巨子，也谈及了在他在开办工厂之前就拥有极为雄厚的资本。小说中，吴荪甫曾感慨："开什么厂！真是淘气！当初为什么不办银行？凭我这资本，这精神，办银行该不至于落在人家后面罢？现在声势浩大的上海银行开办的时候不过十万块钱……"③ 工厂主周仲伟和陈君宜是洋行买办起家，之后办了工厂。但小说中似乎并没有交代吴荪甫巨额资本积累的由来。

实际上，茅盾在交代吴老太爷身份背景时，就暗示了吴荪甫拥有较大的家族财富积累。《子夜》中强调了双桥镇的吴家是名门望族，祖若父两代侍郎。侍郎是"清代中央六部和理藩院的副长官。正二品。虽为副职，但与尚书同为该衙门堂官，都有权单独向皇帝建言"④。中国传统知识精英在通都大邑为官，退任后返回乡里为一方绅士。吴家这样祖上拥有高层仕宦经历的簪缨之家，无疑属于绅士阶层中的上层。十九世纪晚期，绅士及其直系亲属约占全国总人口的2%，却获得了国民生产总值的24%。绅士的人均收入为普通百姓人均收入的16倍。⑤ 上层绅士的收入则更加高。19世纪以后，在西方的冲击下，绅士

---

① 黄逸峰：《旧中国的买办阶级》，上海：上海人民出版社，1982年，第1页。
② 沙为楷：《中国买办制》，上海：商务印书馆，1934年，第5页。
③ 茅盾：《子夜》，第63页。
④ 邱远猷：《中国近代官制词典》，北京：书目文献出版社，1991年，第9页。
⑤ 张仲礼：《中国绅士的收入——中国绅士续篇》，费成康，王寅通译，第325—326页。

转向商业获取财富的情况也有所增加。① 双桥镇上吴家的钱庄、当铺也极有可能是传统的家族产业。也正是这样的家庭背景，使吴荪甫获得了发展实业的雄厚经济资本。

在《子夜》这整部小说中，我们很难看到吴荪甫对于金钱的计算和看重。即便写到了他对于筹款的焦虑，但他几乎没有表现过对经济利益本身的关注。当丝业遇到困难时，吴荪甫想到的是"中国民族工业就只剩下屈指可数的几项了！丝业关系中国民族的前途尤大！"② 他愿意为中国工业的前途继续努力。当农匪劫了双桥镇，吴荪甫所痛惜的却并不是他的钱庄，当铺，电力厂，米厂，油坊的损失，而是他三年来"想把家乡造成模范镇的心血"③。面对信托公司的发展草案，他憧憬的是"高大的烟囱如林，在吐着黑烟；轮船在乘风破浪，汽车在驶过原野"④ 这样一幅工业化发展的场面。这种场景给他带来的由衷的兴奋甚至消解双桥镇带来的打击。吴荪甫明知朱吟秋等人没有实力，但为了避免他们的企业判给外国人，增加外国工业在中国的实力，仍旧以中国工业的前途为计，坚持救济他们的企业。这一点让他的合伙人都深感敬佩。

吴荪甫的这种种重义轻利的表现，不仅与现实中重视经济利益的商人形象相去甚远，而且与茅盾最初的创作构想背道而驰。以至于不免让人对小说中的无产阶级工人运动产生某种反感。这样一个心系中国民族工业的商人与茅盾所自称想要表达的主题之间无疑是充满矛盾的。有不少研究都已经发现了《子夜》内部的裂隙。然而，我们却并没有真正了解吴荪甫身上这些吊诡意味的真正由来和寓意。

尽管，民国时期的中国资本大致上被分为官僚资本、买办资本和民族资本。但实际上三者之间并没有明确的界限。中国现代资本主义经济的发展很大程度上源于外国势力的影响。最初从事现代资本主义经济生产的商人很难与外国资本划清关系。许多所谓民族资产阶级都有过买办洋行的经历。不少民族资本家最初都有买办的身份。"中国资本主义发生时期，大量存在着买办商人的资本向民族资本的转化……买办与民族资本家之间没有鸿沟，可以一身而两任。"⑤ 晚清和民国时期，买办充任政府官员的情况也都时有发生。⑥

---

① 张仲礼：《中国绅士的收入——中国绅士续篇》，费成康，王寅通译，第 139 页。
② 茅盾：《子夜》，第 63—64 页。
③ 同上，第 122 页。
④ 同上，第 128 页。
⑤ 潘君祥、顾柏荣：《买办史话》，北京：社会科学文献出版社，2011 年，第 135 页。
⑥ 同上，第 127—135 页。

20 世纪初，社会对于买办的评价是复杂而矛盾的。一方面，"那是一当买办，便可招摇摆阔，气焰之大甚于道台，所以买办是有钱有势，人人争以作买办为荣"①。另一方面，买办又被视为"洋奴"，一些买办自己都看不起自己的职业。

而买办成为革命的对象则出现于国民革命时期。1924 年广东商人曾集合起来武力对抗当局的捐税。这次很快就被镇压下去的商人武装暴动史称"广州商团事件"。此次武装暴动事件由广州商团团长陈谦伯发起。为了攻击陈谦伯，国民党故意将其担任英国银行买办的身份与他反对广州革命政府的行为联系起来。"买办"一词由此脱离一种职业，而被赋予了浓厚的政治意识形态意味，成为帝国主义走狗的代名词。"打倒买办阶级"成了国民革命中"打倒帝国主义"口号的一种补充。② 茅盾曾在《动摇》中详尽表现的商民运动，其重要目的之一就是改造买办阶级操办的旧式商会。③

对《子夜》创作影响颇大的瞿秋白，于 1926 年 7 月在《向导周报》上发表的《上海买办的权威与商民》被视为一篇研究买办的开山之作。④ 文中，瞿秋白提出了"买办阶级"这样的概念。虽然他认为买办内部政治倾向有所不同，但还是指责了上海总商会由买办把持，包揽卖国卖民的行为。⑤

深入参与国民革命的茅盾自然了解买办在政治语境下的意义。而《子夜》中的买办形象也很大程度基于这些将作为职业的买办意识形态化的社会政治理论。赵伯韬作为买办的职业特点，被扭曲为纯然的外国列强侵华工具。他的个人生活作风也是腐化堕落。而买办出身的工厂主朱吟秋，不善于经营，而且欺骗工人，只顾自己享乐。

与买办阶级相对的另一个概念——民族资产阶级——也是在国民革命时期建构起来的概念。为了团结更多的社会群体支持革命事业，革命政府当局对资产阶级进行了内部细分。买办资产阶级因与帝国主义之间存在密切的利益关

---

① 姚公鹤：《上海闲话》，上海：上海古籍出版社，1989 年，第 47 页，转引自马学强，张秀莉：《出入于中西之间——近代上海买办生活》，上海：上海辞书出版社，2009 年，第 8、9 页。

② 参见冯筱才：《北伐前后的商民运动（1924—1930）》，第 17—29 页。

③ 《中国国民党第二次全国代表大会宣言及决议案》，中央势行委员会，1926 年，第 60 页。

④ 易继苍：《买办与上海金融近代化》，北京：知识产权出版社，2006 年，第 5 页。

⑤ 秋白：《上海买办阶级的权威与商民——谈谈上海的商会和上海的华人》，《向导周报》1926 年第 162 期。

系，而被视为不可信任的反动势力。而资产阶级中的另一部分独立于外国经济实力的商人则被划为了民族资产阶级，并成了革命的同盟。但实际上，所谓的民族资产阶级和买办阶级之间很难划分出明确的界限。很多所谓民族资产阶级都是由买办转换而来。二者的区分很大程度上取决于他们对于革命的态度。对此，茅盾自己也非常清楚，因此《子夜》也有一部分工厂主原来就是买办。

另一方面来说，传统绅士阶层由于特殊的社会地位和经济资本，其中也有很多人成了买办。茅盾在其他小说中也提到了绅士阶层从事买办职业的情况。茅盾没有让主人公与这些行业沾上联系，他刻意地使吴荪甫与买办这样带有"原罪"的背景划清了界限。即便是与吴荪甫合作的工厂主们，也都是在为自己的经济利益作打算。而吴荪甫则寄望于"只要国家像个国家，政府像个政府，中国工业一定有希望的！"[1] 他热心实现家乡双桥镇的现代化。他筹资办银行也是为了拯救民族工业。就连他致力于解决工潮也构成了振兴民族工业的某种努力。

在茅盾个人情感的投射之下，吴荪甫的富国强国理想被无限的放大和强化。茅盾最初的创作构想几乎被完全打破。《子夜》演变成了吴荪甫与赵伯韬之间一种正与邪的较量。而工人运动也不由得带上了罔顾大局的味道。

吴荪甫塑造为这个醉心民族工业振兴的企业家，显然充满了茅盾自己的个人想象。民国时期的民族资产阶级并不具备这么高尚的道德情操和理想。吴荪甫这样一种近似于一个理想主义的政治家的形象，不仅脱离了当时实业家的基本事实，也消解了小说原本构想的主题。一些学者将《子夜》中吴荪甫刚毅强力的形象，归结为茅盾早年因父亲病弱早逝带来的心理缺失的某种补偿。而表叔卢鉴泉在茅盾成长过程中，扮演了一种强有力的支持者和保护者角色。卢鉴泉后来成为民族资本家，使茅盾在塑造吴荪甫这一人物形象时不自觉地投入了自己对于卢鉴泉的好感。

但这其中有一个重要因素被我们忽视了，卢鉴泉的身份不单只是民族资产阶级。卢鉴泉的祖父卢小菊是高中前五名内举人，在镇上的绅缙中有很高的名望。[2] 卢鉴泉与茅盾的父亲同年应考，获得举人的功名。卢鉴泉是绅士家庭中，考取科举功名的优秀子弟。[3] 传统绅士卢鉴泉在民国以后完成了身份转换。他在金融业等兴业济世方面的努力和成绩获得了茅盾的认同和尊敬。茅盾

---

① 茅盾：《子夜》，第 64 页。

② 茅盾：《我走过的道路》上，第 9 页。

③ 同上，第 33 页。

出身于下层绅士家庭，对传统绅士阶层抱有独特的好感，也认同正派绅士在推动社会经济发展中的积极作用。①

　　茅盾为吴荪甫编织的绅士阶层身世背景是带有某种正统意味的。吴荪甫游学欧美的背景，使他具有一种知识精英的身份而与一般买办、商人出身的工厂主区分开来。作为民族资产阶级的吴荪甫与买办阶级之间的泾渭分明，一方面出自茅盾希望传达的政治理念的需要，一方面也源于茅盾对绅士阶层推崇。

　　从某种意义上说主人公吴荪甫的特质与茅盾在小说中的某种潜在设置是极为吻合。除了茅盾接受瞿秋白的建议，增加的表现资本家兽性的情节外，吴荪甫基本上是不近女色的。这种传统英雄一般的禁欲色彩与吴老太爷观念中的"万恶淫为首"是一种同构的存在。茅盾的父亲就是个维新派绅士。茅盾对本来作为封建顽固势力代表的吴老太爷维新党身份的强调，也旨在肯定传统绅士阶层在推动社会进步变革上的立场。吴荪甫不计经济利益得失来振兴中国工业的努力，其实与吴老太爷年轻时热衷维新变法的努力异曲同工。

　　吴荪甫身上体现出的强烈的非商人特质和拯救民族工业的不懈坚持，正暗含了作为传统知识精英的绅士阶层济世救国，以天下为己任的情结。他致力于现代工业的发展，也与清季民初传统绅士阶层力图推动中国社会现代文明的发展殊途同归。残废衰竭的维新派吴老太爷和年富力强的民族资产阶级吴荪甫，不仅是封建社会的僵尸与新兴资本主义的对照，更象征了中国社会的精英阶层绵延的再造文明的梦想和努力。吴荪甫不仅是一位"带有法兰西资产阶级性格"的民族资产阶级，更是有着构建中国现代文明理想的传统绅士阶层中成长起来的现代社会精英。

　　吴荪甫拒绝向帝国主义投降，拒绝向封建势力妥协，更拒绝买办化。这些都与茅盾最初的创作构想背道而驰。《子夜》不仅旨在表达一种政治观念，也寄托着作为现代知识精英的茅盾的个人理想和情节。吴荪甫的魅力来源以及《子夜》的矛盾分裂，也正是在于茅盾寄托于绅士阶层的再造文明之梦与他所接受的社会政治理论之间的龃龉。

　　在清季民国的社会政治经济转型，乡村的绅士阶层成为了土地剥削高利贷。一些没有文化资本的地方实权人物也开始进入绅士阶层，加剧了绅士阶层的劣质化。而进入都市的绅士家庭子弟和平民家庭出已经无法通过科举实现的会阶层上升的读书人在接受新式教育后融入了社会革命和城市的现代职业，并

---

　　① 参见罗维斯：《"绅"的嬗变——〈动摇〉的一种解读》，《文学评论》2014 年第 2 期。

分化为了社会地位、经济地位差异巨大的不同群体。在知识精英的现代转型中，传统绅士阶层逐渐瓦解消散了。

中国社会现代化进程引致各社会阶层嬗变。中国现代文学发生与发展之时，也正是中国新旧知识精英阶层在社会变革浪涌中沉浮之际。这种阶层变化也在很大程度上促成了现代文学的生成与转变。帝制时代绅士阶层在民国社会中的劣质化和地方精英的结构变化促成了文学的革命转向和现代作家内部的分化。中国现代文学如何看待和表现中国新旧知识精英阶层也正勾画出作为现代知识精英阶层的中国现代作家精神图景的鲜明底色与繁复层次。

余　论

　　中国现代文学研究中为数不多的关于绅士形象的研究，大多将"绅士"这一概念作为封建地主阶级的某种补充说明，并将绅士视为封建文化的代表。我们也习惯于将传统社会称为封建社会，把传统文化认作是封建文化。既然绅士阶层是传统社会的特权阶层，绅士阶层又以儒家文化为正统。那么，将绅士视为封建社会和封建文化的某种代表似乎就是顺理成章、自然而然的事情了。而且许多历史学、社会学研究也持这样的观点。

　　不过，笔者在对中国现代文学的发生、中国现代文学作品中的绅士形象和绅士阶层文化对现代作家精神世界的影响等一系列问题进行梳理和考察之后，却不由得对将绅士阶层视为封建社会和封建文化代表的普遍观念产生了一些疑问。

　　正如上文所述，新文化运动与传统绅士阶层渊源极深。新文化运动的发起者和参与者大都属于绅士阶层或来自绅士家庭。这种人生经历使新文化的矛头集中指向了对所谓"旧家庭"的批判，并在青年学生群体和文学创作中产生重要影响。吴虞是新文化运动中批判旧家庭的代表人物，他批判的重点是旧家庭制度中的"礼教"。所谓"礼教"即以礼为教。古代也叫作名教，即以名为教。它起了与宗教同样的作用，而不同于宗教的形式。它主要是伦理学或道德哲学，而不同于"纯"哲学。它把伦理、政治二者密切结合在一起，而不是将伦理与政治分开。① 作为一种思想文化形态的礼教是否能归入封建文化的范畴呢？从吴虞自己的论述来看，答案是否定的。吴虞在批判旧家庭制度时，以中国历史典故为例，指出了皇权和礼教等对作为个体的人的伤害。吴虞在《家族

----

　　① 蔡尚思：《中国礼教思想史》香港：中华书局（香港）有限公司，1991 年，第 1 页。

制度为专制主义之根据论》中开篇就写道："商君李斯破坏封建之际、吾国本有宗法社会转成军国社会之机。"① 似乎在吴虞的观念中，封建社会在秦朝的大一统中就已经完结，也就是说他所批评的礼教并不属于封建文化的范畴。

新文化运动感召之下，旧家庭题材的小说所针对的旧家庭也基本上是绅士家庭。绅士家庭又是否能等同于封建家庭呢？由于五四时期小说在篇幅上的局限，我们难以从中得到解答。不过，巴金的《家》一直被视为五四时期的某种镜像反映。从小说文本和巴金的写作动机来看，《家》全面书写了五四时期新青年对旧家庭的反叛。巴金在小说中也把高家称为一个绅士家庭。所以，我们大可从《家》及相关评论中一窥绅士家庭与封建家庭之间的联系。

1949 年后，巴金在谈论《家》这部小说时，往往将高家定性为一个封建大家庭。巴金在 1957 年的《和读者谈谈〈家〉》一文中，称"直到我在 1931 年底写完了《家》，我对不合理的封建大家庭制度的愤恨才有机会倾吐出来。"并指出他在 1937 年写的一篇"代序"中说，"封建大家庭制度必然崩溃的这个信念鼓舞我写这部封建大家庭的历史，写这一个正在崩溃中的地主阶级的封建大家庭的悲欢离合的故事"②。1977 年的《法文译本序》中巴金也写道："《家》是我在四十六年前写的一部长篇小说，描写五四运动以后中国青年在专制的封建家庭里的生活、痛苦和斗争。"③ 1979 年《罗马尼亚文译本序》中巴金还称《家》写的是"一个封建地主家庭的悲欢离合……我自己就是在高家那样的封建大家庭里长大的"④。我们似乎可以理所应当地将《家》中所描写的高家视为一个封建大家庭，并进一步阐发出作品的反封建意义。由此看来，绅士家庭好像也就是封建家庭的某种代称。

但是，我们却发现，巴金于 1932 年发表的《〈家〉后记》中，称高家是一个"正在崩坏的资产阶级家庭"⑤。巴金于 1937 年发表的《关于〈家〉（十版改订本代序）》一文中也称小说写的是"一个正在崩坏中的资产阶级的大家

---

① 吴虞：《家族制度为专制制度之根源论》，《新青年》第 2 卷第 6 号，1919 年，第 1 页。

② 巴金：《和读者谈谈〈家〉》，原载 1957 年 7 月 24 日《收获》第 1 期，《巴金研究资料》上，北京：知识产权出版社，2010 年，第 335 页。

③ 巴金：《巴金全集》第 1 卷，第 457 页。

④ 同上，第 460 页。

⑤ 巴金：《〈家〉后记》，原载 1932 年 5 月 22 日上海《时报》第 1 张第 3 版。《巴金研究资料》（上）第 315 页。

庭全部的悲欢离合的历史"①，并指出他所写的是"一般的资产阶级家庭的历史"②，而在《巴金全集》第一卷收录这篇文章时，资产阶级大家庭被修改为了封建大家庭③。巴金在新中国成立前，对于自己家庭的描述也并非封建地主家庭而是"一个旧官僚家庭"④。从中，我们至少可以认为，1949 年前巴金并不认为《家》中所描写绅士家庭高家和自己出身的家庭是一个封建家庭。

另一方面，民国时期关于《家》的评论中，对高家性质的描述是充满差异的。有一些文章将《家》及之后的《春》《秋》中的高家模糊地称之为旧家庭、旧制度。并将高家这种旧家庭视为与当时的中国社会相对的"旧中国"的家庭形态。也有评论因循着巴金自己的描述，认为"这是一部描写正在资产阶级崩溃时代大家庭的故事"⑤。但也有不少评论文章将小说中的高家描述为封建家庭，并认为小说中的青年遭受了封建制度的戕害。⑥ 巴金自称"生于四川成都的一个旧官僚家庭"⑦。与巴金有书信交流的刘玉声也将巴金自我描述旧官僚家庭描述为一个资产阶级家庭，并认为这种家庭是带有封建色彩的。⑧

当时也已有一些评论文章在反封建的立场上，对《家》这部小说的缺点做出批评。有评论者就指出巴金"没有暴露出封建制度的产生的社会原因，没有把帝国主义维持下顽固的封建势力的阴谋揭发，更没有指出反帝反封建的必然的联系，而把封建制度单纯化了"⑨。王任叔以无咎为笔名对激流三部曲的评论，则更加系统全面地以历史唯物主义的立场出发，指出了小说中旧式大家庭崩溃的原因，并不仅仅是小说中谈到的新思想对旧礼教的冲击，而是巴金在小

---

① 巴金：《关于〈家〉（十版改订本代序）——给我底一个表哥》，原载《文丛》月刊创刊号，1937 年 3 月 15 日。《巴金研究资料》上，第 323 页。

② 同上，第 324 页。

③ 巴金：《巴金全集》第 1 卷，第 442 页。

④ 巴金：《巴金自传》，《读书杂志》，1933 年，第 3 卷，第 1 期，第 11 页。

⑤ 锡令：《读巴金的〈家〉后》（写于 1936 年 10 月 8 日夜），1937 年第 4、5 期，第 23 页。

⑥ 参见顽石：《读了巴金的〈家〉后》，《甬江浪花》1935 年第 32 期，第 28 页；许寰《巴金的"家"和"春"》，《众生》第 2 卷第 3 期，1938 年，第 111 页；星星：《巴金和青年》，《联声》第 3 卷第 2 期，1940 年，第 34 页；《巴金激流三部曲之一〈家〉名剧作家吴天改编中明天春可上演》，《青青电影》第 5 卷第 39 期，1940 年，第 11 页；王易庵：《巴金的〈家·春·秋〉及其他》，《杂志》第 9 卷第 6 期，1942 年，第 84 页；哲人：《论巴金》，《现代周报》第 4 卷第 3 期，1945 年，第 28 页。

⑦ 巴金：《巴金自传》，《读书杂志》1933 年第 3 卷第 1 期，第 11 页。

⑧ 刘玉声：《记巴金》，《春云》1937 年第 3 期，第 17 页。

⑨ 叶天杓：《〈秋〉（书评）》，《学生月刊》第 2 卷第 7—8 期，1941 年，第 96 页。

说中所忽视的中国封建经济基础的崩溃。①

在这些 20 世纪 30 年代中后期和 40 年代关于《家》的评论中，绅士与封建的关系似乎又变得扑朔迷离、含混不清了。不过，我们至少可以肯定，当时对绅士家庭这样的所谓旧式家庭是否属于封建集团的问题，是存在不同看法的。

与此相应的是，国民革命时期的政论文中，出现了将土豪劣绅归为封建势力的情况。这种政治上的表述，也在一定程度上影响了中国现代文学中关于政治上的"土豪劣绅"或具体的劣绅形象的书写。当然，无论是中国现代文学中的乡土小说还是左翼阵营的农村题材小说，依然有许多作家没有将劣绅作为封建势力或是封建社会的代表。因此，要理清绅士与封建之间的关系，我们有必要对"封建"这一概念本身有深入的了解。

我们总是习惯把新文化运动视为一场反帝反封建行动，并由此认为五四以来的新文艺带有某种反封建的性质。"封建""反封建"可以说是中国现代文学史书写和中国现代文学研究中的高频词。但若是追问起"封建"的具体含义时，我们却又只能含糊地将封建作为对中国古代社会的一种代称。那么，"封建"的内涵到底是什么呢？

2006 年，冯天瑜先生一本近四十万的专著《"封建"考论》考证了"封建"一词在中西文和马恩经典著作中的具体含义，及其在民国时期名实错位的历程。围绕此书，多次全国性的学术研讨先后展开。许多学者对"封建"这一概念本身及其意义的变迁表达了自己看法。借助这些成果，我们得以深入检视"封建"这个对中国现代文学研究影响至深的概念。

"封建"一词在汉语中古已有之，所谓"列爵曰封，分土曰建"。封建的汉语本义指的是殷周分封制度及后世各种封爵建藩的举措。封建这种按宗法等级原则封土建国、封爵建藩的制度完全确立于西周。② 天子建国是封建的首位层级，天子按照宗法和等级制度封授诸侯；诸侯在其封国内有世袭统治权，但要服从天子号令，定期朝贡，提供军赋力役。③ 封建制度的根基是井田制，此制度以劳动的自然形态剥削农奴的剩余劳动；土地为天子册封，不可买卖。农奴与领主之间有着紧密的人身和财产依附关系。④

---

① 无咎：《略论巴金的家三部曲》，《奔流文艺丛刊》1941 年第 2 期，第 1—2 页。
② 参见冯天瑜：《封建考论》，北京：中国社会科学出版社，2010 年，第 8、19 页。
③ 同上，第 21—23 页。
④ 冯天瑜：《封建考论》，第 29 页。

东周以后，封建制度逐渐瓦解，战国时期各国已开始在各自区域内实行君主集权。秦统一六国以后，实行郡县制。虽然秦汉两代都还存在分封的情况，但封建制度已完全退居次席，被"郡县制度"取而代之了。郡县制度下，地方官吏由皇帝任免，但任贤不任亲。官吏既非世袭，也非终身制，升降去留全凭朝令，衣食俸禄不再依靠禄田，而仰仗于朝廷官俸。这与封建时代已经完全不同了。①

封建的另一重含义是对西文中"feudalisim"的译名。1904 年，严复在翻译英国学者甄克思（E. Jenks）的 A Short History of Politics（译名《社会通诠》）这部书时，首次将"feudalisim"翻译为"封建"。② 不过，严复本人对于"feudalisim"与封建的汉语意义有着明确的区分。采取这样的译法只是基于中国的西周时期的"封建"与西欧中世纪的"feudalisim"相似之处。在严复的观念中，中国的封建制度已废止于周末。③

西方语境下的封建制度，在不同阶段具有不同的特点。一般而言，西欧封建制度可概括为："第一，土地领有是一种政治特权。经由自上而下的层层分封，建立起'封主——封臣'支配关系，形成人身依附，封臣对封主尽忠，执行军政勤务，封主对封臣则有保护义务；在经济上，二者通过恩贷地制实行物权分配。第二，自然经济占统治地位，形成自产自销、自给自足的封闭式'庄园经济'。第三，国家权力分散，大小诸侯在领地内世袭拥有军事、政治、司法、财经权，国王与各级诸侯、武士形成宝塔式的等级制。第四，超经济剥夺。封臣以领主身份将领地交由农民（农奴）耕种，领主对农民（农奴）有法定的超经济强制。大体符合上述特性的社会，便可以称之'封建社会'。与这些基本属性相背反的社会，则不应纳入'封建社会'，而须另设名目。"④

中外学者对于西欧封建主义的适用性，中国是否存在封建社会以及 feudalisim 本身的概念界定问题都是存在激烈争议的。民国时期，周谷城、吕思勉、许绰云、胡适、瞿同祖、林同济、费孝通、钱穆、张荫麟等众多大学者都认为

---

① 冯天瑜：《封建考论》，第 36—43 页。
② 潘光哲：《"封建"与"feudalisim"的相遇："概念变迁"和"翻译政治"的初步》，见叶文宪、聂长顺主编：《中国"封建"社会再认识》，北京：中国社会科学出版社，2009 年，第 120、121 页。
③ 叶文宪：《序》，见叶文宪、聂长顺主编：《中国"封建"社会再认识》，北京：中国社会科学出版社，2009 年，第 1 页。
④ 冯天瑜：《封建考论》，第 107 页。

封建时代仅指西周时期或秦以前。① "在 feudalisim 的发源地西方，学者们对它的态度反而比较谨慎，而在不曾有过封建制（指原初意义的封建制）的中国，人们使用'封建'却往往十分随意，甚至任意。"②

实际上，清季民初的学者和政界人士，对"封建"这一概念的使用在古今中西层面有明确的界定和较为清晰的认识。③ "封建"一词的泛化使用肇始于五四时期陈独秀的相关论述中。陈独秀以"封建"一词泛指中国的种种落后属性，并将宗法制与封建制相重合，提出了封建宗法制的说法，并对官僚阶层冠以封建官僚的称呼。④ 陈独秀的这种观念与其旅日期间，日本的"废除封建"热潮有关。⑤ 不过，在五四时期，陈独秀的观点鲜有同调。新文学时期的重要作者几乎都没有使用陈独秀论述中泛化的封建概念。鲁迅的小说创作中抨击了"礼教""吃人"，但并不指向"封建"，他的杂文、学术著作也没有出现泛化封建的用例。新文化运动的干将吴虞也未曾将封建列为谴责对象。⑥

"真正对近代中国人的'封建观'发生大作用的，是来自苏俄和共产国际的理论与语汇，而其核心观念则由弗·列宁创发，由约·斯大林定型并强化。"⑦ 在马克思、恩格斯的著作中，并没有使用封建社会这样的概念描述中国的古代社会。恩格斯在使用"半封建"一说时也只是将之作为一个与"半官僚"相对应的表述。在他看来，封建制度与君主集中的官僚制度是两个概念。"弗·列宁将泛封建观提升为普世性范式，用以分析亚洲（包括中国）社会，认为近代前的中国处于'封建社会'，又由于西方资本主义的侵入，近代中国沦为'半殖民地'，其社会形态则可称之为'半封建'、'半殖民地'社会。"⑧ 此后，共产国际文件将现实中国称为"半封建"，这类提法也频现于瞿秋白等中共理论家的著述和中共政治文件中，"大革命"时期"反封建"已成为左翼宣传的一面旗帜。⑨ 不过，国民党方面基本没有采用共产国际的"半封

① 黄敏兰：《"封建"：旧话重提，意义何在？》，见叶文宪、聂长顺主编：《中国"封建"社会再认识》，北京：中国社会科学出版社，2009年，第68页。
② 同上，第71页。
③ 冯天瑜：《封建考论》，第189页。
④ 同上，第192—195页。
⑤ 同上，第195页。
⑥ 同上，第204—208页。
⑦ 同上，第216页。
⑧ 同上，第219页。
⑨ 同上，第228页。

建"之说。①

国民革命结束后，知识界展开了"中国社会性质论战"。秉持不同政治立场或学术立场的知识分子参与其中。由朱镜我、潘东周、王学文、李一氓等左翼理论界人士组成的"新思潮派"基本抛弃了"封建"一词包含的古典政体义，援引 20 世纪 20 年代苏俄理论界关于中世纪社会特征的概括，从经济制度上另行界定"封建社会"。② 郭沫若也是"泛化封建论"的有力推动者。郭沫若遵从"五种社会形态"说（原始社会—奴隶社会—封建社会—资本主义社会—社会主义社会），完全摆脱了"封建"一词的汉语本义和对译西语"feudalisim"的含义，将"封建"之名冠于了秦汉至明清这段历史上。③ 20 世纪中后叶，受到"五种社会形态"单线直进说以及国内、国际因素会合等复杂情形的影响，泛化封建观逐渐成为了主流话语。④

在泛化封建概念的影响下，出现了一批内在含义互相牴牾的短语。例如所谓的"封建地主"，"地主"表示土地可以自由买卖，但封建义为土地由封赐所得不可自由转让。再如"封建官僚"，官僚已经指的是郡县制下由朝廷任命的流官，是不可世袭的。封建则意味为权力、爵职由封赐所得，世袭罔替。⑤ 至于"封建礼教""封建包办婚姻"，封建时代礼教尚未定格、婚恋保有较多的上古遗风，男女情爱较为奔放、自由，包办婚姻并不是当时普遍形态。⑥ 这些错位词语组合在中国现代文学史书写和中国现代文学中屡见不鲜，但其实这是概念自身都难以成立，遑论符合当时的社会历史现实。

由是观之，我们就不难解答最初所提的疑问了。科举制度产生的隋唐时期，封建社会早已解体。士子以科举考试或捐纳等方式取得功名而获得绅士身份及入朝为官的机会。通常情况下，绅士的身份是不可世袭的。绅士不仅是一个与封建无关的社会阶层，而且不能将绅士与封建地主阶级混为一谈，封建地主这一称呼本身就是自相矛盾的。由此，我们也不难理解五四时期的旧家庭题材小说中，为什么没有提及封建这样的概念。民国时期，巴金也并未将高家这个绅士家庭视为封建家庭。因此，这部以新文化运动背景的小说，也并不具有反封建的意义。30 年代中后期及 40 年代对《家》的评论中使用的封建这一概

---

① 冯天瑜：《封建考论》，第 222 页。
② 同上，第 237 页。
③ 同上，第 238—240 页。
④ 同上，第 264 页。
⑤ 同上，第 210 页。
⑥ 同上，第 211 页。

念，是当时封建概念泛化的结果。即便如此，巴金本人和许多评论者当时也没有接受这种泛化的封建概念。现代作家在书写乡土世界时所注重的风土人情和绅士在社会秩序中的作用也与封建无关。即便是书写国民革命的文学作品在大量使用土豪劣绅这样的政治术语时，也没有将此直接与"封建"这一概念对接。左翼作家本身会受到中共党内政策中关于封建问题论述的影响。30 年代左翼文学中大量出现的农村题材小说，看似是最能与封建社会概念相对应的。但从具体的作品文本中，我们依然能发现封建社会这一概念与小说所反映的中国实际国情之间的距离。

通常的观念认为，"封建社会是以地主的大土地占有，造成大量佃农对其依附，从而取得超经济剥削，而封建国家的皇帝就是最大的地主，他是地主阶级的总代表，以维护地主阶级的利益为根本。但稍稍检视一下中国历史的发展过程，就觉得这个理论根本不适合中国历史的实际"①。实际上，中国的皇帝处于维持政权稳定的需要，不仅不支持大地主拥有大规模的土地，而且积极保护小农利益。中国古代文献中，国家限制土地兼并的文献不胜枚举。② 中国现代文学出现的因土地兼并带来的小农经济破产并非源自所谓的封建土地所有制，而恰恰与清王朝覆灭后，民国政权在基层社会中的控制乏力有关。尽管如此，大量左翼文学作品在表现的农民生活困苦时，所指向的原因也只有一部分来自土地兼并，而更多的是抨击国民政府在面对外国资本入侵和自然灾害时的无所作为以及沉重的苛捐杂税。这种局面的存在，也源自于传统绅士在社会管理方面的功能退化及劣绅的恶意盘剥。从中国现代文学中的书写来看，无论是绅士地主还是庶民地主，其实都是依靠传统绅士阶层在民国社会残存的特权和陋习来实现土地剥削。所以，绅士一张禀帖打到官府，警察就下乡捉农民成了小说中习见的细节。但这种剥削模式并不能视为是封建土地所有制造成。此外，我们也看到在《暴风骤雨》这样具有代表性的土改文学中，土改工作组却面临着找不到大地主可斗争的局面。

当我们在进行中国现代文学研究时，若不加辨析地任意使用"封建""反封建""封建社会""封建地主"等概念，就难免会背离中国现代文学所反映的社会现实及作家本人的思想观念。中国漫长的帝制时代形成了独特的社会结构。由此，中国的现代化进程也呈现出了迥异于他国的面貌。清季民国时期的

---

① 高钟：《跳出樊笼求真我，皇帝原本未穿衣——中国社会史分期的另类视角》，见叶文宪，聂长顺主编：《中国"封建"社会再认识》，第 31 页。

② 同上，第 31、32 页。

社会政治转型构成了现代作家的成长和生活经历，大量的中国现代文学作品也正反映了那段特殊的社会历史。当中国现代文学研究中许多惯用的概念逐渐失效时，我们有必要返回清季民国时期具体的社会历史情境中，重新寻找更恰当的概念和视角来描述中国现代文学。

清季民国时期，正值中国历史上一次空前的大变局。面对激变而动荡衰微的国家，知识精英们虽有过深切的迷茫与彷徨，但却从未放弃对中国社会发展问题的艰难探寻。40 年代末，国内兴起的绅士研究，其重要目的就是试图为中国基层社会的混乱局面提供一种解决方案，期望实现一种现代国家制度下的乡土重建。在清季民国的社会转型中，知识精英阶层日渐离乡去土，造成了章太炎所称的城乡"文化之中梗"①。由此也带来了民国时期的一系列社会问题。这种知识精英生存空间的转换以及传统绅士阶层向现代知识分子的演变过程都对现代作家的精神世界产生了深刻影响。中国现代文学中的大量创作也正是为了解决绅士嬗变所带来的实际社会问题和现代作家自身的精神困惑。中国的现代化进程至今仍在持续，民国时期的城乡之别，精英阶层与乡村社会的疏离仍旧是当下存在的社会问题。"乡土重建"这个话题也依然在当代文学中隐现。1949 年以后，绅士阶层消逝于现实与文艺中，又在新时期以后再次被书写。在当代文学中，绅士成了一个远去时代的象征。从绅士视角出发，我们将发现中国现当代文学中还有许多别有意味的话题亟待重新审视和思考。

我们也应该看到，清季民国时期，知识精英阶层对中国现代化道路的艰难探索中，存在着大量驳杂的社会政治理论。各种思潮的混杂也正构成了中国现代文学发生发展的文化氛围。我们只有返回当时那种多元的文化样态中，才能更接近中国现代文学背后具体的社会历史情境。由此，我们或许能使中国现代文学研究呈现出一种全新的面貌。

---

① 汤志钧编：《章太炎年谱长编（增订本）》（上），北京：中华书局，2013 年，第 475 页。

参考文献

（按作品发表及图书出版时间先后排序）

文集、全集及资料汇编：

［1］中国国民党第二次全国代表大会宣言及决议案［M］．中央势行委员会，1926.

［2］黎锦明．尠［M］．上海：光华书局，1927.

［3］黎锦明．尘影［M］．上海：开明书店，1927.

［4］蹇先艾．朝雾［M］．上海：北新书局，1928.

［5］蹇先艾．一个英雄［M］．上海：北新书局，1930.

［6］彭家煌．怂恿［M］．上海：开明书店，1930.

［7］华汉．地泉［M］．上海：湖风书局，1932.

［8］茅盾．春蚕［M］．上海：开明书店，1933.

［9］洪深．五奎桥（第2版）［M］．上海：现代书局，1934.

［10］蒋牧良．锑砂［M］．上海：文化生活出版社，1936.

［11］白薇．打出幽灵塔［M］．上海：春光书店出版，1936.

［12］蹇先艾．盐的故事［M］．上海：文化生活出版社，1937.

［13］茅盾．蚀［M］．上海：开明书店，1941.

［14］茅盾．子夜［M］．上海：开明书店，1947.

［15］蹇先艾．四川绅士和湖南女伶［M］．上海：博文书店，1947.

［16］茅盾．霜叶红似二月花［M］．上海：华华书店，1948.

［17］师陀．果园城记［M］．上海出版公司，1949.

［18］叶绍钧. 倪焕之［M］. 上海. 开明书店，1949.

［19］端木蕻良. 江南风景［M］. 南昌：江西人民出版社，1981.

［20］蒋光慈文集［M］. 上海：上海文艺出版社，1983.

［21］黎锦明. 黎锦明小说选［M］. 北京：人民文学出版社，1983.

［22］四川大学郭沫若研究室. 郭沫若集外序跋集［M］. 成都：四川人民出版社，1983.

［23］冯沅君创作译文集［M］. 袁世硕，严蓉仙，编译. 济南：山东人民出版社，1983.

［24］李岫. 茅盾研究在国外［M］. 长沙：湖南人民出版社，1984.

［25］郭沫若全集：文学编［M］. 北京：人民文学出版社，1985.

［26］巴金全集［M］. 北京：人民文学出版社，1986.

［27］汪木兰，邓家琪. 中央苏区戏剧［M］. 南昌：百花洲文艺出版社，1992.

［28］丁尔纲. 茅盾序跋集［M］. 北京：生活·读书·新知三联书店，1994.

［29］胡适文集［M］. 北京：北京大学出版社，1998.

［30］章士钊. 章士钊全集［M］. 章含之，白吉庵，主编. 上海：文汇出版社，2000.

［31］蒋祖林，王中忱副. 丁玲全集［M］. 石家庄：河北人民出版社，2001.

［32］沈从文全集［M］. 太原. 北岳文艺出版社，2002.

［33］蹇先艾文集：三：散文、诗歌卷［M］. 贵阳：贵州人民出版社，2004.

［34］聂绀弩全集［M］. 武汉：武汉出版社，2004.

［35］叶圣陶集［M］. 南京：江苏教育出版社，2004.

［36］鲁迅全集［M］. 北京：人民文学出版社，2005.

［37］刘洪涛，杨瑞仁. 沈从文研究资料［M］. 天津：天津人民出版社，2006.

［38］叶紫. 叶紫代表作：丰收［M］. 北京. 华夏出版社，2009.

［39］孙中田，查国华. 茅盾研究资料［M］. 北京：知识产权出版社，2010.

［40］李存光. 中国文学史资料全编：现代卷：巴金研究资料（上）［M］. 北京：知识产权出版社，2010.

［41］李劼人全集［M］. 成都：四川文艺出版社，2011.

专著

［1］田中忠夫. 国民革命与农村问题：上卷［M］. 李育文，译. 上海：商务印书馆，1927.

［2］C. H. Becker, P. Langevin, M. Falski, R. H. Tawney. 中国教育之改进［M］. 国立编译馆，译. 1932.

［3］沙为楷. 中国买办制［M］. 上海：商务印书馆，1934.

［4］毛泽东. 湖南农民运动考察报告［M］. 哈尔滨：东北书店，1948.

［5］商衍鎏. 清代科举考试述录［M］. 北京：生活·读书·新知三联书店，1958.

［6］Ping – Ti Ho. The Ladder of Success in Imperial China［M］. New York：Columbia University Press，1964.

［7］Frederick Wakeman Jr and Carolyn Grant, ed. Conflict and Control in Late Imperial China［M］. Berkeley, Cal.：University of Califonia Press，1975.

［8］刘兆. 清代科举［M］. 香港：东大图书股份有限公司，1977.

［9］广西师范学院历史系. 历代官制兵制科举制常识［M］. 桂林：广西师范学院历史系，1979.

［10］中共中央书记处. 六大以前党的历史材料［M］. 北京：人民出版社，1980.

［11］舒新城. 中国近代教育史资料：上册［M］. 北京：人民教育出版社，1981.

［12］郑振铎，傅东华. 我与文学［M］. 上海：上海书店出版社，1981.

［13］王瑶. 中国新文学史稿，［M］. 上海：上海文艺出版社，1982.

［14］黄逸峰. 旧中国的买办阶级［M］. 上海：上海人民出版社，1982.

［15］朱邦兴，等. 上海产业与上海职工［M］. 上海：上海人民出版社，1984.

［16］A. B. 巴库林. 中国大革命武汉时期见闻录［M］. 郑厚安，等译. 北京：中国社会科学出版社，1985.

［17］胡平生. 民国初期的复辟派［M］. 台北：台湾学生书局，1985.

［18］余英时. 士与中国文化［M］. 上海：上海人民出版社，1987.

［19］臧云浦，等. 历代官制、兵制、科举制表释［M］. 南京：江苏古籍

出版社，1987.

[20] 吉尔伯特·罗兹曼（RozMan, G.）. 中国的现代化 [M]. 陶骅，等译. 上海：上海人民出版社，1989.

[21] 青长蓉，等. 中国妇女运动史 [M]. 成都：四川大学出版社，1989.

[22] 张仲礼. 中国绅士：关于其在十九世纪中国社会中作用的研究 [M]. 李荣昌，译. 上海：上海社会科学院出版社，1991.

[23] 蔡尚思. 中国礼教思想史 [M]. 香港：中华书局（香港）有限公司，1991.

[24] 邱远猷. 中国近代官制词典 [M]. 北京：书目文献出版社，1991.

[25] 梁清海，等. 古今公文文种汇释 [M]. 成都：四川大学出版社，1992.

[26] 贺跃夫. 晚清士绅与近代社会变迁：兼与日本士族比较 [M]. 广州：广东人民出版社，1994.

[27] 刘成禺. 世载堂杂忆 [M]. 蒋弘，点校. 太原：山西古籍出版社，1995.

[28] 韦伯（Weber, Max）. 儒教与道教 [M]. 洪天富，译. 南京：江苏人民出版社，1995.

[29] 郭英德，过常宝. 中国古代的恶霸 [M]. 北京：商务印书馆国际有限公司，1995.

[30] 朱寿桐. 新月派的绅士风情 [M]. 南京：江苏文艺出版社，1995.

[31] 章开沅. 辛亥前后史事论丛续编 [M]. 武汉：华中师范大学出版社，1996.

[32] 王先明. 近代绅士：一个封建阶层的历史命运 [M]. 天津：天津人民出版社，1997.

[33] 魏定熙. 北京大学与中国政治文化1898—1920 [M]. 金安平，张毅，译. 北京：北京大学出版社，1998.

[34] 谢谦. 国学基本知识现代诠释词典 [M]. 成都：四川人民出版社，1998.

[35] 周荣德. 中国社会的阶层与流动：一个社区中士绅身份的研究 [M]. 上海：学林出版社，2000.

[36] 张仲礼. 中国绅士的收入 [M]. 费成康，王寅通，译. 上海：上海社会科学出版社，2001.

［37］许志英，邹恬. 中国现代文学主潮：上册［M］. 福州：福建教育出版社，2001.

［38］赵园. 解读巴金［M］. 沈阳：春风文艺出版社，2002.

［39］金炳华. 马克思主义哲学大辞典［M］. 上海：上海辞书出版社，2003.

［40］李博. 汉语中的马克思主义术语的起源与作用［M］. 赵倩，等译. 北京：中国社会将科学出版，2003.

［41］瞿同祖. 清代地方政府［M］. 范忠信、晏锋，译. 北京：法律出版社，2003.

［42］牛大勇，臧运祜. 中外学者纵论 20 世纪的中国新观点与新材料［M］. 南昌：江西人民出版社，2003.

［43］冯筱才. 北伐前后的商民运动. 1924—1930［M］. 台北：台湾商务印书馆股份有限公司，2004.

［44］李树. 中国科举史话［M］. 济南：齐鲁书社，2004.

［45］魏光奇：官治与自治：20 世纪上半期的中国县制［M］. 北京：商务印书馆，2004.

［46］文安. 晚清述闻［M］. 北京：中国文史出版社，2004.

［47］郑坚. 吊诡的新人：新文学中的小资产阶级形象研究［M］. 南昌：百花洲文艺出版社，2005.

［48］夫马进. 中国善会善堂史研究［M］. 北京：商务印书馆，2005.

［49］李景汉. 定县社会概况调查［M］. 上海：上海人民出版社，2005.

［50］许纪霖. 20 世纪中国知识分子史论［M］. 北京：新星出版社，2005.

［51］易继苍. 买办与上海金融近代化［M］. 北京：知识产权出版社，2006.

［52］徐茂明. 江南士绅与江南社会（1368—1911 年）［M］. 北京：商务印书馆，2006.

［53］张海鹏，李细珠. 中国近代通史·第 5 卷·新政、立宪与辛亥革命（1901—1912）［M］. 南京：江苏人民出版社，2006.

［54］常建华. 清代的国家与社会研究［M］. 北京：人民出版社，2006.

［55］成都市政协文史学习委员会编. 成都文史资料选编·辛亥前后卷［M］. 成都：四川人民出版社，2007.

［56］邸永君. 清代翰林院制度［M］. 北京：社会科学文献出版社，2007.

［57］费尔南·布罗代尔. 论历史［M］. 刘北成，周立红，译. 北京市. 北京大学出版社，2008.

［58］陈志让. 军绅政治：近代中国的军阀时期［M］. 桂林：广西师范大学出版社，2008.

［59］顾秀莲. 20 世纪中国妇女运动史（上卷）［M］. 北京：中国妇女出版社，2008.

［60］郭剑鸣. 晚清绅士与公共危机治理：以知识权力化治理机制为路径［M］. 北京：光明日报出版社，2008.

［61］李巨澜. 失范与重构：一九二七年至一九三七年苏北地方政权秩序化研究［M］. 北京：中国社会科学出版社，2009.

［62］罗志田. 裂变中的传承 20 世纪前期的中国学术与文化［M］. 北京：中华书局，2009.

［63］马学强，张秀莉. 出入于中西之间：近代上海买办生活［M］. 上海：上海辞书出版社，2009.

［64］王先明. 变动时代的乡绅：乡绅与乡村社会结构变迁［M］. 北京：人民出版社，2009.

［65］夏征农，等. 辞海［M］. 上海：上海辞书出版社，2009.

［66］李怡. 日本体验与中国现代文学的发生［M］. 北京：北京大学出版社，2009.

［67］孟庆澍. 历史·观念·文本：现代中国文学思问录［M］. 开封：河南大学出版社，2010.

［68］王奇生：革命与反革命：社会文化视野下的民国政治［M］. 北京：社会科学文献出版社，2010.

［69］冯天瑜. 封建考论［M］. 北京：中国社会科学出版社，2010.

［70］李兵. 千年科举［M］. 长沙：岳麓书社，2010.

［71］费孝通. 乡土中国生育制度乡土重建［M］. 北京：商务印书馆，2011.

［72］江文君. 近代上海职员生活史［M］. 上海：上海辞书出版社，2011.

［73］潘君祥，顾柏荣. 买办史话［M］. 北京：社会科学文献出版社，2011.

［74］杨小辉. 近代中国知识阶层的转型［M］. 上海：上海社会科学出版社，2011.

[75] 章开沅，马敏，朱英. 辛亥革命前后的官绅商学 [M]. 武汉：华中师范大学出版社，2011.

[76] 费孝通，吴晗，等. 皇权与绅权 [M]. 长沙：岳麓书院，2012.

[77] 刘希伟. 清代科举冒籍研究 [M]. 武汉：华中师范大学出版社，2012.

陈海忠，黄挺. 地方绅商、国家政权与近代潮汕社会 [M]. 广州：暨南大学出版社，2013.

[78] 张朋园. 立宪派与辛亥革命 [M]. 上海：上海三联书店，2013.

[79] 柳诒徵. 中国文化史（下）[M]. 北京：中国和平出版社，2014.

[80] 罗志田. 权势的转移：近代中国的思想与社会（修订本）[M]. 北京：北京师范大学出版社，2014.

[81] 邱捷. 晚清民国初年广东的士绅与商人 [M]. 桂林：广西师范大学出版社，2014.

[82] 萧公权. 中国乡村：论19世纪的帝国控制 [M]. 张皓，张升，译. 台北：联经出版社，2014.

期刊论文

[1] 严复. 教育：论教育与国家之关系 [J]. 东方杂志，1906（3）.

[2] 陈独秀. 新青年 [J]. 新青年，1919，2（1）.

[3] 王光祈. 少中国之制造 [J]. 少中国，1919，1（2）.

[4] 吴虞. 关于旧家庭 [J]. 新潮，1919，1（2）.

[5] 吴虞. 家族制度为专制制度之根源论 [J]. 新青年，1919，2（6）.

[6] 顾诚吾. 对于旧家庭的感想 [J]. 新潮，1919，1（2）.

[7] 叶绍钧. 这也是一个人 [J]. 新潮，1919，1（3）。

[8] 朗损. 评四五六月的创作 [J]. 小说月报，1921，12（8）.

[9] 黎锦明. 复辟 [J]. 京报复刊，1925-8-16.

[10] 汪敬熙. 王二瘸子的驴 [J]. 现代评论，1925，1（23）.

[11] 秋白. 上海买办阶级的权威与商民——谈谈上海的商会和上海的华人 [J]. 向导周报，1926（162）.

[12] 秋白. 农民政权与土地革命 [J]. 向导周报，1927（195）.

[13] 杨邨人. 籐鞭下 [J]. 太阳月刊，1928，（4）.

[14] 顾仲起. 离开我的爸爸 [J]. 太阳月刊，1928（4）.

［15］华希理. 论新旧作家与革命文学：读了文学周报的《欢迎太阳以后》［J］. 太阳月刊, 1928 (4).

［16］克兴. 小资产阶级理论之谬误：评茅盾君底《从牯岭到东京》［J］. 创造月刊, 1928 (2).

［17］茅盾. 从牯岭到东京［J］. 小说月报, 1928, 19 (10).

［18］茅盾. 读《读倪焕之》［J］. 文学周报, 1929 (8).

［19］孟超. 盐务局长［J］. 太阳月刊, 1928 (5).

［20］钱杏邨.《动摇》书评［J］. 太阳月刊, 1928, 停刊号.

［21］赵冷（王任叔）. 唔［J］. 太阳月刊, 1928, (4).

［22］洪灵菲. 大海［J］. 拓荒者月刊, 1930, 1 (2/3).

［23］巴金. 巴金自传［J］. 读书杂志, 1933, 3 (1).

［24］巴金. 在门槛上［J］. 大陆杂志, 1933, 1 (7).

［25］顽石. 读了巴金的《家》后［J］. 甬江浪花, 1935, (32).

［26］刘玉声. 记巴金［J］. 春云, 1937 (3).

［27］许衷. 巴金的"家"和"春"［J］. 众生, 1938, 2 (3).

［28］巴金激流三部曲之一《家》名剧作家吴天改编中明天春可上演［J］. 青青电影, 1940, 5 (39).

［29］星星. 巴金和青［J］. 联声, 1940, 3 (2).

［30］无咎. 略论巴金的家三部曲［J］. 奔流文艺丛刊, 1941 (2).

［31］叶天杓.《秋》（书评）［J］. 学生月刊, 1941, 2 (7、8).

［32］王易庵. 巴金的《家·春·秋》及其他［J］. 杂志, 1942, 9 (6).

［33］吴组缃, 李长之.《霜叶红似二月花》［J］. 时与潮文艺, 1944, 3 (4).

［34］哲人. 论巴金［J］. 现代周报, 1945, 4 (3).

［35］费孝通. 论绅士［J］. 观察, 1947 (2).

［36］康咏秋. 论《尘影》的现实主义成就［J］. 湘潭大学学报（社会科学版）, 1985 (3).

［37］关山. 黎锦明与《尘影》［J］. 随笔, 1985 (2).

［38］贺跃夫. 广东士绅在清末宪政中的政治动向［J］. 近代史研究, 1986 (4).

［39］王先明. 近代中国绅士阶层的分化［J］. 社会科学战线, 1987 (3).

［40］鲜于浩. 试论川路租股［J］. 历史研究, 1982 (2).

[41] 许纪霖. 近代中国变迁中的社会群体 [J]. 社会科学研究, 1992 (3).

[42] 刘来泉, 管培俊, 蓝士斌. 我国教师工资待遇的历史考察 [J]. 教育研究, 1993 (4).

[43] 罗志田. 清季科举制改革的社会影响 [J]. 中国社会科学, 1998 (4).

[44] 王先民. 近代士绅阶层的分化与基层政权的蜕化 [J]. 浙江社会科学, 1998 (4).

[45] 康咏秋. 黎锦明传 [J]. 新文学史料, 2000 (2).

[46] 陈旋波. 绅士文化与林语堂的文学品格 [J]. 华侨大学学报 (人文社科版), 2001 (1).

[47] 万朝林. 清代育婴堂的经营实态探析 [J]. 社会科学研究, 2003 (3).

[48] 肖宗志. 清末民初的绅士"劣质化" [J]. 贵州师范大学学报 (社会科学版), 2004 (6).

[49] 毕绪龙. 鲁迅小说中"士绅"形象的隐喻意义和结构功能 [J]. 山东理工大学学报, 2004 (6).

[50] 魏光奇. 清末民初地方自治下的"绅权"膨胀 [J]. 河北学刊, 2005, 25 (6).

[51] 岳凯华. 五四激进文人的绅士气质 [J]. 湖南大学学报 (社会科学版), 2006, 20 (6).

[52] 李莉. 鲁迅小说中的绅士形象 [J]. 理论月刊, 2007 (9).

[53] 王小静. 试论科举废除之前的学堂毕业奖励制度 [J]. 兰州学刊, 2008 (8).

[54] 李莉. 中国现代小城镇小说中的士绅形象 [J]. 湖北社会科学, 2008 (3).

[55] 宋方青. 科举革废与清末法政教育 [J]. 厦门大学学报, 2009 (5).

[56] 王先明. 乡绅权势消退的历史轨迹: 世纪前期的制度变迁、革命话语与乡绅权力 [J]. 南开学报 (哲学社会科学版), 2009 (1).

[57] 李涛. 士绅阶层衰落化过程中的乡村政治: 以 20 世纪二三十代的浙江省为例 [J]. 南京师大学报 (社会科学版), 2010 (1).

[58] 王先明. 历史记忆与社会重构: 以清末民初"绅权"变异为中心的

考察［J］. 历史研究，2010（3）.

　　［59］袁红涛. 绅权与中国乡土社会. 鲁迅《离婚》的一种解读［J］. 浙江社会科学，2011（5）.

　　［60］郭若平. 二十世纪二十代中共"小资产阶级"观念的起源［J］. 中共党史研究，2011（4）.

　　［61］袁红涛. 士绅阶层的近代蜕变：试论《呐喊》《彷徨》的一个重要主题［J］. 宁夏大学学报（人文社会科学版），2012，34（1）.

　　［62］罗维斯. "绅"的嬗变：《动摇》的一种解读［J］. 文学评论，2014（2）.

学位论文

　　［1］刘德恩. 职员阶层的兴起：民国时期上海职员的生活与教育研究［D］. 上海：华东师范大学，2004.

　　［2］魏欢. 论中国现代小说中的"乡绅"形象［D］. 天津：天津师范大学，2012.

　　［3］袁少冲. 抗战时期"军绅"社会与大后方文学［D］. 北京：北京师范大学，2012.

| 后 记 |

　　我以绅士阶层这一视角切入中国现代文学研究，最初始于对茅盾小说《动摇》的分析。我发现《动摇》中的主要人物似乎具有一个共同的身份属性——绅士。小说中的绅士身处民国时期，他们的绅士身份又似乎来源于帝制时代。而英语中的 gentleman 在汉语中也译作"绅士"。日常生活中也有"绅士风度"这样的提法。那么在民国时期，"绅士"一词的内涵到底是什么呢？这个问题引起了我的好奇。

　　在好奇心的驱使下，我开始大量阅读社会学和历史学的相关研究著作。在资料阅读过程中，我逐渐了解到绅士阶层的复杂内涵及其在中国社会现代化过程中的剧烈变动，其中不少个案也令我颇为感慨。结合自己的现代文学知识背景，我发现新文化运动的领军人物和新文学草创时期的代表作家许多就是具有科举功名的绅士或出身于绅士阶层。绅士阶层与现代文学的发生与发展可谓过从甚密！于是，在完成了论文《绅的嬗变——〈动摇〉的一种解读》之后，我在导师的鼓励下尝试着以绅士阶层与现代文学作为博士论文的选题。我的这本学术专著处女作就是在博士毕业论文基础上修改而成的。由于该论著主要论题内容的限制，本书对于诗歌这一文体的论述没有展开，对于民国时期绅士概念的驳杂面目也没有充分的辨析。这些内容将在我的新研究课题"科举制度的革废与中国现代文学"中论述。

　　在我这些年的求学和工作过程中，我的导师李怡老师和师母康老师给予了我极大的包容和帮助。李老师在治学和为人方面都对我倾囊相授。康老师在生活和学习上都对我竭尽心力地关照。个中点滴，铭记于心！老师的多年教导，无以为报，唯有日后勤勉治学，诚恳做人。

　　我要感谢的人很多。从幼儿园、小学、初中、高中再到大学，我遇到的老师们都非常好！尤其是各位担任班主任的中小学语文老师，没有他们，我或许不会选择中文专业。感谢我的母校四川大学！感谢四川大学文学与新闻学院的所有老师！在那里我度过了7年美好而充实的时光。感谢刘勇老师、邹红老师、钱振纲老师、沈庆利老师、杨联芬老师！在北京师范大学攻读博士学位的三年时光里，各位老师在讲座、课程、开题、答辩等学术活动上的深刻见解让我受益匪浅！钱老师更是在茅盾研究方面给了我极大的鼓励。对师大文学院的各位老师在不同层面上给予我的真诚帮助和悉心教导，我由衷感激！

感谢上海交通大学人文学院的张中良教授在学术研究上对我的指导！感谢南开大学文学院的各位师长、同事对我的支持和帮助！感谢工作后遇到的杨扬老师、钟桂松老师等学界前辈对我的鼓励和关怀！感谢我的父母！他们虽然不认同却一直支持我追求自己的理想。感谢所有关心我的亲朋好友！感谢与我相识十余载，相伴至今的先生！感谢各位师兄、师姐、师弟、师妹这些年来对我的支持和鼓励！感谢花城出版社的张瑛师姐对这本书的辛勤付出！感谢所有的良师益友！

往日崎岖还记否，路长人困蹇驴嘶。

2018 年 9 月 9 日